"아셔, 핥아요."

"성하?"

"소중한 것을 보살피듯이,
비끼리는 것을 애무하듯이
적시도록 하세요."

세계 평화를 위한
유일한 방법
1

김휘빈

앨리스노블

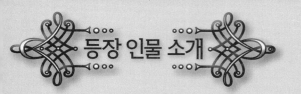

등장 인물 소개

아셔 아라스트란

교국 라스할드 소속의 성기사.
북쪽 대표로 회담에 참가했다.
교황을 맹신하는 경향이 있다.

헤지아나

교국 라스할드의 교황.
신의 목소리를 들을 수 있는
능력을 지녔다.

가일란 엘리아스
리스아시 공화국의 정치가.
남쪽 대표로 회담에 참가했다.

리암 아우렐리트
이스파시아의 왕.
서쪽 대표로 회담에 참가했다.

루시올 페른시스
페른시스 국 제4왕자.
동쪽 대표로 회담에 참가했다.

할센라비온 이비아네라
서쪽 이비아네라 제국 황제.
검성은 아니나 검술이 뛰어나다.

**카람찬트 가이시
마라카스 파헨타움**
동쪽 파헨타움 제국 황태자.
검성. 완벽주의자.

표지 조은아 **편집** 전미혜 **마케팅** 이승우 **주간** 박관형

차례

Illustration
가지구이

[제1장] 세상일을 그렇게 날로 먹을 수 있을 리 없다

세계는 다섯 개의 대륙으로 나뉘어져 있다.

그중에서도 다른 네 개의 대륙을 합친 것만큼 커다란 대륙의 이름을 멜라스라 한다.

멜라스는 각각 동쪽에 파헨타움, 서에 이비아네라라 불리는 제국 둘로 크게 나누어졌고, 그 두 제국을 사이에 두고 동서남북 네 지역으로 나뉘어져 왕국과 공화국, 부족 등의 집단이 각자의 위치를 가지고 주변과 어우러져 살아가고 있었다.

하지만 어우러짐이란 화목함만을 뜻하진 않는다. 다툼과 분열도 그 어우러짐에 섞여 있었다.

그중, 동쪽 제국 파헨타움의 황태자 카람찬트에게는 전쟁을 할 필요가 있었다.

전 황제의 긴 병과 실책으로 각지에서 일어난 소란을 평정한 그는 황제 즉위를 앞두고 자신의 제국을 좀 더 깨끗하고 안정된 나라로 만들고 싶어 했다.

소란을 평정했다 하나 키웠던 병사들이 어디로 사라지는 건 아니다. 평화로운 세상에서 무인들이 녹스는 자신의 검을 보며 불만을 가지지 않을 리가 없다. 안정된 치세는 그들의 희생과 무훈을 평가절하 하는 법이거니와 존재 가치조차도 불안하게 하니까.

그렇다면 세도 있고 힘도 있는 그들이 행동을 취할까, 취하지 않을까?

이러한 당연한 사실은 새로운 황제에게 기껍지 않은 일일 것이다. 카람찬트는 이러한 이들에게 새롭게 활약할 수 있는 무대를 주어야 했다. 그 무대로 주어진 것들은 국경선과 맞닿은 적당한 규모의 왕국들로, 명목은 없는 단순한 침략 전쟁이었다.

사실 이와 같은 국지전은 국경에서 드문 일이 아니다.

그러나 15년 전 협약 이후로, 군주의 명에 의한 전면적인 침략전은 그렇게까지 흔한 일이 아니었다. 동쪽 제국의 이와 같은 움직임을 서쪽 이비아네라 제국, 젊은 황제 할센라비온은 주의 깊게 지켜보고 있었다.

의도한 건지는 알 수 없지만 파헨타움이 공격을 시작한 방향은 서쪽 제국과 최단 거리로 닿을 수 있는 루트였다. 거기다 전쟁을 하면서도 내국에서 휘하 군대를 따로 키우는 카람찬트의 모습은 서쪽 제국에게 위협적으로 보일 수밖에 없었으리라.

그러나 할센라비온은 카람찬트의 진격을 경계하는 태도를 겉으로 드러내 보이진 않았다. 그런 태도를 경계한다는 건 이비아네라 제국의 기조에 걸맞지 않았다. 그는 말없이 군사를 양성하고 전쟁 준비를 했다. 어쩌면 그는 카람찬트의 그런 행동을 기다렸던 걸지도 모르겠다. 서쪽 제국의 국민들은 호전적이고 잔혹한 유희를 좋아하는 편이니까. 그는 카람찬트가 조금이라도 핑계거리를 준다면 망설이지 않고 공격할 것이다.

그리고 오랜 기간 동안 균형을 유지해 오던 왕국들은 이러한 전운의 낌새를 두려워하고 있었다. 두 대국의 부딪힘이 어떤 결과를 가져올지 예상치 못할 바보는 왕의 자리에 앉을 가치가 없으니까.

하지만 그들은 두려움에 벌벌 떨고 있지만은 않았다. 그들은 이 대륙 전체를 지배하는 유일신교의 대표자, 교국 라스할드의 젊은 교황 헤지아나 앞에 달려가 무릎 꿇고 청했다.

"교황 성하, 이 세계의 정신적 지주시여. 이 문제를 부디 중재해 주시옵소서."

고작 하는 것이 달려가 청하는 것이냐 말할 수도 있을 것이다.

하나 이는 현명한 행동이었다. 그녀는 유일하게 세속에서 벗어난 덕분에 세속에 공평하게 관여할 수 있는 인물이었으며, 또한 신의 대리자로서 그 피조물들에게 명할 수 있는 유일한 인물이었으니까.

일국의 대표자들이라 하나 창조신 앞에서는 사람의 자식으로 그 권위는 무용한 것. 자신의 앞에 무릎을 꿇는 왕들을 향해 그녀는 고민하는 표정으로 늘 같은 대답을 할 수밖에 없었다.

"깊이 근심하며 생각해 보고 있노라."

❖⟡❖

하루의 일과를 끝낸 교황, 헤지아나는 자신의 방에서 고민하고 있었다.

총기가 온화한 빛으로 발산되는 청색 눈동자. 단아하지만 엄격함이 깃들어 있는 얼굴 표정. 길게 늘어진 금발. 그림에나 나올 법한 미인이 피로와 수심에 젖은 표정으로 바닥을 쳐다보고 있는 건 그다지 좋은 풍경은 아니었다.

'대체 어쩌면 좋단 말인가.'

잠자리에 들었음에도 잠이 오지 않았다. 요즘 불면에 시달려 가져다 놓은 라벤더 향조차도 도움이 되지 않는다.

사방이 라벤더 천지라 머리가 아파서 잠이 안 오는 걸지도 모른다. 잠이 오지 않는다며 하나둘씩 가져다 놓다 보니 어느새 방 안이 꽉 차 버렸다.

복잡한 문제였다.

두 제국에 몰래 서신을 보냈으나 예의 차린 답변만 받았을 뿐이다. 즉 물었던 문제에 대한 답변은 없다는 소리다.

무시하지 않은 걸 다행으로 여겨야 할까? 육필로 예의 차려 쓴 문장을 보니 아직 교국의 권위는 그들도 무시할 수 없는 노릇인 듯하여 안심이지만 그게 무슨 답이 된단 말인가. 헤지아나는 가볍게 한숨을 내쉬었다.

[회담을 주최하시면 어떻습니까?]

자신의 보좌 리시 추기경이 한 말이 생각났다. 회담……. 그래, 그거 좋은 것 같다.

갑작스레 쏟아지는 잠 덕분에 꾸벅거리며 헤지아나는 15년 전과 마찬가지로 평화 회담을 해야겠다고 결정했다. 어떻게 할지 조금 더 생각을 해 보아야 할 것 같은데 눈이 가물가물하여 견딜 수가 없다. 잠이 오질 않더니 왜 갑자기 졸린 걸까? 나름 찾아낸 답에 긴장이 풀린 걸까? 결국 견디지 못하고 헤지아나가 눈을 감은 순간이었다.

[나의 가련한 종아, 들리느냐.]

갑자기 눈앞이 밝아졌다. 그건 빛이 켜졌다는 느낌과는 달랐다. 감은 눈꺼풀 안의 어둠이 씻겨나가 영혼에 쏟아져 내리고 스며드는 듯한 밝음. 그리고 귓가에서 속삭이듯 울려 퍼지는 목소리.

헤지아나는 이 목소리를 알고 있었다. 이 빛도 알고 있었다. 그것이 그녀가 19세에 교황의 자리에 즉위할 수 있었던 이유였다.

그건 이 세계의 창조주이며 그녀가 섬기는 신의 것. 갑자기 잠이 온 이유도 알 수 있었다. 그분은 인지할 수 없는 곳에서만 만날 수 있는 분이니까.

[내가 심혈을 기울여 만든 그 아름다운 땅이 전화로 불탈 것이다.]

예언이다. 헤지아나는 마른침을 삼켰다.

예언은 결코 빗나가지 않는 신의 계시였다. 신의 의지에 의하여 약 백여 년 전부터는 속세로 하달되지 않으나 그 예언은 언제나 틀림없이 적중해 수많은 사람들을 구제하고 흉화를 피하게 해 주었다. 그 예언이 지금 세상이 불에 탈 것이라 말한다. 지금 각국은 물론, 자신이 가지고 있는 불안 역시 그저 망상에 불과한 게 아니었던 것이다.

"두 제국의 일입니까?"

[그렇다.]

가르침을 원하는 종에게 신은 바로 답을 내려 주었다.

[두 제국은 결국 싸움을 시작할 것이다. 일라빈의 작은 지역에서부터 붙은 전화의 불씨는 거침없이 바람을 타고 이 대륙을 휩쓸 것이다. 많은 이들이 휘말릴 것이며 많은 것들이 소진될 것이다. 풀도 나무도 광물도 인간도. 내 이 손으로 만든 모든 것이 깎여나가듯

사라질 것이다.]

혜지아나는 전쟁이 무엇인지 잘 알았다. 전쟁 고아였으니까.

좋은 옷, 좋은 음식에 좋은 잠자리가 있어도 늘 선명하게 떠오르는 피폐함과 굶주림. 기억조차 희미해진 어린 시절이지만 그 고통만은 계속 몸에 남아 가끔 되살아난다. 전쟁이라는 말을 듣는 순간 추위와 무기력함, 찢어질 듯한 배고픔의 고통이 스멀스멀 기어오른다. 절로 몸서리가 쳐져서 혜지아나는 이를 악물었다.

[너희들이 막으려 해도 이미 일어난 불길을 잡을 수는 없을 것이다. 불길은 일어난 순간부터 꺼지지 않아, 모든 게 파괴되고 내 사랑하는 아이들이 상잔해 그 수가 반으로 줄 것이다. 그 과정은 또한 참혹할 것이니, 먹을 게 없어 불에 타고 썩은 시체를 뜯어먹을 아이들이 부지기수일 것이다.]

"그런!"

자신도 모르게 소리쳤다.

인구가 반으로 줄고 시체를 뜯어먹을 아이들이 부지기수라니 대체 어디까지 참혹해진다는 이야기인가. 적어도 자신은 나무 껍데기라도 뜯어먹을 수 있었다. 그것조차 없는 세계는 대체 어떤 세계란 말인가. 너무나 잔혹한 세계이지 않은가.

"신이시여, 대체 어떻게 해야 그런 일을 막을 수 있는 겁니까!"

신에게 가장 가까운 인간.

하나 결국 한낱 인간에 지나지 않는 여인이 손을 들어 이 세계의 창조주에게 자비를 빌었다. 닿지 않는 손으로 간구했다.

"대체 어떻게 해야 그런 일을 막을 수 있습니까! 그대의 종이 어찌하면 그런 일을 막을 수 있는지요? 신이시여, 이 몸은 당신의 것.

원하는 대로 쓰십시오."

　[그 마음 기쁘게 받아들이마. 나의 사랑스러운 아이야, 먼저 두 달 이내로 이 땅, 이곳, 바로 내 축복이 내려진 라스할드로 그들을 모이게 하라.]

　모이게 한다. 어떻게?

　'회담.'

　잠들기 전 생각했던 걸 떠올린 헤지아나는 고개를 끄덕이며 신의 말씀을 주워섬겼다.

　제한 시간으로 주어진 두 달은 다소 촉박하지만 정치적으로도 지리적으로도 중립적인 이 라스할드는 확실히 회담을 열기엔 최적이었다. 문제는 제국이 이 회담에 응할 것인가 하는 점이다.

　"회담을 열도록 하겠습니다."

　하나 이것은 신탁이다. 될 일이기 때문에 내려지는 것이고, 안 되면 끌고라도 와야 했다.

　[총 여섯 명을 뽑도록 하여라. 두 큰 나라와 네 방향의 대표자들을 뽑아 이 땅에 모이게 하라. 그리고 그들에게⋯.]

　"예."

　헤지아나는 고개를 숙인 채 열심히 말을 받들었다.

　[남자의 기쁨을 알려 주도록 하라.]

　"예, 알겠⋯ 예?"

　순간 목소리가 꺾였다. 자신도 모르게 고개를 치켜든 헤지아나는 자신의 눈을 부드럽게 감싸던 광휘가 옅어지는 걸 느꼈다.

　아마 신께서 자신의 시력을 감안해 광량의 출력을 좀 줄여 주신 것 같다.

"…저기, 지금 말씀하신 거 무슨 소린지 모르겠습니다만."

[거 말이다.]

광량이 줄어들며 식별 가능하게 된, 의자 모양의 무언가에 앉아 있던 인식 불가능의 인형체는 다리를 꼬더니 삐딱하게 앉았다.

[결국 전쟁에 발정하는 놈들이란 말이야. 잠자리에서 만족을 못 얻기 때문에 그러는 거라고. 스트레스가 쌓이면 신나게 허리나 흔들면서 쭉 싸고는 잊어버리면 되는 건데 그게 시원치가 않으니까 쌓이고 쌓여서 폭력적인 방법으로 발산이 되는 거라고. 어쨌든 때리고 부수면 시원해지기는 하니까, 거기에 느끼게 되는 거지. 변태야 그거. 중증 변태. 전쟁을 상대로 딸 치는 거라고.]

보지 말고 듣지 말고 말하지 말 것.

전대 교황의 가르침엔 그런 내용이 없었지만, 헤지아나는 오래전부터 그래야 한다고 생각했다. 이 세계의 창조주라는 게 '이런 거'라는 걸 말이다.

[역사를 봐라. 주지육림에 빠져 있던 놈들이 이런 식의 전쟁 벌이던? 뭐 소소한 싸움 같은 건 있을 수 있겠다만…]

"…팔백 년 전 이 대륙의 절반을 정복한 대대왕 찬트람은 여성과의 잠자리도 충분히 즐겼다고 합니다만…"

[어… 아… 음…. 아, 걔 지루였어. 응. 그리고 만족할 만한 여자도 못 만났고. 아니, 생각해 봐. 자기네 대왕인데 지루였다고 써 놓겠냐.]

생각나는 대로 떠들지 마세요. 신 주제에.

하지만 이 신은 그렇게 역사를 수정할 수도 있다. 신이니까. 신이 그런 짓을 한다는 게 영 마뜩찮다만.

[하여튼 이건 너에게 주어진 임무다.]

신이 명했다.

[그놈들 다 따먹어.]

아, 제발 단어 선정 좀.

헤지아나는 인내심을 가다듬으며 차분한 표정으로 말했다.

"하지만 신이시여, 그분들이 저와 그런 관계를 가지고 싶어 한다고 생각하기엔 제 미색이 빼어난 것도 아니며 저 또한 여자로서는…."

[뭐가, 너 정도면 어디가 어때서?]

"무엇보다 저는 교황의 입장으로 타의 모범이 되어 그런 문란한 일은 자제해야 하는 자로…"

[문란, 문란. 말은 좋지. 난 섹스하지 말라고 박아 둔 적 없고 쾌락을 추구하지 말라고 한 적 없다. 아니 내가 왜 즐거움을 줬다고 생각하는데? 그거에 너무 빠져서 광역 민폐 끼치면 좀 그렇긴 한데…. 야, 일단 중요한 건 두 제국 대표인데 얘들 다 잘생겼다며. 그리고 왕국 대표들은 그냥 네 취향대로 뽑아서 즐기면 되는 거야. 이거 기회다? 결혼하기 싫은 건 이해하는데, 그래도 애인은 있어야지.]

"아니, 그러니까 그렇게 문란한 건 내가 싫대도!!"

예의는 지킬 만큼 지켰다. 헤지아나는 버럭 소리 지르며 신에게 삿대질했다.

"지금 까놓고 말해서 시키는 짓이 걔들한테 내 몸으로 성적 향응을 접대해서 꼬드기라는 이야기잖아요, 이 신 놈아! 지금 그게 여자에게 할 이야기인가요? 이놈 저놈 그냥 대 주란 이야기잖아요!"

[야, 너 금방 뭐라고 그랬냐.]

"여자한테 할 이야긴가요, 그거! 이놈 저놈 대 주란 이야기잖아요! 라고 했는데요, 틀린가요?"

[그거 말고 인마.]

신이 턱을 괴고 앉아 헤지아나에게 말했다.

['이 몸은 당신의 것, 원하는 대로 쓰십시오.']

"아." 헤지아나의 머리에 깨달음이 스쳐 지나갔다. 바로 다음, 그녀는 이어서 말했다. "시발."

의례히 하는 말이라 하나 신 앞에서 하는 말은 역시 주의해야 한다. 언령의 힘은 강력한 법이니까.

[너 분명히 그렇게 말했다. 너 지금 내가 귓구멍 없다고 무시하냐?]

이마를 짚으며 헤지아나는 이맛살을 한껏 찌푸렸다. 걸렸다. 정말로 제대로 걸렸다. 도망칠 방법이 없다.

[그리고 너 뭔 사고방식이 그래. 애가 왜 이렇게 깝깝하냐. 아, 나 이렇게 키운 적 없는 것 같은데. 하여튼 성적 향응을 제공하라는 이야기가 아니라 헤지아나야.]

신이 가르치는 듯한 어투로 말하며 헤지아나를 향해 손짓했다. 이리 가까이 오라는 듯한 손짓이었지만 헤지아나는 외면했다.

[그놈들을 철저하게 조교해서 네 노예로 만들고 일처다부제 살림을 차릴 것. 이건 내가 너에게 내리는 성무이니라.]

"성스러움에 질식해 버릴 듯한 성무군요."

헤지아나가 일그러진 표정으로 말했다.

"대체 제가 왜 그 짓거리를 해야 하는 거죠?"

[뭐긴 뭐야, 잊었느냐? 세계 평화를 위해서지.]

"다른 방법은 없습니까?"

[평화를 원하느냐.]

신의 물음에 헤지아나는 고개를 끄덕였다. 신이 다시 물었다.

[평화를 위한 전쟁을 원하느냐.]

"분수에 맞지 않게도, 저는 교황이란 직책을 가지고 있습니다. 세계 어딜 가나 정신적 지도자로서 속세에서 벗어난 중립적인 자로 중재와 조언을 일삼는 교황은 그 직임 자체가 외교관이라고 해도 무방할 겁니다. 그렇기 때문에 그것이 무작정 한낱 말장난이라 매도하고 싶지 않습니다. 허나 평화를 위해서는 잘못된 방법입니다."

헤지아나가 단호히 말했다.

"누군가가 누군가를 힘으로 눌러 압도하여 짓밟힌 평화라도 가져올 수 있을지 모르겠습니다. 허나 그 사이에 피 흘리게 된 사람들은 대체 어쩌란 말입니까?"

절대 양보하지 않을 듯이 말하는 헤지아나를 보는 신의 모습에 얼굴이 있었다면 웃음 지었을까?

[그렇지. 너는 그런 이들을 위해 있는 사람이다. 내가 그렇게 만들었지. 네가 타인이 피 흘리는 모습을 볼 수 있을 리가 없다. 내 특히 사랑하는 아이야. 이건 네가 원하는 세계 평화를 위한 유일한 방법이다.]

신은 인자한 어투로 헤지아나를 향해 말했다.

[그놈들하고 떡 쳐.]

"아, 씨발. 그 말투 좀."

    무심코 내뱉은 헤지아나는 입을 가렸다. 저놈의 맛 간 어투를 듣다 보면 그 말투가 자꾸 옮아와서 문제다. 옮지 않으려고 애쓰자니 하루 이틀 듣는 말도 아니어서 쉽지 않다.

    그러나 그런 핑계를 대선 안 된다. 자신은 교황이니, 실수로라도 이런 말을 쓰면 안 된다. 타의 모범을 보여야 하는 입장이란 말이다.

    [아니, 대체 뭐가 문제야. 왜 그래? 전쟁하고 싶어? 아무도 안 다치고 평화로워지고, 거기다가 능력 있고 잘난 놈들 줄줄이 꿰차고 밤낮 안 가리고 즐거운 성생활, 얼마나 좋냐? 러브 앤 피스 몰라?]

    "그 러브와 이 러브는 다른 것 같네요. 애초에 난 그런 거 해 본 적 없다고!"

    [실전 경험은 남자들 데려다가 지금부터라도 쌓아.]

    "아니, 진짜 그게 여자한테 할 말이에요?!"

    [나도 그냥 너에게 생짜로 다 맡길 수는 없는 노릇이니까 내가 할 수 있는 건 다 해 놨는데…]

    신은 '흐흥'하고 콧소리를 내더니 두루마리 같은 걸 꺼내 펼쳤다.

    [어디 보자, 이게 견적선데 말이야. 일단 가슴 좀 커지게 해 놨고 허리는 +9강 찍었다. 여자는 허리가 생명이지. 깔든 깔리든 하중은 허리가 다 받는단 말이야. 5강 넘으면 찍기 힘든 거 알지? 그리고 엉덩이랑 허벅지도 좀 더 빵빵하게 만들었고 뭐, 얼굴은 만질 필요 없겠지. 근육량 늘려 놨다. 아, 우락부락해지는 거 아냐. 체력이 아주 좋아졌을 거다. 신진대사 늘리는 건 기본이고. 회담 기간 길어 봤자 보름일 텐데 하루에 여럿 상대해야 할 테니 그 정도 체력은 있어야지. 질도 튼튼하게 좀 손봐 놨다. 인간들이 따지는 명기 요소

는 다 갖춘 걸로 만들어 놨으니 몇 번 하기만 하면 바로 넘어올 거다. 특히 경험 있는 놈일수록 더 잘 넘어올걸? 그 차이를 몸으로 느끼는데 버틸 수 있을 거 같냐. 아, 그래, 민감 체질로 바꾸는 걸 깜빡했네. 너도 즐기는 게 있어야지. 좀 잘 젖는 걸로 하고 성감대 부위 넓히고 감도도 좋게 하고…]

그 견적서를 붙잡고 술술 떠들어 대는 신이란 놈을 보고 있자니, 이미 자신의 운명은 결정된 것 같다.

하긴, 이미 부른 순간부터 모든 걸 결정해 두었겠지. 자신이 말실수를 했든 하지 않았든 상관없었으리라. 신은 모든 걸 준비해 두었을 테니까. 신께서 하시는 일에 어떻게 틀림이 있을 수 있겠는가.

하여간 운명의 순간은 이렇게 찾아오는 법이다.

[음, 안쪽 성감대도 좀 손봐야겠네. 참, 일시적 불임으로 할래? 아무래도 권력자들 애 생기면 그게 더 곤란하잖아.]

고개를 들어 자신을 쳐다보는 신 놈의 모습을 보니 모든 게 허탈해지는 느낌이다. 포기한 기분으로 헤지아나는 말했다. 최대한 근엄하게, 인간으로서의 무언가를 잃지 않으려 애쓰며.

"네."

아무리 그래도 미혼인데 임신한 교황은 좀 그렇지.

회담 준비는 순조롭게 진행되었다. 역시 신의 인도하심인지 제일 문제되는 두 제국의 대표자들은 전부 참석한다는 답신을 주었고,

각 지역별 왕국 대표들이 선출되어 출발하였다는 답신도 속속들이 날아들었다. 교국은 회의장과 숙소를 준비하며 어떤 일정을 가질 건지에 대한 논의를 마쳤고, 교황 헤지아나 역시 나름의 준비를 하고 있었다.

현재 그녀는 꼭 필요한 업무를 제외하고 모든 일정을 중지시킨 채 두문불출하고 매우 중요한 준비를 하고 있었다.

물론, 당연히, 모두 알 수 있듯이 그건 신이 내린 성무와 관계있는 준비였다. 현재 그녀는 각국의 사랑의 기술에 대한 책들을 모아보고 있는 중이었다.

"사실 아무리 보아 봤자 소용없습니다, 성하."

머나먼 동쪽 나라의 서적을 내려놓으며 그녀의 최측근 중 한 명인 서기 로미나가 말했다.

"이런 건 결국 실전이 중요한 법이지요."

"지식이 있는 채 실전에 들어가는가와 아닌가는 차이가 크네, 로미나."

"하지만 교황 성하."

로미나는 헤지아나가 보고 있던 책의 그림을 짚으며 말했다. 남성의 상징을 입으로 즐겁게 해 주는 방법이 상세하게 기술된 페이지였다.

"이 책은 분명 남성을 입으로 즐겁게 해 주는 법이 자세히 기술되어 있습니다. 저는 보고서 쉽게 이해할 수 있습니다만, 경험이 없으신 성하께서 '빨아들이듯이 삼켜 혀로 아래쪽을 간질여 주면서'라는 문구가 어떤 뜻인지 이해하실 수 있는지요?"

"말 그대로의 의미 아닌가."

"아니지요. 실제로는 힘듭니다. 크기에 따라 다르겠지만, 성하께선 혀를 어떻게 움직여야 할지도 모르실 겁니다. 아니, 그 이전에 남성의 물건을 입으로 받아들이실 수는 있으십니까? 더럽다고 생각하지 않으시는지요?"

"해, 해야 한다면 할 수 있어…!"

헤지아나가 얼굴을 붉히며 항변하자, 로미나는 고개를 설레설레 저었다.

"사내가 '스위트 허니, 당신을 기분 좋게 해 줄 나의 웅장하고 아름다운 것을 그대의 종달새 같은 입술로 즐겁게 해 주지 않겠나'같은 말을 해야 해 주겠다는 말씀이신가요? 그래서야 어디 남자를 자신의 것으로 만들 수 있겠습니까."

"무슨 표현이…."

"좋아요, 바꾸죠. 남자가 내 좆 좀 빨아 달라고 하면…."

"그, 그, 그, 그런 천박한 말을 누구 앞에서 하는 거냐, 로미나!!"

새빨개져서 뒤로 몸을 확 젖히는 헤지아나를 보며 로미나는 다시 한 번 고개를 설레설레 저었다.

"이래서 초보는 안 된다는 겁니다. 실천이 있어야 알 수 있는 것도 있습니다. 경험 없이 아는 척해 봤자 우스울 뿐…. 뭐, 그런 어설픔도 사랑스럽다 하여 넘어가는 남자들도 얼마든지 있겠습니다만 지금 우리는 창조신님의 말마따나 여유롭게 순애 루트를 밟을 여유가 없습니다. 이걸 잊고 계신 건 아니겠지요."

로미나가 고개를 디밀어 헤지아나의 눈을 똑바로 들여다보며 단호하게 말했다.

"무조건 능욕 루트입니다. 멘탈 붕괴를 노려야 합니다. 말 잘 든는 개로 만들어서 부리고 다니세요."

"쓸데없는 소리 하지 말게. 내가 말한 건 준비시켰겠지."

"물론입니다. 하지만 그건 재미없지 않습니까. 성하, 노예를 만드는 방법은 그렇게 어렵지 않습니다. 굴욕감을 주고 마음대로 장난 감처럼 가지고 노는 겁니다. 중요한 건 굴욕감입니다. 그들의 존엄성을 가차 없이 훼손시켜서 그 인격이 무너지게 만들어야 합니다. 하아, 생각만 해도 오싹오싹해지는군요…"

"…개인 취향을 부각시키지 마."

자신의 팔을 쓸어내리는 로미나를 밀어내고 헤지아나는 다시 책으로 눈길을 옮겼다.

"그 외의 다른 일들은 잘 준비되어 가고 있나."

"예, 물론입니다. 저와 리시 추기경이 열심히 관리하고 있습니다."

시간이 별로 없었다. 내일부터 대표자들이 한 명씩 도착할 예정이다.

헤지아나는 입술을 깨물고 자신의 몸을 내려다보았다. 성무를 하달받고 잠에서 깨었을 때, 손에 가득 잡히는 자신의 가슴 사이즈를 느끼고 자신도 모르게 '앗싸'라고 중얼거린 기억이 되살아났다.

이 육체적 원숙함을 살릴 수 있는 예복도 준비된 상태였다. 이제 필요한 것은, 자신의 각오였다.

"…이 한 몸으로 그러한 비극을 막을 수 있다면, 얼마든지."

품 안의 성물을 힘주어 움켜쥐고 헤지아나는 눈을 감았다.

"모두들 기다리고 계십니다."

"다들 준비를 일찍 끝마치신 듯하시구나. 내가 제일 늦은 셈이군."

한숨을 내쉬며 헤지아나가 팔을 들자 그녀의 성장(盛裝)을 돕던 궁내원이 그녀의 백색 예복 위에 깊은 붉은색의 영대를 올렸다. 금색 실로 신과 교황청, 그리고 현 교황인 헤지아나를 상징하는 문장이 화려하게 수놓아진 영대는 그녀가 공식적인 접견에 나설 때면 겉옷 위에 꼭 착용해야 했다. 오늘은 회담 전날로 전야제라 하나 올바른 복장을 하지 않고 참석하는 건 초대한 손님들을 대하는 태도에 걸맞지 않다.

"영대를 착용하니 몸매가 좀 가려지는 듯한데."

"좋지 않군요."

예복은 백색이었지만, 사실 순수한 백색이라기에는 은은한 유백색 광택이 흘러 매우 고급스러웠다. 은색 실로 은근히 화려히 장식된 그 예복은 헤지아나의 몸에 꼭 맞아 성숙한 여인의 육감적인 몸매를 그대로 드러냈고, 몸의 윤곽을 따라 흐르는 곡선은 살결 하나 내보이지 않았음에도 불구하고 보는 이의 본능을 거침없이 자극했다. 전혀 보이지 않으면서도 드러나는 그 느낌이 무엇보다 고혹적이었다.

"리시 추기경, 이러면 어떤가?"

거울을 보며 영대를 이리저리 들추어 보던 헤지아나가 영대를 슬쩍 옆으로 치워 가슴을 드러내 보이며 리시에게 물었다. 영대를 슬쩍 옆으로 밀어내자 가슴의 곡선이 유하게 옷 위로 드러났고 리시는 그 모습을 흡족하게 쳐다보며 고개를 끄덕였다.

"좋습니다."

"음."

알겠다는 듯이 영대로 가슴을 가리며 헤지아나는 고개를 끄덕였다.

소수의 인원만이 헤지아나가 하려는 일을 알고 있었고, 리시는 그중 한 명이었다. 궁내원 한 명이 헤지아나의 귀에 이런저런 귀걸이를 달아 보더니 노란색의 옥이 달린 금 귀걸이 하나를 선택해 달았고, 그것에 맞추어 다른 궁내원들이 헤지아나의 머리를 정리하기 시작했다. 꽃 모양의 머리빗이 하나둘씩 꽂혀 그녀의 머리를 정리했다.

"지금 그냥 앉아서 기다리고 계신가? 악사라도 보내게."

"이미 그렇게 했습니다."

헤지아나는 음 하고 가볍게 고개를 끄덕였다. 분칠을 하고 입술에 연지를 먹이는 일도 끝나자, 헤지아나는 자리에서 일어나 손에 끼워진 교황의 반지를 앞쪽으로 돌려 끼웠다. 그리고 앞에 준비되어 있는 삼중관을 들어 스스로 머리에 올리고 신의 상징이 끝에 장식되어 있는 목장을 쥐었다.

"그럼."

리시는 헤지아나의 준비가 완료된 모습을 보고 가볍게 고개를 숙이며 문을 열었다. 문 앞에는 이미 그녀를 수행할 사제들과 성기사들이 대기하고 있었다. 헤지아나가 앞장서 걸었고 리시가 그 뒤를 따랐다. 그 뒤로는 수행 인원들이 따르기 시작했다.

"그리고 미리 말씀드릴 게 있는데."

"무엇인가?"

목소리를 줄인 리시를 향해 헤지아나 역시 조용히 대답했다. 돌아온 대답은 역시 작았다.

"아셔 아라스트란 경이 기다리고 계십니다."

순간, 헤지아나의 몸이 가볍게 떨렸다.

"언제?"

"네 시간 전입니다."

헤지아나의 총기 넘치는 푸른 눈이 날카로운 빛을 발했다. 그녀는 그 날카로워진 시선을 리시에게 향했다.

"그가 날 기다리고 있느냐."

"예."

그러며 리시는 앞쪽을 눈짓했다. 헤지아나는 리시가 가리킨 곳을 따라 시선을 옮겼고, 오후의 햇빛이 쏟아지는 복도 옆에 무릎 꿇고 앉아 있는 남자의 모습을 발견했다.

아셔 아라스트란. 북측 마진 산맥에 있는 한 부락 출신으로, 어린 나이에 신의 권능을 받아 이적(異跡)을 행하는 것이 보고되어 이교국 라스할드로 보내진 남자다.

성기사 중 가장 대표적인 인물로, 강한 이적 능력에 걸맞게 강건한 육체를 지녔으며 신심이 두터웠고 교황에 대한 충성심도 강했다.

옳지 않은 일을 그냥 넘어가지 않는 공정한 이로 성기사의 모범 그 자체였으며 덕분에 인망이 두텁고 그 명성 또한 자자했다. 북쪽 지역 태생으로 북쪽 지역을 유랑하며 주 무대로 활동하는, 인망 높은 성기사인 그가 그곳의 대표로 뽑히는 건 당연한 일이리라.

하지만 헤지아나는 그를 만나고 싶지 않았다. 그렇기에 그와 같이 유용한 인재를 북측의 정보 수집원이라는 핑계로 자유롭게 떠돌아다니도록 내버려 두었던 것이다.

그 이유를 차근히 말하자면, 먼저 그가 행하는 능력은 신의 권능을 받아 행하는 이적이 아니었다.

'빛의 날개'라 불리는 강력한 영기의 발현. 바위를 들 수 있는 괴력과 바위를 부숴도 상처 하나 없는 몸.

일주일 내내 밤낮없이 격렬한 전투를 해도 지치지 않고, 칼에 베여 피가 그득히 흘러도 아무렇지도 않게 재생하는 몸은 순전히 그 개인이 타고난 능력으로 신의 축복과는 조금도 관련이 없었다. 창조신은 그에 대해 이렇게 말했다.

[저놈 무서워.]

그에게 맞으면 자신도 제법 아플 것이기 때문에.

그렇다고 그가 멸신의 힘을 가지고 있다는 의미는 아니다. 절대.

애초에 창조신이 멸신의 힘을 가진 이를 이 세계에 허락할 리가 없다. 그저 맞으면 아플 것 같으니까 무섭다는 뜻이다. 그의 능력은 신에게 있어 인과의 연속에서 태어난 이상 현상, 또는 신이 먼 옛날 창조물들에게 심어 두었던 신비의 발현이리라. 그건 자연현상에 가까운 것이지 신앙과는 관련이 없다.

그를 직접 교육했던 전대 교황 역시 그 사실을 잘 알았다. 그러나 당시 그는 자신의 능력 때문에 심한 핍박을 받아 많이 불안정했으며, 덕분에 능력 조절 역시 심하게 불안정해진 상태였다.

무작정 뻗어 나가는 영기가 사람들에게 해를 끼쳤고, 전대 교황은 이 아이에게 그 모든 게 신의 축복이라는 점과 선택받은 아이라는 점을 끊임없이 반복해 교육시켰다. 세뇌라고 해도 좋으리라. 그러지 않고서는 이 위험한 아이를 안정시킬 방법이 없었던 것이다.

덕분에 그는 두터운 신심을 가지게 되었다. 동시에, 신의 대리인인 교황에 대해서도 엄청난 충성심을 보이게 되었다.

아니, 사실대로 말하자. 그 불안정한 정서 위에 심어진 신뢰는 마찬가지로 불안한 것이었다. 그는 신을 광신했으며 교황을 맹신했다. 이것이 헤지아나가 그를 만나고 싶어 하지 않는 이유였다.

"교황 성하."

교황이 길목 옆에 무릎 꿇고 있는 아셔의 옆에 멈춰 서자, 아셔는 더욱 깊이 고개를 숙여 복종의 예를 표했다. 헤지아나는 그에게 다가가 손등에 키스하기를 허락했다.

"오랜만입니다, 아셔. 자. 일어나세요."

헤지아나가 명하자 아셔는 자리에서 일어나 고개를 들었다.

탈색해 빛을 잃은 듯한 백금발이 물을 먹은 것처럼 곱게 구부러져 있다. 처진 눈 때문에 느긋해 보이는 인상이지만, 그 안에 담긴 회색 눈동자에서는 말로 형언할 수 없는 이질적인 빛깔이 휘돌아 보는 사람의 등골을 긁었다.

머리카락과 같이 색소가 빠진 듯한 창백한 피부는 시들어 버린 병자 같건만, 유령처럼 불꽃 튀는 듯한 눈빛은 뭐라고 말할 수 없이 기이했다. 거기다가 조금 말랐다고 하나 기골이 굵고 건장한 그의 몸을 보면 이질감은 더욱 심해진다.

"오랜만에 뵙습니다, 성하. 이 얼마 만인지…."

"그렇군요. 그동안 그대가 성실히 보낸 보고는 큰 도움이 되었어요."

"성하께 도움이 되었다면 그것보다 값지고 기쁜 일은 없을 겁니다. 제 이 몸은 모두 하늘 위의 높으신 분의 것이고 그 대리인인 성하의 종입니다. 언제든지 원하시는 대로 부려 주십시오."

가늘고 쉰 듯한 목소리. 자신이 곁에 있는 것만으로도 기뻐 견딜 수 없다는 듯한, 마치 충성스러운 개 같은 모습이 더없이 불편하다. 만나고 싶지 않았는데 하필이면 북측 대표로 뽑혀 버렸다.

…아니, 잠깐. 그러고 보니 그녀는 오늘 만나는 남자와 다 관계를 가져야 한다. 신이 그렇게 그녀에게 명했다. 그 말인즉슨, 그녀는 이 남자와도 관계를 가져야 한다는 뜻이다.

이루 말할 수 없는 거부감이 등골을 타고 머리까지 쭈욱 기어올라 왔다.

"성하? 어디 불편하신 데라도…."

"아, 아닙니다. 가도록 하지요."

"예, 제가 성하의 뒤를 따르겠습니다."

아셔가 고개를 숙이곤 헤지아나의 뒤를 따르기 시작했다. 그가 뒤에서 따라온다는 사실만으로 헤지아나는 등 뒤가 오싹오싹해서 견딜 수 없었다.

상대는 일주일 내내 밤낮없이 전투를 해도 떨어지지 않는 체력의 소유자다. 생각해 보면 동쪽의 황태자 역시 검성으로 보통의 인간이 아니거니와 서쪽의 황제는 검성은 아니어도 무(武)를 숭상하는 국가인 만큼 그 역시 대단한 검사, 그러니까 대단한 체력의 소유자라고 했다. 실제로 황제는 처는 둘째 치고 첩조차 없는데, 그게 모두 여인들이 견디지를 못하는 까닭이라는 소문이 있었다.

괜찮을까?

"교황 성하, 몸이 떨리시는 거 같습니다만…. 정말 괜찮으십니까?"

"아, 괜찮습니다."

네가 뒤에 있기 때문에 그렇다고 말하고 싶었다. 너를 포함해서 황태자와 황제, 모두들 때문에 그런 거긴 하지만.

오늘은 회담의 전야제로 만찬과 함께 가벼운 담소로 분위기를 풀 예정이었다. 만찬회장 밖에는 황제들과 왕족들을 수행하는 이들이 서 있었고, 문지기들은 안에 먼저 도착한 이들에게 헤지아나와 아셔의 이름을 알렸다. 문이 열리고, 먼저 도착해 와 있던 이들이 일어나 교황청의 주인인 헤지아나를 맞았다.

"이 세계, 제일 높으신 분의 대리인을 뵙습니다."

앞장서서 헤지아나의 앞에 무릎 꿇은 남자는 밤색 머리를 깔끔하게 넘긴 단정한 얼굴의 남자였다.

단정한 수트 안을 꽉 채운 체격은 군인과는 다른 느낌으로 튼튼해 보였고, 옷의 소재와 커프스단추 등을 보건대 멋쟁이임이 분명했다.

나이는 서른쯤 되었을까? 헤지아나는 단정하고 믿음직스러운 모습의 남자에게 손을 뻗어 반지에 입맞춤을 허락했고 남자는 존경을 표했다.

"남쪽 대표 가일란 엘리아스입니다."

그 이름을 토대로 헤지아나는 그에 대한 정보를 끌어냈다. 분명 리스아시 공화국의 젊은 정치인으로, 국가, 종교, 지역감정 등의 문제로 경제 기반까지 완전히 혼란스러워진 남쪽에서 리스아시 공화국을 그나마 안정시키고 민심의 장악에 성공한 남자였다.

그 사실만 보아도 알 수 있겠지만, 젊다는 이유로 무시할 상대는 아니었다.

"보다 낮은 곳에서 만물에 임하고 계신 분의 축복을 전달합니다."

"구름 너머 빛 내리는 곳에서 내려지는, 유일한 분의 목소리를 듣는 분을 뵙습니다."

가일란이 일어나자 바로 다음 이가 무릎 꿇으며 헤지아나의 반지에 키스했다.

얼굴을 볼 새도 없이 무릎을 꿇은 상대의 곱슬곱슬한 금발 머리카락 사이에는 끝이 뾰족한 귀가 있었다. 그렇다면 이 남자는 분명 오래된 요정들의 후예, 페른시스에서 온 자이리라. 그 나라 왕자 중 한 명이 동쪽 지역 대표로 결정되었다고 알려 왔었다.

"루시올 페른시스입니다."

오래된 요정들의 후예가 고개를 들었다. 빛나는 금발이 햇살에 투과된 듯 영롱한 녹색 눈동자 위를 아련하게 가리고 있었고, 그의 키는 헤지아나보다 작았다.

"예?"

헤지아나는 그의 다리를 다시 살펴보았다.

분명히 일어서 있었다. 하지만 그 눈높이는 헤지아나보다 한 뼘은 낮았다. 또한 다리와 몸의 비율은 6대 4로 완벽했다. 그뿐인가. 아직 젖살이 빠지지 않은 듯 부드러워 보이는 뺨, 남성의 영역에 들어서기엔 멀어 보이는 가느다란 몸. 툭 하고 건드리면 가냘프게 꺾일 것만 같은 하늘하늘함은, 아직 성숙하지 않은 소년의 모습과 같았다.

"루시올 페른시스입니다."

헤지아나의 꺾인 목소리를 듣지 못했다는 의미로 받아들였는지, 루시올은 살포시 웃으며 다시 자신을 소개했다.

어쩜 저렇게 나비가 날갯짓하듯이 부드럽게 웃는 걸까? 소년의 유약함이 곧 사라질 시기의 풋풋함이 웃음에 묻어 자연스럽게 흘러나온 순간, 헤지아나는 숨을 들이켰다.

다시 한 번 말하자.

그녀는 오늘 만나는 남자들과 관계를 가져야 한다.

'자, 자, 자, 잠깐?'

갖은 각오는 다 하고 왔지만, 아서도 각오했지만, 황제와 황태자의 체력도 각오했지만 이런 건 각오하지 못했다.

소년이라니.

'이런 어린애하고도 해야 하는 거야?!'

그럴 순 없다. 아무리 이것이 신탁이라 하나 이런 미성년자와 그렇고 그런 짓을 하는 건 헤지아나의 도덕관념이 심하게 반대했다. 미성년자는 보호해야 하는 존재이다. 유혹해 어른 마음대로 하는 게 아니라!

"보, 보다 낮은 곳에서 만물에 임하고 계신 분의 축복을…. 처음 뵙겠습니다, 루시올 님."

어색하게 웃으며 헤지아나가 응대했다. 흥분을 가라앉혀야 했다. 자, 침착하자, 헤지아나.

심호흡하고 헤지아나는 루시올을 다시 훑어보았다. 끝이 뾰족한 귀가 보였다.

상대는 요정이다. 요정은 인간이 아니다. 외견만 보고 인간과 같이 생각해서는 안 된다. 하지만 저런 외모라니. 헤지아나는 자신이 인간임을 다시 한 번 느꼈다. 도덕관념이 시험받고 있었다.

눈앞의 소년, 아니, 아마 요정일 테니까 소년이라고 분류하기는 힘들겠지만, 아무리 보아도 루시올은 열여덟을 넘지 않은 모습으로 보였다. 몸은 가늘고 얼굴은 애티를 벗지 못했다. 툭 하고 건들면 가냘프게 꺾일 것만 같은 하늘하늘한 소년의 모습에 헤지아나는 깊은 죄책감을 느꼈다.

이런 연약한 아이에게 손대야 한단 말인가. 아니, 상대는 요정이니까 아이가 아니리라. 그렇다면 대체 루시올 페른시스는 몇 살인가? 그 종족의 나이로 성년이던가? 요정들에 대해서는 많이 알려지지 않았지만 인간보다 오래 살긴 해도 성장 속도는 비슷하다고 했고, 특히나 서류에는 분명 백 몇 세로 적혀 있어 성인이리라고 예상했는데.

"신의 대리인을 이렇게 뵙게 되다니 영광입니다. 몇 년 전 우리나라에도 방문해 주셨는데, 그때는 제가 자리를 비웠었지요. 꼭 뵙고 싶었는데 이렇게 뵙게 되어 정말 기쁩니다."

"아, 그렇군요. 그때가… 몇 년 전인가요?"

"음, 아홉수 전에 가야 한다고 했으니 48세…. 3년 전이군요. 계산해 보니 꽤 오래되었네요."

그렇다면 51세.

이 얼굴이 51세.

…자고로 51세는 배가 후덕하게 나오고 입가에 주름도 있는, 그

런 나이여야 하는 것 아닌가? 이렇게 젖살이 남아 있는 얼굴이 아니라! 그렇다면 차라리 눈 딱 감고 할 텐데.

아니, 하지만 역시 뱃살 나온 아저씨는 싫다. 주름진 얼굴보다는 젊고 팽팽한 얼굴이 나았다. 그래, 눈앞에 있는 소년처럼.

"아."

순간, 앞에 있는 51세 소년과 눈이 마주친 헤지아나는 그대로 굳었다. 그 미숙한 얼굴을 보자마자 죄책감이 물밀듯이 밀고 올라왔다. 대체 자신은 무슨 생각을 했단 말인가. 고개를 저으며 헤지아나는 눈을 가렸다. 신이시여, 이런 어린양을 용서해…. 아니, 지금 이 상황은 댁 때문이었지.

"교황 성하?"

"아, 아닙니다. 잠깐 눈이 아파서."

"저런, 혹시 피곤하신 건가요? 이 회담을 주최하셨으니 일이 많으셨으리라 사료됩니다."

"아뇨, 그런 건 아닙니다. 걱정해 주셔서 감사합니다, 왕자 전하."

51세 요정의 친절을 거절하며 헤지아나는 어색하게 웃어 보였다.

이왕이면 한 101세라든가 321세 식으로 현실감이 없는 나이로 올 것이지, 어째서 51이라는 이토록 현실감 넘치는 숫자를 달고 온 건가.

그나저나, 분명 서류에는 백 세가 넘는 요정이 온다고 되어 있었다. 이게 어찌된 일일까? 대체 왜 정보가 잘못된 건지 추궁을 해야겠다 생각한 헤지아나의 앞에 커다란 그림자가 드리웠다.

"야아, 정말 오랜만에 뵙겠습니다. 헤지아나 님."

그 그림자는 재빨리 헤지아나의 손을 잡고, 선 채로 그 손에 입 맞췄다. 다른 이들이 무릎 꿇고 반지에 입 맞춘 것과는 비교되는 태도였다.

"천좌의 대리인 성좌에게 무한한 존경을. 이 세상에 넘쳐흐르는 주의 축복을."

손등에 입 맞춘 채, 눈을 들어 씩 웃는 남자를 보며 헤지아나는 마른침을 삼켰다.

오랜만에 보았다고 그는 말했지만 헤지아나는 이 남자를 본 기억이 없었다. 하지만 그가 누구인지는 안다.

"보다 낮은 곳에서 만물에 임하고 계신 분의 축복을."

바로 이 남자가 이 회담의 제1 원인.

동쪽 제국 파헨타움의 황태자, 카람찬트 가이시 마라카스 파헨타움.

싱글싱글 웃는 얼굴은 제법 유쾌한 동네 청년 같이 생겼다. 하지만 허리 밑까지 길게 늘어져 넓은 천으로 감싸인 유백색 머리카락은 동네 청년처럼 평범하지 않았다.

그는 검성이었다. 즉, 일정 경지에 달해 검을 통해 영기를 발할 수 있는 이였다. 이들은 각기 정도의 차이는 있지만, 영기를 발하게 되며 열린 기운 탓에 몸이 개변하며 머리카락 등이 탈색하는 경우가 있었다. 황태자의 경우 역시 그랬다.

아셔도 영기를 발하긴 하나 검성이 발하는 영기와는 종류가 달랐다. 검성은 오직 자질 있는 자가 노력으로 자신을 결국 개변시킨 것이고 검에 국한되어 있다면, 아셔는 태어나길 그렇게 태어난, 완벽히 생득적인 것으로 그 운용도 자유자재였다. 또한 몸의 색소를 옅게 하는 변화를 일으키는 능력도 아니다. 실제로 아셔는 척 봐도 어딘가 아픈 것 아닌가 의심되는 느낌이지만, 황태자는 그런 것 없이 건강하다는 느낌이 먼저 드는 쪽이니까.

성격은 유들유들하다 하나, 제국을 평정한 점에서 알 수 있듯이 군사를 다루는 데에 있어 뛰어났고 버리는 패는 가차 없이 버려 승리의 초석으로 쓰는 냉정한 이라 들었다. 그의 손에 들린 것 중 어느 게 버리는 말인지 빨리 파악하는 점이 중요하다고 호사가들이 떠들어 대던 이야기가 생각났다.

저 웃음 짓는 눈빛 안에 무슨 계책을 세우고 있을까? 딱히 경계하고 있진 않았는데도 그 시선을 마주한 순간 그런 경계심이 무럭무럭 솟아났다. 저 경계를 풀게 하는, 사람 좋아 보이는 웃음은 한두 번 본 게 아니기 때문에.

"나에게도 교황 성하를 배알할 기회를 주지 않겠소."

뒤에서 들리는 딱딱한 목소리에 카람찬트는 무언가 말할 듯 벌렸던 입을 다물더니 어깨를 으쓱하고 옆으로 물러났다.

그 뒤에서 나타난 자는 검은 머리카락의 남자. 나이는 서른 중반쯤 되었을까? 무표정한 인상으로 다가온 남자는 내려져 있는 헤지아나의 손등을 붙잡아 올리더니 카람찬트와 마찬가지로 서서 그 손등에 키스했다.

헤지아나의 입장에서는 허락도 없이 함부로 손등에 키스한 상대지만 지적하지는 않았다. 상대는 이 회담을 열게 된 제2 원인, 서쪽 제국 이비아네라의 황제 할센라비온이었으니까.

사람을 압도하는 분위기에 풍채가 좋다 해서 덩치가 크리라 예상했는데 그렇지는 않았다. 검성이 될 자질이 없긴 하나 검술은 뛰어나다 들었는데, 체구를 보면 그저 운동을 조금 한 청년이라는 느껌밖에 들지 않는다. 카람찬트보다 호리호리해 보이는 몸매에 헤지아나는 살짝 의아해했다.

그러나 그 몸에서 흘러나오는 위압감은 실로 압도될 만하긴 했다. 선도 그다지 굵지 않고 깔끔하게 생겨서 미남자로 보일 법도 한데, 그 날카로운 얼음조각 같은 분위기가 상대의 피부를 거침없이 찌른다.

헤지아나는 오랜 기간 동안 인정 없는 전투에 인성이 피폐해진 이들에게서 이런 느낌을 받아 본 적이 있었다. 그들은 이런 게 살기라고 말했다.

"이 세상에 넘쳐흐르는 주의 축복을 이비아네라에게."

"―보다 낮은 곳에서 만물에 임하고 계신 분의 축복을."

헤지아나는 눈을 살짝 가늘게 뜨며 말했다. 자신의 제국으로 한정지어 말하다니.

그는 회담의 분위기에 대해 전혀 신경 쓰지 않음이 분명했다. 높낮이조차 없는 목소리에 무표정한 그에게 적개심 가득한 시선을 보이지 않게 한 번 날린 헤지아나는 곧장 손을 뺐다. 별다른 이야기를 하고 싶지 않았다. 그 역시 마찬가지인지, 더 이야기하지 않고 물러났다.

"리암 아우렐리트입니다."

그 다음에 다가온 사람은 안경을 쓴, 얌전해 보이는 청년이었다. 이 중에서 루시올 다음으로 육체적 연령이 젊지 않을까? 척 보아도 20대 초반으로 보이는 청년으로, 긴 겉옷을 걸친 모습이 아무리 보아도 학자라는 느낌이었다.

"이스파시아에서 온 서쪽의 대표자입니다. 높으신 분의 대리인을 빕습니다."

"보다 낮은 곳에서 만물에 임하고 계신 분의 축복을."

편안한 표정으로 웃음 지으며 헤지아나는 축복을 말했다. 객들이 주인에게 인사하고 이제 주인이 객들에게 대접해야 할 시간이 찾아왔다. 헤지아나는 상석에 서서 그들에게 앉기를 권했다. 하급 사제들의 도움을 받아 그들이 자리에 착석하고, 헤지아나가 이어 착석했다.

"다망한 가운데 이리 먼 길 찾아오신 여러분께 감사드립니다."

상석에는 헤지아나, 그리고 그 밑으로는 황제와 황태자가 앉았다.

그들의 지위가 제일 높으니 그리 배치된 것이겠지만 현재 제일 갈등의 주체인 둘을 마주 본 상태로 앉혀 놓자니 영 모양새가 좋지 않았다. 당사자들도 같은 생각인 것 같았다.

아니, 기분이 좋지 않은 사람은 할센라비온뿐일까? 그는 불쾌해 보이는 얼굴을 했지만 카람찬트는 별생각 없는 것 같으니까 말이다.

"아닙니다, 교황 성하. 성하의 부르심은 곧 신의 인도하심이고, 저희가 만물의 주인인 그분의 부름에 따르는 것도 당연하지 않겠습니까."

작게 웃음을 터트리며 가일란이 말했다. 그 순간이었다.

할센라비온이 탁 하고 테이블을 내리쳤다. 그 옆에서 잔을 내려놓고 포도주를 따르던 시종이 순간 움찔했지만 다행히 포도주를 흘리지는 않았다.

"기분 나쁘군. 지금 제왕들조차 입을 열지 않았는데 감히 평민이 먼저 입을 열어 나불대는가."

헤지아나는 이 남자가 기분이 나쁜 이유를 바로 눈치챘다. 신분 낮은 이가 자신과 동격으로 취급되는 게 마음에 들지 않는 것이다. 그러나 그의 태도는 그녀가 맞이한 손님뿐만이 아니라, 그들을 초대한 자신에게 있어서도 명백한 모욕이었다. 헤지아나는 조용히 말했다.

"서쪽 황제여, 그는 남쪽의 대표로…."

"실망이오. 그래도 대륙의 대사를 논할 수 있을 줄 알았는데 겨우 왕자가 된 천덕꾸러기와 입만 산 비렁뱅이가 낀 자리라니. 이런 자들을 대표라고 이 자리에 앉히다니 이건 짐을 모욕하려는 것인지? 아니, 손님을 맞이한 성하께는 별문제가 없으실 것이오. 그렇다면 내가 오는 자리에 저들을 각 연합의 대표라 앉힌 연합을 벌해야겠군."

헤지아나의 표정에 숨길 수 없는 노기가 차올랐다. 서쪽의 황제라 하더라도 이 말은 그냥 넘어갈 수 없는 말이었다. 그는 지금 참가자들을 욕보이는 것으로 모자라 평화를 추구하여 헤지아나의 부름에 모인 이 회담을 핑계로 오히려 타국을 협박하고 겁주고 있었다. 심한 모욕감에 헤지아나의 목장을 쥔 손이 떨렸다.

하지만 다음 순간 헤지아나는 숨을 들이켰다. 화를 내서는 안 된다. 화를 내서 안 되는 건 당연하거니와, 무엇보다 자신이 이런 대접을 받았을 때 대신 화낼 사람이 바로 이곳에 있지 않은가. 그를 화나게 할 수는 없었다. 그는 분명 자신보다 열 배는 더 크게 행동하리라.

헤지아나는 재빨리 눈을 굴려 카람찬트의 옆에 앉아 있는 아셔의 눈치를 살폈다. 역시나 그의 얼굴엔 노기가 가득했다. 다행히 그는 아직 행동을 취하지 않았고, 더욱 다행히 그가 헤지아나를 쳐다보고 있던 덕분에 둘의 눈이 마주쳤다.

눈이 마주치자마자 헤지아나는 강한 시선을 주어 그에게 부정의 신호를 보냈다.

아셔는 헤지아나의 의사를 되레 억누르려는 듯이 굳은 표정을 지었지만 헤지아나는 다시 엄한 표정을 지어 그를 제어했다. 그제야 그는 불만족스러운 표정으로 할센라비온을 향해 고개를 돌렸다.

헤지아나를 무시한 건 아니다. 그는 교황의 의사를 아예 물어보지 않으면 모를까, 그 의중을 알고도 거역할 인물은 되지 못했다.

"대체 이 오합지졸 모임이 무슨 소용이 있소? 차나 한잔 마시고 헤어지기 위해 오기엔 너무 많은 시간을 낭비한 것 같군. 교황청을 충분히 둘러본다면 나름 즐거운 휴양이 되겠지만."

할센라비온의 말을 한 귀로 흘리며 헤지아나는 작게 한숨을 내쉬었다. 만약 아셔가 날뛰었다면 일은 커졌으리라. 대체 이곳은 얼마나 위험한 곳이란 말인가. 그 사실을 머릿속에 되새기며 헤지아나는 할센라비온을 곁눈질했다.

"할센라비온 이비아네라. 그대는…."

"서쪽 폐하께서는 너무 세속의 잣대로 생각하시는 것 같습니다."

조용히 헤지아나가 할센라비온을 꾸짖으려 한 순간 그녀를 제지하듯 동쪽의 황태자, 카람찬트가 손을 들며 말을 시작했다.

"우리는 지금 교황 성하의 앞에 모여 있습니다. 신의 대리자 앞이지요. 그분 앞에서 존귀할 수 있는 분은 오직 이 교황 성하밖에 없으십니다. 그분이 불러 모은 분들 앞에서 지금 세속의 신분을 논하십니까?"

테이블에 둘러앉은 모두의 눈이 날카로워졌다. 사실상 회담에서 제일 중요한 목적을 가지고 있는 이들끼리는 쉽게 말을 꺼내지 않는 법이다. 말이 어떻게 흘러갈지 모르기 때문에 신경 쓰고 신경 써서 말을 꺼낸다.

그런데 벌써 이렇게 둘이 예민한 대화를 나눌 조짐이 보이는데 긴장하지 않을 사람이 있을까?

모두 입술을 붙인 사이 할센라비온은 거만하게 팔짱을 끼고 의자에 깊숙이 기대앉아 카람찬트를 쳐다보았다.

"우리는 그 세속의 신분 기준으로 뽑혀 왔소. 이 회담이 뭘 목적하는지 모를 정도로 황태자가 멍청하진 않으리라 믿소."

"네, 하지만 그 회담의 목적에 세속의 신분이 중요하다고 저는 생각하지 않습니다."

"힘은 권한 있는 자만이 다룰 수 있는 법이지."

"힘은 종류가 많지요. 특히 타인을 대표한다는 힘은 함부로 얻을 수 있는 게 아닙니다. 과거 4인의 왕국에서 대표를 힘으로 뽑았습니까? 복종시킨 이들이 대표하는 권한을 양도하던가요? 그들에겐 양도할 권한조차 없습니다. 당연히 그들의 주인인 자에게 대체 뭘 양도합니까."

4인의 왕국은 신화시대의 이야기다. 네 개의 왕국이 돌아가며 대표자를 뽑아 불화를 중재하고 다툼을 진정시켰다는 옛이야기 말이다.

"이분들은 전부 그만한 타인들, 여러 사람들에게 자신의 권한을 양도받아 이 자리에 계신 분들입니다, 황제여."

"하지만 대륙의 패권을 논할 상대는 못 되지."

듣고 있던 헤지아나의 눈매가 꿈틀거렸다. 자신의 제국에 축복한 것으로도 모자라 이제 이 장소에서 패권을 논하다니. 대체 이 남자는 무슨 생각으로 자신의 서신에 응답한 걸까?

"이 넓은 대륙의 패권을 논할 수 있는 상대가 그리 흔합니까?"

"하긴."

유들유들하게 웃으며 포도주를 홀짝이는 카람찬트를 보곤 할센라비온은 입꼬리를 끌어올려 씩 웃었다.

"어차피 대륙에 짐과 동격이라 칭할 이도 없거늘 짐이 너무 많은 걸 바란 것 같군."

순간 카람찬트의 눈썹 끝이 꿈틀거렸다. 그러나 그뿐이다. 그는 다시 아무렇지도 않은 듯 포도주를 입에 머금었다.

사실 틀린 말은 아니었다. 현재 카람찬트는 아직 즉위식을 하지 않았으니까.

그렇지만 그 말은 명백히 곧 황제가 될 카람찬트에게 보내는 도발이다. 그 말이 '넌 내 아래다'라는 선언 외에 무엇이 될 수 있단 말인가.

엄격히 따져 할센라비온이 카람찬트보다 상격이라 해도 이와 같은 태도는 용서될 것이 아니다. 카람찬트가 여태까지의 대화에서 아직은 황태자인 자신의 지위를 생각해 그를 깍듯한 예법으로 대했다는 점을 생각하면 무례하고 형편없는 태도였다.

"비렁뱅이든 그보다 나은 이든 무슨 상관인가. 어차피 짐에겐 다 똑같은 것을."

─대체 이놈을 어떻게 해야 할까?

할센라비온을 어떻게든 압박하지 않으면 그 입이 전쟁을 불러올 것 같다. 순식간에 끊어질 정도로 팽팽해진 분위기 속에서 헤지아나는 눈을 굴려 할센라비온을 곁눈질했다. 그 순간,

"포도주 맛이 좋군요."

말이 끝나기 무섭게 던져진 뜬금없는 말 한마디에 모두 그쪽을 돌아보았다.

자리에서 일어나려는 듯 엉거주춤한 자세로 의자에서 엉덩이를 뗀 루시올마저 분노로 차올랐던 얼굴을 돌려서 말이다.

이런 긴장된 분위기 따위는 신경 쓰이지 않는다는 듯 무심하게 던져진 목소리의 주인공은 이스파시아의 젊은 왕 리암이었다. 할센라비온의 말 따위는 관심도 없다는 듯이 포도주 잔을 흔들던 그는 모든 이의 시선이 집중된 가운데 천천히 포도주를 입 안에 흘려 넣더니 혀끝으로 몇 번 굴려 목으로 넘겼다. 그리고 숨을 들이쉬었다.

"찌르는 듯한 신맛이군요. 그래도 과하지 않고 상쾌한 느낌이라 좋습니다. 향도 매우 풍부하고, 혀끝에 남는 단맛도 은은하고 좋군요. 남쪽 지방의 포도주와 유사한 것 같습니다만."

"—남쪽의 수도원에서 잘 주조되었다며 몇 병 보내왔습니다. 추기경들과 축사 때 한 잔 나누어 마셔 보았습니다만, 좋은 자리에서 함께 하기 좋은 술이라고 생각되어 꺼냈지요."

헤지아나는 리암에게 고개를 끄덕이며 대답했고, 리암 역시 가볍게 고개를 끄덕이며 말을 받았다.

"과연, 좋은 선택이십니다. 그것도 남쪽이라니···. 이 자리에 남쪽에서 난 좋은 포도주가 마련된 것도 전부 창조신의 은총이겠지요."

남쪽은 분쟁 지역이다. 그곳에서 난 포도주가 이런 회담에 준비되었다는 사실은 다분히 상징적인 의도가 있었다.

"저희의 이런 만남을 위해 지난해부터 준비해 내려 주신 작은 축복일지도 모르겠습니다."

그러며 리암은 무덤덤한 표정으로 포도주 잔을 들어 올렸다. 그의 의중을 읽은 헤지아나는 자리에서 일어났고, 모두 기다렸다는 듯이 건배를 준비했다. 할센라비온은 그저 붙잡고 있는 정도지만 말이다.

"이렇게 신의 인도하심에 따라 우리가 이 자리에 함께 있음을 감사드리며."

이렇게 할센라비온의 도발은 굳이 상종할 가치도 없는 것이 되어 버렸다.

우연이라든가, 별생각 없다든가 하는 일은 이러한 장소에선 존재하지 않는다. 그건 능숙한 태도였고 그에 맞추어 헤지아나도 능숙히 움직였을 뿐이다. 모두 그에 맞추어 능숙하게 아무렇지도 않은 듯 움직였을 뿐.

여기서 제일 미숙한 태도를 보인 사람은 왕자 루시올이었다. 아마 루시올은 리암이 아니었으면 큰소리를 냈으리라. 지금도 할센라비온을 노려보는 모습을 보니 확실하다. 불쾌한 표정을 짓던 할센라비온은 자신을 찢어 죽일 듯 노려보는 소년의 시선을 발견하고는 재미있다는 듯이 웃었고, 루시올은 더욱 일그러진 표정을 지었다.

요정이라 그런 걸까? 요정들은 분명 차분하고 고귀한 성품을 지녔다 들었으나, 순수한 만큼 쉽게 분노하고 쉽게 즐거워한다고 들은 적도 있다. 한때 요정들이 크게 번성했던 때도 있다고 하나 지금 그들은 옛 영광을 되새기기에 부족한 땅 위에 살아가며, 현재는 동쪽 제국의 공격에 고역을 치르고 있었다.

51세가 요정의 나이로 많은 건 아니라고 알고 있으니, 분명 인세의 이치도 모르리라. 그런 무지한 이가 어쩌다 이런 국제적인 장소에 밀려 나와 고생하는지 조금 안쓰럽기는 하다. 그러나 반복해 말하지만—여기는 지금 위험한 화약고였다. 불붙일 기세로 뛰어다니는 어린아이를 보는 시선이 못마땅스러운 건 어쩔 수 없으리라.

건배를 나누고 식사를 권한 다음, 헤지아나는 포도주로 입술을 축이며 사람들을 살펴보았다. 끊임없는 질문과 이야기 속에서 분위기는 제법 화기애애해지고 있었고, 자신을 무시한 행동에 대해 반격의 여지를 찾지 못한 할센라비온만이 별말 없이 포도주를 홀짝거리며 날라져 오는 전채를 맛보고 있었다. 그 옆에 앉은 리암은 모든 것에 흥미 없다는 듯한 표정으로 포도주 잔만 흔들고 있었고 말이다. 물론 그는 표정만 그랬을 뿐 대화에는 충실하게 참석하고 있었다.

리암은 젊다고 하나 왕으로서 이런 자리에 자주 참석해 본 덕분인지 태도가 확실히 달랐다. 헤지아나는 이스파시아가 타국과의 협상에서 우위를 점하는 경우가 많고 그게 이 젊은 왕의 수완 덕분이라 들었던 기억을 떠올렸다. 오늘, 아무렇지도 않게 주도권을 빼앗아 간 이 대화법과 같은 방식을 쓰는 걸까?

만찬이 끝났다.

헤지아나는 여섯 명에게 기도하며 경전을 읽기를 권하며 자리를 옮겼다. 옮긴 방은 바닥에 양탄자와 방석이 준비된 곳이었다.

"좌식인가요? 이런 방도 있을 줄은 몰랐네요."

자리에 앉으며 루시올이 물었다.

"보통은 아이들…. 아직 글을 배울 나이가 아닌 어린 사제들에게 경전을 읽어 줄 때 쓰는 방입니다. 그 나이의 아이들에겐 엄격함보다는 친밀함이 중요하니 말이죠."

"친밀함이라."

가볍게 중얼거리는 소리를 들은 헤지아나는 소리가 난 쪽을 쳐다보았다. 할센라비온이 쓴웃음을 지으며 자리에 앉고 있었다.

"하지만 교황 성하, 이 자리의 모든 분들은 유아교육을 받기에는 다들 나이가 있으신 듯합니다만…."

"아무래도 식후의 나른한 몸에 유아교육까지 하면 견디실 수가 없겠지요. 이 방은 가벼운 낭송회를 할 때도 쓰는 방입니다. 그럼, 어디…."

헤지아나는 가일란의 농을 가볍게 흘려 넘기고 옆에 놓인 경전의 페이지를 넘겼다.

"사노가 진미라함 왕에게 가로되, '왕이시여, 그 금은보화를 얼마나 지실 수 있으십니까'."

"벽장 이야기군요."

리암이 말하자 헤지아나는 가볍게 고개를 끄덕이며 다음을 읽었다. 헤지아나가 경전을 읽는 사이 노크 소리가 들렸고, 허락을 따로 받지 않고 들어온 리시는 문을 열더니 시종들을 안으로 들여보냈다. 향기 가득한 향로가 방 안에 여섯 방향으로 놓였고, 리시는 찻잔을 여섯 손님 앞에 놓고 차를 따른 다음 시종들과 함께 방에서 물러났다.

달칵. 문이 닫히는 소리가 난 순간 헤지아나는 눈을 굴렸다. 모두 법도에 따라 한마디씩 다음 구절을 읊으며 차를 홀짝이고 있었다.

준비는 끝났다.

"후우…."

주변에 들리지 않게 떨리는 한숨을 내쉬며 헤지아나는 맞잡은 손에 힘을 주었다.

이 방의 밑에는 현재 마법진이 돌아가고 있다. 인간의 이성을 억제시키고 폭주하게 만드는 마법으로…. 물론, 개량한 마법으로 험악한 건 아니다.

항마력이 높은 이들이 많으므로 통하지 않을 점을 감안해 식사 단계에서부터 준비를 했다. 요리에 조금씩 들어 있던 약은 지금쯤 그들의 심신을 제법 흥분 상태로 전환시켜 두었으리라.

향도 차도 그 과정의 하나로, 향은 약간의 최면 효과를, 차는 최음 효과를 가져온다. 물론 어디까지나 심신을 흐리게 해 항마력을 계속 감소시키는 게 그 목적이다.

하이라이트는 지금 돌아가며 외우는 경전으로, 이것이 그들이 앉은 방석 밑의 소형 마법진을 작동시킨다. 그 마법진은 세뇌를 기본으로 하여, 이 방을 둘러싼 커다란 마법진과 상응 효과를 일으키도록 설계되어 있었다.

그 마법진이 무엇을 목적으로 그들을 세뇌하는 건지는 곧 그들이 몸으로 보여 주리라. 헤지아나는 불안한 눈초리로 다시 한 번 주변을 둘러보았다.

"웃…."

옆자리에 앉은 아셔가 긴장한 표정으로 몸을 움츠리자 헤지아나는 바짝 경계하며 그를 훑어보았다.

　몸에 잔뜩 힘을 준 자세로 바닥을 뚫어지도록 쳐다보는 그의 표정은 어딘가 아픈 것처럼 불편하기 그지없어 보였고, 입에서는 억누르를 수 없는 듯한 신음이 가만히 흘러나왔다가 끊기기를 반복했다. 그 옆도, 그 옆도 마찬가지였다.

　"그에 그분… 이 대답하니…. 그 벽장, 안에…. 보옥이…"

　경전을 읽던 카람찬트의 목소리가 심하게 끊기기 시작했지만 아무도 신경 쓰지 않았다.

　모두 숨을 몰아쉬며 답답한 표정으로 이맛살을 잔뜩 찌푸리고 있었던 탓이다. 헤지아나는 눈을 굴리며 몸을 움츠렸다. 겉옷자락을 쥔 손에 힘이 들어가고 자신도 모르게 깨문 입술이 하얗게 질렸다.

　'신이시여.'

　지금 그놈에게 기도해 봤자 아무런 도움이 안 된다만, 헤지아나는 습관적으로 섬기는 신을 속으로 불렀다. 신물이라도 올라온 듯한 표정을 가리고 대놓고 숨을 몰아쉬는 이들이 늘어나기 시작했다. 충분히 세뇌가 되었으니, 오감의 본능을 충동질하는 욕구를 참기가 힘들리라. 그들은 굶주린 짐승 같은 분위기를 풍기며 혼란스러운 듯이 눈동자를 굴렸고, 헤지아나는 그런 그들의 모습을 살피며 맹수 앞에 놓인 토끼처럼 움츠러들었다.

　아플까?

　아프겠지. 그래, 아플 거다. 다들 아프다고 했으니까.

　역시 누군가와 몇 번 정도 미리 해 보는 게 좋지 않았을까?

　처음은 아프다고 들었다. 그래서 기교 좋은 남자를 수소문해 보겠느냐 로미나가 물었지만, 헤지아나는 단칼에 잘라 내고 로미나에게 호통쳤었다. 지금도 겁에 질려 순간적으로 후회했지만, 역시 교감 없는 행위는 하고 싶지 않았다. 그렇다고 해서 이건 교감 있는 행위냐 묻는다면 할 말이 없지만…. 이건 어쩔 수 없지 않은가.

'춘약이라도 받아 둘걸….'

역시 로미나가, 여자는 충분히 준비된 후 해야 즐겁다며 흥분을 돋운다는 춘약을 챙겨 주었다. 정신 조종과 세뇌로 충동질된 그들이 제대로 된 배려를 할 수 있을 리 없으리라는 예상에서였다.

하지만 헤지아나는 춘약을 거절했다. 좋지 않다고 생각해서 한 일이지만 지금은 진심으로 후회되었다. 하지만 이미 지난 일. 헤지아나는 눈물을 삼키며 미련을 털었다.

어쨌든 그들을 하룻밤 만족시켜 주면 되는 일이다. 그들을 유혹할 만한 기술이 없어 결국 이런 강제적인 방법을 쓰게 되었지만, 어쨌든 관계를 가지면, 자신이 조금만 희생하면 모두가 편안해진다. 거기에 아픔을 좀 참는 게 무어 대수겠는가.

'그게 크면 힘들다고 하니까, 작은 사람하고 먼저 했으면 좋겠는데.'

하지만, 역시 그래도 아픈 건 싫다. 헤지아나는 발그레해진 얼굴로 자신의 몸을 움켜쥐고 가늘게 떠는 루시올을 흘끔 쳐다보았다. 저런 얼굴을 하고 크지는 않을 거 같다.

'무슨 생각이야, 저런 얼굴을 보고!'

하지만 여기 온 이상 자신과 떡을 치지 않으면 집으로 돌려보낼 수 없다.

…아니, 정정. 관계를 가지지 않으면 안 된다. 헤지아나는 속으로

불량한 언어생활을 하는 창조신을 원망했다. 원망할 상대가 있다는 건 좋은 일이다.

아무래도 체력이 좋은 삼인방은 클 것 같고, 저기 리암이나 가일란은 그보다는 일반적인 크기일 것 같았다. 그쪽으로 자리를 옮길까, 생각하며 헤지아나는 주변의 눈치를 살폈다. 곧 이성을 잃고 본능에 충실해진 그들이 달려들기 전에 그쪽으로 가는 편이 좋을 것 같았다.

둘러본 방 안의 공기는 점점 진득해지고 있었고, 모두 거친 숨과 앓는 소리를 내며 헤지아나를 확실히 불안하게 만들고 있었다. 마법이 모두에게 제대로 먹힌 듯하다. 모두의 시선이 점점 흉악해지고 있었다.

헤지아나가 지금 첫 경험, 그것도 다수를 상대해야 하는 일에 대해 긴장하고 겁먹은 건 사실이지만 그것 때문에 그들의 시선을 흉흉하다 한 건 아니다. 그 시선은 육욕이나 음심 같은 애절하고 아련한 말로 표현할 수 있는 시선이 아니었다.

날카로운 이채가 흐르는 게 흡사 살기 같아서, 그 시선에 포착된 대상은 그대로 목덜미를 물어뜯겨 절명할 것만 같았다. 그리고 날카로운 이로 희생물의 고기를 뜯어먹겠지. 그야말로 육식동물의 생생한 눈빛이다.

"성… 하…"

"힉."

옆에서 중얼거리는 아셔의 목소리에 놀란 헤지아나는 자신도 모르게 펄쩍 뛰며 그 반대편으로 엉덩이를 뺐다. 설마하니 제일 피하고 싶은 상대가 달려드는 걸까?

하지만 아셔는 풀린 눈으로 숨을 몰아쉬고 있었을 뿐, 딱히 헤지아나를 보고 있지는 않았다. 손마디가 하얗게 질린 게 아마도 정신력으로 충동을 버텨 내는 것 같았다. 묘한 안도감에 헤지아나가 가늘게 한숨을 내쉬며 몸에서 힘을 뺀 순간, 뒤통수에 무언가가 툭 닿았다.

"어…?"

무언가 싶어 돌아본 순간, 헤지아나가 기댄 것도 그녀를 돌아보았다.

카람찬트였다.

충동질된 정욕으로 혼란스럽게 흔들리던 눈빛은 헤지아나와 시선이 마주친 순간 일변했다.

목덜미를 뜯을 사냥감을 포착해 고정된 시선. 그 눈빛과 마주친 순간 헤지아나는 등골이 오싹해짐을 느꼈다. 순간적으로 생명의 위협을 느꼈다.

"힉…"

공포감을 느끼고 숨을 들이켠 순간, 카람찬트는 뒤로 물러나려는 헤지아나의 팔목을 왼손으로 억세게 움켜쥐더니 몸을 돌려 오른손으로 헤지아나의 뒤통수를 붙잡았다.

헤지아나가 긴장으로 굳어 숨도 쉬지 못하는 사이 카람찬트는 고개를 숙였고, 헤지아나가 정신을 차렸을 때 이미 그의 입술은 헤지아나의 입술에 닿아 있었다. 아니, 닿은 것뿐만이 아니다. 혀가 입 안으로 들어와 있었다.

"읍!!!"

혀가 입 안으로 들어온 순간 헤지아나는 기겁해 펄쩍 뛰었다.

아무래도 남의 혀가 입 안으로 들어오는 게 그렇게 생각처럼 유쾌한 기분은 아니었던 탓이다. 무엇보다 타액이 섞이는 게 영 즐겁지 않다.

하지만 그렇다고 해서 그를 뿌리칠 수도 없지 않은가. 헤지아나는 그가 입 안을 혀로 멋대로 훑도록 내버려 둘 수밖에 없었다. 곧 헤지아나의 뒤통수를 붙잡았던 손이 그녀의 뺨을 부드럽게 쓰다듬었고, 그 손은 위로 올라가 그녀의 머리카락을 쓸어내렸다.

"으응, 읍…."

카람찬트의 손에 밀린 삼중관이 툭 떨어져 내리는 게 느껴졌다.

그 손길에서 전문가의 흔적을 느꼈다고 하면 초보자의 과민 반응일까? 하지만 틀어 올린 머리를 고정하는 장신구를 빼는 손길도 조금의 망설임이 없는 게 모로 보아도 전문가다. 곧 틀어 올렸던 머리카락이 지지대를 잃고 금색 이삭처럼 곱게 흘러내렸다.

머리핀을 빼는 손길뿐만이 아니라 옷 위로 몸을 쓰다듬는 손길도, 치맛자락을 잡아당기는 손길도 능숙했다.

그가 잡아당긴 치맛자락 밑으로 하얀 실크 스타킹에 감싸인 발끝과 종아리가 드러났고, 그것을 누군가가 붙잡았다. 헤지아나가 누군지 확인하려 고개를 돌리려 했지만 카람찬트는 그녀의 혀를 놓아주지 않았고, 그녀는 눈을 굴려 자신의 발을 붙잡은 이를 확인했다.

마른 손이 소중한 것이라도 잡은 양 헤지아나의 발을 조심스럽게 감싸 쥔 채, 하얀 발끝에 키스했다. 아셔였다.

몰아쉬는 뜨거운 숨이 스타킹 너머로 느껴진다. 다리에 입 맞추며 그는 다리의 선을 따라 헤지아나의 스커트 밑으로 손을 미끄러뜨렸다. 검을 쥐어 굵고 거친 손이 허벅지의 맨살에 닿았다. 이대로라면 바로 스커트를 젖히고 다리를 벌릴 것 같은 느낌에 헤지아나는 바짝 긴장한 상태였다.

하지만 아셔는 헤지아나의 다리를 벌리는 대신 그 스타킹을 벗겨 맨살이 드러난 다리 위에 키스했다. 앓는 소리를 내며 점점이 입 맞추던 그의 얼굴이 천천히 위로 올라오기 시작했고, 허벅지 끝까지 입맞춤한 그는 고개를 들어 잠시 헤지아나의 얼굴을 보았다.

이미 아셔의 눈은 완전히 풀려 있었다. 무언가 애타는 표정으로 앓는 듯한 신음을 가만히 내뱉으며 카람찬트와 키스하는 헤지아나를 보던 아셔는 그녀의 얼굴을 붙잡아 자신 쪽으로 돌렸다. 입술이 떨어지자 카람찬트는 그녀의 오른쪽 뺨에 입 맞추며 고개를 숙였고, 아셔도 왼쪽 뺨에 입 맞추더니 그녀의 입술에 자신의 입술을 겹쳤다.

혀를 넣지는 않았다. 아셔는 새처럼 몇 번이고 입술을 부딪치며 입 맞추다가 들뜬 한숨을 내쉬고 다시 입 맞췄다. 그 사이 주변에 인기척이 모이기 시작했고 등 뒤에서도 인기척이 느껴졌다. 헤지아나의 등 뒤에서 마디 굵고 거친 손이 튀어나오더니, 비단 옷 위로 부드러운 곡선을 그리는 그녀의 가슴을 대뜸 움켜쥐었다.

"흑!"

헤지아나의 몸이 순식간에 딱딱하게 굳었다. 그녀는 반사적으로 자신의 가슴 위에 올라온 손을 붙잡았지만 그 손은 아무렇지도 않게 헤지아나의 가슴을 주물러 댔고, 계속 키스를 요구하는 아셔를 앞에 두고 헤지아나의 얼굴 표정이 점점 불편하게 변해 갔다.

가슴을 거칠게 주물러 대는 손길이 조금 아프기도 했지만, 그것보다 수치심이 자극되어서 견딜 수 없었던 탓이다. 얼굴은 화끈거렸고 눈가에는 눈물이 맺힌 게 느껴졌다.

"으윽…."

이것보다 더한 짓도 할 텐데 고작 이 정도도 못 참겠다고 굴면 안 된다.

헤지아나는 가슴을 주물러 대는 손을 떼어 놓고 입술을 꾹 깨물었다. 굵직한 신음이 귀 뒤로 다가오더니, 곧 그것은 열기로 변해 헤지아나의 목 뒤로 다가왔다. 목덜미에 뜨거운 숨이 얹어진 순간 헤지아나는 흠칫거리며 떨었다.

"읏?"

"하아…."

거친 숨을 내뿜는 입술이 헤지아나의 귓바퀴를 물었다. 온기 서린 혀끝으로 차가운 귓바퀴를 따뜻하게 데운 그는 턱 끝으로 헤지아나의 긴 머리카락을 젖혀 하얀 목덜미 위에 입술을 얹었다. 혀끝이 목선을 따라 주욱 훑어 내려간 순간, 헤지아나는 크게 떨며 목을 젖혔다.

"흐, 읏?!!"

소름 끼쳤다. 아니, 소름 끼친다고 말할 때의 그 일반적인 불쾌감과는 조금 달랐다. 얇은 피부 아래의 감각신경이 날카롭게 곤두서 몸 위를 기는 감촉을 한껏 받아들이고 있는 느낌이었다. 너무 충실하게 받아들이고 있어, 순간 터져 나오는 소리를 억누를 수 없을 정도로.

"아, 핫, 흐윽…."

아셔와 마주한 얼굴이 점점 묘하게 일그러진다. 헤지아나는 수치심에 입술을 깨물었지만 이미 눈이 풀린 아셔는 조금도 신경 쓰지 않고 헤지아나에게 계속 입 맞추었다.

뒤에서 헤지아나를 붙잡은 이는 뒷목을 탐욕스럽게 훑었다. 삼켜 버릴 듯한 혀 놀림에 저절로 입이 벌어졌다.

"하아, 아."

가슴을 주무르던 손이 이제 옷 위에서 유두를 지분거린다.

옷 위에서 포인트를 찾아 문질러 대는 손길에 헤지아나의 얼굴색은 발갛게 물들기 시작했고, 어느새 다가온 가일란은 그녀의 스커트를 걷어 올리더니 그 속에 손을 넣었다. 대뜸 허벅지 깊은 안쪽까지 들어온 손길에 헤지아나는 자신도 모르게 기겁한 소리를 냈다.

"으, 앗…!"

몸을 비틀어 피했지만 허벅지 사이에 끼워진 손이 어디로 갈 리 없었다. 가일란은 자세를 낮추어 더욱 깊이 손을 넣으며 헤지아나의 다리에 키스했다. 가일란의 손이 곧 헤지아나의 속옷 위에 닿자, 헤지아나는 울 것 같은 표정을 지었다.

"시, 싫…."

역시 싫다. 이런 건 좋지 않다. 눈물이 눈가에 대롱대롱 매달렸지만 헤지아나는 입술을 꽉 깨물고 몸에 힘을 주었다. 도망쳐서는 안 된다.

그렇게 생각한 순간, 가슴을 쥐고 있던 손 중 하나가 등 뒤로 향하더니 헤지아나의 등 뒤에 매달린 옷 매듭을 풀었다. 단단하게 몸을 감싸던 옷의 선이 느슨해졌고 그 틈새로 헤지아나의 속살이 보였다. 누가 먼저랄 것도 없이 모두 그 옷을 아래로 끌어내렸다.

"꺄!!!"

흘러내린 옷 아래에서 가슴이 드러난 순간 헤지아나는 비명을 지르며 가슴을 가렸다. 하지만 그들이 그렇게 놔두지 않았다. 그들은 헤지아나의 손을 붙잡아 흘러내린 옷 아래 드러난 가슴을 향해 고개를 숙였다.

"으앗, 아…!"

카람찬트가 오른쪽 가슴을 베어 물고, 아셔가 곡선을 따라 키스했다.

가일란은 헤지아나의 속옷 위로 도드라진 여성을 자극하며 거친 숨을 내뱉었고, 천천히 다가온 루시올은 괴로운 듯 일그러진 표정으로 헤지아나의 다리를 잡아당겼다. 헤지아나는 자세가 무너져, 그대로 자리에 드러누워 버렸다.

"윽, 앗…."

뒤통수가 조금 얼얼했으나 심하게 아프진 않았다. 아니, 아픈지 아닌지도 모르겠다. 자리에 누운 자세로 올려다본 여섯 남자의 모습에 헤지아나는 그대로 얼어붙었다.

여섯 명의 살기등등한 눈동자가 자신을 쳐다보고 있었다.

숨이 막힌다. 이대로 괜찮은 걸까, 정말. 그런데 도망칠 곳이 없으니 생각하는 것도 무용하다. 자신을 내려다보는 여섯 남자의 숨 막힐 것 같은 중압감 속에서 헤지아나는 그대로 굳었다. 그리고 그들은 다시 그녀에게 엉겨 붙었다.

"교황… 성하, 대체…. 왜…."

"루시, 올…. 앗…."

루시올이 헤지아나의 몸에 입 맞추더니 아직 가느다란 손으로 그 가슴을 움켜쥐었다. 거칠고 굵은 다른 남자들의 손과는 확실히 달랐다.

"기분…. 이상해요, 참을… 수가…, 여기…."

루시올은 숨을 몰아쉬며 헤지아나의 손을 붙잡더니 자신의 다리 사이로 옮겼다. 옷 아래로 단단하고 열기 있는 무언가가 만져졌다.

"이렇게… 되어서, 어떻게든 해 주세요…. 웃…."

헤지아나의 손으로 자신의 것을 쓰다듬던 루시올은, 그 순간 흥분했는지 그녀의 손을 힘주어 붙잡고 자신의 것을 옷 위로 문지르기 시작했다. 그러면서도 그는 견딜 수 없다는 듯한 달뜬 표정으로 헤지아나의 입술에 키스했다.

그 사이, 헤지아나가 발버둥 치며 걷어져 올라간 스커트 속을 쳐다보던 할센라비온은 그녀의 아래쪽으로 자리를 옮겼다. 가일란의 손을 치운 그는 스커트 안으로 얼굴을 디밀더니 허벅지 안쪽을 핥았다. 혀 놀림에 헤지아나의 몸이 움찔움찔 떨렸다. 곧 그는 한 손으로 다리 사이를 가린 천을 젖혔고, 그 안으로 혀를 넣어 흥분해 부풀어 오른 작은 클리토리스를 핥았다.

"으흣!!!"

혀가 날름거리며 음핵을 핥아 올린 순간, 헤지아나는 허리를 젖히며 고통스러운 신음을 냈다. 온몸을 꿰뚫는 듯한 익숙하지 않은 감각은 쾌감도 고통도 아닌 것 같아서 혼란스러웠다. 하지만 할센라비온은 그런 혼란스러운 그녀의 상태를 신경 쓰지 않고 거침없이 혀를 굴렸다.

"아, 하응, 앗! 앙! 잠깐, 그만, 그런 데 핥지 말, 꺄…!!"

경험한 적 없는 자극에 혼비백산한 헤지아나가 비명을 질렀지만 아무도 그에 반응하지 않았다.

"잠깐, 그렇게 핥지⋯!!"

눈가에 눈물이 그렁그렁하게 솟아오른다. 감내할 수 없는 자극에 그녀가 허리를 뒤로 뺐지만 할센라비온은 다시 달라붙어 허벅지를 움켜쥐고 제일 민감한 성감대를 혀로 애무했다.

"웃, 아, 그만, 그만, 하아, 싫어⋯!"

그곳이 쾌감을 쉽게 받아들인다는 건 지식으로 알고 있었지만 이 정도일 줄은 몰랐다.

헤지아나가 할센라비온을 거부하며 거세게 허리를 젓자 그는 일단 다리 사이에서 고개를 들고는 헤지아나를 쳐다보았다. 굶주린 짐승처럼 사나워진 눈빛에 헤지아나는 잠시 움츠러들었고, 그는 잠시 다른 남자들에게 둘러싸인 헤지아나를 쳐다보더니 고개를 숙이고 그녀의 허벅지를 손으로 쓸어내렸다. 기다란 스커트는 걷어 올렸어도 허벅지를 아슬아슬하게 가리고 있었다.

할센라비온은 스커트를 양손으로 쥐었다. 그리고 양옆으로 잡아당겼다.

찌익 하고 조용히 천 갈라지는 소리가 났다.

"아⋯?"

아직 눈물도 채 닦지 못한 채 얼굴을 발갛게 물들이고 있던 헤지아나가 찢어지는 옷을 보고 그만 입을 크게 벌렸다.

그 옷은 은자수가 놓인 스커트였다. 비단이었고 통짜 직물로 한 벌을 만든 것이었다.

요약하자면 매우 비싼 스커트였다.

그 스커트는 서민의 몇 년 벌이는 가뿐히 될 만한 사치품이었던 것이다. 교황청의 재정이 빈곤하진 않다만 그렇다고 해서 이런 물품을 마구잡이로 사들일 수 있을 정도는 아니다.

여전히 교권은 강력하다 하나 절대적 권력을 휘두르던 시대도 아니거니와, 무엇보다 이런 사치품은 헤지아나도 처음 입어 보는 것이었다.

사실 교황의 복장은 엄격하게 재질부터 정해져 있던 탓이다.

종교의 기본 덕목이 무엇이겠는가. 모든 이에게 본보기가 되어야 하는 이는 어떻게 행동해야겠는가. 겸손하며, 사치하지 않고, 사치하지 않으며, 사치하지 않아야 했다.

"하, 할센라비온…!"

헤지아나는 잔뜩 화난 얼굴로 자신의 찢어진 스커트를 걷는 할센라비온을 쏘아보았다. 하지만 당연히, 지금 제정신이 아닌 그는 그런 건 상관없이 드러난 헤지아나의 속옷을 힘주어 붙잡았다. 속옷마저 찢을 기세여서, 헤지아나는 급히 몸을 들어 속옷을 끌어내렸다. 이 중에서 제일 인성이 안 좋은 사람이 누구인지 알 수 있을 것 같았다.

그는 맨살이 드러난 헤지아나의 비부에 얼굴을 들이댔다. 육안으로 구별할 수 있을 정도의 조명 아래에 비부가 드러난 게 부끄러웠지만, 그가 다시 혀끝으로 성감대를 간질인 순간 그녀는 재차 비명을 내지를 수밖에 없었다.

"히익…! 꺄악, 앗, 아, 그만, 그렇게…!! 으흣, 응!!"

헤지아나는 입술을 꽉 깨물었다. 그의 혀 놀림에 온몸이 사시나무 떨리듯 바르르 떨렸다. 반사적으로 자신의 손에 잡히는 남자들의 몸을 움켜쥐며, 헤지아나는 정신 차리지 못하고 몸을 들썩거리며 신음했다.

그런 상황에서 다른 이들이 끊임없이 몸을 쓰다듬고 가슴과 목에 입 맞추고 핥았다. 쏟아지는 쾌감 속에서 거칠게 숨을 내쉬고 비명을 지르는 것만으로도 이미 진이 빠져 버린 기분이었다.

헤지아나가 신음하는 사이 남자들은 하나둘씩 벗어 몸을 드러내고 있었다.

여태까지 헤지아나는 남자의 벗은 상반신을 보아도 별다른 느낌이 없으리라 생각했고 그렇게 믿었다. 하지만 현실은 달랐다. 그저 열린 옷깃 사이로 드러난 가슴팍을 본 것만으로도 헤지아나는 눈둘 곳을 잃고 붉어진 얼굴로 시선을 내리깔았다. 대체 왜 이렇게 부끄러운 걸까?

그렇게 생각하는 헤지아나의 머리를 누군가가 붙잡았다. 동시에 눈앞에 굵직한 무언가가 들이밀어졌다.

"웃?!"

대뜸 얼굴에 눌리는 그것이 무엇인지는 순식간에 알아챘다. 핏줄이 바짝 서 붉은색으로 단단해진 그것을 본 순간 헤지아나는 뒤로 물러나려 했지만, 얼굴을 확인할 수 없는 상대는 붙잡은 헤지아나의 고개를 끌어당겨 자신의 것을 들이밀었다.

"웃, 읍…!!"

상대가 원하는 게 무엇인지 알 수 있었다. 거부감에 망설이던 헤지아나는 한참동안 힘 싸움을 한 끝에야 입을 열어 혀끝으로 그것을 핥아 올렸다.

역하고 비린 냄새가 났다. 거북함에 얼굴을 일그러뜨리면서도,

헤지아나는 혀를 조금 더 움직여 남근의 머리 부분 아래를 할짝거렸다.

입에 넣고 움직여야 하는 것으로 알고 있지만, 로미나가 말했듯이 그런 용기는 나지 않았다. 하지만 상대는 헤지아나의 머리를 움켜쥐더니 어설프게 벌어진 입을 향해 허리를 움직였다. 머리 부분이 헤지아나의 입술 사이로 파고들었고, 그녀는 입술 사이에 머금어진 귀두의 감촉에 흠칫 떨었다. 남근이 파고들려는 듯이 헤지아나의 이를 쿡쿡 눌러 대자, 어쩔 수 없이 그녀는 입을 벌려 남자를 삼켰다.

"욱…!"

역한 기운을 겨우 눌러 삼켰지만, 상대가 허리를 움직여 입 안을 찌른 순간 치밀어 오르는 헛구역질은 어쩔 수 없었다. 입에 가득 차 더 삼킬 수 없는데도 상대는 끝까지 삼키길 원하는지 계속 입 안을 찔러 댔고, 헤지아나는 정신을 차리지 못하고 헛구역질을 하며 숨을 몰아쉬었다.

'물어 버릴까?'

진심으로 그렇게 생각했다. 숨이 막히고 헛구역질이 계속 나와서 견딜 수 없었다. 하지만 이들 몸에 상처를 낼 수는 없는 노릇이었다. 헤지아나가 입 안에 들어온 것을 혀로 조심스럽게 핥자, 그것으로 만족한 듯 상대는 허리로 찔러 대는 걸 그만두었다. 헤지아나는 천천히 고개를 움직여 남근을 빨아들였는데, 그 순간 누군가가 헤지아나의 몸을 뒤집어 옆으로 눕혔다.

"읍…?"

뒤에서 자신의 다리를 드는 누군가의 손길이 느껴졌다.

뒤에 닿는 체온과 아래쪽에 닿는 무언가 묵직한 것. 헤지아나가 바짝 긴장한 사이, 그것은 그녀의 갈라진 틈새 사이로 기어들어 왔다. 그리고 더 안으로 들어오려는 듯 그녀를 밀어 올렸다.

"으, 응…!"

우직한 압박감에 헤지아나가 신음했다. 입 안에 담긴 것 때문에 제대로 신음하지 못하는 그녀를 향해 다시 한 번 단단한 것이 아래에서부터 압박하며 밀고 올라왔다.

들어온다.

"읍!!"

입구가 한껏 벌어짐이 느껴졌다. 그리고 무언가 부피 있는 게 안을 파고드는 것도.

얇은 점막 너머로 열기 가득한 것이 느껴졌다. 묵직한 압박감이 속을 채운 채 가만히 맥동 침을 느끼며, 헤지아나는 몸에서 조금 긴장을 풀었다. 얼마나 고통스러울까 걱정했지만 다행히 아프지는 않았다.

"으응…."

누구일까? 그래도 자신에게 처음으로 삽입한 남자가 누군진 알아보고 싶었지만, 앞에 선 남자의 물건에서 입을 떼자 그는 다시 헤지아나의 얼굴을 끌어당겨 강제로 자신의 것을 물게 했다. 이어서 뒤에서 삽입한 남자가 움직이기 시작했다.

"으… 흐읍…!"

피스톤 운동이 시작되자 바로 헤지아나의 입에서 진한 비음이 섞여 나오기 시작했다. 바로 몸이 움츠러들고 긴장으로 뻣뻣해졌지만, 새어 나오는 신음만은 몸 안을 문질러 대는 것의 움직임에 따라 자유자재로 꺾이며 흔들렸다.

"읍, 흐응, 응, 읍….."

한참 헤지아나가 입으로 달래 주자 만족했는지 앞에 있던 남자가 떨어졌다. 하지만 이번에는 다른 이가 헤지아나의 입에 자신의 것을 들이대고 입에 물렸다. 이번엔 헤지아나의 머리를 끌어안고 그쪽이 스스로 허리를 움직였다.

"으응!! 응, 음!"

위아래에서 번갈아 가며 찔러 대는 움직임에 헤지아나는 비명조차 지르지 못하고 떨었다. 뒤쪽에서 찔러 대는 움직임은 점점 빨라졌고, 속도가 올라갈 때마다 마찰하는 부분에서부터 올라오는 묘한 감각이 더욱 진하게 온몸으로 퍼졌다.

이상한 기분이었다. 온몸이 마비라도 된 것처럼 바짝 긴장되어 도저히 움직일 수가 없었다.

헤지아나의 뒤에서 들리는 숨소리가 더욱 거칠어졌다. 어느 순간, 헤지아나의 다리를 들고 거칠게 허리를 흔들어 대던 인기척은 앓는 듯한 신음을 내더니 헤지아나의 몸에서 자신의 것을 뺐다. 무슨 일이 일어난 건가 느끼기도 전에 다음 이가 헤지아나의 몸을 돌려 엎드리게 하고 그 몸 위에 올라탔다. 다시 남자의 것이 몸 안으로 들어오는 게 느껴졌다. 약간의 저항감은 있었지만 삽입에는 무리가 없었다.

"앗, 으흣, 아….!"

어떤 기분이라 말해야 할지 모르겠다. 이런 걸 쾌감이라고 하는 걸까? 하지만 부끄럽게도 솔직히 말하자면 기분 좋았다.

특히 깊은 안쪽으로 들어와 부드러운 몸 안을 숨 막히도록 압박하고 꽉 채우는 느낌이 좋았다. 그리고 안에 꽉 찬 것을 뺄 때, 그것이 나오면서 안을 긁어대는 느낌도, 그 느낌이 절로 비명을 지르게 하는 점도 전부 좋았다. 참지 못해서 자신도 모르게 허리를 흔들 정도로.

하지만 두 번째 남자는 처음부터 급히 허리를 흔들어 대더니 갑자기 헤지아나의 몸에서 자신을 빼냈다. 다음번에 들어온 남자가 그 남자인지 다른 남자인지는 알 수 없었다. 다만 조금 더 뜨겁고 크다고 생각했다. 그 남자는 들어오자마자 격렬하게 흔들며 헤지아나를 밀어붙였다.

"아, 앗, 아아아아…! 웃…!"

헤지아나가 시작부터 격렬한 허리 놀림에 신음한 순간, 다시 헤지아나의 입에 무언가가 물렸다. 헤지아나는 뒤에서 찔러 오는 쾌감에 신음하면서도 입 안에 들은 것을 조심스럽게 핥았다.

그렇게 그들은 계속 번갈아 가며 헤지아나의 윗입과 아랫입에 자신들의 것을 채웠다.

한 명이 한 번씩 차례대로 사이좋게 반복하는 그런 상황은 아니었다. 그저 누군가가 선점하는 대로, 밀어내면 밀려나는 대로, 동물처럼 헤지아나의 몸을 탐하기 바빴다. 그 행위가 얼마만큼이나 반복되었는지 헤지아나는 세 보지 않았다.

어떤 이가 헤지아나를 바로 눕혀 놓고 탐하면, 다른 이가 그녀를 옆에서, 또는 엎드리게 하고 뒤에서 탐했다. 몇 번이고 자세가 바뀌었고 몇 번이고 삽입하는 상대도 바뀌었다.

대충 생각하기로는, 다들 한두 번씩은 해 보았을 것 같은 정도의 횟수가 지났다. 제일 어린 루시올은 벌써 나가떨어졌고, 황제와 황자는 생각보다 헤지아나를 심하게 괴롭히지 않았다. 그들이 제일 거친 건 맞았지만 말이다. 그들이 떨어지자 이번엔 아셔가 붙은 상태였다.

"성하…. 교황 성하…."

"앗, 웃…."

귓가에 속삭이는 목소리에 헤지아나는 눈을 질끈 감았다. 자신의 위에서 한참 허리를 흔드는 상대에게 이름을 불리는 사실이 부끄러웠다.

"용서를…. 부디, 용서를…."

자신의 뺨을 어루만지며 속삭이는 목소리에 헤지아나는 살짝 눈을 떴다. 아셔가 쾌락에 젖은 표정으로 자신의 이마에 키스하고 있었다.

"아, 셔, 앗, 으읏, 응!"

헤지아나는 신음하며 시선을 조금 아래로 내렸다. 그의 손이 자신의 허벅지를 누르고, 그 좀 더 아래에서는 자신의 안에 열심히 출입하는 그의 모습이 보였다.

모습이 드러났다 사라졌다 하는 그의 남근을 보는 순간 얼굴이 달아오를 것 같은 수치심과 시각적인 쾌감이 한 번에 몸 안에 스며들었다. 자신도 모르게 눈을 가렸지만 쾌감이 더욱 진해지는 건 부정할 수 없었다.

"감히, 성하께 이런 짓을…. 생각만으로도 용서받을 수 없는…. 추잡한…."

"앗…!!"

숨을 몰아쉬며 거친 목소리를 내던 아셔가 갑자기 이를 악물더니 자세를 낮추어 헤지아나와 몸을 붙였다. 그리고 격렬하게 허리를 흔들기 시작했다.

"아, 아셔, 아, 앗!! 아, 조금, 천천히, 아, 앙!!"

"성하, 성하…."

아셔가 거친 숨소리로 신음하며 계속 헤지아나를 불렀다. 격렬하게 자신을 향해 돌진하는 아셔의 모습에 헤지아나는 조금 겁먹었지만, 그보다 아래쪽에서 타고 올라오는 쾌감이 훨씬 깊고 진했다.

"아, 으윽…!!"

갑자기 아셔가 허리를 뒤로 빼 자신의 것을 헤지아나의 몸 안에서 빼냈다. 동시에, 헤지아나는 자신의 아래쪽에 따듯한 무언가가 닿는 걸 느꼈다. 내려다보자 그가 사정한 것이 바깥에 가득 묻어 배를 따라 흘러내리고 있었다.

"아, 아…."

사정한 아셔가 헤지아나의 몸 위로 흘러내리는 자신의 정액을 보고는 떨면서 신음했다.

그는 교황을 섬기는 자다. 섬기는 이에게 욕정을 해소했다는 점에 스스로 충격을 받은 걸지도 모른다.

하지만 상관없다. 어차피 사람의 이성을 교란시키고 본능을 충동질하는 이 마법은, 덕분에 상대에게 기억을 남기지 않는다. 엄청나게 분노한 순간, 그때의 기억이 잘 남지 않는 것과 비슷한 원리다. 일반적인 경우도 그러한데 이성을 완전히 억제하는 이 마법은 오죽하겠는가.

"교황, 성하…."

"아, 웃…."

아셔는 가슴을 들썩거리며 가쁘게 숨을 내쉬는 헤지아나를 잠시 쳐다보았다. 다음 순간, 그는 아직 서 있는 것을 헤지아나에게 밀어 넣더니 헤지아나를 끌어안고 거칠게 허리를 흔들기 시작했다.

격렬하다는 말로도 부족한, 마치 품에 안은 것을 그대로 망가뜨려 버릴 듯한 움직임이었다.

"아, 아, 아아아아앗!! 아셔, 자, 잠깐! 그만!!"

"조금만 더…."

억센 몸이 쾌감에 몸부림치는 헤지아나를 움직이지 못하도록 끌어안고 정신없이 탐했다. 아래뿐만이 아니라 입도 혀로 얽으며 탐했다. 하지만 이미 한 번 절정에 도달한 탓인지, 예민해진 몸은 금세 두 번째 절정에 도달해 늘어졌다.

늘어진 아셔를 밀어내고 이번엔 리암이 그녀의 몸 위에 올라탔다.

"좋은… 냄새…."

리암이 헤지아나의 목덜미에 고개를 숙이고 깊게 숨을 들이쉬었다. 머리카락에 뿌린 향수를 말하는 걸지도 모르겠다. 숨을 들이쉰 리암은 헤지아나의 몸을 옆으로 끌어안더니 다리를 들어 옆에서 삽입했다. 끌어안는 자세로 헤지아나를 안은 그는 천천히 허리를 움직이며 헤지아나와 같이 신음했다.

"아, 앗, 아…."

"으응, 아…."

황제들과 아셔까지 상대하며 격렬한 섹스에 지친 헤지아나는 리암에게 안겨 천천히 쾌락을 즐겼다. 서로 교감하는 듯한 느낌이 나쁘지 않았다.

"아…. 으읏, 안이…. 너무 부드러워서…".

"아, 앗…".

눈앞에서 견딜 수 없다는 듯이 리암의 얼굴이 일그러졌다. 그 모습에 자신도 모르게 얼굴이 달아올랐다. 한참동안 서로 말없이 열을 올리다가, 리암이 먼저 절정에 도달했다.

"성하…. 아…. 웃…!"

안쪽에서 무언가 따뜻한 것이 흘러나오는 느낌이 들었다. 헤지아나를 끌어안고 사정한 리암은 절정의 여운을 즐기듯이 헤지아나의 뺨과 이마에 키스했고, 잠시 후 그대로 눈을 감고 잠들어 버렸다.

"아, 하아…".

자신에게 달려드는 이가 없다. 이제 모두 끝난 걸까 생각하며 숨을 충분히 돌린 헤지아나는 천천히 몸을 일으켜 주변을 둘러보았다. 이제 나가서 기다리는 리시에게 일이 끝났음을 알리고 정리를 시키면 되지 않을까?

"…하지만".

주변을 둘러본 헤지아나는 자신의 주변에 쓰러지듯 잠들어 있는 이들의 모습을 확인하고는 낮게 한숨을 쉬었다. 자신의 수치심만 생각하여 뒤처리 인원을 전부 여자로 준비해 두었는데, 이렇게 벌거벗은 남자들의 모습을 보고 성직을 가진 여자들이 기꺼워할 리가 없었다.

이럴 줄 알았으면 미리 입 무거운 남성 인원을 준비해 둘걸.

다행히 아직 그들에게 옷을 입힐 체력 정도는 남아 있었다. 헤지아나는 대충 자신의 옷매무새를 정리하며 자리에서 일어났다. 하지만 아무리 정리해 봤자, 찢어진 옷이 다시 붙는 건 아니다. 무심코 찢어진 옷자락을 양손에 쥐고 헤지아나는 고운 아미를 찌푸렸다.

할센라비온에게는 반드시 이 옷값의 책임을 물으리라. 이미 헤지아나에게는 그가 자신이 준비한 마법의 희생자라는 생각은 눈곱만큼도 남아 있지 않았다. 마법에 걸려 그리 한 것이라 해도 모두가 옷을 찢진 않았으니까 말이다.

"이봐."

"힉?"

뒤에서 서 있는 헤지아나의 손목을 잡아당기며 부르는 목소리가 있었다. 헤지아나는 그 손길에 이끌려 가며 뒤돌아보았다—할센라비온이었다. 헤지아나를 끌어당긴 그는 그녀를 눕히더니 쉬는 동안 뻣뻣하게 고개를 치켜든 것을 그녀에게 들이댔다.

"아, 아직도?"

아마 아직도 계속 그 상태라기보단 기운을 회복한 쪽일 가능성이 높지만 말이다. 그러나 전자든 후자든 지독한 건 마찬가지였다. 기운을 회복한 그것을 내려다보며 헤지아나는 질린 표정을 지었다.

소문은 사실일지도 모른다. 황제의 정력이 유독 좋아서 여자들이 도망가더라는 이야기 말이다. 정작 초인의 경지에 들어선 이들은 이제 나가떨어졌는데, 왜 아직 인간의 범주에 있는 자가 아직도 버틴단 말인가. 물론 정력과 체력은 동일하지 않다는 말을 들은 적이 있긴 하다만….

—찌익.

생각에 빠져 있던 헤지아나의 정신을, 무언가 거슬리는 소리가 두들겨 깨웠다.

처음엔 그게 무슨 소리인지 몰랐다. 하지만 그의 손에 들린 천

조각을 보니 알 것 같다.

"아… 으, 흑?"

깨달을 시간도 없었다. 할센라비온이 움직이기 시작했고, 헤지아나는 위에서 자신에게 열을 올리는 할센라비온을 쾌감과 분노에 반반씩 일그러진 얼굴로 쳐다보며 이를 악물었다.

"대체, 어떻게 된 인간이, 뭐든 다짜고짜… 찢…, 읏!"

움직임이 힘을 실은 순간 헤지아나는 입술을 꽉 깨물었다. 쾌락에 시달리면서도 헤지아나는 반드시 무슨 일이 있어도 이 건에 대한 복수를 하겠다는 다짐을 되새겼다.

사실 이쯤 되면 용서할 수 없는 게 당연하지 않은가.

"윽…. 으읏."

한참 후, 문이 조용히 열림과 동시에 헤지아나가 신음하며 문간에 기대 문밖으로 나왔다. 밖에서 기다리던 리시는 지친, 아니, 퀭한 헤지아나를 발견하고는 재빨리 문가로 다가가 그녀를 부축했다.

"교황 성하."

"끝… 났다. 내가 차마 체력이 없어서 정리를 못 해…. 다들 보일 꼴이 아닌 상태다…. 조금 연세 있으신…. 아니, 남성 사제를 불러라. 입 무거운 이가 있느냐."

"예, 곧 불러오겠습니다."

리시가 뒤를 돌아보며 고개를 끄덕이자 이야기를 듣던 교황청

궁내원 한 명이 빠르게 발걸음을 옮겨 사라졌다.

"난… 돌아가서 쉬겠다. 나머지는… 예정대로 마무리하거라. 각자 객실로 돌려보내고…"

"예, 정신이 드는 향을 피워 두겠습니다."

노파심에 해야 할 일을 설명하던 헤지아나는 입을 다물고 고개를 끄덕였다.

"그럼 부탁한다. 내 방으로는 혼자 가마."

"아니요. 사제들을 붙이겠습니다. 가다 쓰러지실 듯합니다. 무엇보다 입으신 것이…"

찢어진 스커트를 보고 잠시 망설이던 리시는 자신의 겉옷을 벗더니 헤지아나의 허리에 둘러매 드러난 다리를 가렸다.

"고맙구나…. 그럼 돌아가 쉬겠다. 굉장히 피곤하구나."

"예. 나머지는 제가 처리할 테니 안심하시고 돌아가서 푹 쉬십시오. 내일 일정도 염려 마시고, 시간이 될 때까지 푹 쉬시길."

헤지아나는 고개를 끄덕이고 몸을 돌렸다. 그 뒤로 사제들이 붙었지만, 피로에 찌들어 머리가 멍해진 헤지아나는 그들에게 신경을 쓰지 못했다. 그녀는 자신의 거처까지 돌아가 방 안의 침대에 드러누운 순간 바로 잠들어 버렸다.

그리고 빛을 보았다. 성스러운 목소리는 덤이었다.

[그래, 재미 좀 봤냐?]

"지금 이게 재미 따질 일입니까?"

물건이 있다면 집어던졌으리라. 그러나 이 공간엔 집어던질 물건도 없다.

물건 자체가 없다는 소리는 아니다. 그러면 저 신 놈이 앉아 있는 의자도 없을 테니까. 어쩌면 자신이 집어던질 걸 예상하고 치워 둔 상태인지도 모르지만 말이다.

[아 왜. 일부러 재미 좀 보라고 몸도 뜯어 고쳤구먼. 그래서 걔들 괜찮던? 데리고 놀 만하던?]

"저 지금 옆집 애랑 놀고 온 거 아니에요."

[맞잖아?]

헤지아나는 입을 다물었다. 저잣거리의 아이들이 옆집 아이와 난교를 하고 오지는 않는다는 걸 굳이 말로 해야 할까?

앓느니 죽지. 말을 말자. 헤지아나는 깊게 심호흡을 한 다음 고 개를 들어 창조신을 쳐다보았다. 물론 창조신의 모습이라는 건 잘 보이지 않으며 그 윤곽선만 보일 뿐이었다.

"뭐, 어쨌든 이걸로 된 거겠죠."

[뭐가?]

"전쟁요."

[뭔 소리야.]

대체 뭔 헛소리 하느냐는 듯한 반응에 헤지아나는 이맛살을 찌 푸렸다.

"그놈들이랑 자라면서요."

[어.]

"만족할 정도로 해 주라고 했잖아요."

[응.]

고개를 끄덕끄덕 하는 신을 보고 헤지아나는 더욱 이맛살을 찌 푸렸다.

"오늘 나가떨어질 때까지 했으니까 된 거죠? 이제 대충 회의 끝내고 돌려보내면 되는 거죠?"

　[뭐?]

　신이 반문했다. 그는 무엇인가 생각하듯이 턱을 괴고 신음하더니 자리에서 일어나 자리를 뱅글뱅글 돌았다.

　"…뭐죠? 뭐 문제 있는 건가요?"

　신은 대답하지 않았다. 헤지아나는 미간을 찌푸린 채 신을 쳐다보았고 신은 한참 후에야 자신을 쏘아보는 헤지아나를 향해 손을 까닥여 보였다.

　[아가야. 이리 좀 오너라.]

　"…대체 무슨 말씀을 하시려는 거죠?"

　헤지아나가 다가가지 않자 신은 헤지아나를 향해 직접 발걸음을 옮겼다. 그 앞에는 작은 다과상이 바로 생겨났고, 그 앞에 털썩 주저앉은 신은 테이블 위에 있는 찻주전자에서 차를 잔에 따라 헤지아나 앞으로 밀었다.

　[내가 뭐라고 말했는지 차근히 기억 좀 해 보겠느냐.]

　"그놈들 다 따먹어라."

　길게 말하기 싫었던 헤지아나는 간단히 대답했다. 하지만 신은 그 대답에 만족하지 못한 모양이다.

　[그걸로 끝이냐?]

　"그럼 뭐가 더 있는 거죠?"

　[야 이것아.]

　신이 찻잔을 테이블에 탕 내려놓으며 목소리를 높였다.

　[너 인마, 내가 언제 그놈들하고 떡 한 번 치면 만사가 다 해결된다고 그랬냐? 내가 그랬지? 그놈들 철저하게 매달리게 만들어 놔

야 한다고.]

"헤?"

헤지아나의 입에서 멍한 소리가 새어나왔다.

"아니 그거, 한 번만 해도 그렇다는 소리 아니었나요? 그래서 몸
도 개조…."

[야, 한 번 해 가지고 퍽이나 잘되겠다. 한술 밥에 아주 배가 불
러 터지겠어. 이것아, 마약도 한 번 한다고 해서 중독되진 않는다.
응? 거기다가 오늘 한 거 마법으로 정신 쏙 빼놓고 한 거잖아! 아
나 진짜, 난 오늘 뭐 각오 좀 단단히 다지려고 얘가 작정했나 싶었
는데 개뿔, 아 나. 아오 빡쳐.]

어쩐지 신이란 작자가 자신보다 비속어에 능한 것 같다… 고 생
각한 게 하루 이틀 일은 아니다. 그 점에 대해 물어본 적도 있었다.
그에 대해 신은 '이 세상일 그럼 내가 더 잘 알지. 당연한 거 아니
냐'라고 말해 신묘하게 그녀를 납득시켰다.

[너 앞으로 마법 금지야! 기타 향정신성 물질 사용 전부 금지!
아, 그래. 흥 돋우는 정도는 허용한다. 야, 인마. 그렇게 정신이 완
전히 날아간 상태로는 인과가 쌓이질 않는다고!]

"자, 잠깐, 잠깐, 잠깐!!!"

헤지아나는 비명을 지르며 신의 말을 막았다. 지금 이 상황이 이
해가 되지 않았다. 아니, 이해하기에는 너무나 버겁고 무거운 상황
이었다.

"잠깐만요, 지금 이야기하는 거, 그럼 한마디로 줄이면…."

꿀꺽하고 마른침이 넘어갔다. 헤지아나는 경악한 표정으로 신을
향해 소리쳤다.

"이거 계속 해야 하는 거예요? 한두 명도 아니고, 여섯 명하고?"

그중에서 세 명이 비인간의 영역에 속한다는 사실은 일단 제쳐 두자.

한 명이 미성년자 외모를 가졌다는 사실도 제쳐 두자.

과반수가 이미 넘어 그 그룹 자체가 비정상적인 그룹이라는 사실도 넘어가자.

계속 해야 한다는 사실 자체가 공포였다.

[너 대체 내가 말한 거 뭐로 들었냐. 내 말이 말 같지 않냐? 나 입 만든다?]

"아…. 아…. 아…."

헤지아나는 파랗게 질린 얼굴로 부들부들 떨었다.

한 번만 하면 된다고 생각했다. 보름 동안 해치우라는 이야기는 한 명씩 유혹해 잠자리까지 골인하는 데의 이야기라고 생각했다. 하지만 유혹하는 데에는 자신이 없었고, 비효율적이라고 생각했기 때문에 간단하게 마법으로 전부 해치우면 된다고 생각했다.

그런데 아니라고 한다.

"자, 잠깐, 내가…. 오늘 얼마나…."

입에서 말이 나오질 않았다.

오늘을 위해 얼마나 많은 각오를 다졌는가. 연인과의 달콤한 시간 같은 건 어차피 상상하기 힘든 입장이긴 하나, 그렇다고 해서 그녀가 첫 경험에 대한 낭만이 없는 것도 아니었다. 그렇지만 연인은 없고, 아무 남자와 경험을 가지고 싶진 않고, 관계는 가져야 하니 결국 이렇게 된 거 받아들이자고 수도 없이 자신을 달랬는데 그게 무용하다니.

이게 무슨 소리란 말인가.

"내, 내가 왜…."

서러움이 복받쳐 올라와 왈칵하고 눈물이 흘러내렸다. 헤지아나는 이를 악물고 신을 쏘아보았다.

"나보고 이걸 더 하라고? 싫어요, 나 더 못 해!! 안 할 거야!!"

[야, 너….]

"그냥 기적이라도 일으키란 말이에요! 왜 나보고 이런 걸 하라는 거야!!"

[할 사람이 너밖에 없잖….]

"내가 차라리 몸 파는 직업이면 말을 안 해!! 왜 나한테, 흑흑, 나도, 흑, 흐흑…."

신은 뭔가 말하려고 하는 듯했지만 펑펑 울음을 터트리는 헤지아나의 모습을 보더니 한숨을 내쉬며 고개를 돌렸다.

[아, 나 진짜 누가 그러게 단체전 하랬냐….]

"똑바로 말 안 한 사람이 잘못이죠!!"

[네가 멋대로 해석한 거잖아!!!!]

"아, 몰라요, 몰라. 떠넘기지 마요! 나 안 할 거야!! 기적이라도 일으키라고요!!!!"

눈물을 닦으며 헤지아나는 신을 향해 크게 소리쳤다.

"저들 앞에 나타나서 계시라도 내리면 될 거 아니에요!! 왜 제가 이런 짓을 해야 하는데요! 왜 제가 매춘부 짓을 해야 하냐고요! 아니, 차라리 매춘부가 낫지, 그네들은 어쨌든 자기가 결정해서 하는 거잖아요! 전 뭔데요!!"

신은 잠시 아무 말 없었다. 할 말이 없다기보다는 무슨 말을 어찌 해야 하나 고민하는 듯한 모습이었다. 그 사이 실컷 운 헤지아나는 눈물을 닦고 숨결을 진정시킨 다음 이를 악물고 신을 쏘아보았다. 헛소리라도 날아오면 한 대 후려칠 기세였다.

[음…. 헤지아나야. 먼저 말해 둘 게 있다.]

자세를 바로잡아 앉은 신이 헤지아나에게 말했다.

"뭔데요."

[먼저 기적이라는 건 일으킬 수 있어. 하지만 그걸로 사람을 개심시키는 건 꽤 힘들다. 정말 극적이고 극적인 연출이 있어야 해. 특히 전쟁 같은 건 이런저런 문제가 얽혀 발생하기 마련인데, 그건 일단 파헨타움만 봐도….]

"언제는 욕구불만 환자들이 전쟁을 일으키는 거라고 했으면서."

[…그런 놈들이 이런 저런 이유를 붙여서 결국 전쟁을 일으키는 거란 말이야. 그렇게 되면 문제가 단순해지지 않아요.]

"역사도 주무를 수 있는 신의 권위로 사람의 마음 하나 정도 돌려 앉히는 건 일도 아니지 않나요?"

[아니, 그거 못해.]

단번에 고개를 젓는 신을 보고 헤지아나는 놀란 듯이 눈을 둥그렇게 떴다.

"아니, 왜…."

[그게 가능하면 내가 너 서럽게 울게 만들겠냐? 네 정신머리를 확 뜯어고치지.]

혀를 차며 신이 말했다.

[그게, 옛날에야 나도 너희들 기도 들어주고 그랬지만 그게 한두 명이어야지. 쉬려는데 계속 불러 대 싸면 나도 힘들다고. 진짜 세계

멸망급의 위기가 목전에 닥친 거 아니면 직접 개입 안 해. 그게 규칙이야.]

"그 규칙 누가 만들었는데요?"

[내가.]

"폐지하세요."

[안 돼, 인마. 야, 생각해 봐라. 이미 너희들끼리 살아가면서 규칙이 수천수만 년 정돈된 세계야. 거기다가 내가 창조주라고 멋대로 막 들쑤셔 놓으면 너희들 사는 꼴이 어떻게 되겠냐? 이런 건 인간의 범위 내에서, 인간의 의지대로 되어야 하는 거야.]

"말이나 못하면 밉지나 않지…."

이미 비뚤어진 헤지아나가 잔뜩 곯은 표정으로 고개를 돌리자 신은 깊게 한숨을 내쉬었다.

"설득이나 협상을 통해 좋게 이야기를 끌어갈 수 있는 것 아닌가요. 대체 왜 이런 문란한 일을…."

[시간이 너무 오래 걸린다.]

신은 고개를 저으며 헤지아나의 말을 잘랐다.

[꼬인 실을 풀기엔 시간이 너무 오래 걸린다. 나도 조심스럽게 티나지 않는 범주 내에서 슬쩍슬쩍 간섭해 봤어. 카람찬트가 제국을 평정한 것도 그 일환이고. 하지만 보다시피 되레 역효과가 났지. 세계 바깥에 있는 나로는 안 된다. 내가 괜히 역대 교황들을 두고 계시를 내린 줄 아느냐? 얘야, 헤지아나야. 지금 두 제국에게만 갈등의 불씨가 있는 게 아니다. 이것들은 인과가 쌓여 나타나는 현상이다. 네 대표들도 주시해서 보아야 할 것이야. 뽑혀 온 아이들이라는 건 그만큼의 이유가 있어서이다. 그 아이들도 이 상황의 불씨인 게

야.]

"불씨라니…."

즉 그들도 전화를 일으킬 만한 여지가 있는 이라는 소린가. 갑자기 루시올의 연약한 모습이 생각났다. 그 요정이 전쟁을 일으킬 만한 이유가 있는 걸까? 아니, 그 이전에 아셔는.

"아셔는 교황청 소속이잖아요. 그가 북측을 대표해 전쟁의 불씨를 키울…."

[아, 다른 애들은 아직 동기가 불확실해서 잘 모르겠는데 걔는 확실히 대답해 줄 수 있어.]

손가락을 튕기며 신이 말했다.

[걘 교황청을 위해서 전쟁을 일으킬 놈이다.]

"예?"

[어차피 전쟁의 주 도화선은 두 제국인 건 맞는데, 그 과정에서 애는 교황청에 조금이라도 피해가 있으면 바로 득달같이 일어날 거다. 생각하기 어려운 일은 아니지?]

"하지만 아셔에게 끌 수 있는 군사는…."

헤지아나는 머리를 굴렸다. 교황청이라고 해도 이 작은 땅을 수호하기 위한 병사들은 있었고, 그 병사들의 지휘권은 자신에게 있었다.

그렇다면 아셔는 북측의 협조를 얻어 군사를 끌게 될까? 그러나 안정권에 있는 그들이 굳이 전쟁에 휘말려야 할 이유가 없다. 또한 그가 북측에게 줄 수 있는 이익도 없지 않은가.

아무리 생각해 보아도 그가 끌 수 있는 군사는 없다. 그런데 어떻게?

[걔한테 왜 군사가 필요하냐?]

"아."

생각을 잘못했다. 헤지아나는 금세 그 사실을 깨닫고 신음했다.

아셔는 인간의 상식으로 생각해서는 안 될 상대였다. 검성들도 그와 비교하자면 평범한 인간이지 않은가. 실제로 전투에서 누가 승리할지야 알 수 없지만, 단순 화력전이라고 생각할 때 그의 승리는 당연한 것이다.

그는 이 교국의 다른 성기사들 전부와 홀몸으로 맞서서도 싸워 이길 수 있는 상대였다.

또한 그가 가진 '날개'는 인간의 한계를 보조해 준다. 무엇보다 일주일 동안 잠들지 않고 싸울 수 있는 군대는 없다.

[다시 말하는데… 전쟁의 주 도화선은 두 제국 맞아. 다른 네 명의 대표들은 거기에 맞추어 전쟁을 일으킬 놈들이다. 제국이 전쟁을 일으키든 안 일으키든 상관없어. 지금의 불안한 정국만으로도 전쟁을 일으킬 수 있는 놈들이야. 그건 꼭 전쟁을 일으키겠다고 맘먹어서 생기는 게 아니지. 자기를 지키기 위해 갑옷을 둘러 입는 것만으로도 전화의 먹잇감이 될 수 있는 거, 너도 잘 알잖아. 어쨌든 그 모두가 결국 이 대륙을 뒤엎는 전화를 불러오게 되는 데에 주요한 역할을 하게 될 거고 그 중심은 저 인물들일 가능성이 높다. 그럴 힘이 있어서 여기 참석했을 수도 있고, 여기 참석함으로써 그런 힘을 얻었을 수도 있어. 어쨌든 인과는 그들에게 모였다. 네 말이 그렇게 만든 게지.]

헤지아나는 잠시 눈을 감았다. 신의 말을 듣자하니 생각나는 바가 있어, 그녀는 눈을 뜨고 다시 신을 똑바로 쳐다보았다.

"즉, 두 제국이 싸우는 것만 가지고 대륙이 그 정도로 피폐해지지는 않는다는 말씀이십니까?"

[그렇다. 제국들이 지배할 땅을 피폐하게 할 정도로 싸워야 할 이유가 없다. 둘이 중심으로 부딪친다고 해도 그렇게 황폐해질 일은 없어. 허나 그 정도의 판도가 움직이는데 다른 나라라고 안 움직일 거 같으냐. 하여튼 상호 필연적인 문제야.]

타당한 이야기라고 생각했다. 실제로 전운에 맞추어 각 나라의 분위기도 급변하기 시작했고 이미 상황이 안 좋은 지역도 있으니.

소국들은 제국의 눈치를 보리라 생각했으나 그들 역시 시류를 읽고 자국의 이익에 따라 어떤 불씨를 흩날릴지 모르는 것이다. 거기다가 전쟁이 나든 안 나든 이미 상황은 위험하단 소리를 들으니, 여태까지 두 제국의 싸움만 막으면 된다고 한 생각은 치워야 할 것 같았다.

[그러니까 말이다, 결국엔 내가 개입할 수가 없고 말이야. 인과로 쌓인 문제는 인과로 비틀어 버려야 하는 거야. 다행히 넌 뭐냐? 세속의 권력에 속하지 않기 때문에 더욱 강력한 권력자지. 그런 놈들과 네가 인과를 쌓는다면 그 정도 비트는 건 간단하다. 그리고 인과를 쌓는 데 제일 좋은 방법은….]

신은 헤지아나를 향해 말했다.

[사랑이지.]

"다짜고짜 따먹으라고 하신 분이 사랑을 논하시니 참으로 어울리는군요."

그리고 헤지아나는 바로 그 말을 쳐냈다.

[아, 뭐, 비뚤어진 애정이건 개가 주인에게 갖는 애정이건 쾌락의

노예건 상관없어. 사실 후자가 제일 간단하고 쉬우니까. 어쨌든 말 잘 듣는 개로 만들기만 하면 만사가 해결된다.]

"퍽이나 사랑 같네요."

[사랑이 꼭 네가 생각하는 형태만 있는 건 아니다? 어쨌든 사람과 사람의 관계만큼 강력한 인력이 없어요.]

"그렇군요. 그렇지만 이제 더는 매춘부 짓은 사절하겠습니다."

즉 하지 않겠다는 소리다. 냉정해진 혜지아나의 말투에 신은 혀를 찼다.

[매춘부가 뭐냐, 매춘부가.]

"틀린 말 하나 없잖아요. 성적 향응을 접대해서 꼬드기는 거하고 대체 뭐가 다른지 전 아직도 모르겠네요."

[야. 좀 즐기고 살래도. 선물이야, 이건.]

"내가 안 원하는데 어쩌라고요!!! 이런 짓 시키려고 이번 교황은 여자로 뽑은 건가요!! 내가 남자였으면, 이런 수모도 겪지 않았을 텐데 정말…!!"

다시 혜지아나의 눈가에 눈물이 그렁그렁해졌다. 그 모습을 보고 신은 한숨을 깊게 내쉬더니, 뒷머리를 긁적이며―있다면 말이지만―혜지아나의 앞에 다가와 그녀의 어깨에 손을 얹었다.

[혜지아나야.]

"아, 왜요!"

신의 손을 탁 뿌리치며 혜지아나가 앙칼지게 소리쳤다. 하지만 신은 다시 혜지아나의 어깨에 손을 얹으며 인자한 목소리로 말했다.

[만약 네가 남자였으면 난 저놈들에게 성 정체성을 깨닫게 해 주

었을 거다.]

"…네?"

[뭐, 그 정도의 기호를 살짝 심어 놓는 거야 문제가 안 되거든. 특히 이 땅에선 말이다. 괜히 여기로 부른 게 아냐.]

"잠깐만요. 그게 지금 무슨 소리…."

[마찬가지로, 저 중에 여성 권력자가 있었다면.]

신은 헤지아나의 어깨를 쥔 손에 힘을 주었다.

[지금 너는 새로운 세계를 알게 되었겠지.]

"거거거거거거거절합니다, 거절하거든요!"

앉은 채로 뒷걸음질 치며 헤지아나는 고개를 저었다. 순간 풍만한 가슴이 자신의 가슴에 눌리는 감촉이 떠올랐다. 부드러운 팔이 자신의 허리를 끌어안는 것이나, 통통한 허벅지가 얽히는 것이라든가…. 머릿속이 위험신호로 시끄럽게 들끓어 올랐다. 이건 옳지 않았다.

[뭐야. 뭐 그리 질겁하고 그래.]

"어어어어떻게 여자들끼리 그렇고 그런, 그런, 그런, 그런!"

[…너 그쪽에 취향 있었냐? 이런, 여자들 좀 끼워 넣었으면 좋았을 것을.]

"지금 싫어하는 거 안 보이나요!!!"

[강한 부정은 긍정이라잖냐? 세간이 동성의 교합을 이상하게 본다고 해서 네 마음을 그렇게 숨기고 부정할 필요는 없다. 자, 난 이 세상에 심심해서 이것저것 쳐넣은 건 있어도 애초부터 잘못된 건 만들지 않았어. 자신을 인정하는 건 건강한 자아를 위한 첫걸…. 아, 잠깐. 그러면 지금 저놈들하고 붕가 뜨기가 힘들어지나? 야, 너

그쪽으로 완전 전향하지 말고 둘 다 하면 안 되냐?]

"지금 뭔 소리 하는 거야!!"

이번에는 던질 게 있었다. 헤지아나는 손에 들고 있던 빈 잔을 집어던졌고, 신은 목을 꺾어 그 잔을 피했다. 그 잔은 바닥에 떨어지지도 않고 허공을 넘어 사라졌다.

"이게 신인지 악마 새끼인지, 왜 이렇게 문란함을 권하는 거죠!"

[야, 너 왜 그러냐. 악마라니.]

찻주전자를 들어 자작하고는 입도 없는 턱 부위에 대고 꺾은 신은, '크으'하고 입이 있을 부분을 닦더니 헤지아나를 향해 말했다.

[걔들도 내 새끼거든.]

무심코 '아, 시발'이라고 또 외칠 뻔했다.

맞다. 그랬다. 천사가 그렇듯 악마도 결국 창조신의 창조물이었다.

잠에서 깬 헤지아나는 벌떡 일어나 앉았다.

피로감은 사라지지 않았고 머리는 멍했지만 방금 창조신과 나눈 대화는 기억했다. 요약하자면 즉, 전부 치맛자락을 붙잡고 매달릴 때까지 뼈와 살을 불태우는 광란의 밤을 반복할 것. 시간제한은 15일.

"윽…"

헤지아나는 손끝으로 이부자락을 움켜쥐었다.

남자는 대체 어떻게 유혹해야 한단 말인가. 어떻게 제정신으로 그런 짓을 할 수 있단 말인가. 그것도 여러 명과 계속 돌아가며 해야 한다니. 거기다가 15일 안에 모든 함락이 완료되어야 한다.

처음 신이 계시를 내렸을 때 '바쁠 것이다'라고 말했던 게 이제야 이해가 되었다.

헤지아나는 이를 악물었다. 대체 전생에 무슨 대역죄를 지은 걸까? 우주라도 멸망시키는 악업을 달성했는가. 그래서 창조신이 재건의 고통을 이제야 자신에게 떠넘기는 건가.

"밖에 아무도 없나요!"

교황청 궁내원은 언제나 대기하고 있었다. 곧 무슨 일이냐 묻는 여궁내원의 목소리가 들렸고 헤지아나는 명했다.

"리시 추기경에게 일이 끝나는 대로 오라 전하세요! 그리고 독주한 병도 가지고 와 주십시오."

"네? 무엇을 가지고 오라…."

"술 말입니다, 술!"

교황을 모신 지 오래였지만 이런 주문은 없었던지라 당황한 궁내원은 잠시 머뭇거리더니 발자국 소리를 남기며 사라졌다. 곧 궁내원은 다른 이에게 연락해 리시 추기경을 불렀고, 리시 추기경은 일을 끝내고 도착한 교황의 방 앞에서 목소리를 가다듬었다.

"성하, 리시입니다. 들어가도 되겠습니까."

그러나 대답이 없다.

"성하."

리시는 몇 번이고 불렀다. 잠들었나 싶어 고개를 갸웃거린 리시는 방 안에서 조그만 말소리가 들리는 걸 느끼고는 손을 들어 문을 노크했다.

"성하?"

웃음소리가 들렸다. 리시는 문을 열고 방 안을 살펴보았다. 방 안은 불 하나 없이 어두웠다.

"실례하겠습니다, 성하. 부르심에…."

"리~~시~?"

묘하게 꺾인 목소리에 리시는 주변을 두리번거리며 방 안으로 들어섰다. 문으로 가려진 부분에 등이 하나 켜져 있었고, 그 밑의 테이블에 헤지아나가 앉아 있었다. 앉아 있는 건지 엎드려 있는 건지 모르겠지만 말이다.

"서, 성하?"

"헤헤헤헤. 리시다, 리시…. 헤헤헤."

이상한 웃음소리를 내며 헤지아나는 자리에서 일어났다. 하지만 그 순간, 헤지아나는 바로 휘청거리며 툭 주저앉아 버렸다.

"성하!"

"어? 우… 씨…. 왜… 안 일어나지지…. 으…. 세상이… 끅, 어지러워…. 재미있다…. 헤헤헤…."

"성하, 대체 얼마나 드신 겁니까…? 윽, 저걸 반병?"

쓰러진 헤지아나에게 다가간 리시는 바로 테이블 위를 올려다보았다. 헤지아나가 앉아 있던 테이블 위만 봐도 그녀가 술을 마셨음은 짐작할 수 있었다. 그리고 불빛에 비춰진 병 안의 액체는 이제 반 조금 모자라는 정도로 남아 있었다.

"헤헤헤…. 리시, 리시…. 읏, 어이쿠. 윽."

당황한 리시의 옷자락을 세게 움켜쥔 헤지아나는 몸을 일으키려 애썼다. 보다 못한 리시가 도와주자 겨우 헤지아나는 자리를 잡고 앉았다.

"리시이~. 성성외무과에 연락해서…. 딸꾹, 어서… 시발 저 여섯 잡것 놈들의…. 여자 취향 알아오라고… 해…."

"아, 네. 네. 그거야 이미 조사한 바가 있습니다만."

"그리고 대표…. 왜 뽑힌 건지이~~, 알아보라고 하고오오오…. 지금 각 교구별로 이상한 문제 조금이라도 있으, 딸꾹, 보고하라고 하고오오…. 각국 상황도 보고하라고 하고… 뭐 내가 아는 거랑…. 끅, 다른 거 있는지…."

"예예, 알겠습니다."

"루시올 그…. 피도 안 마른 꼬맹이가 대체 왜 온 건지 알아보…."

갑자기 헤지아나는 말을 끊더니 무언가 불쾌한 표정을 지었다. 헤지아나는 한참을 벌레 씹은 표정으로 있었고, 그 모습에 리시는 조심스럽게 말을 꺼냈다.

"성하? 대체 무엇 때문에…."

"쌍!!! 성성외무과 일 제대로 안 하지!!!! 왜 대표가 변경되었는데 나한테 연락이 없어!!! 죽고 싶냐!!! 내가 거기서 당황해야겠어!!! 내일 아침에 일어났을 때 보고 안 되어 있으면 죽인다!!! 파문이야!!! 갖다 준다고 해서 벌 없을 줄 아냐! 군장 45파운드 지고 연병장 40바퀴 돌린다!!!!! 왜 일 안 해!! 왜 내가 꼬맹이한테 그런 일, 흑, 엉, 허엉, 엉엉엉…."

헤지아나는 다짜고짜 분노를 토해 내더니 펑펑 울기 시작했다. 그것도 리시에게 기대서.

"어형헝헝, 허엉, 씨이, 싫다고… 이잉…. 나도 애인…. 엉엉….
첫날밤은 장미꽃…. 미친 신 놈이…. 시발, 있잖아아아, 계속하라
고…."

"아…. 이런."

짤막짤막하게 던져지는 말로 상황을 이해한 리시가 이마를 쓸어
올리며 한숨을 내쉬었다.

사실 그녀는 어떻게 한 번만 관계를 가지면 모든 게 해결되는지
잘 이해하지 못하던 입장이었기 때문에 오히려 이 상황이 훨씬 납
득이 잘 되었다. 어디까지나 납득이 되었다는 것뿐이지 좋다는 의
미는 아니지만 말이다.

어쨌든 헤지아나도 평범한 사람으로 사랑과 초야에 대한 환상
정도는 있었을 것이고, 그런 환상을 버리면서까지 선택했는데 그걸
로 끝이 아니라니 상심할 만도 하다고 생각했다. 신도 참으로 가혹
하구나.

리시는 자신에게 기댄 헤지아나의 등을 두들기며 소곤소곤 속삭
였다.

"상심하지 마세요. 이것도 다 주의 시련이실 겁니다…."

"좆 까라 그래…. 엉엉…."

잠시 리시의 손이 멈출 뻔했다. 대체 그런 말은 질색하던 사람이
왜 이렇게 잘만 읊는가.

뭐, 제정신이 아닌 상태니까 어쩔 수 없으리라. 한숨을 내쉬며
리시는 계속 헤지아나의 등을 도닥였다.

"시이―발, 이렇게 된 거, 다 따먹는, 흑, 딸꾹, 쌍, 다 후린다
고…. 알겠, 끅?"

"예, 예."
그 각오는 제발 내일 깨어난 이후에도 간직해 주었으면 좋겠다.

[제2장] 기르는 개라고 해서 목줄이
채워져 있는 것은 아니다

할센라비온은 자리에서 벌떡 일어났다.

귀가 간지러운 나직한 새 울음소리.

부드럽게 쏟아지는 햇살.

이 모든 건 이 계절의 이비아네라에서는 접하기 어려웠다. 위화감이 그를 잠에서 깨게 했다.

하지만 잠시 후 그는 자신이 어제 정상회담에 참석하기 위해 라스할드에 도착했다는 사실을 깨달았다. 도착하고 이 방을 받아 짐을 풀고, 그리고 저녁 만찬에 초대받아서….

그런데 왜 이 방에 있는 걸까? 이번엔 기억의 공백이 우박처럼 떨어져 잠에서 덜 깬 할센라비온의 머리를 후두둑 내리쳤다. 좀 아프다.

"어째서…."

취했나. 그 정도로 마신 기억은 없는데, 설마하니 경전을 읊다가 그대로 졸아 버린 걸까? 이건 좀 쪽팔렸다.

그 순간.

"어."

낯 뜨거운 광경이 머릿속을 스치고 지나갔다. 어떤 여자의 반쯤 벗은 몸 위에 자신이 올라타 육욕을 채우는 모습 말이다. 간밤에 아무래도 꿈을 꾼 것 같은데, 왜 하필 상대의 모습이 헤지아나일까?

할센라비온은 자신도 모르게 얼굴을 가리며 눈을 굴렸다.

"왜…."

마침 일어난 카람찬트도 비슷한 감상이었던 듯하다. 그는 부스스한 표정으로 뒷머리를 긁적거렸다.

"하필…."

가일란이 어이없다는 표정으로 중얼거렸다.

"이런…."

아셔가 자기혐오에 젖은 모습으로 내뱉었다.

"괴상망측한…."

루시올은 새빨개진 얼굴을 이불로 가리며 불안하게 눈을 굴렸다.

"꿈을 꾸다니…."

리암이 안경을 쓰며 낮게 한숨 쉬었다.

"욕구불만이었나."

그리고 리암을 포함한 몇 명은 잽싸게 속옷을 확인하고 안도의 한숨을 내쉬었다.

"그러니까 말이지."

카람찬트가 데리고 온 시종이자 최측근, 시딘이 편한 복장을 하고 앉은 카람찬트에게 물을 따른 잔을 주자, 카람찬트는 그 잔을 시원하게 들이켜고 말을 이었다.

"그런 꿈을 꾼 거 자체가 싫은 거야. 그래, 뭐, 박색은 아니야. 하지만 우리 파헨타움에는 더한 미인들이 많잖아. 그런 여인들로 꿈을 꿔도 좋은데 왜 하필 저 교황이냐 이거지. 마음에 안 들어."

"무의식의 발현인가 보죠."

물을 따른 병을 들고 시딘이 말했다.

"그녀에게 첫눈에 반해 꿈에서 나올 정도로 빠져들었지만 자신이 그녀에게 빠졌다는 사실을 인정할 수 없어서 부정하며 상대를 깎아내린다니…"

시딘은 짧게 한숨을 내쉬었다.

"이 무슨 구시대적 패턴입니까. 반세기 넘도록 써먹은 클리셰로 닳고 닳아 밑바닥 빠진 지가 옛날이라 지금 삼류 통속 소설에서조차 써먹으면 욕먹을 패턴입니다. 명필이 써도 욕먹을 클리셰를 지금 애정 노선의 증거로 써먹고 있다니. 그래서 폐하가 애인이 없는 겁니다."

"누가 애인이 없어!"

무표정하게 시딘이 줄줄 읊자 카람찬트는 자세를 바로잡으며 버럭 소리 질렀다.

"지금 그 말은 주변에서 폐하께 붙이려 하는 여인들도 전부 애인으로 인정하겠다 이 말씀이십니까?"

"그럼, 걔들이 내 애인 아니면 누구 애인인데?"

"오호, 세 살짜리 유아도 애인이라. 과연 폐하답습니다. 이왕이면 소아성애 말고도 노인성애에도 눈을 떠서 좀 더 넓은 세상으로 나아가 보심은 어떠신지요. 하지만 기타 비인간 성벽에는 눈뜨지 않으셨으면 좋겠습니다."

"야, 잠깐!! 아리아 이야기는 치워!!"

카람찬트는 소름 돋는다는 표정으로 팔을 쓰다듬으며 뒤로 물러섰다.

"내가 좋아서 애랑 놀아 준 게 아니잖아! 빨리 황제가 되어서 조혼 금지를 못 박아야지 도저히 안 되겠어. 아니, 대체 세 살짜리 애랑 뭘 어쩌라고 결혼을 하라 그러는 거야, 젠장할!"

"그게 과연 그렇게 쉽게 될까요. 결혼으로 협약 맺는 이들이 한두 명도 아니고."

"대체 애하고 결혼해서 뭘 어쩔 건데!!!! 밤일도 못하잖아!!"

"첩을 두는 거죠. 애인을 두든지. 폐하에게 떠밀린 여자들이야 많지 않습니까."

"아, 나."

카람찬트 가이시 마라카스 파헨타움. 파헨타움 제국의 황태자요, 곧 황제 즉위식을 하게 될 이 남자는 라스할드의 정상회담 소식을 듣자마자 만사 제치고 참석하기로 약속했으며, 제일 먼저 짐을 싸고 출발해 제일 먼저 도착했다.

그가 파헨타움의 내란을 잠재우고 각지의 불협화음도 다소 안정된 지금, 황태자였던 주제에 황태자비도 없었고 여태껏 첩도 없는 미혼인 카람찬트와 자신의 딸을 결혼시키려는 자들의 흉계는 나날이 심해지고 있었다.

그중 제일 문제인 사람이 동부 외무장관 모라킨. 그는 자신의 세

살 난 딸 아리아를 카람찬트와 혼인시키기 위해 갖은 수를 쓰고 있었다.

그 수작이 나날이 심해져 이젠 철도 들지 않은 아리아가 제 아비가 시키는 대로 아침에 편지를 들고 그에게 찾아올 정도였다.

그 모습을 보고 또 다른 이들이 가만히 있을 리가 없다. 그들은 자기 딸들을 닦달하기 시작했고, 적당히 데리고 놀던 하급 귀족의 여식들까지 눈에 불을 켜고 달려드는 모습을 보고 카람찬트는 굉장한 위기를 느끼고 있었다.

이대로라면 묶여서 씨 도둑질 당할지도 모르겠다는 심각한 위기를 말이다.

그런 때에 이동을 생각하면 족히 한 달은 떠나 있을 수 있는 라스할드의 정상회담 초대장이 도착했다. 그가 바로 짐을 싼 건 당연한 귀결이었다. 물론 제국은 믿을 수 있는 심복, 체시민드에게 맡기고 온 상태였다.

"아, 일부러 좀 중요한 애들은 안 건드리고 놀았는데 아리아, 아니, 모라킨 그놈이 너무 밀어붙이니까 다 벗고 달려드니…"

"뒷일이 무서우니까 말이죠. 사내답지 못하군요."

"세력 있는 집안 자식 배를 불렸다간 앞일만 힘들단 말이야. 돌아가면 대충 체시민드가 처리해 뒀겠지…. 앞으로는 그냥 적당히 바깥에서 애인을 만들어서 놀아야 할 거 같아."

한숨을 내쉬며 카람찬트는 의자에 깊게 기대앉았다.

그는 아직 결혼할 생각이 없었다. 그렇다고 해서 첩도 마구잡이로 들일 생각도 없었다. 카람찬트는 의자 등에 목을 얹고 길게 신음했다.

"짜증 나 죽을 것 같아…. 멍청하지. 비빈은 앞으로 흡수할 왕국의 왕족들로 들여야 해. 그 지역을 통솔할 수 있는 것들로."

길게 기지개를 편 카람찬트는 몸에 힘을 빼고 조용히 중얼거렸다.

"그리고 황후는 이비아네라의 황족이어야만 하고."

이비아네라와 국교를 맺겠다는 뜻은 아니리라. 그 뜻을 이전부터 파악하고 있던 시딘은 카람찬트의 눈을 쳐다보더니 조용히 입을 열었다.

"마흔은 되어야지 결혼하시겠네요. 그 나이에 어디 힘 쓰겠습니까. 검성이라고 해도 나이는 못 속이는 법."

"첩들한테서 자식 봐도 되거든? 그리고 나도 마흔에 본 첫 자식이야!"

"황후에게서 첫 자식 보겠다고 매일 그러더니 대체 기억력이…."

시딘은 대놓고 카람찬트를 위아래로 훑어보더니 혀를 찼다.

"…너 그게 황족한테 할 태도냐?"

"왜 그러십니까. 이런 거 좋아하시잖습니까."

"알면 됐어."

"대체 마음에 든 여자에 대한 꿈이 다짜고짜 발정 나서 덮치는 거라니."

"야, 아니래도!"

카람찬트가 갑자기 회전한 화제에 대해 반론했지만 시딘은 혀만 더 찰 뿐이었다.

"덮친다는 것도 사실 말이 안 되죠. 그냥 강간이지 않습니까, 강간. 시중 로맨스 보십시오, 황태자면 무조건 주인공입니다. 그런 자리를 가지고서도 여자 하나 유혹하지도 못하고 겁박하는 거나 꿈꾸다니 한심하군요. 얼마나 무능력하면."

"야. 그건 좀 화나거든? 그냥 개꿈일 뿐이라고."

"소심하다고 바꿔 드릴까요?"

"내가 어디가 소심해?"

"그럼 변태 어떻습니까."

"너 목숨이 안 아깝지?"

"좋아하는 거 다 압니다. 설령 아니라 해도 어차피 모로 가나 죽기밖에 더 하겠습니까?"

시딘은 가끔 당장 목을 베여도 할 말 없을 정도의 독설과 망발을 카람찬트에게 내뱉었다.

바로 이 '뭘 해 봤자 죽기밖에 더 하겠느냐'는 묘한 자포자기감 덕분인데, 카람찬트는 바로 그 점 때문에 시딘을 곁에 두고 있었다.

본인이야 자포자기라고 말하지만 그렇다고 해도 그런 말을 할 수 있는 인물은 극히 적다. 그리고 카람찬트는 자신 정도 되는 인물이라면 그 정도로 패기 있고 용기 있는 인물들을 주변에 둬야 한다는 생각이 있었다. 그 정도의 줏대는 있어야 자신의 곁에 있을 자격이 있으며, 그런 인물들을 주변에 두고 부림이 진정한 제왕의 면모라고 생각한 것이다.

어딘가 소년 시절의 겉멋에서 벗어나지 못한 듯한 사고방식이었다.

본국에서 카람찬트를 보필하는 체시민드의 성격도 시딘과 비슷했다. 그는 카람찬트에게 거의 막힘없이 불만사항을, 간혹 비속어도 섞어서 전달할 수 있는 유일한 인물이었다. 그의 그런 태도를 볼 때마다 카람찬트는 잠시 일을 잊은 듯 선망하는 눈초리로 체시민드를 쳐다보며 떨었다. 그 사실을 깨달은 체시민드가 무슨 일이냐고 물으면 카람찬트는 이렇게 대답했다.

'아니, 소름이 돋아서. 내 앞에서 그렇게 말하다니, 전율이 느껴졌어.'

'이런 변태가.'

'잠깐, 그 눈빛 좋아. 아주 좋아. 좀 더 해 봐.'

'나가 죽어!'

이상, 평범하고 일상적인 황태자와 그 최측근의 대화였다.

사실 평생 자신에게 숙이는 이들만 본 카람찬트에게 기죽어서 눈치만 보는 이들은 재미없고 지루했다. 개기면 갈구고 덤비면 밟는 게 훨씬 적성에 맞았다.

"뭐, 어쨌든 덮치는 건 아니더라도 헤지아나 그 여자를 내 편으로는 만들어야겠는데."

"그냥 꿈처럼 하시죠."

"미쳤나, 상대는 교황이다. 내가 역으로 당하는 수가 있어. 만약 한다면 그건 그 여자를 녹인 후의 일이다."

카람찬트는 자리에서 일어나며 옷걸이를 향해 턱짓했다. 시딘이 옷걸이로 다가가 그가 걸칠 옷을 집었다.

"내 즉위식에는 교황이 참석해야 해. 그리고 그 교황은…"

시딘이 카람찬트의 등 뒤에 겉옷을 댔다. 카람찬트는 팔을 뻗었고, 시딘은 소매 안에 그의 팔을 꿰어 넣었다.

교황은 각 황제와 왕들의 즉위에 허가를 내리기만 한다. 즉, 즉위에 교황은 필수적인 존재지만 참석은 하지 않는다. 그렇다면 교황이 참가하면 어떻게 될까? 카람찬트는 그러기를 원했다.

"내가 영토를 넓히는 일을 방해하지 않고 찬성할 수 있어야 해."

"그러려면 미인계밖에 방법이 없는데요."

"알면 됐다."

교황에겐 세속의 권리가 별 필요 없고, 교황이 제정신인 이상 전쟁을 막지 않을 리가 없다.

결국 자신의 편으로 끌어들이는 데에 어떤 이권을 약속하기도 힘들거나 그 속내를 파악하기 힘들다면, 감정적으로 종속시키는 게 최고 아닌가.

상대는 세계의 일면을 쥐고 있는 권력자라 하나 어려서부터 교황청에서 자라, 밖에 나온 일이 거의 없는 그저 평범한 여자일 뿐. 그런 여자 하나 구워삶는 게 뭐가 그리 힘들겠는가?

카람찬트는 처음부터 그걸 노리고 이곳에 왔다. 혹여 그 여자가 생각과 달리 영민하고 노련하다면, 욕망하는 것 정도는 있을 테니 그에 맞추면 되는 것이다.

"어차피 오늘은 오전 일정이 없다. 그러니 주변을 조금 둘러보도록 하지."

"실수로라도 교황의 방에 침입할 예정이십니까?"

"그럴 리가 있나. 거기 깔린 사람이 몇인데."

카람찬트가 웃으며 말하자 시딘은 앞장서 걸어가 그의 앞에 닫혀 있는 문을 열었다. 햇살이 좋은 아침이었다.

역시 볕이 좋은 회랑에서의 일이었다.

수평의 복도 오른쪽 끝에서는 수행원 몇 명만을 단출히 이끌고 걸어오는 할센라비온이 있었고, 반대편에서는 걸어오는 할센라비온을 똑바로 쳐다보는 소년이 있었다. 뾰족한 귀 끝에 살랑거리는 금빛 머리카락이 아름다운 소년은, 선량하고 약해 보이는 인상과는 달리 무섭도록 날카로운 눈으로 다가오는 할센라비온을 쏘아보고 있었다.

그 선량하고 날카로운 눈을 지닌 이가 바로 페른시스의 넷째 왕자 루시올이었다.

"이게 누군가."

곧 할센라비온은 루시올을 발견하고 입을 열었다. 물론 이 일직선 통로에서 루시올이 그를 발견한 지는 오래되었고 그도 눈이 잘못된 게 아니라면 진작 루시올을 발견했으리라.

할센라비온이 다가오며 말을 걸자 루시올은 고개 숙여 인사했다.

"일찍 기침하셨군요, 폐…."

"페른시스의 골칫덩이 왕자님께서도 일찍 일어나신 듯하군."

부드럽게 숙여지던 루시올의 고개가 그대로 멈칫했다.

잠시 루시올은 그대로 있었다. 아무리 입술을 깨물고 심호흡을 해 보아도 도저히 표정이 정상으로 돌아오지 않았던 탓이다. 성미

나쁜 이들은 그런 소년의 상태를 느긋이 감상하며 즐기겠지만, 할센라비온은 그보다 더 성미가 나빴다. 그는 소년에게 더 큰 충격을 안겨 주기로 작정하고 입을 연 것 같았다.

"짐은 대체 왜 자네가 여기 있는지 알 수가 없네. 페른시스는 젖비린내 나는 꼬마에게 대체 뭘 일임한 겐가?"

루시올의 나이가 51세라고 하나, 요정으로서 태어난 때와 육화(肉化)해 인간과 유사한 모습을 얻는 때는 다르다. 요정은 육화하기 전 세계를 배우고, 육화한 후에는 세계 위의 것들에 대해 배운다. 인간인 어머니의 배 속에서 반쪽의 요정으로 만들어져 알로 태어나고, 나비 같은 요정의 모습을 얻어 자연을 이해한 그가 육화한 지는 이제 20년 되었다.

육화한 지 20년밖에 되지 않은 루시올은 요정의 입장에서도 어렸고, 서른이 넘은 할센라비온의 시각에서 보아도 어렸다. 젖비린내가 난다는 그의 말은 크게 틀리지 않았다.

"먼 옛 대국의 위엄이야 옛날에 빛이 바래 더는 잃을 게 없다지만 최소한의 체면은 지켜야 할 텐데 말이야. 혹시나 자릿수만 채우려고 온 건 아니겠지? 이 자리에 참가하는 이들의 이름을 보고도 정말로 그런 판단을 했다면 그 썩은 머리는 천하에 무용한 것이니 잘 베어 거름으로라도 써야겠지. 사실 짐은 남부 대표보다 자네가 여기 있는 게 더 불쾌하네. 짐은 그래도 유능한 자들을 싫어하진 않거든."

그 말은 루시올의 귀에 제대로 들어오지 않았다. 한 마디 한 마디 흘러 들어올 때마다 루시올의 머리가 들끓었기 때문이다. 겨우 진정했다 싶으면 다음에 스며들어 온 말이 평온함을 지키려고 하는 요정의 마음을 분노로 차오르게 했다. 소년은 이를 악물며 끓어넘치는 감정을 참으려고 애썼다.

"대체 천한 것 뱃짝에서 태어나 누구의 자식인지도 알 수 없는 놈이 감히 대륙의 판도를 논하는 자리에 끼어들어 있다니. 정말 용납이 되지 않는군."

루시올의 눈에 불꽃이 튀었다. 루시올은 눈에 불똥을 튀기며 고개를 치켜들었고, 그 순간 바로 코앞에 다가온 할센라비온의 모습에 놀라 뒤로 뒷걸음질 쳤다.

앞으로 다가온 서늘한 그 모습이 마치 자신을 조롱하는 듯했다.

"저, 저는."

조롱에 움츠러들 수는 없었다. 루시올은 이를 악물고 독기 서린 표정으로 할센라비온을 쳐다보았다.

"제 아버지의 자식이요, 또한 페른시스 왕의 자식이 맞습니다. 대제국의 황제가 저잣거리의 시정잡배들과 입 가벼운 여인네들이 쑥덕대며 즐거워하는 천한 말들을 그대로 믿고 입에 올리시다니, 지성과 지혜로 대륙을 호령하기도 바쁘신 분께 어울리는 일이 아니군요."

"그래도 입은 살아 있군."

루시올과 시선을 맞춰 숙였던 허리를 펴며 할센라비온은 서늘하게 웃었다.

"네가 네 아비의 자식이 맞다면 왜 작년에야 겨우 왕자가 되었는지 이해가 되질 않는단 말이다."

"형님들께서 믿지 않아 계속 반대하셨을 뿐입니다. 아버지께서는 계속 절 데리고 오려 하셨습니다. 형님들도 이제 더는 저에 대해서 의심하지 않으십니다."

"너야 당연히 그렇게 말하겠지."

비웃음을 흘리며 할센라비온은 루시올의 옆으로 발걸음을 옮겼다.

"그러나 인간 평민 계집 따위를 어찌 믿는단 말이냐. 요정들이야 어쩔지 모르지만 인간이라면 내가 더 잘 알지. 그래, 어쩌다 인간 계집이 어떻게 하룻밤 승은을 입었다 치자. 그다음 날, 아니지. 그날 바로 다른 놈에게 갈아타 앉았을지 어떻게 안단 말이냐? 어쩌면 그 전날 이미 다른 놈과 붙어먹어 네가 배 속에 있는 상태에서 그랬을지도 모르지. 그렇다면 그 상대도 요정이었을까? 요정을 즐겁게 하는 방법을 특히 아는 여자였을까?"

루시올의 어깨가 눈에 띄게 떨렸다. 소년은 거칠어진 숨을 들이내쉬었고 그 모습을 보며 할센라비온은 낮게 코웃음을 쳤다.

"대체 짐은 네가 어떻게 스스로가 요정왕의 자식이라고 입을 나불댈 수 있는지 이해가 되질 않는다. 대체 페른시스의 누가 너와 닮았다는 게냐. 아, 귀가 아버지보다는 어머니를 닮았으니 모습 역시 어머니를 닮았다 우길 게냐?"

목에 불덩이가 가득 차 끓는 소리를 냈다. 참아야 한다. 루시올은 이를 갈며 주먹을 움켜쥐었다. 하지만 할센라비온은 멈출 생각을 하지 않았다.

"심히 불쾌하단 말이지. 이런 것과 동급으로 앉아 있어야 한다니. 이런 불쾌감을 안겨 준 페른시스에게는 그에 합당한 대가가 찾아갈 게다. 조금 시간은 걸리겠지만 말이야."

"그 말씀인즉슨,"

루시올은 자신의 뒤를 돌아 왼쪽으로 나타나는 할센라비온을 향해 고개를 휙 돌렸다. 자신을 돌아보는 날카로운 눈빛에 독기가 서려 있어, 할센라비온은 자신도 모르게 자리에 멈춰 섰다.

"이비아네라의 황태후께서도 아무렇게나 남자와 붙어먹는, 믿을 수 없는 계집이라 이 말씀이십니까?"

여태까지 조금도 움직이지 않던 할센라비온의 수행원들이 눈에 띄게 움찔거렸다. 동시에 그들의 안색이 창백해졌다.

그러나 그들이 걱정스러운 시선으로 쳐다보는 루시올은 바짝 독 오른 표정으로 자신을 싸늘하게 쳐다보는 할센라비온의 시선을 받아칠 뿐이었다.

"폐하의 어머님께서도 인간의 여자이며 본디 평민이실진대 어떻게 그리 말씀하실 수 있는지 모르겠습니다. 흔히 인간 귀족들이 인간 평민들은 부끄러움도 모르고 육욕을 좇아 아무하고나 흘레붙는 짐승들 같다 말합니다만 제가 보건대 평민이라 하여 그렇지도 않았습니다. 때문에 저는 그 말을 믿지 않지요. 그런데 그렇게 말씀하시다니."

소년의 얼굴에 음산한 웃음이 피어올랐다. 범 무서운 줄도 모르고 소년은 범의 콧잔등을 때렸다.

"폐하의 어머님께서 그리하시는 걸 폐하가 그 안정으로 확인하셨기에 다른 평민들도 그리 할 것이라 생각하시는 것인지요?"

만약 루시올이 조금 더 연륜이 있었다면 조금 더 세련되게 비꼴 수 있지 않았을까?

그렇다고 해서 할센라비온의 분노를 피해갈 수는 없었겠지만, 적어도 매끄럽게 빠져나갈 수 있지는 않았을까? 수행원들은 모두 한 마음 한뜻으로 루시올을 걱정했고 또한 원망했다. 기분이 나빠진 후의 황제의 곁에 있을 사람은 그들이기 때문이었다.

"지금 감히 이 이비아네라의 국모 황태후를 능멸하는 것이냐?"

"아니지요. 저는 단지 물었을 뿐입니다. 보셨기에 그리 말하시는 건지, 아닌지를."

"짐의 모친께서는 영락하였으나 다섯 후작가의 후예였다. 네놈의 어미는 그렇지도 않았지. 대체 길거리에서 치마를 들어 가랑이 내보이는 여자들과 뭐가 다르냐?"

"후예라 하나 귀족의 삶을 산 건 아니지 않습니까? 평민들과 같이 평민의 방식으로 살아가신 분. 길거리에서 치마를 들어 보이는 자가 평민 여자들이라면…."

루시올은 거기서 말을 끊었다. 그러나 그 뒷말을 짐작하지 못할 이는 없으리라.

"여자들이라면? 그 다음을 말해 보아라."

"스스로의 부모를 욕되게 말하는 편견을 가지는 건 옳지 않다 말하는 겁니다."

"호오. 네 어미가 그렇게 산 게 널리 알려진 일인데도?"

"황태후께서도 그러한 소문에 욕을 보셨지요. 허나 그 소문이 사실이었습니까?"

"맹랑하군."

"그 외에 하실 말씀이 없는 겁니까?"

"거울을 보고서도 거짓말하는 사기꾼과 말을 더 섞어 내가 무엇 하겠느냐."

할센라비온은 낮게 웃으며 루시올의 어깨에 손을 올렸다.

"하나 기억하는 게 좋을 거다. 네 오늘 입을 건방지게 놀린 벌을 받을 날이 그리 멀지 않다는 사실을 말이다."

마디 굵은 손이 어깨를 파고들었다. 그대로 살갗을 뚫을 것 같은 악력에 루시올의 표정이 일그러졌다.

"전 아무 말도 하지 않았습니다. 부모를 스스로 욕되게 한 사람은 황제 폐, 윽."

루시올은 말을 잇지 못하고 신음을 내뱉었다. 할센라비온은 신음하는 루시올의 어깨를 휙 밀었고, 균형을 잡지 못하고 넘어진 그를 내버려 둔 채 걸음을 옮겼다. 수행원들은 바로 그의 뒤를 쫓기 시작했다.

"큭…."

어깨를 가볍게 움켜쥐고 루시올은 뒤를 돌아보았다. 할센라비온은 일자로 죽 뻗은 복도를 걸어가 한참 후에야 사라졌다.

그가 모퉁이를 돌고서도 한참 지난 후에야 루시올은 자리에서 일어났다. 분노로 일그러진 얼굴을 정돈하려고 양손으로 쓸어내렸다. 몇 번이고 계속 쓸어내렸다.

"후…."

얼굴을 정리하고 이제 속을 정돈할 차례였다. 루시올은 길게 심호흡하며 속에 있는 것을 뱉어 냈다. 스스로를 진정시키기 위해 몇 번이고 심호흡했다.

하지만 진정할 수 있을 리가 없었다.

"젠장!!!"

소년은 다짜고짜 벽을 후려쳤다. 주먹이 부서질 듯 아팠지만 악문 이에서는 신음이 나오지 않았다. 아니, 아프지도 않았다. 들끓는 분노가 감각을 마비시켰다. 호흡은 다시 가빠지고 기껏 정리한 얼굴도 구겨졌다. 제어하지 못한 분노가 어딜 가야 할지도 모르고 날뛰었다.

누구의 자식인지 알 수 없다고?

"그러는 저야말로 누구의 자식인지 알 수 없는 주제에…!!"

할센라비온이 사라진 길을 쏘아보며 루시올이 배 속에서 토해 내는 것처럼 진득한 목소리로 소리쳤다.

할센라비온은 전 황제의 정부인 황후의 자식이 아니었다. 어느 날 전 황제가 길에서 주워 온 소녀를 첩으로 들인 것으로, 그녀가 귀족의 후예였다고는 하나 그것도 먼 옛날이야기로 유명무실하다. 거기다 더해 사실 할센라비온은 전 황제의 자식인지도 확실하지 않았다.

날짜가 맞지 않는 것이다.

그의 생일을 역산하면 그가 수태되었을 때 전 황제는 황궁을 비우고 있었다. 그럼에도 불구하고 전 황제는 그 사실을 크게 따지지 않았다.

그것이 황제가 자기 첩 하나 제대로 관리하지 못한다는 무능함과 수치심을 묻고자 하는 마음인지, 아니면 소문대로 그의 진짜 부친으로 추정되는 조부의 압력 때문인지는 아무도 모른다. 그의 친부가 황제의 형제들이라는 이야기도 있었지만 만약 그들이 범인이라면 전 황제가 형제들에 대한 징벌을 마다할 이유가 없다.

자라며 할센라비온의 생김새는 날이 가면 갈수록 아버지보다는 조부와 흡사해졌고, 때문에 사람들은 그의 부친은 황제가 아니라 제위를 미리 이양하고 꼭두각시처럼 그 아들을 조종하며 말년을 즐기는 조부라 생각했다.

"하."

순간 루시올은 마른 웃음을 툭 터트리며 어깨를 늘어뜨렸다.

그래도 그가 황가의 자손이라는 사실은 부정할 수 없는 일이리라. 사람들이 그의 모친의 출신과 문란을 욕하고 아버지가 황제인지 조부인지를 따질지언정 그가 황가의 자식이 아니라는 의견은 그리 세를 얻지 못했다. 그 모습이 그토록 닮았는데 어찌 그 말을 믿겠는가.

그러나 자신의 모습은 어떠한가. 그가 말했듯 자신과 페른시스 왕가의 인물 중 닮은 이는 없다. 어머니를 닮았다곤 하지만 남 험담하기 바쁜 이들에게 그 말이 들어 먹힐 리가 없다. 어머니는 갈색 머리고, 아버지는 짙은 고동색 머리카락. 그리고 자신은 금발.

─루시올은 대체 누구의 아이란 말인가?

모두 그렇게 말하고 있는 것을.

"루시올 왕자 전하."

뒤에서 들린 목소리에 루시올은 흠칫 떨며 허리를 폈다. 동시에 재빨리 눈가를 닦았다.

"누, 누구냐."

표정을 관리하고 어색하지 않게 돌아본 그곳에는 가일란 엘리아스가 서 있었다.

빈틈없이 깔끔한 외관에 신뢰가 가는 인상의 가일란을 보면 그가 남부 지방에서 성공한 정치인이라는 사실이 온몸으로 느껴진다. 그러나 왕궁에서 갖은 고상하고 조용한 악의와 대면했던 루시올은 가일란의 '지나치게 믿음 가는 느낌'이 못내 불편했다.

믿었던 이들도 결국엔 배신했기 때문에, 그 경험이 쌓여 믿음직스러운 것도 회피하고 있는 걸까?

그의 외관에 홀리지 않도록 소년은 주의하고 있었다.

"좋은 아침입니다. 그런데 왜 아침부터 벽을 짚고 가만히 서 계시는 겁니까? 어디 상태라도 좋지 않으십니까?"

"아닐세."

루시올은 고개를 돌리고 아무 말도 하지 않았다. 하지만 가일란은 루시올의 얼굴을 잠깐 들여다보더니 웃음 지었다.

"기분이 좋지 않아 보이시는군요. 좋은 아침에 대체 무슨 일이십니까? 누가 왕자 전하의 기분을 상하게라도 했습니까? 대체 누가 감히 그리 한 건지 벌해야겠군요."

"자네가 벌할 수 있는 상대라면 내가 벌써 그렇게 했을 것이네."

"아."

그 말 한마디에 가일란은 벌써 깨달은 듯한 표정을 지었다.

"황제께서도 일찍 기침하신 모양이군요."

예상하기 어려운 건 아니다. 어제 그가 공개적으로 가일란과 루시올을 비방했으니.

"지금이 이른 시간은 아니지."

"오늘은 아침 일정이 없으니까요. 어제 피곤… 하기도 했고. 뭐, 하긴 매일 아침 군사들을 직접 훈련시킨다는 부지런한 황제께서는 늦잠을 자는 버릇이 없는 걸지도 모르겠습니다."

"군사…."

루시올은 눈꼬리를 들어 가일란을 쳐다보았다.

"뭐, 덕분에 저희도 불안한 상황입니다. 지금 동쪽이야 당장 파헨타움과 붙고 있는 상황이니 저희가 칭얼댈 계제는 아닙니다만…."

"그래서 형님 대신 내가 오게 됐지."

"역시 그렇군요. 귀국에게 승리의 영광이 있길 바랍니다."

"이미 할센라비온이 나를 싫어하니 다 틀어진 것 같네. 파헨타움이 우리와 협조할 리 없으니 등 뒤에 이비아네라를 붙여야 했는데."

"이런…. 생각해 보니 그렇군요. 이거 생각보다 문제가 큽니다. 사실 얼마 전 북쪽에서 서쪽으로 인력이 이동했다는 이야기를 들었던지라…."

걱정스러운 표정으로 가일란이 말한 순간, 루시올은 고개를 돌려 가일란을 올려다보았다.

"그게 무슨 소리인가? 북에서 왜 서로 인력이 이동하나?"

"북측은 이 전쟁에 휘말릴 일이 없지요. 그리고 우리 남측처럼 경제적 문제나 지속적인 민족 갈등이 있는 것도 아닙니다. 여유 있게 이 전쟁을 관망하며 무기와 인력을 팔아넘길 생각인 것 같다고…. 저희는 그리 예측하고 있습니다. 만약 서측이 저희를 공격하거나, 아니면 혼란한 틈을 타 동측의 다른 국가들의 정복 전쟁을 시작하려 든다면…."

서쪽이 왜 남쪽을 공격한단 말인가. 얻을 것도 없는데. 하지만 동쪽을 공격한다는 건 있을 법한 일이다.

그런 생각과 함께 루시올은 가일란에게 물었다.

"서쪽에도 이비아네라가 있지 않나."

"서쪽은 독자적인 연합 전선을 펴려는 것 같습니다. 이비아네라와 맞닿은 나라들은 그들을 방비하고 나머지는 동쪽을 공격하는 거죠. 무엇보다 현재 이비아네라가 군사적 움직임을 보이고 있다 하나 타국을 공격하고 있진 않잖습니까."

루시올의 얼굴이 일그러졌다. 불쾌한 이야기를 듣고 난 다음에는 위급한 이야기라니.

"북의 무기와 인력을 공급받은 서라니…."

"다행히 아직 완전한 협력은 아닌 것 같습니다. 하지만 시간이 흐르면 위험해지는 건 우리겠죠."

걱정스러운 목소리로 턱을 긁으며 가일란은 반복했다.

"우리 말입니다."

"우리…?"

루시올이 무슨 말이냐는 듯이 쳐다보자, 가일란은 웃었다.

"알아차리지 못하시겠습니까? 우리는 북측처럼 한가롭지 않고 서측처럼 연합할 수 없습니다. 북측이 얼마나 여유 있는지는 그들의 대표자만 봐도 알 수 있죠. 세상에 성기사가 무슨 권한이 있다는 겁니까. 그야말로 장식물이나 다름없지 않습니까?"

"그는 제일의 성기사로…."

"아, 제가 실례했군요. 그가 위대한 성기사라는 명백한 사실을 깎아내릴 생각은 조금도 없습니다. 대표자로 내세워도 무방한 훌륭한 인물이지요."

가일란은 어깨를 으쓱하더니 웃음 지었다. 다만 그 웃음은 따뜻하지 않았다.

"허나 왕자님, 생각해 보십시오. 이 자리가 성기사와 같이 속세에서 떨어진 인물들을 내세워야 할 자리입니까? 북측 출신 성기사를 과시하고 싶다면 자리가 틀려도 한참 틀렸습니다. 하지만 그들은 그래도 아무런 문제가 없지요. 페른시스의 넷째 왕자님은 놀라울 정도로 영민하시다 들었으니 이 말이 무슨 뜻인지 이해하시리라 생각합니다."

냉소를 머금은 가일란의 입술에서 뱉어져 나오는 말들을 듣던 루시올은 잠시 생각하듯 눈동자를 굴렸다. 그러고는 의혹이 가득 찬 목소리로 말했다.

"생각하지 못했네. 그의 명예에 비추어 보아 그가 대표자로서 적합하다고만 생각하고 있었군. 자네의 말대로 그는 한 국가에 대한 권한이 없고, 여기에서 뭔 결정을 내릴 수가 없네. 하지만 가일란 엘리아스, 북측이 단순히 여유가 있기 때문에 제일의 성기사 아셔 아라스트란을 대표로 지정해 보냈을 리가 없지 않나."

"무슨 말씀이십니까, 루시올 왕자님."

"이비아네라의 황제가 자네와 나를 어제 공격한 이유가 무언가? 뭐, 일단은 그럴 자격…. 그러니까 권한이 없는 사람이라고 생각했기 때문 아닌가. 그런데 지금 자네의 말대로 생각해 보면 아셔 경은 아예 세속 외의 인물 아닌가? 하지만 내가 황제의 생각처럼 권한 하나 부여받지 못하고 온 게 아니듯이 아셔 경도 뭔가가 있지 않을까 싶군."

가일란의 눈썹 끝이 꿈틀거렸다. 손가락을 입술 밑에 댄 채 중얼거리는 소년의 모습은 그에게 그런 반응을 불러일으키기에 충분했다.

"아니면 아셔 경에게 뭔가가 있는 게 아니라, 북측이 그를 그냥 들러리로 내세웠을 가능성도 배제할 수 없네. 자네의 말처럼 모두 전쟁 특수 준비에 바쁘다거나 해서 말이지. 하여튼 계산은 서 있을 것이야. 갑자기 그 계산이 궁금해지는군."

"음, 그 말을 하려던 건 아니었지만…."

가일란은 머리를 긁적거리더니 온화하게 웃었다.

"과연 소문대로 영민하시군요. 저야말로 그 부분을 생각해 보지 못했습니다."

"새, 생각해 보면 알 수 있는 것 아닌가."

당연한 것 아니냐는 듯한 어투였지만 거기 묻어 있는 쑥스러움은 충분히 느낄 수 있었다. 칭찬에 약한 왕자를 쳐다보며 가일란은 떠올랐던 의문을 적절한 말로 만들어 뱉었다.

"그건 그렇고 왕자님께서 아무런 특권을 얻지 못한 채 오신 건 아닌가 보군요."

"자네도 내가 국내외가 번잡하고 급한 와중에 대충 보내진 대표라고 생각했나?"

"외람되지만, 상황상 그렇게 생각했습니다."

고개를 숙이며 정중하게 말하는 가일란의 모습에 화를 낼 정도로 루시올은 속이 좁은 이가 아니었다. 작게 한숨을 내쉬며 루시올이 말했다.

"적절한 절차와 자격은 다 갖추었네. 특수한 면책 조건도 있지."

"호오, 그건…."

"비밀일세. 별것 아니지만 그렇기 때문에 더욱 말할 수 없군."

가일란이 흥미를 보이자 루시올은 바로 말을 끊었다. 그 모습에 파고들 기회를 놓친 가일란은 씁쓰레하게 웃으며 뒤로 한 발자국 물러섰다.

"하여튼 저희는 위급한 상황입니다. 그 점에는 동감하시겠지요, 왕자님."

"…음."

고개를 끄덕이진 않았지만 동감의 의미라고 생각해도 좋으리라. 가일란은 목소리를 낮췄다.

"그래서 전 동부와 남부의 연합을 제안하고 싶습니다만."

"역시 그랬나."

"역시 영민하신 왕자님이십니다."

"생각해 보면 알 일이야."

루시올은 날카로워진 눈매로 웃음 짓는 가일란을 흘겨보며 아까 했던 말을 반복했다. 그 말이 마음에 들지 않은 건 아니었지만 그가 제안해 온 내용이 더 중요했다.

"연합이라…."

"우리에겐 더 시간이 없습니다. 이 회담이 왜 열렸다고 생각하십니까? 이 회담이 뭔가 유용한 결과를 가져올 거라고 생각하십니까? 아닙니다. 이건 세 살배기 어린애들도 알아요."

가일란의 말대로다. 전쟁은 이미 벌어졌고 루시올은 그걸 피부로 느끼고 있는 동쪽의 사람이었다. 루시올은 신음하며 팔짱꼈다.

"왜 모두들 참석해 지지부진한 대화를 하려는 거라고 생각하십니까? 전쟁을 막기 위해? 이제라도 멈추기 위해? 아니죠, 시간을 벌기 위해서입니다. 조금이라도 움직이기 위한 시간. 모두 군사를 재정비하고, 이동하고, 싸울 만반의 준비가 필요하기 때문에 때마침 날아온 초대장을 이용한 것뿐입니다. 왕자님이 이곳에 오게 되신 사유도 비슷할 텐데요."

"…모두들 바쁘긴 했지."

루시올은 신음하며 고개를 돌렸다. 모두들 급박하게 돌아가는 전황에 맞추어 움직여야 했기에 원래 오기로 되어 있었던 대표인 첫째 왕자 대신에 루시올을 보낸 것이다.

물론 루시올을 지목해 가라고 했던 건 아니다. 그가 자진해 참석하겠다고 말했고 많은 사람들이 루시올을 제지했다.

"왕자님, 이건 왕자님이 손해 볼 일은 아닙니다. 우리는 연합해야만 합니다."

생각에 빠진 루시올에게 가일란이 조용히 말했다.

"그래야만 살아남을 수 있습니다. 파헨타움과 서쪽의 공격을 막아 내실 수 있습니까?"

"남쪽이 우리에게 변변한 협력을 해 주리라고 기대할 수가 없네."

소년은 생각을 끝냈다. 속삭임을 물리치듯 루시올은 손을 저었고, 그 손놀림에 가일란은 숙였던 고개를 들었다. 파리처럼 손사래로 쫓겨난 가일란의 얼굴에는 쓴웃음이 엿보였다.

"저희를 너무 무시하시는 것 아닙니까?"

"남측의 정치, 종족, 씨족 단위의 분쟁에 대해 내가 굳이 입으로 말해야 하나?"

"파헨타움의 젊은 황태자가 어떤 방법을 쓰고 있습니까? 그는 내부의 분열 가능성을 외부로 전환시켰습니다. 또한 위기 앞에선 모두가 일치단결하는 게 가능합니다. 전 그걸 가능하게 할 수 있고요."

"일시적인 걸세. 또한 그러는 게 가능한 이유는 파헨타움의 기반이 튼튼한 탓이네. 한 번 분열 낌새가 있었던 나라라고 할지라도 대국은 대국. 경제는커녕 생산 기반이 거의 무너진 남측이 뭘 할 수 있다는 소린가?"

"병사들을 먹여 살릴 정도는 됩니다."

"훈련은 됐고?"

날카로운 루시올의 질문에 가일란은 그저 웃음만 지었다. 그 웃음이 뭘 말하는지 루시올은 잘 알 수 있었다.

병사는 많으리라. 하지만 그들은 한 나라 등의 단일 지휘 체제 밑에서 활동하지도 않았으며 그런 훈련을 받은 병사도 아니었다. 그런 병사는 없느니만 못하다.

"대체 우리에게 뭘 약속할 수 있기에 그런 제안을 하는 거지?"

"그건 우리도 물어야 할 말입니다. 왕자님, 이건 원조 요청이 아니라 상호 협조 요청입니다."

"하지만 아쉬운 건 그쪽일세. 우리보단 그쪽이 급할 텐데?"

가일란이 얼굴에 띤 미미한 웃음은 전혀 흔들리지 않았다. 단지 그는 눈동자를 굴려 루시올의 뒤를 보더니 고개를 가볍게 숙였다.

"이야기는 이쯤 해야겠군요."

가일란의 태도에 루시올은 뒤를 돌아보았다. 그곳에는 호위하는 사제들과 성기사, 추기경 리시의 모습이 보였다.

그 앞에 있는 사람은 만물을 굽어살피는 창조신과 인간의 가교.

무엇보다 하늘에 가까운 인간, 교황 헤지아나가 다가오기를 기다리며 루시올은 고개를 숙였다.

'서와 북이 움직인다.'

그건 남쪽에게도 좋은 소식은 아님이 분명했다.

서와 북 역시 불안하기 때문에 손을 잡으려 하는 것이겠지만, 동쪽이 남쪽과 손을 잡아 나아질 전망은 없다. 서측과 북측은 가시 많은 생선인 남측보다 동측을 먼저 노릴 것이다.

15년 전 이 땅에서 이루어졌던 회담의 결과로 타 국가의 영토 약탈은 쉽지 않다.

사실 쉽지 않다는 것일 뿐, 결국 배상금을 물지 못하면 땅은 빼앗기는 것이다. 아니면 손쉽게 약탈을 할 것인가? 어쨌든 그들은 파헨타움과 붙을 생각은 없으리라.

'어떻게 하지?'

남쪽은 도움이 되지 않는다. 사분오열한 군대가 대체 무슨 도움이 된단 말인가. 하지만 어쩌면 그래도 도움이 될 수 있는 것 아닐까? 이용할 수라도 있다면.

'그렇지만 그건 내가 결정할 사항이 아니야···.'

결정권과 면책특권을 받았지만 그 권리를 여기서 벌써 사용할 수는 없었다. 이 문제에 대해 논의해 볼 사람은 없을까? 생각하며 루시올은 코앞에 다가온 헤지아나를 향해 인사했다.

"교황 성하께···."

"읍."

그때였다.

숙였던 고개를 드는 루시올의 머리 위로 검은 그림자가 졌고, 그 그림자는 무게를 가지고 루시올의 머리를 눌렀다.

"윽?"

"앗, 교황 성하!"

"성하! 괜찮으십니까?!"

다행히 리시와 가일란이 재빨리 쓰러지는 헤지아나를 붙잡았다. 헤지아나는 약한 헛구역질을 하며 자세를 바로 잡았고, 루시올은 놀란 표정으로 숙였던 고개를 들었다.

"교, 교황 성하. 괜찮으십니까?"

"괘, 괜찮아요…. 잠깐 발을 헛디뎠군요. 미안해요, 루시올 왕자."

그러며 헤지아나는 한 번 더 가볍게 헛구역질을 했다. 입을 손으로 가린 헤지아나는 잠시 숨을 골랐고, 곧 자신을 뒤에서 받치고 있는 리시를 향해 힘겨운 목소리로 속삭였다.

"리시, 숙취 해독제 더 없나?"

"…앞으로 술 드시면 3일 동안 방에서 나오지 못하게 만들어 드리죠."

리시는 이를 갈며 뒤에 서 있던 사제 한 명을 불러 말을 전달했다. 사제는 곧 어디론가 향했고, 헤지아나는 숨을 깊이 들이쉬며 자세를 바로잡았다.

"모두들 여독으로 피곤하실 텐데 부지런히도 일어나셨군요. 게으름 없이 근면한 분들께 우리 창조신님의 은총이 가득할 겁니다. 그래, 아침부터 무슨 이야기를 하고 계셨습니까?"

햇살이 피어나듯이 헤지아나는 활짝 웃어 보였다.

하지만 그 햇살의 근원인, 숙취에 절어 시커멓게 뜬 얼굴이 좋아 보일 사람들은 없으리라. 루시올도 가일란도 모두 그 얼굴을 보고 걱정을 숨기지 못했다.

"별 이야기는 아니었습니다, 그저 각국의 이야기를…. 저, 그런데 성하. 정말 괜찮으신 겁니까?"

"왜 그러십니까. 어디 문제라도 있, 우욱."

"성하!"

리시가 재빨리 달라붙어 헤지아나의 등을 두들겼다. 대체 어젯밤에 무엇을 했기에 이러는 걸까? 생각하던 루시올은 어젯밤 무엇을 했는지 기억이 없다는 사실을 다시 떠올렸다. 무얼 했더라. 아무리 생각해도 기억이 나지 않았다.

뭐, 상관없지 않을까? 어제 피곤하기도 했고 들떴기도 했으니까 기억에 안 남았을 수도 있고—라고 생각한 그 순간, 루시올은 꿈에 나타났던 헤지아나의 모습을 떠올리고 반사적으로 뒤로 물러섰다.

"성하, 어디 편찮으신 데라도?"

"아."

헤지아나를 부르는 가일란의 목소리에 정신을 차린 루시올은 이마를 짚은 헤지아나에게 다가가 그녀의 손을 붙잡았다.

"성하, 괜찮으십니까?"

아무렇지 않은 척하려고 하지만,

신경 쓰인다.

아무리 그래도 감수성 예민한 젊은 요정에게 그런 꿈은 민감한 것이었다.

지금 자신이 손을 쥐고 있는 헤지아나야 살결 하나 보이지 않는 옷을 입었지만, 그 윤곽은 뚜렷해 전날 밤 꿈에서 선명하게 보았던 속살을 연상하게 했다. 루시올은 이를 꽉 깨물며 생각을 털어 내려고 애썼다.

"괜찮습니다. 아침에 조금 약한 편이라. 그뿐입니다."

"그렇습니까. 아침에 약하다는 말이 이런 뜻이었군요. 본 적이 없어서 몰랐습니다."

"아뇨, 제가 오늘 유독 좋지 않은 편입니다. 이 정도는 아니니 걱정하지 않으셔도 됩니다, 루시올 왕자."

"다행이십니다, 성하."

가일란이 말하자 헤지아나는 조심스럽게 그의 눈치를 살피며 고개를 끄덕였다.

아마 청소년인 루시올은 잘 모르겠지만, 그래도 성인인 그야 자신의 상태가 숙취 때문임을 곧장 알아보지 않았을까? 속으로 거짓말은 입술에 침이나 바르고 하라고 생각하고 있는 건 아닌지 신경쓰였다.

하지만 그는 더 무어라고 하지 않고 고개를 숙였다.

"괜찮으시다니 다행입니다. 그럼 성하, 죄송하지만 저는 잠시 자리를 옮겨도 되겠습니까? 만나 뵙기로 한 분이 계셔서…"

"아, 그렇군요. 오후에 뵙도록 하겠습니다, 가일란 엘리아스."

헤지아나는 재빨리 그를 배웅했고, 가일란은 그녀가 내민 오른손을 두 손으로 받아 들고 가볍게 키스한 다음 물러섰다.

루시올은 그가 이른 아침부터 누구와 만나는 건지 궁금했지만 굳이 묻지 않았다. 눈앞에 더 중요한 상대가 있었기 때문이다.

"성하, 아침에 이리 약하시면 어디서 쉬셔야 하는 것 아닙니까?"

"그러게요. 물약이 올 때까지 잠시 쉬어야 할, 음…"

헤지아나는 말을 멈추고 햇살이 비치는 창가 너머의 정원을 쳐다보았다. 잠시 후 헤지아나의 눈이 감기고 어깨가 흔들렸다.

"후, 네. 날도 좋은데 정원에 잠시 앉아 있는 건 어떨까요?"

"네…. 네. 네."

헤지아나의 시커멓게 뜬 얼굴을 보며 루시올은 고개를 끄덕였다. 정원으로 향하는 테라스가 바로 앞에 있었다.

⋯⋯◈⋯⋯

헤지아나가 햇살 잘 내리는 풀밭 근처의 벤치에 앉자 급하게 뛰어온 듯한 사제가 그녀에게 작은 병을 하나 건넸다. 헤지아나는 그 병을 받아들자마자 마약중독자 같은 게슴츠레한 눈으로 뚜껑을 따더니 고개를 젖히고 병 안의 내용물을 들이켰다.

뽁 하는 소리 다음 이어진 꿀꺽꿀꺽꿀꺽하는 목 울림은 누구에게나 청량감을 줄 만한 효과음이었다.

"후, 하아."

이어진 한숨 소리까지 완벽했다. 루시올은 무심코 어디 음료수 상품 판촉이라도 해 보신 적 있느냐고 물을 뻔했다. 물론 어려서는 전쟁 지역에서 풀뿌리 캐 먹기 바빴고 그 이후로는 성직자로서 살아온 교황이 그런 걸 해 보았을 리 없다는 사실 정도는 알았다.

"…이제 좀 괜찮으십니까?"

"후…. 이젠 정말 괜찮아지는 것 같군요. 네 병이나 마셨는데 안 괜찮아지면 그것도 곤란하지만."

입가를 닦은 헤지아나의 얼굴은 확실히 아까 전보다는 평안해 보였다. 루시올은 그녀의 얼굴을 살피며 물었다.

"그런데 그렇게 몸 상태가 안 좋으신데 어디 가시는 중이셨습니까? 오전에는 일정이 없지 않나요, 성하."

"아…. 아셔 경에게 가 보는 중이었습니다. 음, 어제는 따로 이야기할 시간도 없었으니 말입니다. 오랜만에 만났는데."

"하긴, 성하께서 제일의 성기사 아셔 경께 북측의 순회를 돌며 어려운 사람들을 구제하라 명하셨다는 이야기는 들었습니다."

"북측에는 아무래도 기이한 짐승들이 사람들의 생활을 피폐하게 하니 말입니다."

루시올은 그 기이한 짐승들 중 하나가 아셔가 아닐까 생각했다. 물론 그 생각을 말로 하지 않을 정도의 분별력은 있었다.

"그러고 보니 루시올 왕자. 본디 오기로 하신 분은 왕세자 아니셨습니까?"

"네, 첫째 형님이 오시기로 되어 있었습니다. 다만 파헨타움의 탈주병들이 국경 지대 마을을 약탈하는 바람에…. 처음엔 그 약탈이 침략인 줄 알고 대책을 마련하시느라 바빠 제가 대신 오게 되었지요. 지금은 아니라고 밝혀졌지만요."

그 사건이 정예부대들이 아닌 탈주병들의 행각이라 해도 전선은 페른시스에서 지척이다. 지금부터 대비를 해도 빠듯했다.

"그래서 루시올 왕자가 오시게 된 거군요. 하지만 너무한 일 아닙니까, 형제들께서는 무엇을 하고 계신 건지…"

"아니요, 성하. 무언가 오해하고 계신 것 같습니다."

루시올은 고개를 저으며 헤지아나를 향해 웃음 지어 보였다.

소년은 자기 자신에 대해 잘 알고 있었다.

즉, 사람들이 요정의 성격에 대해 크나큰 환상을 가지고 있다는 사실을 잘 알았고, 자신의 성격이 그 환상과는 달리 매우 더럽다는 사실을 잘 알았으며, 그 내면과는 달리 사람들이 요정에게 가지는 착각을 강화할 수 있을 정도로 매우 연약하고 순진해 보이는 외관을 가지고 있다는 사실을 잘 알았다는 소리다. 더 나아가 그런 연약한 소년이 짓는 미소는 매우 위험한 매력이 있다는 사실도 알고 있었다.

그 미소가 특히 성인 여성에게 효과적이라는 사실 역시.

"형님들께서 저에게 책임을 떠넘기신 게 아닙니다. 제가 자청한 것이지요. 형님들은 어린 저에게 이런 중임을 맡길 수 없다고 하셨습니다만…. 모두들 때가 때인지라 바쁘시지 않습니까. 여유가 있는 사람은 저밖에 없었고, 모두들 나라를 보호하기 위해 힘쓰는데, 저 역시 일국의 왕자로서 아무런 일도 하지 않을 순 없었습니다. 제가 고집을 피웠고, 아버지께서 허락해 주신 것이지요."

살짝 건드리기만 해도 잠자리 날개처럼 바스러질 듯한 웃음을 지으며 루시올이 말했다.

이만하면 착한 아이로 인상을 남겼을 것이다. 연상의 상대를 공략하는 데에 있어 그것만큼 좋은 포지션이 없다.

"그렇군요, 부왕께서…."

헤지아나는 눈동자를 굴렸다. 그 눈동자는 흘끔 루시올에게 닿은 순간 더없이 날카로워졌지만, 그녀는 이내 눈을 감더니 입술을 깨물었다.

젠장할, 그 옹고집 덕분에 전쟁 한 번 화끈하게 벌어질 뻔했다.

오늘 아침 헤지아나를 깨운 이는 리시였다. 리시는 일어나자마자 헛구역질을 하는 헤지아나에게 숙취 해소제를 하나 제공하였고, 그걸 마신 헤지아나의 앞에는 약 15cm 두께의 보고서가 제출되었다. 그 보고서는 어제 저녁 헤지아나가 성성외무과에 대해 성토한 결과로 돌아온 작업물이었다.

기존에 헤지아나가 받았던 자료들보다 훨씬 상세해진 프로필에는 그들의 신체 사이즈까지 적혀 있었지만 헤지아나는 그런 건 머릿속에 넣지 않았다. 다만 글자를 보다 보니 속이 울렁거려 두 번째 숙취 해소제를 하나 더 받게 되었다.

조금 속이 진정된 후 일단 급히 머릿속에 넣은 건 그들이 대표로 선발된 과정과 이유, 각 대표의 여자 취향이었다. 대충 머릿속에 욱여넣은 것이라 한 번 더 검토해 봐야겠지만 지금 대충 읊어 보는 것 정도는 할 수 있으리라.

루시올 페른시스, 51세.

어머니는 민가의 인간 여자로, 현왕이 마을에 내려가 만난 여자와 사랑에 빠져 만든 아이라고 한다. 어려서 어머니가 살아 있었을 때에는 아이를 서자로 인정하여 양육비를 보내는 것으로 끝냈지만, 그 모친이 불우하게 사망한 이후 왕은 민가에서 자라기엔 아까울 정도로 영특한 아이를 요정의 나무, 인간으로 치자면 그들의 왕궁에서 직접 교육하기로 마음먹었다고 한다.

세 왕자는 왕과 닮은 구석이 없는 형제의 등장을 반기지 않았다. 이에, 왕은 아이가 자신보다 어머니를 닮았을 뿐이라고 말했다.

그렇지만 소문에 의하면 루시올의 어머니는 갈색 머리카락이었다고 한다. 왕은 짙은 고동색 머리카락을 지녔다. 그렇지만 아이는 금발이다.

이 모든 의혹을 왕의 권위로 겨우 억누르고, 왕은 거의 10년 만에 루시올을 적자로 인정받아 왕위 계승권자로 만들었다.

다만 루시올의 왕실 내 인지도나 권한은 그야말로 없느니만 못한 상태다.

그 10여 년의 기간 동안 루시올이 받아 온 취급은 보고서만 읽어 봐도 마음이 아파서, 헤지아나는 이 51세 소년이 하나라도 공을 세우고 존재감을 인정받고 싶은 마음을 충분히 이해할 수 있었다. 그러나 역시 이곳은 그가 있을 곳이 아니다.

대체 페른시스의 왕은 무슨 생각으로 육을 입은 지 갓 스물 된 아이를 이곳으로 보냈단 말인가. 물론 이스파시아의 왕 리암 아우렐리트는 23세고 헤지아나도 같은 나이지만, 그들은 어린 나이부터 국제적인 무대에 노출되는 데 익숙했고 그에 대비한 교육을 받아왔다. 하지만 서류상으로 보건대 그가 인지받아 왕자가 된 건 작년의 일이 아닌가?

오래된 왕국의 명예를 지닌 페른시스가 동쪽의 대표로 타당하게 여겨지는 점은 이해할 수 있었다. 하지만 그렇다면 이곳에는 그 왕이 직접 와야 했다.

그러나 서류상으로 본 페른시스의 상황이 좋지 않았다는 점도 사실이어서 헤지아나는 그쪽도 여간 답답했겠구나 싶은 생각에 한숨지을 수밖에 없었다.

"역시 제 모습이 인간들에게는 매우 어려 보이는 모양입니다. 신경 쓰이십니까?"

"아, 아니. 그런 건…."

"열 살 아이가 국정을 다스리고 대륙을 호령하던 시절도 있었습니다. 물론 성하께서 보시기에 미숙한 점이 있긴 하겠습니다만, 제 나이가 모자라다고는 생각하기 힘들군요."

그거야 아이가 '작은 어른' 취급받으며 걸음마를 떼자마자 5개

국어 및 세계사를 교육받던 팔백 년 전 이야기다. 사실 아동보호라는 개념은 생겨난 지 이백 년도 지나지 않은 개념이긴 하다만, 헤지아나는 미성년은 아직 보호해야 하는 존재로 생각하고 싶었다.

물론 어제, 그 미성년 같은 모습을 한 이에게 자신이 어떤 짓을 했는지를 생각하면 마음 한편이 무거워지긴 한다.

"…그…, 나이도 나이지만, 음, 왕자. 그… 어제 있었던 일 말입니다만."

헤지아나는 일단 말을 돌렸다. 그의 미숙함에 대해서는 하루 종일 말할 수 있었으나 그럴 시간이 아니지 않은가.

"어제 있었던 일요?"

"예, 이비아네라의 황제가…."

"아."

루시올은 표정을 굳히더니 헤지아나에게서 고개를 돌렸다. 정면을 쳐다보는 소년의 표정에는 거북함이 가득 앉아 있었다.

"너무 신경 쓰지 마세요, 왕자."

"…많이 들은 이야기입니다. 괜찮습니다."

갑작스레 번잡하게 움직이며 붙었다 떨어졌다를 반복하는 손가락은 그 입과 달리 괜찮아 보이지 않았다. 헤지아나는 이마에 주름을 잡으며 가늘게 한숨을 내쉬었다.

"제가 알기로 할센라비온 황제는 사리분별 냉정하고 계략에 능한 이라고 들었습니다. 어제도 어떤 분란을 일으키기 위해 그런 말을 했으리라 짐작됩니다. 아직 속내는 알 수 없지만…."

"그가 음험한 계략가라는 사실이야, 그가 황제에 오른 경위만 읊어도 알 수 있는 것 아닙니까."

루시올이 헤지아나의 말을 끊었다.

"카람찬트 황태자도 수 싸움에 능하다 하지만 그가 능한 건 전쟁과 물 위의 정치의 전술, 전략이지요. 카람찬트 황태자는 드러내 놓고 부수는 쪽입니다. 하지만 할센라비온 황제는 암투에 능하지요. 성하, 그가 황제에 오를 때까지의 행적을 보십시오."

헤지아나는 잠시 입을 다물었다. 어려 보이는 왕자는 자신의 생각보다 이 정세에 대해 잘 아는 걸까?

"할센라비온 황제가 힘 하나 없는 서열 13위의 황자에서 황제로 등극하기까지의 과정은 정말 암투의 절정이 아닙니까. 어쩌면 사람의 마음을 그리도 잘 이용하는지…. 사소한 것에서부터 시작해 불신을 쌓고, 결국 오해와 불화를 불러일으켜 친족을 상잔하게 하고, 그 세력을 함정에 빠뜨려 유명무실하게 하고, 자신들이 함정에 빠졌다는 걸 알면서도 움직이지 않으면 안 될 상황을 만들고. 그러면서도 자신의 모습은 거의 드러내지 않고. 사실 물증은 하나도 없지요. 혈전이 일어날 때마다 그의 계승 순위가 높아졌다는 걸 증거로 삼을 순 없지 않습니까."

아무리 무지하다고 해도, 요정의 왕국 태생이라 해도 역시 왕가의 자식이며 왕자라는 걸까? 헤지아나는 입술을 붙이고 루시올의 말을 경청했다.

"황제는 체스 판 위에서 룰을 따져 계산하고 싸우는 쪽이 아닙니다. 그는 자신의 모습을 드러내지 않고 물 밑에서 상황을 흔들어 판을 부수는 쪽입니다. 물론 그는 황자였을 때 세력이 없다시피 했으니 그런 방법을 취할 수밖에 없었겠지만 말입니다. 성하, 그런 계략에 익숙한 그가 저와 가일란을 공격했다면 둘 중 하나입니다. 순수하게 마음에 들지 않든지, 다른 속내가 있든지."

"다른 속내…."

"하지만 다른 속내가 있었다면 황제는 자신의 입으로 저를 공격하지 않았을 겁니다. 말했듯이 드러내기를 꺼리는 인물이니까요. 제가 먼저 대들었다면 이야기가 다르겠지만 그것도 아니었고요."

"그가 왜 루시올 왕자를 싫어한다는 겁니까."

"처지가 같으니까요. 아니, 처지는 제가 더 나쁘지만."

루시올은 한숨을 내쉬고 씁쓸하게 웃으며 헤지아나를 쳐다보았다. 물론 이것도 계산된 행동이었다.

"저에 대한 소문을 모르시지는 않겠지요. 그리고 황제의 출생 문제에 대해 모른다고도 말씀하지 않으시리라 믿습니다."

황제의 출생 문제야 워낙 유명한 소문이라 알고는 있었지만 사실 루시올에 대해서는 오늘 아침 보고서를 보고 알았다. 어쨌든 모르는 건 아니었으므로 헤지아나는 고개를 끄덕였다.

"그게 무슨 상관이란 말입니까. 말대로 황제와 왕자가 같은 처지라면, 동병상련하는 게 보통 아닙니까."

"성하, 세상에는 동족 혐오라는 것이 있습니다."

루시올은 지친 표정으로 웃었다. 이번엔 계산한 행동이 아니었다.

이 자비로운 라스할드에서 자라 신의 은총을 받는 교황이란 그런 걸까?

사람의 호의를 믿고, 정의를 믿고, 동정심과 자비와 이해를 믿고.

세계의 문제를 중재하고 판결하는 교황으로서 갖은 추잡하고 아픈 꼴을 자신보다 더 보았으면 보았지 덜 보지는 않았을 텐데 그런 마음을 간직할 수 있는 건 역시 신앙심 때문일까?

많은 인간들은 요정이 순수하리라 생각한다. 인간의 몸을 지니기 전에는 그럴지도 모르겠다. 그때는 그저 정신체에 불과해 그저 바람에 민들레 씨처럼 날려 다니기만 하면 되니 말이다. 하지만 인간의 몸을 입은 순간부터 요정들의 감정은 육신 안에 가두어진다.

자신과 같은 반쪽 요정은 덜하지만, 모두 감정이 덜어진 모습으로 말하고 행동한다. 인간들은 그런 모습을 근엄하고 우아하다고 말한다. 요정들조차도 스스로를 그렇게 여긴다.

하지만 그 안은 결국 인간과 똑같다. 세상의 비밀을 알고 자연의 목소리를 들어 그 욕망이 인간과 같은 곳에 있지 않은 것뿐 결국 그 꿍꿍이는 인간과 하등 다를 바가 없다.

고작 인간의 몸을 입은 지 스물 된 자신 역시 그러한데, 무엇이란 말인가, 이 여자의 순진함은. 아픔을 지닌 상대는 당연히 감싸 주어야 한다는 듯한 말은.

정말로 나이만 먹었지 어리다.

"황제가 된 그에게 자신의 출생 문제는 더는 언급할 이가 없는 문제지요. 하지만 절 보면 생각날 겁니다. 자신이 겪었던 일이. 자신이 핍박받던 수치스러운 과거가. 그런 짓을 했던 이들을 모두 제거했어도, 이미 지나간 일이라 수정할 수도 없는 과거의 일이 자꾸 생각나고 짜증스럽겠지요. 제 이름에 얽혀 자신의 이름이 언급된다는 걸, 황제가 바보도 아닌데 모르겠습니까."

헤지아나는 무언가 말하려는 듯이 입을 열었다가 그대로 닫았다. 손가락이 까닥거렸다가 그대로 반대편 손과 포개져 무릎 위에 앉았다.

"…이해하지 못하겠습니다…."

어리니까.

루시올은 보이지 않게 비웃고 그 웃음을 재빨리 숨겼다.

"교황 성하께서 이해하지 못하신다고 하더라도, 세상엔 그러한 이들이 도처에 가득합니다. 자신이 그와 같지 않음을 증명하기 위해 동족을 팔아넘기는 자들과 매한가지지요. 이런 자들은 매우 악질적이랍니다."

세상 물정 모르는 여자.

루시올은 차가워진 눈으로 바닥을 쳐다보며 머리를 굴렸다.

이 여자를 자신의 편으로 포섭하는 데에는 생각처럼 많은 시간이 필요하지 않을 것 같다. 자신의 처지는 누가 보아도 동정적이니, 창조신의 으뜸가는 종인 그녀가 자신을 보살필 마음이 드는 건 내 일이면 충분하지 않을까?

루시올이 대표를 고집해 라스할드에 온 것 자체가 교황과의 연줄을 트기 위해서였다. 사실 고집을 부려 대표의 대동 인원으로라도 참석할 생각이었지만, 결과적으로는 특권을 얻은 대표로 참석하여 교황과 깊은 이야기를 나눌 수 있는 자격을 얻었다.

이 계절, 이 시기, 행운의 별은 자신의 위에서 빛나고 있음이 틀림없다.

그렇다면 이 시기가 지나가기 전에 목적하는 바를 달성해야 한다. 행운의 별은 그리 자주 빛나는 게 아니니 말이다.

교황과 친분을 쌓고, 그 총애를 얻어 내 무시할 수 없는 입지를 다진다.

할 수 있다면 자신을 핍박하던 이들에게 보복하고 싶지만 그것은 아직 이를 터.

황제들도 함부로 대할 수 없는, 세속의 권력을 무로 돌리는 권능을 가진 신의 대리인.

세속에서 벗어나 그 원 바깥에서 모든 걸 둘러보고 판별해 두 개의 천칭 접시에 무게 추를 번갈아 올려 두는 중재자.

그런 이를 자신의 편으로 두는 것만큼 든든한 일이 어디 있겠는가. 단지 친분을 과시하는 것만으로도 부왕조차 자신을 쉽게 건드릴 수 없게 된다. 사실 다른 이들과도 인맥을 터 둘 예정이었지만 지금 황제는 자신을 싫어하고 황자는 말 붙일 상대가 아니며 남쪽은 말을 섞는 게 귀찮아질 판국이다. 결국 처음 목적대로 헤지아나에게 집중할 수밖에 없다.

그 친분을 바탕으로 국내에서 세를 불리는 일은 그리 어렵지 않으리라. 작은 것부터 시작하면 된다. 그리고 언젠가는 판도를 뒤엎어 모든 걸 손아귀 안에 넣는다. 소년은 옥좌에 앉은 자신의 모습을 상상해 보고 가늘게 웃었다.

자, 그러면 그 미래를 위해 어떻게 행동해야 할까?

"…그럴지도 모르겠습니다, 루시올 왕자. 하지만 저는 그가 당신을 도발하길 원한다고 생각합니다."

"이비아네라와 동쪽 지역은 멉니다. 굳이 도발이란 수단을 택할 이유가 없지요."

"칼은 사용하기 나름입니다. 그런고로 왕자, 제 말을 들어주세요."

헤지아나는 루시올의 꽉 맞잡아진 손에 자신의 손을 올렸다. 마디가 하얗게 될 정도로 힘을 준 소년의 손가락을 보자 마음이 쓰라렸다.

"황제가 무어라 말하든 간에 절대 그 도발에 넘어가지 마세요. 어떤 경우라도 참아 주시길 바랍니다."

"교, 교황 성하."

부드러운 손바닥이 자신의 손을 감싸 쥐는 걸 느낀 순간 루시올은 화들짝 놀라 몸을 움츠렸다.

페른시스의 넷째 왕자는 그 입장 때문이지만 아직 여성과 교제해 본 적이 없었다.

자신이 어떻게 해야 상대를 유혹할 수 있는지는 잘 안다. 하지만 상대를 유혹하여 그 호의에 기대 살아야 하는 자들은, 그 때문에 상대를 딱 집어 택할 수가 없는 것이다. 물론 상대의 욕망에 젖은 접촉이야 수도 없이 겪었지만 왜 이렇게 예민해지는 걸까?

"으."

루시올은 신음하며 맞잡은 손에 힘을 주었다. 그렇다고 해서 헤지아나의 손이 자신에게서 떨어지지는 않았지만 말이다.

오히려 헤지아나는 더욱 부드럽게 루시올의 손등을 쓰다듬었다. 그 느낌이 어젯밤, 꿈에서 느꼈던 헤지아나의 손길과 비슷해서….

'젠장, 꿈인데 왜 그런 느낌이 남는 거야.'

루시올은 머릿속에서 방울처럼 솟아오르는 음탕한 광경과 감촉에 안절부절못하며 헤지아나의 눈치를 살폈다. 하지만 헤지아나는 그런 루시올의 상태를 눈치채지 못하고 자애로운 목소리로 속삭였다.

"왕자, 부탁입니다. 굴욕적이라도 참아 주십시오. 하지만 혼자

감당하라 하지 않겠습니다. 제가 그대를 보호해 드리겠습니다."

"예…?"

"힘이 되어 드리지요."

헤지아나의 흔들림 없는 목소리에 루시올은 고개를 들어 그녀를 쳐다보았다. 목소리만큼이나 다정한 웃음을 지어 보이는 그녀의 모습을 보고, 루시올은 자신도 모르게 입을 벌렸다. 얼굴이 달아오르는 느낌이었다.

"보, 보호하실 것까지야…. 아, 아, 아, 아니, 교황 성하, 잠시만, 저기, 물론 교황 성하의 권능을 무시하는 건 아닙니다만 성하께서는 여인이십니다. 그리고 전 사내이고, 그러니까 그, 보호한다는 건 조금…."

"그럼 뭐라고 했으면 좋겠습니까?"

온화하게 웃는 헤지아나의 모습에 루시올은 시선을 피하고 열심히 고민하기 시작했다. 그럼 대체 뭐라고 해야 좋을까?

아무리 상대가 권력자라 하나 여자. 그리고 자신은 남자였다. 여자가 남자를 보호한다니 그건 옳지 않다. 아무리 약하다고 해도 여자를 보호하는 건 남자여야 했다. 여자들은 약하니까. 그러니까 보호하는 게 아니라….

'잠깐.'

루시올은 화끈거렸던 얼굴의 온도가 식음을 느꼈다.

'힘이 되어 준다고?'

그리고 보호한다고 말했다. 그 말을 되새긴 순간, 루시올은 자신이 이 라스할드에 온 목적을 달성했음을 깨달았다.

'좋았어!'

루시올은 주먹을 움켜쥐었다. 얼굴에 웃음이 저절로 떠오르는 걸 참기 힘들었다.

할센라비온에게 가 절이라도 해야 하는 거 아닌가. 덕분에 이렇게 간단히 목적을 달성하지 않았나. 그놈은 고작 자신을 좀 괴롭힌 걸 가지고 즐거워하겠지만 자신은 그 덕분에 큰 이득을 봤다. 이게 살을 주고 뼈를 취한다는 거다. 루시올은 목적을 달성했다는 고양감에 잔뜩 젖어 자신의 숨이 거칠어지는 것도 깨닫지 못했다.

"저, 루시올 왕자?"

"아, 아, 아, 예, 성하! 아, 죄송합니다, 잠시 생각을."

헤지아나의 부름에 겨우 정신을 차린 루시올은 자신의 열기 오른 얼굴을 더듬어 보더니 헛기침을 몇 번 하고 허리를 바로 폈다.

그리고 자신의 말실수를 깨달았다.

'아차, 보호해 준다고 했는데 그렇게 말하면.'

하지만 아직 만회할 수단은 있었다. 루시올은 자세를 바로잡고 헤지아나를 똑바로 쳐다보며 말했다.

"저, 성하. 그…. 죄송합니다, 역시 제가 성하의 도움을 받지 않기는 힘들 것 같습니다."

"아, 그래요. 그러면…."

"그래도 역시 도움을 받기만 한다는 건 남자 체면에 안 될 일이지 않습니까. 그러니 성하, 저도 성하께 도움을 드리겠습니다. 원하시는 게 있으신가요?"

"아…."

헤지아나는 무심코 벌렸던 입을 닫았다.

네가 내 노예가 되어 주면 좋겠다고 말할 수는 없지 않은가. 뭐가 좋을까? 오늘 밤 시간 있나요? 아니, 아니지. 아니야. 이런 걸 말하면 안 되지.

아직 헤지아나는 루시올을 받아들일, 이 어린 얼굴을 받아들일 준비가 되어 있지 않았다. 잠시 심각한 고민에 빠진 헤지아나는 고개를 젓고는 가볍게 웃음 지었다.

"지금 당장 생각나는 게 없군요."

"그럼, 그때 말씀해 주세요. 어떤 일이든지 꼭 해 드리겠습니다."

밤일을 요구하면 어쩌려고.

루시올이 여자아이가 아니고 자신이 남자가 아니라 다행이라 생각하며 헤지아나는 고개를 끄덕였다.

"알겠습니다. 필요하면 꼭 부르도록 하지요."

"회담이 끝나기 전까지 생각나지 않으신다면, 그 이후에라도 불러 주세요. 언제든지 오겠습니다."

"알겠습니다요."

헤지아나는 생긋 웃었고, 루시올도 헤지아나의 얼굴을 보고 미소 지었다.

'성공이다.'

소년다운 해맑은 웃음 아래로 루시올은 계산을 세우고 있었다.

'이러면 약속을 핑계로 연락이나 접촉이 가능해지지. 귀국한 후에도 편지를 보내는 게 가능해져. 그리고 편지를 보낸다는 건 답장이 내 손에 들어온다는 뜻이지. 이미 대표로 온, 사적인 약속까지 한 이의 편지를 답장 없이 대충 거절하기는 힘들 터.'

물론 거절할 수도 있지만 처음에 자필 편지 한 통 정도는 보내리라. 그리고 루시올은 그 정도면 충분했다.

'완벽해.'

그리고 헤지아나는 생각했다.

'좋았어, 이쪽은 처리했고.'

루시올이 '보호받겠다'고 말한 순간부터 헤지아나는 깊이 안도했다.

적어도 할센라비온의 도발에 넘어갈 위험 분자가 사라진 게 아닌가. 아무리 몰라도 이 정도면 자신의 의사는 이해했을 것이고, 루시올은 자신의 생각보다 똑똑하다는 게 중론인 것 같으니 말하고자 하는 바를 충분히 알아들었으리라.

마음의 짐이 반절 정도 사라짐을 느끼며 헤지아나는 자리에서 일어났다. 이제 나머지 반의 짐을 처리하러 가야 했다.

"자, 그러면 저는 가야겠군요."

"아, 아서 님께 간다고 하셨죠."

"예."

헤지아나는 웃음 지으며 손을 뻗었다.

"그러면 오늘 저와 한 약속, 꼭 잊지 말아 주세요."

"네, 꼭 잊지 말아 주세요."

소년은 쑥스러운 듯 웃으며 헤지아나의 손을 붙잡고 흔들었다. 그 웃음이 아까 할센라비온과 자신의 처지에 대해 이야기할 때 지었던 표정과 비교되어 헤지아나는 더욱 마음이 아팠다.

어쩌다가 이런 가냘파 보이는 이가 그런 꼴을 겪어야 하는지.

"그러면, 오후에 뵙겠습니다."

헤지아나는 인사한 후, 몸을 돌렸다. 숙취 해소제가 충분히 돌았는지 역겨움은 사라져 있었다.

"무슨 이야기를 하신 겁니까?"

"저 왕자가 쉽게 폭발하지 않도록 조금 조치를 취했네."

헤지아나는 리시의 질문에 답하고 발걸음을 옮겼다.

아셔는 지금 무엇을 하고 있을까? 그는 아마 새벽에 일어났을 것이고 아침 운동도 끝냈으리라. 이야기는 필연적으로 길어질 것이며 거북한 공기가 숨통을 조여 오겠지.

그렇지만 해결해야 하는 일이다. 지금 그녀는 아셔와 점심도 같이 하기를 각오하고 그에게 가는 중이었다. 상상만 해도 체할 것만 같은 광경이다. 자신을 향해 넘쳐흐를 듯한 존경과 숭배의 눈빛을 한시도 거두지 않는 남자의 시선을 받으며 하는 식사라.

겨우 가라앉았던 속이 다시 울렁거림을 느끼며 헤지아나는 입을 가렸다. 다행히 헛구역질이 나오지는 않았다.

'역시 할센라비온이 제일 위험한가.'

입을 가렸던 손을 치우며 헤지아나는 깊이 심호흡했다.

어제 보였던 행동하며, 해 왔던 일들이나 주변의 평가 등, 종합해 봐도 위험도는 상위 랭크에 기재될 만하지 않은가. 몬스터 위험 등급으로 규정하자면 트리플S급으로 쳐 줄 의향이 있었다.

'그놈은 뭔가 저지르러 온 거야.'

거기에 넘어가서는 안 되었다.

헤지아나는 오늘 아침 보았던 서류 중 대표들의 여성 편력에 대해 조사해 놓은 자료를 떠올렸다. 할센라비온의 경우 16세, 아직 황위계승자 13위였을 때 초혼하였으며 18세에 비와 사별. 그리고 그 이후로 비도 첩도 없이 계속 애인들만을 갈아 치우며 살아왔다고 되어 있었다. 그리고 그 속도가 상당히 빠르다.

그에 대해 이런저런 이야기가 있지만 넘어가 중요한 점을 꼽자면, 그가 애인으로 선택한 여자들은 거의 육감적이고 성숙하거나 퇴폐미가 물씬 풍기는 여자들이었다고 한다.

헤지아나는 자신의 팔을 쓸어내렸다. 무심코 가슴으로 가려던 손을 그쪽으로 옮기는 것도 꽤 힘들었다.

볼륨은 이 정도면 되었다. 퇴폐미는…. 자신에게 기대할 게 아닌 것 같고, 성숙함은 어떨까? 여자들이 견디지 못하고 도망친다는 황제를 꼬드길 만한 능력이 될까?

'하지만 당장 닥치게 하지 않으면 안 돼.'

그렇다. 황제의 입을 다물게 해야 한다. 밤을 같이 보내고 꼬드겨 창조신께서 하사하신 능력으로 자신의 노예로 만들고 개처럼 부려 먹어야 하는 것이다.

그게 찢어진 옷에 대한 복수였다.

"아."

헤지아나는 자리에 멈춰 서서 이맛살을 찌푸렸다.

뭔가 이상했던 탓이다. 그렇지 않은가. 옷을 찢었다고 사람을 노예로 만들고 개처럼 부려 먹어야 한다니. 그건 마치 옷이 사람보다 위 같지 않은가. 헤지아나는 자신도 모르게 '옳지 않아…'라고 중얼거렸다.

"성하?"

"아니야. 아무것도."

상태를 묻는 리시에게 대답한 다음, 헤지아나는 고개를 들었다.

대표들에게는 특실이 하나씩 주어졌지만 아셔는 자신의 본분이 교황을 위해 일하는 성기사임을 잊지 않았다며 성기사들에게 주어진 숙소를 배정받았다. 물론 그 방은 일반병의 방은 아니다.

헤지아나는 고개를 들어 복도 끝의, 왼쪽 방문을 쳐다보았다. 그 방이 그가 배정받은 방이었다.

문을 본 순간 헤지아나는 마음이 깊이 무거워짐을 느꼈다. 하지만 피해서는 안 될 일이다. 헤지아나는 문을 노려보며 심호흡했다.

"괜찮아. 괜찮아. 죽지 않아…."

"아셔 님은 헤지아나 님께 손끝 하나 못 대실 텐데 뭘 그리 두려워하십니까."

"그 점이 무서워 죽겠다는 거요, 리시 추기경."

할센라비온을 닥치게 하기 위해서는, 필히 이 남자를 닥치게 해야 한다.

그러지 않고서는 계획은 절대 성공하지 못한다. 자신을 맹신하는 이 남자는 대체 어떻게 튈지 모르는 것이다.

헤지아나는 이를 악물고 앞으로 발걸음을 내딛었다. 문이 성큼성큼 헤지아나의 앞으로 다가왔고, 문 앞에 서자마자 헤지아나는 이를 악물며 직접 문을 두들겼다.

"아셔, 헤지아나입니다. 들어가도 될까요?"

응답이 없었다.

"아셔, 있나요?"

한 번 더 불러 보았지만 반응이 없었다. 그가 어디 갈 일은 없으리라고 생각했던 헤지아나는 당황해 방문을 세게 두들겼다.

"아셔?"

잠시 기다린 다음, 방문을 열고 들어섰다. 그 순간, 헤지아나는 눈앞에 나타난 허여멀건 인상에 깜짝 놀라 숨을 들이켜며 뒤로 물러섰다.

"서, 성하. 아, 아침부터 무슨 일로…."

"아, 아셔."

당황한 기색이 역력한 아셔의 모습을 보고 헤지아나는 놀란 가슴을 진정시켰다. 보아하니 급하게 옷을 주워 입은 듯 웃옷의 여밈이 야무지지 못했다.

"미안하군요. 사람을 미리 보낼 걸 그랬어요."

"아닙니다. 성하께서 그 손을 만나는 데에 어째서 알림이 필요합니까. 들어오시지요."

아셔가 안내하자 헤지아나는 리시에게 따라 들어오지 말라고 손짓한 다음 아셔의 방 안으로 들어섰다.

사실 아셔와 단둘이 있는 게 부담되는 만큼 다른 이가 함께 있는 편이 마음의 안정을 찾기에는 좋다. 그러나 그를 눈앞에 두고 긴장하는 자신의 모습이나 자신에게 충성스러운 개 같이 구는 아셔의 모습은 누구에게 보여 줄 만한 게 아니었다.

"앉으십시오, 성하. 그러고 보니 마실 게 물밖에 없는데…."

"곧 궁내원이 차를 가져올 겁니다. 그대도 앉으세요."

어색하게 웃음 지으며 헤지아나는 앞의 의자를 턱짓했다. 물을 따르려던 아셔는 엉거주춤하게 들었던 주석 잔과 물병을 내려놓고는 헤지아나에게 다가왔다. 그녀가 권하는 그 앞의 의자에 앉기 위해서이리라.

"그, 그런데 어쩐 일로…. 아니, 아니지요. 성하께서 그 손을 만나는 데에 무슨 이유가 필요하겠습니까."

"하지만 이유 없이 손을 놀리는 사람은 없습니다. 아셔, 할 말이…"

헤지아나는 순간 말을 멈췄다. 특이한 냄새가 느껴졌기 때문이다.

달아오른 금속 같은 향이 코를 찔렀다. 그건 갓 터진 듯한 날카로운 향이었다.

동시에 헤지아나는 자신을 맞았던 아셔의 흐트러진 옷차림을 생각해 냈다.

'그는 그런 모습으로 교황을 맞을 사람이 아니다.'

헤지아나는 손을 들어 지나가는 아셔의 팔을 꽉 붙잡았다. 헤지아나의 가느다란 손가락은 아셔의 팔을 채 다 움켜쥐지 못했지만 그래도 아셔는 멈춰 서서 헤지아나를 쳐다보았다.

"서, 성하?"

"아셔, 방금 전까지 무엇을 했나요."

"저, 저는…."

아셔가 무언가를 말하려는 순간, 헤지아나는 자리에서 일어나 크게 호통쳤다.

"아셔! 지금 나에게 거짓말을 하는 겁니까. 당장 이 옷을 벗어 보세요!"

"성하, 잠시만…!"

헤지아나가 옷을 붙잡고 들어 올리려 하자 아셔는 저항하듯이 그 손을 붙잡았으나 이내 데인 듯 화들짝하며 손을 놓았다. 결국 아셔의 옷은 끌어올려져 배에서부터 허리, 등의 나신이 그대로 드러났다.

"역시…!"

쓰지 않는 근육은 하나도 없다는 듯이 잔잔하게 모양이 잡힌 근육 위로 땀과 섞인 핏방울이 흐르고 있었다. 핏방울은 옷에도 조금씩 스며들어, 크게 티가 나지는 않았지만 간간히 붉은 빛을 띠었다.

"어쩐지 등을 보이지 않는다 했어요!"

"아…. 성하, 이건…"

"변명은 듣지 않겠습니다!"

뒤쪽으로 돌아선 헤지아나는 그의 옷을 위로 쭉 걷어 올렸다. 아까 전 느꼈던 날카로운 냄새가 다시 한 번 코를 가볍게 찔렀다.

등 뒤에는 깊은 상처가 있었다. 그 상처는 살아 움직이듯이 스스로 느릿하게 붙어 아물었고, 개중 깊게 패인 상처들은 더 느리게 회복하며 핏방울을 성글성글하게 뱉어 냈다.

"대체 어느 정도로 한…. 대체 얼마나 한 겁니까, 이 상처…! 이제야 이 정도로 아문다면 뼈가 드러났던 것 아닌가요?"

"성하, 그 정도까지는 아닙니다. 어차피 곧 아무는 몸, 신경 쓰지 않으셔도…"

"아셔! 저는 분명히 말했습니다. 그대는 명에 따르겠다고 약속했을 텐데요!"

헤지아나가 말을 자르며 목소리를 높이자 아셔는 고개를 숙였다.

"세 끼를 챙기며, 네 시간 이상 자고, 스스로를 학대하지 말 것! 그런데 어째서…, 어째서 그대는 제 말을 무시하는 겁니까!"

교국 라스할드의 제일가는 성기사 아셔 아라스트란은 공명정대하며 강건하고, 인망이 두텁고 명성 또한 자자한 이였다. 또한 청빈한 삶을 추구하여 금욕하고 고난을 기꺼이 받아들이는, 요즘 시대보기 드문 길을 걷고 있는 이이기도 했다.

　　그렇지만 그는 신을 광신하고 교황을 맹신하는 이였다. 청빈의 추구 또한 그렇게 일그러져, 백여 년 전 유행하였던 금욕주의자들이 그러하듯 그는 자신의 행복과 즐거움이 없어야 하며, 삶이 고난과 고통으로 이루어져야 하며 그렇게 자신을 다스리고 통제하는 것이 옳다고 믿기 시작했다.

　　아직 어렸던 시절, 스스로의 몸에 채찍질 하는 그를 보고 충격을 받았었다.

　　겨우 설득하여 그 스스로가 즐거움과 기쁨을 느낄 때 스스로를 학대하는 걸 그만두게 할 수는 있었지만, 그가 자신을 다스리고자 할 때나 자신의 잘못에 대해 엄격한 그가 스스로를 벌주는 건 막기 힘들었다. 잘못에는 벌을 주는 게 교리로 당연하며 극기는 누구나 추구해야 하는 일이라는데 무엇을 논파할 수 있겠는가. 물론 그 벌을 받아야 할 잘못이라는 것도 무척 사소했지만 말이다.

　　헤지아나는 겨우 교황이 된 후에야 자신을 맹신하는 그에게 그런 짓을 그만두라고 '명령'할 수 있었다. 그것도 며칠 동안의 교리 논박에서 승리한 후 쐐기처럼 박아 넣은 명령이었다.

　　교리 논박이라 하나 그가 자신에게 반항했다는 뜻이 아니다. 그는 '미욱한 자신의 의문에 답을 구하고자' 계속 물어보았던 것이다. 그 끝에, 자신의 논리를 그에게 욱여넣는 데에 성공하고 말뚝을 박았다. 그뿐.

"아닙니다, 성하. 제가 어찌 성하의 말을…. 손이 어찌 주인의 말을 감히 거역할 수 있다는 겁니까, 성하, 이건 성하의 명을 어긴 게 아니옵고…!"

"아니요? 아니라고 하셨습니까, 아셔? 지금 이 등의 상처를 내가 보았는데 그래도 거짓말을 한다는 겁니까?"

"이건…. 그만한 일이 있었기에…."

"그만한 일이 있더라도 해서는 안 된다고 제가 분명히 말했을 겁니다!!"

무슨 일이 있어도, 어떤 죄를 저질렀더라도 절대 자신의 몸을 학대하지 말 것.

잘못을 했다면 그 대가에 걸맞은 공적인 벌을 받을 것.

극기를 위해서라면 다른 수단을 찾을 것.

그러기로 약속하지 않았는가. 그런데 왜, 무슨 일이 있어 또 자신의 몸을 학대하고 있단 말인가.

"나는 그대가 나와의 약속을 지켰으리라 믿었습니다. 그리고 의심하지 않았지요. 하지만 이런 모습을 보니, 그대가 북쪽에서 나와의 약속을 지켰는지가 의심됩니다!"

"아, 아닙니다, 아닙니다! 결코 그런 일은 없었습니다, 성하, 의심하지 말아 주십시오! 저는…!"

아셔는 다급히 헤지아나에게 매달렸다. 아셔의 표정이 마치 주인에게 버림받은 개의 표정과 비슷하다고 생각했지만, 곧 아셔가 고개를 숙였기 때문에 그 표정은 더 보이지 않았다. 그는 헤지아나의 앞에 무릎 꿇고 고개를 숙였고, 손을 모아 쥐고는 헤지아나에게 매달렸다. 마치 그녀에게 기도라도 올리는 듯한 자세였다.

"성하, 절대…. 절대 그런 적은 없습니다. 한시도 잊은 적이 없습니다. 성하께서 제게 무엇을 명하셨는지 결코 잊은 적이 없습니다! 어긴 적도 없었습니다!"

소리치는 그의 목소리가 두려움에 가득 젖어 있었다. 곧 그의 어깨가 열병 앓는 사람처럼 떨리기 시작했고, 헤지아나는 그 모습을 본 순간 약간의 위화감을 느꼈다.

그는 왜 이런 반응을 보이는 걸까? 이내 그녀는 이게 무슨 상황인지를 깨닫고 숨을 깊이 들이쉬었다. 실수했다.

"저의 불충함은 변명할 여지가 없지만, 그동안 그러한 일은 결코 없었음을 맹세합니다, 제발…!"

"자, 잠깐. 아셔? 아셔."

헤지아나는 재빨리 자세를 낮춰 아셔와 눈높이를 맞췄다.

실수했다. 오랜만에 만난 그의 모습이 있어서는 안 될 것으로 덮어씌워져 있어서 너무 화가 난 나머지 그의 취급 주의 사항을 깜빡해 버렸다. 그 취급 사항은 독극물을 음식에 넣으면 안 되는 것처럼 당연한 것이고 결코 잊어버려서는 안 되는 것인데 말이다.

"미안해요, 아셔. 내가 너무 흥분했군요. 아셔, 저는 당신을 의심하지 않습니다."

"저는 그동안 단 한 번도…."

"네, 압니다. 알아요. 네, 의심하지 않아요."

적어도 그를 이런 식으로 추궁해서는 안 되었다. 자신이 보지 못한 것까지 추궁하며 부정하면 그는 당연히 붕괴할 수밖에 없는 것이다. 그가 평범하게 그것이 아니라고 부정할 사람이 못 된다는 사실을 잊어버리고 있었다.

"함부로 의심해서 미안해요. 내가 실수했어요. 내가 잘못한 겁니다. 당신이 그럴 리 없는데."

"아니요, 성하가 실수하시다니요. 그런 일은 없습니다. 잘못하시다니, 잘못은 없습니다. 있을 리가 없지 않습니까."

붙잡은 아셔의 팔이 경련하듯이 떨린다. 눈은 이미 초점이 없이 벌어져 바닥을 향해 떨어져 있었고 입술도 가늘게 떨리고 있었다.

그에게 교황의 부정이란 이런 것이었다. 신의 이치에 닿는 교황은 무조건적으로 옳으며 실수할 리도, 잘못할 리도 없고, 그러한 교황이 그를 부정한다는 건, 적어도 그에게 있어 세계가 자신을 부정하는 것이나 다름없으리라.

신을 광신하고 교황을 맹신하는 남자. 그에겐 교황의 말 한마디와 행동 하나가 세상의 모든 것이었다. 교황이 명한다면 그는 바로 이 자리에서 자신의 심장을 꺼내 바칠 것이다.

세인들은 흔히 말한다. 모든 걸 걸고 자신을 선망하고, 따르며, 그 말 한마디 한마디에 귀추를 기울이며 생사를 단호하게 선택할 수 있는 이. 그런 이는 누구나 거느리고 싶은 것 아니냐고.

하지만 이러한 상대를 자신의 사람으로 거둔다는 건 그들의 생각처럼 그리 달콤하고 즐거운 일이 아니다.

자신의 말 한마디에 목숨을 거는 이를 위해서는, 그 목숨의 무게만큼 신중하고 책임감 있게 말해야 하는 것이다. 아무것도 아닌 말 한마디에 목숨을 거는 상대라면 아무것도 아닌 말조차 신경 써야 한다. 24시간 말뿐만이 아니라 행동거지 하나하나에 그렇게 신경 쓰며 살아갈 수 있겠는가?

애초에 자신이 선택해 그를 그리 만들었던 것도 아닌 헤지아나는 자신의 말 한마디 한마디에 민감하게 반응하며 심각하게 불안정해지거나, 조금이라도 예법에 맞지 않는 행동을 하는 이들을 용서의 여지없이 죽일 듯이 대하고, 자신이 실수해 교정해야 하는 것조차 옳다고 하며, 아무것도 없는 자신에게 끝없는 존경과 선망의 눈빛을 보내는 아셔를 도저히 받아들일 수가 없었다.

지금도 그는 변하지 않았다. 자신의 말 한마디에 흔들려 겁먹고 발광하고, 자신에게 조금이라도 불경한 것들은 베어 버릴 의지가 가득하다. 그자가 이국의 황제라고 해도 말이다.

교황이 된 지 2년, 결국 그녀는 교황의 이름으로 아셔 아라스트란에게 북쪽으로 가라고 명령했다.

확실한 지침도 기한도 없는 숙제였다. 하지만 아셔는 교황의 명령에 이견을 달지 않았다.

그 역시 자신이 군이 북쪽에 가 방랑해야 할 이유 따위는 없다는 걸 알았을 텐데도.

"아니요, 내가 실수한 겁니다. 내가 실수했다고 내가 말하고 있습니다. 이게 옳습니까, 틀립니까?"

"옳습니다…."

"그렇다면 제가 실수한 게 맞지요?"

"그, 그건…."

"아셔, 의심하지 않아요. 당신이 무엇보다 내 말을 거역하지 않고 따랐음을 제가 누구보다 잘 압니다."

헤지아나는 덜덜 떠는 아셔에게 조심스럽게 다가가 그의 머리를 끌어안았다. 이렇게 잠시 다독여 주면 보통 진정했다.

"자, 진정해요. 진정하세요. 제가 그대를 의심한 게 잘못된 겁니다, 알겠…, 윽?!"

흉부를 꽉 누르는 손길이 있었다.

그렇지만 그 손길에는 음험함도 없었고 헤지아나도 그에 대해 부끄러움을 느끼지 않았다. 왜냐면 그 손길은 바로 헤지아나를 뒤로 세게 밀어냈기 때문이다. 뒤로 밀쳐진 헤지아나는 의자에 그대로 부딪혔다.

"악!"

균형을 잃고 그대로 바닥에 나동그라졌다. 같이 넘어진 의자 다리에 걸려 한 번 더 뒤통수가 찍힌 헤지아나는 이맛살을 찌푸리며 몸을 움츠렸다.

"아, 아…. 아, 서, 성하. 이건…."

"아, 으윽…."

헤지아나는 한숨 돌린 다음, 뒤통수를 감싸 쥐며 천천히 몸을 일으켰다. 아셔는 당황한 표정으로 그녀와 자신의 손을 번갈아 쳐다보았다.

"저, 이, 이건…."

"아, 아셔. 갑자기 무슨…."

"죄, 죄송합니다. 성하. 그, 그게…. 일단, 저 같은 것에게 닿으시면 안 됩니다, 아니, 가까이 오지 마십시오. 어느 정도 거리를 두시고…."

"아셔?"

의문스러워하며 헤지아나는 앉은 자세로 한 걸음, 앞으로 몸을 옮겼다. 그 순간 아셔는 바로 앉은 자세로 뒤로 몸을 뺐다. 얼굴은 두려움에 가득 차 있고, 자세는 어딜 봐도 피할 자세 만만인 탓에 헤지아나는 아셔에게 다가가는 건 그만두기로 했다.

"아셔? 왜 그러는 건가요."

"그, 그게⋯. 여하튼 그렇게 하시면 안 됩니다, 지금의 저는⋯."

"아셔, 말하세요."

헤지아나가 명령하자 아셔는 입을 다물어 버렸다. 거부하는 건 아니었다. 다만 심각하게 곤란해 하고 있는 듯 보였다.

긴 침묵 후 헤지아나는 손을 뻗어 앞으로 몸을 옮겼다. 바로 아셔가 몸을 뒤로 빼며 후다닥 물러섰고, 헤지아나는 그 모습을 보고 망설이다가 다시 한 번 손을 뻗어 아셔와의 간격을 좁혔다.

이번에 아셔는 아까 전보다 두 배는 더 크게 물러섰고, 헤지아나는 그보다 네 배는 더 가까이 아셔에게 다가갔다.

"서, 성하, 다가오지 마십시오, 전⋯!"

"아셔."

벽에 막혀 더는 도망칠 곳도 없는 아셔가 얼굴을 가리며 사정했지만 헤지아나는 그의 코앞까지 얼굴을 들이밀며 그의 손을 잡아내렸다.

"아셔, 말하라고 했을 텐데요."

"그, 그게⋯."

손 아래에서 드러난 아셔의 얼굴은 곤란하다 못해 울 것 같은 상태였다.

"제발, 성하⋯. 물러나 주십시오, 저는 지금⋯. 성하와 가까이 있을 만한, 그런 상태가 아닙니다⋯. 아, 이럴 수가. 지금도 떨쳐 낼 수가 없는 게⋯. 이런 추잡한⋯."

"말하라고 했습니다. 세 번째입니다."

세 번 이상 반복해서 말하게 해서 벌이 떨어지는 건 아니었지만, 이는 그에게 중요했다. 그는 자신이 세 번 이상의 유예를 두면 안 된다는 규칙이 있는 사람이었다. 특히 교황에게 세 번이나 같은 명령을 받는다는 건 그가 불충한다는 걸 직설적으로 드러내 주는 상황이었다. 그는 감히 자신이 교황을 따르지 않는다는 상황을 견디지 못한다.

　"그, 그게…. 성하, 제발, 용서해 주십시오……."

　"무엇을 말입니까?"

　"저, 저는…. 아, 도저히 입으로 말할 수 없습니다. 망측하고, 아니, 추잡합니다. 어떻게 그런…. 어떻게 제가…. 아, 제발. 성하, 다가오지 마십시오, 제발, 이런 것에게 닿으시면 안 됩니다. 대체, 머릿속에서 떨어지지가 않아서 그렇게 했는데도, 성하께서 동정과 자애의 체온을 나누어 주신 걸 감히, 이 얼마나 추잡하고, 더럽고, 짐승만도 못한…!"

　"아, 아셔? 아셔, 진정해요. 진정해!"

　말을 중간쯤 했을 때부터 공황 상태라는 건 짐작할 수 있었다. 말이 쌓여 가며 상승효과를 일으키는 걸 깨달은 순간 헤지아나는 그를 진정시키려 들었지만 아셔는 발악하듯이 헤지아나의 손을 피했다. 헤지아나는 무척 당황했다. 그는 헤지아나의, 교황의 손길을 거부한 적이 없었다. 당연한 것이다.

　"성하, 세 번이나 물으셨으니 대답해야겠지요, 답해 드려야겠지요. 그런데 그게 너무나 역겨운 일이라 차마…. 차마 말로 할 수가 없습니다, 말로 해야 하는데, 입으로…. 그 죄를 토해 내야 하는데, 아…. 그게, 그것이…. 너무나…."

"아셔? 괜찮습니다. 괜찮아요. 진정된 다음에 말해도 됩니다. 급하지 않아요."

헤지아나는 급하게 아셔를 달랬으나 아셔는 이미 잔뜩 흥분한 상태였다. 감정의 격양을 이길 수 없었던 건지 그는 소리 죽여 울며 벽에 붙어 헤지아나를 피했고 헤지아나는 그에게서 조금 떨어져 주었다.

오늘은 대체 왜 이러는 걸까? 헤지아나는 자신이 계속 실수한 것 같다고 생각했다. 두 번이나 몰아붙여서 두 번이나 공황 상태에 빠트렸으니, 자기반성의 의미로 삼 일 동안 금식 기도를 해야 할 것 같다. 물론 이 회담이 끝난 후에 말이다.

하지만 오늘 아셔의 상태가 이상했던 것도 사실이다. 처음부터 그는 당황한 상태로 자신을 맞지 않았는가. 물론 그건 자해하고 있기 때문이긴 했지만, 그렇다면 그는 왜 자신의 명령을 어기고 자해하고 있었을까?

헤지아나는 당혹감으로 우글거리는 머리를 가라앉히고 천천히 생각해 본 끝에 결론을 도출해 냈다.

아셔는 무언가 심각한 문제를 숨기고 있다.

그건 헤지아나에게도 심각한 문제는 아니리라. 그게 헤지아나에게 직접적으로 영향을 끼치는 문제라면 아셔는 보고했을 테니까.

"너무나 큽니다…. 아니, 그 추악함을 인정하고 싶지 않은 건지도, 아…. 성하. 제발, 제발 용서를…. 아니, 용서를 빌면 안 되는 것이겠지요. 아….".

"아닙니다. 용서할 겁니다. 아셔, 그대가 누구인가요. 이 라스할드가 자랑하는 최고의 성기사 아닙니까."

조금 진정한 헤지아나는 아셔를 자극하지 않으려 애쓰며 차분한 목소리로 말했다.

"아셔. 나는, 이 신의 대리인은 그대의 어떤 죄라도 용서하겠습니다. 애초에 그대는 용서받지 못할 짓을 저지를 사람도 아니지 않나요."

"아닙니다, 성하. 이건…"

"자, 말해 보세요. 아셔."

"저, 저는…. 말해야겠지요, 성하. 고해하기로 약속했으니, 말해야겠지요. 네, 말하겠습니다…."

훌쩍임이 가라앉은 목소리로 아셔는 말했다.

"제가… 고…. 는…. 그런…"

"네? 다시 한 번 말해 보세요, 아셔."

기어들어 가는 목소리는 판독이 불가능했다. 헤지아나가 다시 한 번 말하기를 요청하자 아셔는 대답 대신 으득 하고 이 가는 소리로 답변했다. 순간 헤지아나의 몸이 움츠러들었다.

"성하, 저는…. 그러니까 꿈을 꾸었습니다. 그런데 그 꿈의 내용이…. 아, 정말, 입에 담기도 더럽습니다. 이 죄를 용서받을 수 있을지…. 아니, 이건 용서받을 것이 아닙니다. 그러니 고백하고 벌을 받아야겠지요. 성하, 저는, 그러니까… 성하와 관계를…. 아니, 아니, 아닙니다. 그건 그렇게 온화하게 말할 것이 아닙니다. 성하, 죄송합니다, 감히, 꿈이라 하나 성하를 범하다니, 용서받을 수 없지 않습니까!! 그런 꿈을 꾸었다는 사실 자체가 제가, 제 안에 삿된 욕망을 품고 있었다는 증거 아닙니까!!"

아셔는 횡설수설하더니 결국 자포자기한 듯이 터트리며 소리 질렀고 헤지아나는 성량에 놀라 어깨를 움츠렸다. 동시에 얼굴도 확 붉어졌다. 그가 그런 꿈을 꾸었단 말인가? 아니, 그건 아니다. 혹시 어제 일을 기억하는 건가?

"예? 에, 어, 예?"

"이해하지 못하시겠습니까? 성하를 욕보였단 말입니다! 제가 이 눈을 파내도 왜 모습이 사라지지가 않는 겁니까, 성하의 몸을, 비록 진짜는 아니겠으나 그 몸을 보던 제 마음은 정말로 추잡한 것이어서…!!"

"아, 알았어요, 알았어요! 알았으니 아셔, 목소리를 제발 낮춰 주세요!"

범한다는 둥, 욕보인다는 둥 하는 부분의 목소리가 커지자 헤지아나는 안 그래도 붉어진 얼굴을 더욱 붉히며 허둥댔다. 지금 문밖에는 그녀가 데리고 온 이들이 대기하고 있었다. 그들이 들으면 오해할 만한 말이 문밖으로 새어나가는 건 생각만 해도 곤혹스러웠다.

아니, 그런데 잠깐,

지금 눈을 파냈다고 말했나.

헤지아나는 등골이 오싹해짐을 느끼며 그의 얼굴을 살폈다. 미처 닦아 내지 못한 듯한 붉은 윤곽선이 그의 눈 밑에 남아 있었다. 숨이 막혔다.

"제가 성하의 나신을 보고 감히 추잡한 욕정을 품고, 짐승처럼 욕정을 억제하지도 못하고, 아, 거기다가…. 입으로 옮기기엔 성하의 귀가 더러워질까 염려될 정도로 음탕하고 천박한 일들이어서 말할 수가 없습니다. 죄는 낱낱이 고하여야 하는 것일진대 고하지 못함을 용서해 주십시오. 저는 꿈에서 깨고도 자꾸 떠오르는 그 광경을 잊으려고 했습니다만, 그게 생각처럼 되지 않아서…."

대체 이 남자의 광기는, 맹목은 어떻게 통제해야 하는 걸까?

아마 어제 있던 일의 기억이 완전히 사라지지 않은 채 남은 것 같았다. 그리고 그 일을 꿈이라고 여기게 된 것 같은데, 고작 꿈에도 이런 반응이니 실제 관계를 가지게 되면 대체 어떻게 될까? 자신이 유혹하고 리드하더라도 '감히 성하에게 그런 짓을 하다니 죽어 마땅합니다'라며 자해할 것 같다.

과거와 같이 일그러진 모습은 아니라 하나 그는 여전히 청빈주의자였으며 금욕을 중시했다. 그가 가진 교황에 대한 생각과 육욕에 대한 청빈주의자들의 결벽적인 행태를 생각하면 이 난리법석도 지극히 타당하게 여겨졌다.

자신의 거부감만 이겨 내면 바로 공략할 수 있으리라 생각했던 상대였다.

하지만 역시 세상은 쉽지 않다. 공략 상대의 제일 큰 문제점을 발견한 헤지아나는 막막한 기분에 입술을 깨물었다.

"분명 제가 이전부터 성하를 삿되고 추잡한 마음으로…. 감히 그런 마음으로 대했기 때문에, 그런 꿈을 꾸고, 그 꿈을 불경하게 잊지도 않고 자꾸 떠올리는 게 분명합니다. 성하, 이건 스스로를 벌주기 위해서 한 일이 아니었습니다. 그런 추잡한 상념을 잊고자 했던 것입니다만 칼로 베어도 고통이 지나가는 그때 잠시만일 뿐…."

아셔는 계속 울고 있었다. 울먹거리며 죄인처럼 고개를 숙이고 있었고 헤지아나는 어떤 말을 해야 할지 몰라 그 긴 말을 계속 듣기만 했다.

"죄송합니다, 성하. 성하께서 제게 명했던 걸 생각하지 못했습니다. 전부 제 죄입니다. 성하께 죄를 두 번이나 지었습니다… 이 더러운 영혼도 그분께서 구제해 주실지, 도저히 자신이 없습니다…! 어떻게 해야 이 죄를 용서받을 수 있는지…. 아니, 용서하지 않으셔도 좋습니다. 벌을 주십시오…"

예나 지금이나 아셔는 제일 대하기 어렵고 불편한 상대였고, 그중에서도 제일 곤혹스러운 건 이렇게 자괴감에 젖어 울고 용서를 구할 때였다.

"그…. 저, 아셔…. 저…. 그게, 말입니다…"

헤지아나가 힘겹게 말을 꺼내자마자 아셔는 눈에 띄게 흠칫거리더니 숨조차 멈췄다. 그의 모든 신경이 헤지아나에게 집중되었음을 그녀는 느낄 수 있었다. 이제부터는 한마디 한마디가 가시밭길이 되는 것이다.

"지, 지금은 백 년 전처럼 금욕주의의 시대가 아닙니다. 신체 건강한 남성이라면 그런 꿈을 꿀 수도 있다고 들었기 때문에, 전 그러니까…"

"어떤 이가 한 말인지는 모르겠으나, 자신의 음욕을 합리화시키기 위해 한 말임이 분명합니다. 성하께서 모르실 일에 농간을 부리는 것이지요. 넘어가지 마십시오…"

아까 전보다는 차분해진 아셔의 목소리에 안도감이 들었으나, 그말의 내용에 헤지아나는 잠시 머리가 띵해지는 기분을 맛보아야 했다. 몽정은 몽마의 짓이라고 하던 시대도 있었으나 그게 신체의 생리 현상임이 밝혀진 지도 오래됐고 상식이다. 그런데도 저런 소리를 한다는 건.

"…아셔, 그러니까…. 음, 이전에는 그런…. 그러니까…. 제, 제가 아니더라도. 하여간 그런 꿈을 꾼 적이 없었던 겁니까?"

"당연한 것 아닙니까! 성하, 저는 맹세코 누군가에게 음탕한 생각을 품은 적이 없었습니다. 그런 꿈을 꿀 이유도 없는 것 아닙니까!"

심각하다.

생각했던 것 이상으로 심각하다. 눈앞이 뱅글뱅글 도는 듯한 혼미함을 느끼며 헤지아나는 이마를 짚었다.

헤지아나는 교황이기도 했지만 평범한 인간이었고, 그리고 여자였다. 흔히 순결 이데올로기에 기반해 교육받는 '남자는 다 늑대'라는 사고방식은 그녀 역시 철두철미하게 주입당한 것이고 그녀가 본 현실 또한 그랬기에 헤지아나는 그 명제에 의심을 품은 적이 없었다.

그래서 헤지아나는 당연히 아셔의 금욕적인 행태를 볼 때 성관계는 모르겠지만, 적어도 성욕이라는 건 자연스러운 것인 만큼 혼자서라도 해소하지 않을까 생각했던 것이다. 물론 아셔가 그랬으리라고 생각했다는 뜻은 아니다. 그냥 성인 남성이라면 당연히 그러리라고 생각했고 아셔 역시 성인 남성이니 그러리라고 자연스레 생각한 것뿐이다.

그렇지만 그건 아셔를 너무 얕잡아 보았던 것 아닐까?

그래도 몽정은 생리 현상이니까 경험한 적 있으리라고 생각했다. 하지만 이 말로 미루어 보아 그는 그런 적 없었다는 것 아닌가. 그렇다면 자위 같은 일을 해 본 적 있을 리가 없다. 이런 태도로 보건대 당연히 성 경험도 없겠지.

미묘한 죄책감이 폭풍처럼 몰아닥쳤다. 그러니까 어제 자신은 스물일곱 된 남자의 완벽히 순수한 동정을 갈취했다는 소리고, 아니, 하지만 그건 어쩔 수 없는 일이었고, 사실 헤지아나는 51세 소년의 외모가 여전히 더 거북했다.

"성하, 어떤 벌이든…. 용서받을 순 없겠습니다만, 달게 받겠습니다. 원하시는 대로…."

"아, 아니, 이건…. 죄는 아닙니다, 네. 물론 저는 그대가 자학한 게 무척 화가 났습니다만, 그건 그러니까…."

이 경우는 자업자득이다. 남을 탓할 상황이 아닌 것이다.

"그, 그러니까 아셔. 이 일을 너무 마음에 담아 두지 마십시오. 그리고 이건 벌을 받을 만한 일이 아닙니다. 이, 이건, 그러니까…."

"벌을 받을 만한 일이 아니라뇨! 누군가 성하를 그런 시선으로 본다면 저는 그자를 육시할 겁니다!"

"지, 진정해요, 아셔. 그러니까, 물론 저도 그런 시선을 받는 건 싫지만, 그러니까…. 서, 성욕은 자연스러운 것이고…."

울고 싶었다.

지금 이 순간, 헤지아나는 다른 이들을 공략하는 데에 있어 제일 필요한 것이 아셔의 통제라는 사실을 절실하게 깨달았다.

다른 이들을 공략하기 위해 조금만 애틋한 분위기를 형성하거나, 애무를 하거나 하는 게 들통 날 경우 그는 당연히 자신을 '옳은 것'으로 두고 상대를 격파하리라. 그럼 그것이 그대로 개전의 서막이 되겠지.

단순히 할센라비온에게 칼을 들이대는 것만을 제지한다고 해서 될 일이 아닌 것이다. 이 전방위 자동 공방 시스템은 너무나 유용해서 심지어 날아가서까지 상대를 격파할 것이다. 이 개체를 완벽히 침묵시키든지, 통제하지 않는 이상 이대로 일을 진행시킨다는 건 침대 위에 칼을 매단 채로 잠드는 것과 같은 일이었다.

그렇지만 이 전방위 자동 공방 시스템을 통제할 수는 있는 걸까? 헤지아나는 자신이 없었다. 세상이 까맣게 보였다.

그녀는 외쳤다.

신이시여, 이 염병할 개새끼야.

이건 상급자에게도 난이도 트리플S+잖아. 왜 이렇게 쉬운 게 하나도 없냐.

아셔가 안다면 기겁할 욕을 속으로 쏟아부으며 헤지아나는 자신을 다스렸다.

"저, 아셔. 창조신께서 말씀하셨습니다. 그러니까… 필요 없이 만드신 건 없다고."

그 말은 동성애에 대해 한 말이었지만.

"그런 일…. 그러니까 음, 교합에 대해 그분은 필요한 일이며, 금하신 적이 없고, 그로 쾌락을 추구한다는 것도 분별없지 않은 이상 금하지는 않는다고…. 그러니까… 필요하니 그리 만들었다 생각합니다. 그러니 그런 식으로 자신을 벌주지 않으셔도 됩니다. 아셔, 자."

그대로 옮기자면 '섹스하지 말라고 한 적 없고 쾌락을 추구하지 말라고 한 적 없다'겠지만 그 말을 그대로 입에 올리자니 얼굴이 화끈거려서 말할 수가 없었다.

헛기침을 한 번 한 다음 헤지아나는 조심스럽게 아셔를 향해 다가갔다. 아셔는 헤지아나가 다가갈 때마다 흠칫거리며 몸을 움츠리고, 불안하게 시선을 굴리는 등 동요하는 모습을 보였지만 난동을 부리거나 제지하지는 않았고, 헤지아나는 그런 아셔의 눈치를 살피며 조심스럽게 그의 젖은 뺨 위에 손을 올렸다.

"교황청에서도 그런 감정을 사의(邪意)한 것으로 여겼던 때가 있고, 지금도 그러한 욕구를 기피하는 경향이 있습니다만, 그건 절제의 미덕을 위한 것이고 그 감정마저 해로운 것으로 여기지는 않습니다. 요는 '어떻게 하는가' 아니겠습니까? 아셔, 적어도 당신은 그런 감정을 가진다 해 비뚤어질 사람은 아닙니다."

"하, 하지만…."

헤지아나가 손가락을 움직이자 아셔는 하던 말을 멈췄다. 엄지손가락으로 눈가의 눈물을 닦아 주고, 손바닥으로 뺨을 훑어 젖은 자국을 지웠다.

"이렇게 울 일이 아닙니다. 아셔, 그런 건 자연스러운 겁니다."

"세인들에게 성욕은 자연스러운 건지 모르겠습니다만 저는, 신을 모시는 저는 그렇지 않습니다. 그리고 성하, 그건, 제가, 감히 성하께…. 존경하고 받들어 모셔야 할 분께, 그런 외람된…. 그리고 계속 생각하는 것이…. 지, 지금도 이 눈물을 닦아 주신 손길에 저는 그 일을 떠올렸단 말입니다…! 어쩜 이렇게 천박한…."

'지금 떠올렸다'는 말에 흠칫하고 몸이 떨렸다. 헤지아나의 손이 아셔의 뺨 위에서 떨어졌고, 그 흔들림을 느낀 아셔의 표정이 주인에게 버림받은 강아지처럼 애처롭게 변했다. 아마 그녀의 태도를 거부감으로 받아들인 것 같았다.

"성하…, 벌을 주셔야 합니다. 죄를 지은 자에게는 그에 맞는 벌이 있어야 합니다."

"아, 아니, 저, 저는 그러니까 그걸 죄로 여기지 않고…. 그러니까…. 저기, 용서하겠습니다."

"벌이 없는 용서는 올바른 용서가 아니라고 말씀하시지 않으셨습니까! 그건 죄지은 자를 나태하게 하는 제일 옳지 않은 방법이라고…! 저는 명령을 어겼고, 그리고…."

"아, 아니, 이건…."

과거 자신의 말이 발목을 잡는 걸 느끼며 헤지아나는 손을 저었다. 경우가 다르다고 말하고 싶지만 그는 이미 자신의 꿈과 행동이 확실한 죄라고 여기고 있고…. 설득을 할까 했지만 또 며칠 동안 논박하는 건 원하지 않았다. 여기서는 죄다 아니다 따지는 것보단 적당한 벌을 내리면 되지 않을까?

"그…, 알겠습니다. 벌을 받겠다면 그리하지요. 벌에 대해서는 생각해 보겠습니다. 하지만 아셔."

"예, 성하."

벌을 주겠다 말하자 아셔는 안도한 표정으로 헤지아나를 쳐다보았다. 아직 흔들림이 있지만 조금만 안정시키면 곧 괜찮아지리라.

하지만 아셔를 이대로 두기엔 문제가 있다.

다른 이들에 대한 문제야 둘째 치고 어쨌거나 그도, 이미 자신에게 맹목적인 상대기는 하지만 창조신께서 원하시는 건 아마도 육체 관계를 전제하는 연인 관계인 듯하니 자신과 그를 그런 관계로 발전시켜야 할 텐데 성에 대해서 이렇게 혐오를 드러내서야 앞일이 뻔하지 않은가.

"그…. 저기, 성에 대한 결벽이 심한 것 아닌가 싶습니다. 그러면 아무래도 앞으로 문제가 있을 것 같으니 그에 대해 익숙해지는 편이 좋지 않을까 생각합니다만….”

"익숙… 해진다고요?"

"예."

"어떻… 게?"

아셔의 표정이 황망하다. 그 표정의 황망함을 이해할 수 없던 헤지아나는 한참 후, 그러니까 노크 소리가 들린 후에야 자신이 한 말을 깨닫고 얼굴을 새빨갛게 물들였다.

익숙해진다니, 그걸 대체 어떻게 익숙해지게 만들어야 한단 말인가. 잘못 해석하면 엄청나게 엄해지는 말 아닌가. 물론 그걸 의도하기는 했으나….

"어, 아셔, 그게, 저는….”

"아, 아니…. 저, 성하. 어떻게 익숙해지는가는 차치하고, 제가 굳이 그것에 익숙해져야 할 이유는 어, 없….”

있어요.

말하면 제 무덤 감일 그 대사를 무심코 외칠 뻔한 순간, 다행히 그녀를 구제하는 소리가 들렸다. 문을 두들기는 소리였다. 정신을 차린 헤지아나는 재빨리 입을 다물었다.

"성하, 차를 준비했습니다만, 들어가도 되겠습니까?"

"아, 이런. 예, 어서 들어오세요."

아까 전부터 들리던 노크 소리는 차를 가져온 궁내원이 문을 두들기는 소리였나 보다. 헤지아나는 당황해하며 자리에서 일어났다.

"아, 성하. 잠시만요. 제가 받겠습니다. 앉아 계세요."

"아닙니다, 아셔는 세수를 다시 하는 게 좋겠어요. 눈이 빨갛, 앗!!"

헤지아나가 일어남과 거의 동시에 아셔 역시 자리에서 일어났다. 그리고 아셔는 앞으로 나아가며 엉거주춤하게 일어선 헤지아나의 옷깃을 밟았고, 앞으로 발걸음을 옮기려던 헤지아나는 그대로 균형을 잃고 넘어졌다. 넘어질 때 무심코 아셔의 팔을 붙잡은 건 덤이었다.

"꺅!"

"으, 앗?"

헤지아나의 뒤통수가 다시 얼얼해졌다. 그렇지만 그걸로 끝이 아니었다. 이번에는 앞에서 내려찍는 무게도 느껴졌던 것이다. 압박감에 잠깐 숨이 멈췄다.

"윽, 미, 미안해요, 아셔. 붙잡는 바람에."

"아, 아닙니다. 괜찮으십…"

당황한 목소리는 그대로 끊겼다. 헤지아나 역시 잠시 움직임을 멈출 수밖에 없었다.

아셔는 헤지아나가 잡아당긴 덕분에 그대로 그녀의 몸 위로 쓰러졌고, 그 자세가 매우 절묘하여 사실 헤지아나의 기분도 미묘했다. 아까 전부터 '꿈' 때문에 민감했던 아셔는 더욱 그랬으리라. 아마 그렇기 때문에, 그는 둘의 얼굴이 가깝다는 사실을 생각하지 못하고 고개를 돌렸던 것이리라.

어, 하는 얼뜬 소리도 나오지 않았다. 아셔가 고개를 돌려 자연스럽게 입술끼리 스친 순간 헤지아나는 온몸이 달아오르는 듯한 느낌을 받았다. 물론 제일 많이 달아오른 부위는 얼굴이었다. 머리에 너무 열이 올라 순간 상황 파악이 되지 않았다.

물론 올려다본 아셔도 상황 파악이 안 되기는 매한가지인 것 같았다.

"아."

"히, 히익…. 으에, 꺄아아아!"

헤지아나는 비명을 지르며 아셔를 밀어내고 허겁지겁 뒤로 물러섰다. 남자와 입술이 닿은 건 처음, 아니, 어제 했었나? 모르겠다. 기억이 안 난다. 어쨌든 서로 제정신인 상태로 닿은 건 처음이지 않나? 아니, 처음이건 아니건 그건 중요하지 않다. 중요한 건 아셔와 입술이 닿았다는 사실이다.

"실례하겠습니다, 성하. 옥로로 준비하였습니… 다…?"

들어온 궁내원의 말끝이 의문형인 이유는 아마 그녀가 방 안의 풍경에 의아함을 느끼고 있기 때문이리라. 넘어진 의자, 구석에서 입을 가린 채 움츠리고 있는 교황, 좌절 금지 자세로 바닥을 짚은 채 굳어 있는 제일의 성기사.

그 풍경이 이상하고 흥미롭다고 여기지 않는 이가 있다면 그는 아마 꽤나 세상을 무미하게 사는 사람이리라.

"저…. 성하, 테이블 위에…. 올려 두겠습니다…."

대체 무슨 일인지 궁금했지만 그보다는 빨리 자리를 비켜야 할 분위기라는 것 정도는 궁내원도 판단할 수 있었다. 그녀는 다반을 쓰러진 의자 옆의 테이블에 올려놓고, 아직까지도 굳어 있는 그들을 흘깃거리며 문을 닫았다. 궁내원이 들어오고 나갈 때까지 시간이 멈춘 듯 있던 그들은 그제야 움직이기 시작했다.

"저, 저기, 아셔? 저기, 이건 당황해서…."

헤지아나가 새빨개진 얼굴을 가리며 말하자 아셔는 천천히 자리에서 일어났다. 그리고 옷과 망토 등을 개어 둔 테이블 위로 말없이 다가갔다. 그 뒷모습이 왠지 불안했다.

"자, 잠깐? 아셔…"

아셔는 대답이 없었다. 헤지아나가 허둥지둥 일어난 순간 아셔는 옷 속으로 손을 뻗더니 그 안에 넣어 둔 장검을 쥐어 들었다. 스릉 하는 가벼운 금속 소리와 함께 날카로운 검날이 드러났다.

"아, 아셔, 무얼 하려는 겁니까!!!"

"다른 건 어찌해야 할지 알 수 없습니다만, 성하. 이건 어떻게 해야 하는지 알 수 있습니다."

"아뇨, 안 해도 됩니다. 하지 마세요!"

"파렴치한 짓을 저지른 부분을 잘라 내는 것으로 사죄드리겠습니다."

"하지 말라고!"

정말, 어떻게 해야 하는 건가.

아셔의 칼 쥔 팔을 움켜쥐며 헤지아나는 울듯이 소리쳤다.

헤지아나는 매우 지쳐 있었다. 일어난 지 3시간도 지나지 않은 이 시간, 그녀는 연말 결산을 치르는 성좌재무심의처의 사제들과 비슷한 표정을 지으며 의자에 기대앉아 있었다.

쉬고 싶다.

볕이 좋은 테라스에 앉아 차를 마시며 창 너머로 아득히 펼쳐지는 바다를 보고 싶다.

고개를 돌려 본 벽 너머로 그런 환각이 보일 정도로 피로감이 가득했다. 쉬고 싶다는 생각이 너무 절실했던 걸까?

그 피로의 원인인 아셔는 헤지아나의 앞에 찻잔을 놓았고, 아직 온기가 있는 차를 따랐다.

헤지아나의 색 죽은 눈이 굴러 찻잔을 향했다. 수색은 맑고 청아했다.

"고마워요."

힘겹게 인사한 헤지아나는 작은 잔을 쥐고 입가에 댔다. 따뜻하면서도 짙고 상쾌한 풀 향기가 몸을 편안하게 했다. 한입 머금자, 적당히 식은 찻물이 미미한 단맛과 함께 입 안에 퍼졌다. 상질은 아니지만 무난하게 마시기에 좋은 등급으로 보였다.

깊게 심호흡하며 마음의 평화를 찾은 헤지아나는 눈을 뜨고 앞의 아셔를 쳐다보았다. 그는 아직 불안한 듯이 보였다.

"아셔."

"예, 성하."

하지만 아셔는 헤지아나의 부름에는 성실히 대답했다.

"할 말이 있습니다."

"예."

"할센라비온 황제가 어떤 도발을 하더라도 반응하지 마세요."

아셔는 무슨 소리냐는 듯이 헤지아나를 쳐다보았다. 그 의문에 헤지아나가 답했다.

"할센라비온은 계책에 능한 사람입니다. 보건대 그는 우리들을 도발하여 분란의 씨를 조장하기 위해 이곳에 온 것으로 보이니 그에 넘어가서는 안 됩니다. 이 건에 관해 루시올 왕자에게도 같은 언질을 하고 오는 길입니다. 그대 역시 내 의지에 따라 주리라 믿습니다."

"예."

바로 나온 수긍의 의사에 헤지아나는 잠깐 위화감에 휩싸였다. 이렇게 간단히 끝내도 되는 걸까?

"아셔, 진심이겠지요?"

"저는 성하의 손입니다. 주인의 말을 듣는 게 당연하지요. 어째서 의심하십니까."

그렇지만 여태껏 '그 손이 자신에게 불경한 일을 하는 자들을 쳐내는 건 당연하다'고 말하며 자신을 설득하길 요구했던 사람이 아셔였다. 그에 대한 논박 준비도 여러 개 해 왔는데 이렇게 간단히 끝날 줄이야.

물론 논박하지 않는 편이 헤지아나에게는 좋긴 했다. 그렇지만 어쩐지 너무 쉽게 끝나 불안하다. 아니, 그 난리를 피워 놓고 본론은 이걸로 끝이라니 허무하지 않은가.

그 순간 헤지아나는 아까 자신이 좌절했던 것 중 하나를 떠올렸다.

"아셔, 그리고 또 할 말이 있는데…."

그걸 어떻게 설명하지?

헤지아나는 순간적으로 입이 붙는 걸 느꼈다. 어떻게 하면 자신이 남자들과 추근거리는 모습을 보더라도 함부로 굴지 말라고 전달할 수 있을까?

"저, 그게, 제가 다른 대표분들과, 좀, 으음…. 그러니까, 친근하게 있더라도."

"예."

"…친근한 걸 넘어서서, 좀 과하게 친밀하게 굴더라도…. 어떤 반응도 하지 마세요."

"저…, 과하게 친밀하다는 것은?"

"으음…. 그러니까 손을 잡는다든가, 어, 음, 끌어안는다든가…. 그, 일반적인 게 아니라 과하게 친밀한 느낌으로 말입니다."

헤지아나가 더듬더듬 설명하자 아셔는 심각한 표정으로 눈을 내리깔더니 입을 일자로 다물었다. 그 침묵이 헤지아나를 긴장시켰지만 그의 대답은 다행히 온건했다.

"예, 알겠습니다. 성하께서도 무슨 생각이 있으신 거겠지요."

"…아셔, 혹시나 해서 묻습니다만…. 이해하신 겁니까?"

"예."

불안했지만 이게 무슨 뜻인지 전혀 이해하지 못하진 않았으리라. 일단 무엇보다 할센라비온에게 시비만 안 걸면 되는 일.

헤지아나는 안도의 한숨을 내쉬며 차를 한 모금 더 홀짝였다.

그러면 이걸로 일은 끝인가?

'끝?'

헤지아나는 찻물을 입술에 댄 채로 움직임을 멈췄다.

정말 이걸로 끝이란 말인가.

어쩌면 삶은 매우 허무한 걸지도 모른다. 마치 폭발하지 않는 폭탄처럼.

"아셔, 혹시 저에게 할 이야기가 있습니까?"

"아니요, 특별한 사항은 없었습니다. 북측에 대한 보고는 드린 대로입니다."

그런 이야기를 하려던 건 아니지만, 아셔의 말에 헤지아나는 잊고 있었던 사실을 떠올렸다.

그건 아셔가 대표자로 선정되기 전, 그가 북쪽에서 마지막으로 보낸 보고서에 적혀 있던 이야기였다. 용병 차출에 대한 소문과 대격벽 산맥의 채광이 활발해졌다는 사실과 함께 북측의 왕들이 그에게 대표자로서 회담에 출석해 주기를 요청해 왔다는 게 그 내용이었다.

그는 북측 출신으로, 북측 사람들의 대표로 취급되고 있긴 하지만 현재 세속에서 벗어나 명백히 국적이 교국 소속으로 되어 있는 성기사였다.

그런 이에게 대표로 출석해 달라는 건, 일반 시민들이라면 모를까 각국의 대표자들이 할 일은 아니었다. 개중 아셔의 무용담에 반해 정신 못 차리는 이가 없는 건 아니지만 그런 이는 어디까지나 소수였다.

아셔에게 광인의 면모가 있다 하나 그건 어디까지나 신앙에 한정될 뿐. 그는 이성 없는 이가 아니었고 멍청한 이도 아니었다. 즉 정신적 지주로서 대표가 되어 달라는 왕들의 요청과 자신이 들었던 소문에 대해 조합해 발상하지 못할 정도로 상상력이 떨어지지도 않는다는 뜻이었다.

그는 어디까지나 추론이라는 사실을 전제로, 북측 왕들이 전쟁에 대한 계략을 꾸미고 있기 때문에 교황청 인물인 자신을 북측에서 쫓아내고 싶어 한다고 가정해 보고하였으며 헤지아나는 그 생각에 동감했다. 아마 그들은 헤지아나와 아셔의 관계를 모르는 만큼 그녀가 아셔를 오랜만에 보면 기쁨에 들떠 그 점을 눈치채지 못하리라 생각했을 것이다.

덤으로 교국의 인간을 북의 대표로 보냈으니 북이 교국을 지지하고, 잘 보이려고 한다 생각할 수 있다는 점도 계산했으리라. 그러나 헤지아나는 불행히도 '대체 왜', 만나고 싶지 않은 '아셔를 보내려고 한단 말인가'를 먼저 생각하는 인간이었다.

하지만 헤지아나는 부담을 감수하고 아셔에게 요청을 수락하라고 명했다. 감시의 눈이 대놓고 번득이고 있다면 그들은 숨어 행동할 것이고 그 양태의 파악은 어려워진다. 헤지아나는 북측을 떠돌아다니던 자신의 대리인을 치웠다.

"믿을 만한 이들은 심어 두었습니까?"

"예, 급한 일이 있으면 바로 보고할 것입니다. 들어오는 대로 보고하겠습니다."

"그렇군요. 그럼, 이만 자리에서 일어나겠습니다. 오후에 회담에서 뵙겠습니다."

"예, 저…. 성하."

헤지아나가 일어나자 아셔도 배웅하려는 듯 일어서며 그녀를 불렀다.

"예, 아셔."

"그, 벌… 에 관해서…."

"아. 그, 그건 나중에…."

지금 그 이야기는 하고 싶지 않았다. 헤지아나는 도망치듯이 방을 빠져나와 자신의 수행원들도 지나쳐 급히 걷기 시작했고, 그 뒤를 리시와 수행원들이 재빨리 따라붙었다.

"성하, 무슨 일이십니까."

"아, 아니. 아무 일도 아닐세."

"아셔 경의 고함에, 성하의 비명에, 물론 상대가 아셔 경이신 만큼 그럴 수도 있다고 봅니다만 그, 구석에 웅크려서 떨고 계셨다고."

순간 헤지아나의 발걸음이 멈췄다.

아무도 눈치채지 못하겠지만, 지금 이 신의 대리인의 머릿속에는 온갖 번뇌가 가득했다. 그 번뇌는 모두 새카만 색이었고, 복잡했으며, 사람의 앞날을 암울해 보이게 만드는 효과가 있었다.

헤지아나는 많은 생각을 했다. 할센라비온에 대한 것이나, 그들을 유혹해 잠자리를 가져야 한다는 것이나, 어제 치렀던 난장판이라든가, 아셔에 대한 것이나, 그를 어떻게 통제해야 할지에 대해서라든가.

"리시."

"예, 성하."

"흑마술을 배우고 싶어졌네."

번뇌의 끝에서 그녀는 답을 내놓았다. 그 답은 범인(凡人)이, 그러니까 리시가 이해할 수 있는 건 아니었다.

"무슨 말씀이십니까?"

"신에게 반역한 타천사들의 마음을 이해할 수 있다는 뜻이네.

그것으로 신을 저…. 아, 젠장, 안 되지, 참."

이마를 짚으며 헤지아나는 가볍게 욕설을 내뱉었다. 창조신께서 말씀하시지 않았는가, 악마들도 다 자신의 피조물이라고.

그 피조물이 어떻게 창조주에게 해를 입힐 수 있겠는가. 창조신은 자신을 해할 수 있는 존재는 이 세계에 만들지 않았던 것이다. 헤지아나는 지친 마음을 안고 발걸음을 옮겼다.

하여튼 아셔에게 줄 '벌'은 무엇이 좋을까? 그는 벌을 받아야 직성이 풀릴 것이니 꼭 주어야 한다. 어쨌든 자신의 명을 어긴 건 사실이니 그에 대한 대가가 있어야 하기도 하고. 어떤 걸 명하면 좋을까?

"아, 이게 누구십니까."

지금 기분과 극히 상반되는 경쾌한 목소리에 헤지아나는 자신도 모르게 이맛살을 찌푸렸다. 고개를 들어 다가오는 목소리의 주인을 본 순간 더더욱 그랬다.

"아침부터 부지런하시군요. 창조신의 제일가는 종께 존경을."

빛나는 백색을 몸에 휘두른 남자, 파헨타움의 황태자 카람찬트였다. 그는 헤지아나의 앞으로 오더니 어제도 그랬듯이 허락 없이 손을 붙잡고 허리 숙여 키스했다. 헤지아나는 이제 뭐라고 할 기분도 들지 않았다.

"예, 좋은 아침입니다. 황태자. 보다 낮은 곳에 임하고 계신 분의 축복이 그대에게도 깃들기를."

"라스할드의 아침은 굉장히 아름답군요. 과연 신께 축복받은 곳입니다."

"그렇습니까."

"파헨타움의 겨울은 혹독하고 삭막합니다. 때문에, 봄이 더욱 아름답게 느껴지지만…. 그러한 감상도 이 축복받은 땅 앞에선 비교할 바가 되지 못하는 것 같습니다."

넓은 평원과 곡창지대를 가진 파헨타움의 겨울이 대체 추우면 얼마나 춥다는 건지. 아무리 추워 봤자 북쪽 국가의 겨울만하겠는가. 그가 말하는 봄의 아름다움은 꽃나무에 꽃이 만개한 것과 같겠지만 북쪽 국가의 봄은 키 작은 꽃들이 피어 있고 사방이 푸른 양탄자로 뒤덮이는 게 전부다. 헤지아나도 북쪽에 가 보지 않아 잘 모르지만 아셔의 말로는 그렇다고 한다.

"산책하고 계셨던 모양입니다."

"예. 안내해 주는 이는 없지만요."

"궁내원 중 안내를 담당하는 이들이 있습니다. 한 명 불러 드릴까요?"

"아니요, 괜찮습니다. 이제 슬슬 점심시간이 되었으니 말이죠. 그리고 보니 성하께서는 한가하십니까?"

"예, 오후에 회담이 시작될 때까지 이제 별다른 일은 없습니다."

"그렇다면 같이 식사는 어떠신지요?"

"죄송합니다. 제가 지금 피곤하여 오후 회담까지는 휴식을 취하고 싶습니다."

아셔에 대한 일들을 생각한 순간 안 그래도 지쳐 멍해진 정신 상태가 급히 물먹은 솜처럼 축 늘어졌다. 헤지아나는 빨리 아무도 없는 방에 가서 쉬고 싶었다. 이왕이면 한숨 더 자고 싶다.

"어, 무슨 일로…."

"그럼, 오후 회담에서 뵙겠습니다."

방으로 가고 싶은 강렬한 욕구가 헤지아나의 눈도 귀도 막았다. 헤지아나는 가볍게 고개를 숙인 후 카람찬트를 지나쳤고, 말을 걸던 중이던 카람찬트는 그 자세로 잠시 멈춰 섰다.

"죄송합니다. 성하께서 아침부터 일이 많아서 제정신이 아니시군요. 제가 대신 사과드리겠습니다."

리시가 수행 인원들 사이에서 빠져나와 카람찬트를 향해 고개를 숙였다. 하지만 카람찬트는 리시를 보고 있지 않았다. 멍하니 헤지아나의 뒷모습을 쳐다보는 카람찬트 대신 뒤에 서 있던 시딘이 앞으로 나와 리시에게 물었다.

"실례하지만, 추기경님. 아침부터 무슨 일이 있었는지 여쭤도 되겠습니까?"

"그… 다망하였습니다."

"어떤 일입니까?"

"다망한 일이었습니다."

"그렇습니까…."

시딘은 납득한 듯 고개를 숙이며 리시에게 말했다.

"성하께서도 중대한 일을 맡으시어 심히 고단하시리라 생각됩니다. 제가 폐하께는 잘 말씀드리겠으니 걱정하지 마십시오."

"양해에 감사드립니다."

시딘에게 감사를 표한 리시는 곧 헤지아나의 뒤를 따라 빠른 걸음으로 따라붙었고, 그녀의 모습이 대열에 합류하자 시딘은 자신의 주인을 쳐다보았다. 마침 카람찬트 역시 시딘을 향해 고개를 돌리고 있었다.

"있잖아, 나."

"예, 개무시당했다고요."

"으흑흑."

과장된 울음소리를 터트리며 카람찬트가 시딘에게 달려들었으나 시딘은 어깨를 뒤로 빼 카람찬트와의 접촉을 회피했다. 황태자는 휘청거렸지만 바닥에 넘어지는 일은 없었다.

"좋습니다. 이걸 체면 문제 삼아 외교 갈등으로 비화시키시겠습니까, 아니면."

"됐어. 그럴 이유가 어딨어."

"상대를 겁박하는 건 남녀가 친밀해지는 지름길 아니었습니까?"

"너 요즘 이상한 거 보더니 머리가 이상해졌구나."

"마치 자기는 안 본다는 듯이 이야기하시는군요. 전 폐하처럼 망상이 심해져 꿈을 꾸지는 않습니다."

"개꿈이래도."

"퍽이나."

그 대화를 다른 수행원들은 묵묵히 듣고 있기만 했다. 이런 대화는 그들에게도 익숙하기 때문이었다.

"뭐, 어쨌든…. 이제 오후 준비를 해야겠네. 밥이나 먹고, 회담 후의 일정에 대해서 생각해 봐야겠어."

"회담 후요? 돌아가는 것 외에…."

"아니."

카람찬트는 씩 웃더니 시딘의 어깨에 자신의 팔을 둘렀다. 그리고 헤지아나가 사라진 길을 쳐다보며 말했다.

"오늘 일정 종료 후의 일 말이야."

오후, 멜라스 정상회담 첫 번째 날의 일정은 헤지아나가 발화하는 것으로 시작되었다.

내용은 대륙 정상회담이 근 15년 만에 열렸으며, 이 회담은 현재 대륙에 퍼져 있는 불안을 일소할 협상을 위한 것이며, 그에 대한 각국의 협조를 요청한다는 것이었다.

이어 15년 전 열렸던 회담의 협상 성과에 대해 이야기했다. 형식상의 내용이므로 이에 신경 쓰는 이는 별로 없었다.

세 번째는 드디어 본론으로, 현 상황에 대한 개략적인 설명이 시작되었다. 발단에 대해서는 당연히 파헨타움의 책임이 크게 강조될 수밖에 없었다.

카람찬트는 이에 대해 자신이 통제할 수 있는 상황이 아니라는 반박을 했고, 루시올은 군주로서의 책임을 물으며 군대의 철수와 보상을 요구했다. 헤지아나는 발언을 중지시키고 15년 전 각국의 군사 규모 협정안이 지켜지고 있지 않은 점을 지적했다.

헤지아나의 말이 끝나자마자 리암이 발언을 요청했다. 15년이란 세월이 결코 짧지 않은데 그때 만들어진 규칙을 준수하는 건 문제가 있다는 내용이었고 헤지아나는 그에 수긍했다. 첫 번째 의제는 각 지역 군사 규모의 통제를 위한 것이기 때문이었다.

이 주제에서 제일 큰 공격의 대상이 되는 국가는 당연히 두 제국이다. 황제와 황태자는 자신들의 국가 규모에 걸맞은 군사를 양

성하고 있음을 주장했고 기타 대표들은 군사비의 비율이 늘어나고 있음을 증명했다. 그럼 그들은 타국의 군사비 지출을 지적하며 자신들도 그에 걸맞은 지출을 했음을 지적했다.

헤지아나는 그 지루한 공방을 쳐다보았다.

그렇다. 지루한 일이다. 헤지아나는 상석에서 진행자 입장에 서서 이에 끼어들지 않고 크게 제지도 하지 않으며 대표들이 어떻게, 무슨 말을 하는지 조용히 쳐다보고 있었다.

회담 일정은 오늘을 포함, 총 15일이지만 순수하게 협상만을 할 것이라면 이 일이 15일이나 걸릴 리가 없다. 물론 이 회담은 사전 조율이 전혀 되지 않은, 교황의 권위를 동원한 강제 긴급 소집에 가깝다는 점을 생각해 보았을 때 조율 기간을 충분히 상정한 것이라고 생각하면 적절하다.

하지만 일정을 살펴보면 15일 동안 발제가 없는 날이 반수 이상이고 그 발제조차 동어반복인 날이 꽤 많다. 이와 같은 전체 회의 일은 삼 일에 한 번씩 있고 나머지는 자율에 맡긴다.

아마 제국을 제외한 네 지역의 대표는 이렇게 생각하지 않을까?

'기회와 핑계를 잡은 제국들이 침략 준비를 그만둘 리가 없다. 속국이 되지 않기 위해서는 네 지역의 연합이 필요하리라.'

이건 인간의 선의를 믿는 방향의 생각이다. 그러나 세상엔 기회를 틈타는 무뢰배들도, 불안에 떠는 나약한 이들도 많다.

'제국이 움직이기 전에 징발할 수 있는 지역을 만들어야 한다.'

'손을 잡는 척하고 뒤통수를 친다.'

사실상 이 회담은 평화를 소망하는 헤지아나의 마음과는 달리 전쟁의 전초전 배경으로 사용될 가능성이 높았다.

누가 내 편이고 아닌가, 어떻게 사전에 판을 짤 것인가. 순기능을 할 가능성도, 악용될 가능성도 헤지아나는 염두에 두고 있었다. 그리고 이 무대의 진짜 막이 오르는 때는, 자신이 던져 준 화제에 달아오른 그들이 움직일 회담 이후의 시간이다.

그렇기 때문에 그녀는 그 무대가 상연될 수 있도록 충분한 여유 시간을 준비해 뒀다. '다음 회담까지의 발제를 위한 자료 준비 시간'이라는 핑계로.

물론 현실은 다른 건 다 필요 없고 헤지아나가 그들을 꼬드겨 침대에 엎기 위해 시간이 필요했기 때문이다. 발제는 미리 준비해 두었지만 중간중간 사람들 이야기를 듣고 고쳐야 할 부분도 있고, 남자들도 꼬드겨야 하고.

'젠장할, 바빠 죽겠네.'

속으로 이를 갈며 헤지아나는 할센라비온을 살폈다. 오늘 그는 별다른 돌출 행동을 하진 않았지만 여전히 타 대표들을 긁는 듯한 무례한 태도를 견지하고 있었다.

[잘되어 가냐?]

익숙한 목소리에 순간 헤지아나의 미간에 주름살이 잡혔다.

'웬일이세요. 잠도 안 자고 있는데.'

[그래서 음성 전송밖에 안 되잖아.]

'그리고 보면 아시잖아요. 이제 첫째 날인데 무슨 잘되고 말고 할 게 있어요.'

[아, 그거 참. 애가 까칠해졌네.]

'까칠해질 만하니까 까칠해지죠!'

오늘 아침, 아셔를 보며 느꼈던 좌절로 창조신에게 잔뜩 감정이 쌓여 있던 헤지아나의 어투가 고울 수 없는 건 당연하다. 헤지아나는 대표들을 쳐다보는 얼굴 표정에 변화를 일으키지 않으려 애쓰며 생각했다.

[보니까 뭔가 이거저거 참 많이 돌아가는 거 같다만.]

'네에, 많은 일이 있었죠.'

경련하는 얼굴을 어쩌지 못하고 헤지아나는 관자놀이를 가볍게 문질렀다.

'그러고 보니 여쭙고 싶은 게 있었는데.'

[어, 뭐냐.]

'혹시 제가 전생에 세계를 멸망시켰나요?'

[엉?]

'한두 번 아니고, 한 세, 네 번 정도.'

[뭔 소리야.]

헤지아나의 이가 갈렸다. 자신이 그런 악업을 저지른 게 아니라면 왜 이런 짓을 해야 한단 말인가. 헤지아나는 순간 판을 뒤집어엎고 싶은 충동을 느꼈지만 참았다. 참아야 했다.

그래. 이건 전부 신에게 선택받은 자로서, 세계의 불행을 줄이기 위한 자신의 의무.

그렇다면 이렇게 생각하는 건 어떨까? 나는 비극의 주인공인 거다. 나는 세상의 거친 파도, 시련과 맞서 싸우는 비련의 주인공!

[얘가 벌써 힘든가. 헛소리 그만해라, 걱정된다. 그래서 첫 번째 타깃은 정했냐?]

'일단 할센라비온…'

마인드 컨트롤을 끝낸 헤지아나는 마침 할센라비온의 대각선 방향에서 발화하는 아셔의 모습을 발견하고는 가늘게 눈살을 찌푸렸다. 오늘 아침의 일이 떠올랐다.

'…저기, 꼭 그… 육체관계를 가져야 하나요?'

[그게 빠르대도.]

'그럼, 저…. 그게, 제 노예…'

노예라고 하자니 역시나 민망하다. 헤지아나가 다른 단어는 없나 망설이는 사이 창조신은 시원하게 말했다.

[그래, 성노예.]

'그런 게 아니잖아!'

헤지아나의 주먹이 꽉 쥐어졌다. 순간 테이블을 내리칠 뻔한 손을 진정시키며, 헤지아나는 깊게 심호흡했다. 진정하자.

[뭐. 그럼 생체 딜도?]

'…저기, 아무리 그래도 상대는 사람이거든요…. 그리고 그런 단어는 과년한 처녀에게 자극이 심하다고 생각하지 않으시는지….'

[처녀 아니잖아, 어제부로.]

'닥쳐. 그 따위로 태클 걸면 재미있냐, 이 아저씨야.'

헤지아나는 반사적으로 정색하며 테이블을 긁듯 움켜쥐었다. 살기가 저절로 난다는 게 이런 거구나.

주먹이 울지만 뻗을 수가 없다. 헤지아나는 이때만큼이나 아셔의 능력을 부러워한 적이 없다. 적어도 그는 신에게 통각을 전달할 수 있는 남자이지 않은가. 신이시여, 왜.

[야, 그거 빌 상대가 잘못됐다고 생각하지 않냐.]

'아, 젠장.'

그렇다. 그 신은 지금 헤지아나의 속을 닥닥 긁는 상대였던 것이다.

'하여튼 본론으로 돌아와서….'

[그리고 나 아저씨 아니야.]

'아, 그럼 아저씨 같은 짓을 하지 말든가. 하여튼 아셔 말입니다만.'

[어, 아셔 왜?]

헤지아나는 가일란의 말을 듣고 있는 아셔를 흘끔 쳐다보았다.

'결국 제 말 잘 듣는… 개를 만드는 게 목적이잖아요. 그렇다면 아셔의 경우는 이미 충분하다고 보는데, 아셔에게도 그와 같은 일을 해야 하는 걸까요?'

[아셔가 네 말을 잘 듣는다는 판단이 들면 안 해도 된다.]

창조신의 한마디에 헤지아나는 고개를 숙였다. 그건 해야 한다는 소리 아닌가.

그렇지만 어떻게 해도 아셔가 자신의 말을 '잘 듣는' 미래가 연상되지 않는다. 이 문제에 대해 헤지아나는 직접적인 질문을 던졌다.

'어떻게 해도, 아셔가 제 말을 곧이곧대로 잘 듣는 광경이 도저히 연상되지 않는데요.'

[그건 굴리기 나름이지.]

헤지아나는 깊은 한숨을 내쉬었다.

어쨌든 누구를 어떻게 하든 간에 할센라비온과 대화를 해 봐야 하는 건 피할 수 없었다. 일단 그의 입을 막아야 할 것 아닌가.

하지만 접근하려니 순간 막막해졌다. 대체 남자는 어떻게 유혹해야 한단 말인가. 이차성징이 시작될 무렵부터 교황청에서 자란 이 여인은 그런 것에 대해서는 알 수가 없었다.

'저기.'

[어, 왜.]

'뭔가…. 그, 남자를 유혹하기 쉬운 방법 같은 거 없을까요? 뭐 자동적으로 꼬드겨지는, 그런 매력의 마법 같은 거.'

[게임이 쉬우면 재미없다.]

'세상 사람들의 행불을 걸고서 무슨 게임은 게임이야! 그리고 충분히 어렵거든!!!'

헤지아나가 반박했지만 창조신에게서 응답은 없었다. 헤지아나는 깨달았다.

그렇다. 창조신은 튄 것이다.

◈◈◈◈

헤지아나가 일정 종료를 선언하자 균등한 불만감이 배분된 분위기 속에서 회의가 해산되었다.

아마 오늘부터 수정구가 바쁘게 빛나리라. 그건 그들이 속한 지역으로 퍼질 것이며 그들에게 권한을 위임한 자들의 행동을 촉구하게 될 터.

전초전은 이미 시작됐다.

그건 헤지아나 역시 마찬가지였다. 헤지아나는 본 회의의 서기인 로미나에게 뒷정리를 맡긴 후 전초전의 준비에 만반을 기하고 있었다. 자신을 진정시키기 위한 심호흡은 필수였다.

다음 순간, 그녀는 용기를 내어 할센라비온의 뒤를 쫓았다.

"할센라비온 황제."

어찌된 일인지 그에게는 수행원들이 없었다. 어차피 이곳에서 위험한 일이 일어날 리 없으니 수행원들을 떼어 두고 다니는 편이 나을지도 모른다. 물론 헤지아나도 수행원은 붙이지 않은 상태였다. 부끄러웠으니까.

"교황 성하께서… 무슨 일이십니까?"

할센라비온은 고개를 돌려 헤지아나를 보더니 눈동자로 헤지아나를 한 번 훑어보고는 말을 끝냈다. 무례한 태도였지만 헤지아나는 그에 대해 따지지 않았다. 대신 웃는 낯으로 말했다.

"가볍게 이야기를 하고 싶군요. 괜찮으신가요?"

"호오."

대놓고 신기하다는 표정을 지은 대륙 유일의 황제는 몸을 돌려 신의 대리자를 쳐다보았다.

"성하께서는 대체 무슨 말씀을 하시려는 건지."

"별거 아닌 이야기입니다. 어디로 가시는 중이셨습니까?"

"교황청은 느긋하게 있기 좋은 곳이더군요."

헤지아나가 그 말을 이해하지 못해 할센라비온을 올려보자, 할센라비온은 앞쪽으로 안내하듯이 손을 뻗어 보였다.

"산책… 입니까?"

"그렇게 말해도 되겠군요."

노을이 지는 백색의 복도를 향해 헤지아나가 발걸음을 옮기자 그 뒤를 따라 할센라비온도 발걸음을 옮겼다.

"황궁에도 여유로운 곳은 있을 텐데 이곳에서 굳이 느긋함을 찾으시는군요."

"비리스의 황궁은 느긋하지 않으니 말입니다."

경어를 쓰는 할센라비온의 태도에 헤지아나는 조금 안도했다. 그가 교황의 권위까지 마구 무시할 정도는 아니라는 사실에 대한 안도였다.

신의 대리인 앞에서 왕후장상은 그저 사람의 자식. 모두 그 대리인에게, 역사와 함께해 온 위대한 종교의 통솔자에게 예의를 지켜야 했다. 물론 그가 그런 권위를 무시했다면 애초에 여기 직접 오지도 않았겠지만 말이다.

"이 땅은 신의 축복이 내려 부정한 건 들어올 수 없고 천혜의 입지로 출입이 완벽히 통제된다 들었습니다. 보아하니 복도와 작은 정원의 구석구석마다 경비와 감시, 방호를 위한 마법이 촘촘하던데 과연 성직자들의 총본산답군요. 홀로 돌아다녀도 암살 위협 같은 건 받지 않을 것 같습니다. 수행 인원 제한에 불편함을 느낄 필요는 없을 듯하군요."

"불편하지 않으시다니 다행입니다."

사실 라스할드 내에서는 초청받은 귀빈들의 수행 인원을 5인으로 제한한다. 그들을 라스할드까지 수행해 온 다른 인원들은 보통 근처에서 캠프를 하며 지낸다.

이런 제한이 있는 건 특별한 이유가 있어서는 아니다. 그건 극히 실리적이고 단순하고 꿈도 희망도 없는 이유 때문이었다.

라스할드는 신에게 축복받은 땅 위에 건설된 소규모 도시국가답게 그 토지는 매우 한정되어 있었고, 때문에 교황청이라고 해서 넓게 지을 수가 없었다. 귀빈들이 다른 곳에서 그러듯 수행원을 줄줄이 끌고 다니면 통행이 불가능해지기 때문에 있는 규칙이었다.

감시, 방호 마법을 그토록 아끼지 않고 박아 둔 이유도 사실 그와 같은 이유다. 땅이 좁기 때문에 사람이 살 곳이 그렇게 많지 않아 경비 인원을 많이 둘 수 없기 때문이었다. 워낙 마력과 이적 능력이 많이 필요한 일인지라 이걸 위해 5대 교황은 신에게 조르고, 협박하고 별 난리 법석을 다 부렸다는 듯하다.

"그 외에 불편하신 건 없으신가요? 아무래도 식사가 신경 쓰입니다만."

"독만 들어 있지 않다면 상관없습니다."

"방은 궁내원들이 잘…."

"침대 밑에는 무언가 숨을 수 있는 구조가 아니더군요. 덕분에 편안합니다."

헤지아나의 말을 잘라 대는 황제의 어투에서는 냉기가 풀풀 묻어 나왔다.

혹시 자신과 있는 게 맘에 들지 않는 걸까? 하지만 곁눈질한 할센라비온의 모습은 오늘 하루 종일 그랬듯 무심하고 무표정해서 딱히 자신에게 불만을 가지고 있는 것 같진 않았다.

"이쯤하면 충분히 온 것 같군."

"예?"

할센라비온은 자리에 멈춰 섰고 헤지아나 역시 따라 자리에 멈춰 섰다. 그들이 나온 회의실에서 한참 떨어진 곳이었다.

"그럼 교황 성하. 어떤 이야기를 하기 위해 저를 부르셨는지 말씀하시길. 저는 간단하고 빠른 이야기를 좋아합니다. 성하께서도 거리낌 없이 이야기해 주시길. 설마하니 어제의 일에 대해 이야기하고자 하시는 겁니까?"

"어, 예?"

헤지아나는 순간 놀라 한 발짝 뒤로 물러섰다. 가면을 갈아 끼우듯 얼굴 표정을 옅은 냉소로 갈아 치운 할센라비온이 그녀를 향해 한 발자국 다가온 탓이었다. 그는 헤지아나가 물러서자 반 발자국 다가와 그 간격을 좁혔다.

"아니면 어떤 제안을 하시려는 건지. 제안을 하실 거라면 그에 상응하는 대가는 준비하셨으리라 믿습니다."

"…할센라비온 황제께서는 소문대로 계책에 능하신 듯하군요."

상황을 이해한 헤지아나는 표정과 자세를 다잡고 할센라비온을 쳐다보았다. 석양빛이 투과된 그의 홍채가 불타오르는 듯한 보라색으로 빛났고, 헤지아나는 그 빛깔을 똑바로 쳐다보며 말했다.

"허나 너무 계책과 암투에만 물들어 계신 건 아닌지. 모든 게 그리로 귀결되진 않습니다. 사람은 때로 아무 일도, 생각도 없이 호의로 사람을 대하기도 하는 법이지요."

"호오, 과연 성하께서는 자비로우십니다. 비록 그 객이 자격 없는 떨거지라 하나 내 초대를 받아 온 객. 그런 이를 모욕한다면 저는 바로 그 자리에서 목을 떨궜을 텐데 그런 자에게 호의라니. 송구하기 그지없군요."

신기한다는 걸 본다는 듯한 표정과 비꼬는 듯한 어투의 조합은 굉장한 불쾌감을 불러일으켰다. 헤지아나가 눈을 치켜뜨자 그 시선을 받은 할센라비온은 재미있다는 듯이 작게 웃었다.

"그렇게 무례한 일이라는 걸 알면서 황제께서는 왜 그러셨는지."

"그건 저야말로 불쾌한 일이었음을 이제 와서 또 설명해야 하는 건지요, 성하."

"따지고자 이야기한 게 아닙니다. 그래서 할센라비온 황제께서는 제가 꿍꿍이가 있어 이야기를 한 것이라 생각하십니까?"

"용건이 없다면 왜 이야기를 하는지요."

"사교라는 걸 모르시는군요."

"외교는 압니다."

할센라비온은 헤지아나에게 한 걸음 다가왔다.

"칼의 대화는 좋아하지요. 몸의 대화는 흥미 있는 편이고. 하지만 성하께서 칼의 대화를 아실 리는 없고 몸의 대화는…."

헤지아나의 표정이 일그러졌다. 그런 성희롱적 발언이 불쾌해서는 아니었다. 솔직히 말하자면 이렇게 생각했다.

오호라, 이거 봐라.

'판돈을 걸까?'

헤지아나의 머리가 팽팽 돌아가기 시작했다.

이 말꼬리를 잡아채서 한번 해보든지, 하며 도발적으로 굴어 볼까? 그렇게 해서 잠자리에 들면 계획은 성공 아닌가. 그렇지만 역시 상식이 그런 말은 안 된다고 외친다. 이상한 여자 취급받기 딱 좋은 소리지 않은가. 하지만 그렇게 따지면 다짜고짜 여자 앞에서 몸의 대화 운운하는 놈은 얼마나 이상한 놈이란 말인가.

헤지아나의 명료한 청색 눈동자가 바삐 움직였다.

"이런, 제가 말실수를 한 것 같군요. 자비로운 성하께서는 용서해 주시리라 믿습니다."

"웃…."

바짝 다가온 할센라비온의 몸이 코앞이다. 순간, 처음 만났을 때 느꼈던 날 선 감각이 헤지아나의 등골을 훑었다. 지근거리에서 내

뿜어지는 예기(銳氣)에 헤지아나는 이맛살을 찌푸리며 뒤로 물러섰고, 할센라비온은 그 간격을 좁혔다.

"허나 궁금하긴 하군요. 제가 알기로 성하께서는 어려서부터 교황청에서 자라신 몸. 제가 하신 말의 뜻을 알아들으셨는지?"

"노골적인 성희롱이라는 건 알겠습니다. 무례에 예민하신 분이 어째서 무례를 범하시는지."

"아니, 어째서 이게 성희롱이라는 건지. 성하, 너무 그런 쪽으로만 생각하시는 것 아닙니까?"

헤지아나는 입을 꾹 다물었다. 이런 패턴에는 대체 뭐라고 대응해야 하는 걸까?

헤지아나는 눈을 들어 할센라비온을 쏘아보았고, 할센라비온은 서늘하게 웃으며 한 발자국 더 헤지아나를 향해 발걸음을 옮겼다. 발이 부딪혀 헤지아나는 뒷걸음질 쳤다. 또 부딪힌다. 한 걸음 더.

"잘도 몰아가는군요. 그럼 그쪽이 생각하는 몸의 대화는 대체 뭡니까?"

"언어가 통하지 않을 때 사용하는 것이죠. 또는 몸만으로 하는 것."

"좋은 말장난이군요."

뒤통수에 벽 귀퉁이가 닿았다. 모서리인가 하여 헤지아나가 고개를 돌리려 한 순간, 헤지아나의 눈이 향한 방향 반대편으로 커다란 손이 날아와 벽을 짚었다. 턱 하는 소리가 무겁게 들렸다.

"말장난이 아닙니다. 어떤 건지 궁금하시다면 알려드릴 생각은 있습니다만."

정말.

이거 봐라.

헤지아나는 자신과 눈높이를 맞추듯 고개를 숙인 할센라비온의 눈동자를 똑바로 들여다보며 생각했다.

'어디 한번 배워 볼까'라고 응하면 그는 어떻게 반응할까?

어쨌든 중요한 건 대표들을 침대 위에 올리는 일이다. 창조신 왈 한두 번 가지고 될 리 없다고 했으니 한 번 만에 만사가 해결되지는 않을 테지만, 남녀 관계는 한번만 옷을 벗으면 그 다음은 쉽다고 했다.

"성하께서는 의향이 어떠신지."

뺨에 무언가가 닿아 헤지아나는 그쪽으로 시선을 옮겼다. 할센라비온의 오른쪽 검지 끝이 자신의 뺨을 조심스럽게 훑으며 기어오르고 있었다.

무례한 짓이다.

헤지아나는 불쾌감에 얼굴을 일그러뜨렸다. 하지만 그 순간, 불쾌감이 아닌 소름끼치는 오한이 헤지아나의 등골을 쏟아지는 화살처럼 후두둑 찔렀다. 몸이 움츠러드는 감각에 헤지아나가 미간에 주름을 잡은 순간,

짝.

할센라비온의 오른손이 무언가에 의해 세게 쳐내져 헤지아나의 뺨에서 떨어졌다.

가볍게 쳐내진 건 아니리라. 할센라비온의 오른손은 뒤로 휙 젖혀져 그의 자세가 틀어졌고, 그 틈을 파고 들어온 사람의 형체는 팔로 할센라비온을 밀어내며 그가 위치했던 자리에 대신 섰다.

"이게 무슨 짓인지 설명해 주십시오, 황제 폐하."

유령처럼 기척도, 소리도 없이 나타난 창백한 성기사가 말했다.

목소리는 건조해 노기도 당황도 보이지 않는다. 하지만 늘 이기(異氣)를 띠고 있는 눈동자의 빛은 평소보다 더욱 강하고 날카롭게 황제를 향하고 있었다.

"별일 아닐세, 성하의 뺨에 무언가 묻어서 말이지."

"그렇다면 그냥 떼어 드려도 될 일이지 않습니까?"

"그렇게 떼어 드리면 안 될 일이라도 있는가?"

"아셔, 물러나세요."

헤지아나는 아셔의 옆으로 나서서 말했지만 아셔는 물러날 낌새가 보이지 않았다. 그가 황제와 눈싸움을 하고 있어, 헤지아나는 한 번 더 말했다.

"아셔."

그제야 아셔는 뒤로 물러섰다.

"신심이 깊고 교황께 충성하는 성기사의 산 교본이라더니 그대로인 것 같습니다."

"예. 믿음직스러운 사람이지요. 무례에는 사죄드립니다. 아무래도 오해하기 쉬운 모습이었던 것 같습니다."

입은 사죄라고 말했지만 헤지아나의 얼굴 표정은 뻣뻣하기 그지없었다. 그 모습을 보고 할센라비온은 피식 웃었다.

"대화는 그른 것 같군요. 그럼."

"다시는 이런 일이 없길 바랍니다."

할센라비온이 몸을 돌린 순간 아셔가 한마디 했고, 헤지아나는 다급한 표정으로 아셔를 쏘아보았다.

"그러게 말일세. 다짜고짜 짐에게 손을 대다니, 그런 일은 없어

야지."

할센라비온은 작게 웃으며 왔던 길과는 다른 방향으로 걷기 시작했다. 정말 산책이라도 하려는 걸까?

그의 모습이 사라진 걸 확인한 후, 헤지아나는 아셔의 앞에 서서 그의 눈을 똑바로 쳐다보았다. 그의 표정은 파문이 일지 않는 호수처럼 무덤덤했지만, 감정이 없는 듯 무표정했지만, 아셔에게는 이것이 화난 표정이었다.

"아셔, 제가 오늘 아침 했던 말이 있을 겁니다."

"예, 성하. 어떤 걸 말씀하시는 겁니까?"

"그 새 잊었습니까? 할센라비온 황제가 어떤 도발을 하더라도 반응하지 말 것. 두 번째로 대표들과 조금 친밀한 접촉을 하더라도 반응하지 말 것. 아셔, 기억력이 그렇게 나쁘지 않았던 걸로 기억합니다만."

"성하, 외람되지만 제가 받아들인 바를 말씀드려도 되겠습니까?"

"말해 보세요."

그래도 사람에겐 해명의 기회가 있어야 한다. 일방적으로 난도질하는 건 옳지 않다 생각한 헤지아나가 발언의 기회를 허락했다.

"먼저 할센라비온 황제가 한 건 도발이 아닙니다. 희롱이지요. 성하께서는 어제와 같은 일을 경계하여 그런 말을 하신 게 아닙니까? 하지만 있는 그대로 보자면 성하, 그는 지금 부녀자를 몰아붙여 희롱하려 한 것입니다. 이와 같은 일은 당연히 도덕을 따르는 이로서 제지해야 할 일입니다. 두 번째로, 성하와 황제의 접촉은 전혀 친밀해 보이지 않았습니다. 그렇기 때문에 제가 희롱이라 판단한 겁니다."

"그걸 어찌 판단한 겁니까?"

"성하의 표정이 극히 불쾌해 보였기 때문입니다."

순간 헤지아나는 할 말을 잃었다. 불쾌했던 건 사실이기 때문이다.

하지만 잘하면 받아쳐서 침대로 끌고 갈 수도 있었다. 헤지아나는 그 점이 못내 아쉬웠다.

"아셔, 아무래도 제 의사가 제대로 전달되지 않은 것 같군요. 다시 말하겠습니다."

"아, 여기 계실 줄이야. 뭘 하고 계신 겁니까?"

자신의 기분과 늘 상반되는 밝은 목소리. 헤지아나는 이번에도 역시나 불유쾌한 표정으로 그 목소리가 난 곳으로 시선을 옮겼고, 그 대상자는 헤지아나의 불유쾌한 시선을 받고 그만 자리에 움찔하고 멈춰 섰다.

"…성하, 표정이 무서우시군요. 무슨 일 있으셨습니까?"

카람찬트의 말에 자신의 상태를 알아차린 헤지아나는 급히 표정을 가다듬었다.

제삼자가 끼었으니 여기서는 더 이상 이야기할 수 없다.

"아, 아닙니다. 아무 일 없었습니다. 아셔, 식사 후에 제 방으로 오시길. 그러면 카람찬트 황태자, 죄송하지만 저는 자리를 비키겠습니다."

"어, 성하."

카람찬트가 손을 들어 올렸지만 헤지아나는 보지도 않고 바람을 일으키며 그의 곁을 스쳐 지나갔다. 카람찬트가 그대로 굳은 것도 당연한 일이다.

"시딘."

"예, 폐하."

"나 천민인가?"

"아마 그보다 못할 겁니다. 위험에 대한 여자의 육감은 뛰어난 법이죠."

카람찬트가 시딘의 멱을 잡고 흔들었고, 그 광경을 잠시 신기하다는 듯이 쳐다보던 아셔는 방해되지 않게 그들에게 인사하고 자리를 떴다.

헤지아나는 방에서 간단한 저녁 식사를 마치고 로미나를 맞았다.

로미나는 헤지아나에게 회의록 초본을 넘겼다. 헤지아나는 회의록을 확인하며, 마침 대표들의 식사를 확인하고 온 리시까지 포함해 한 방에 모인 여자 셋이서 가만히 오늘의 일과에 대해 이야기를 나누었다.

"다행히 오늘 황제는 조용하더군요."

"날마다 시비를 걸 수도 없는 노릇이겠지. 그 정도의 투견이라면 황제 짓도 못 해 먹었을 거야."

로미나와 리시가 대화하는 사이, 헤지아나는 앉아 조용히 종이를 넘기고 있었다. 그녀의 발치에는 리시가 피로했을 교황을 위해 준비한 약초를 푼 따뜻한 물통이 있었다. 씻은 후 오히려 축 처진 몸이 편안하게 늘어지는 것만 같았다.

"이런. 전 당연히 황제는 투견이라고 생각했는데. 그 입에 재갈을 물리면 어울릴 것 같았습니다. 목줄도 어울릴 것 같지 않습니까?"

"취향은 존중해야겠지만 로미나, 난 그런 취향이 아닐세. 솔직히 말하자면 별로일세. 내 취향을 좀 존중해 줬으면 좋겠군."

"아니, 자신의 취향은 존중해 달라면서 타인의 취향은 묵살하시다뇨. 추기경 님, 이건 취향에 대한 탄압입니다. 상사로서의 권력을 이용한 위력 행위입니다."

"제안일세."

"강자들은 늘 그렇게 말합니다. 하지만 약자 입장에서는 그게 아닌 거죠."

"후."

따지자면 먹이사슬의 최정점, 상사 중의 상사 헤지아나는 회의록을 속독한 후 한숨을 내쉬며 이마를 짚었다.

"대화의 흐름이 별다를 게 없군."

"뭐, 로미나의 말이 늘 그렇지 않습니까."

헤지아나는 무슨 소리냐는 듯이 리시를 올려다보았고, 리시는 자신이 잘못 말했음을 깨달았다.

"아니, 제 말은 잊어 주시길 바랍니다, 성하. 잘못 말했군요."

"그래…. 혹시, 아셔는 뭐 하는지 알고 있나? 식사한 후에 오라고 말해 두긴 했는데 궁금하군."

"아셔 경을 부르셨습니까?"

"일이 있어서 불렀네."

한숨을 내쉬며 헤지아나는 한 손으로 로미나에게 회의록을 건넸다. 내일 로미나 아래의 서기관들은 회의록을 정리하여 보존할 것이다.

"사실 바로 일이 있는 자리에서 이야기하고 싶었지만 카람찬트 황태자가 오는 바람에. 그자는 이런 상황에서 무엇이 그리 좋다고 웃고 다니는지."

"황제나 황태자는 딱히 신경 쓸 게 없지 않습니까. 다른 이들은 모르겠으나 전 그들이 요양 온 게 아닌가 싶을 정돕니다. 황제는 오전 내내 볕 좋은 곳에서 졸고 있었다고 하더군요."

"그 작자가…."

자신이 숙취에 고생하고, 아셔와 난리를 피운 그 시간에 두 원흉들은 편안하고 즐거운 시간을 보냈단 말인가.

헤지아나는 이를 갈았다. 오늘 할센라비온과의 대화를 생각하니 더욱 화가 났다.

"그런데 카람찬트 황태자께서는 지나가시던 길이었습니까? 아침에 보니 무언가 할 이야기가 있으신 듯하였는데."

"그래?"

"말 나온 김에 성하, 아무리 머릿속이 번잡하다 하셔도 귀빈을 그런 식으로 대하시면 안 되지요. 다행히 그쪽에서 이해해 주셨으니 망정이지. 자꾸 접근하시는 것 보니 하실 말씀이 있는 듯한데, 자리를 마련해 볼까요?"

"호오, 황태자가 성하께 관심 있는 것 아닙니까?"

로미나는 의자를 끌어당기더니 헤지아나의 옆에 앉으며 말했다. 그 의견은 제법 듣기 좋은 것이지만 현실이 어떤지는 모르는 법이다.

"글쎄다. 뭔가 논의하고자 하는 걸 수도 있지."

"성하, 제가 보기에 황태자는 단순히 능욕하는 것으론 길들여지지 않을 것 같습니다."

"아니, 그러니까…."

헤지아나는 그게 아니라고 말하려고 했다.

"조금 하드한 가학 플레이가 좋을 것 같군요. 마침 좋은 가죽 족쇄가 있습니다. 팔에도 다리에도 모두 사용 가능한 것이고 유연해서 피의 흐름을 방해하지 않고 질겨서 쉽게 늘어나거나 상하지도 않지요."

"로미나, 대체 어디서 그런 걸 반입하는…."

"그 다음엔!! 그렇군요. 역시 결박한 상태에서 몸을 바늘로 찌르는 게 좋겠군요."

헤지아나는 포기했다.

"송곳도 좋겠습니다. 박는 건 아니고 찌르는 겁니다. 예리한 통증에 몸은 예민해지고 달아오르겠지요. 그럼 그때, 뜨거운 촛농을 한 방울 한 방울 정성껏, 예민한 반응을 했던 부위에 떨어뜨리는 겁니다. 촛농은 뜨겁지요. 화상을 입을 수도 있습니다. 후후후후, 후후후후, 후후후. 고통스럽겠죠! 얼굴이 일그러지고 참으려고 해도 신음이 새어나올 겁니다. 놀라 비명을 지를 수도 있고, 그 활력 가득한 몸을 꿈틀거리며 고통에 저항하려고 할 수도 있겠죠! 생각만 해도, 후후후. 그런 강한 남자의 표정이 고통으로 일그러지는 건, 아아, 생각만 해도! 후후후후후, 후후훗!!"

"…리시?"

"예, 성하."

로미나는 자신의 세계에 빠져 허우적거리고 있었다. 그 모습을 보는 헤지아나와 리시의 눈빛이 차가운 건 근래 들어 한두 번 있는 일도 아니다.

"어째서 저런 아이가 교황청에서 일할 수 있는 것이냐."

"제가 알 리가 없지요."

"믿을 만한 인성 검사 도구는 없을까?"

"이건 인성과 상관없는 일입니다! 성적 취향에 따라 사람을 차별하다니, 말이 안 되지요!"

로미나는 자리에서 벌떡 일어나며 항변했다. 안경 줄이 걸린 둥근 안경이 촛불 빛을 받아 반사되는 모습을 보며 헤지아나가 한숨을 내쉰 순간,

"아셔 아라스트란 님께서 오셨습니다."

바깥에서 궁내원이 안내하는 목소리에 리시가 헤지아나를 돌아보았다.

"저희는 물러나는 게 좋을까요?"

"그래."

리시의 질문에 헤지아나는 고개를 끄덕였다. 아무래도 아셔에게 아쉬운 소리를 하게 될 자리고, 그런 자리를 남에게 보인다는 건 자신에게도 아셔에게도 좋은 일이 아니었다. 사람에겐 체면과 자존심이라는 게 있는 법이니까.

아셔가 들어오자 리시와 로미나는 자리를 정리하고 방에서 나갔다. 문가에서 마주친 그들은 가볍게 목례를 하고 나갔고, 아셔는 조

금 긴장한 표정으로 헤지아나를 향해 다가왔다.

"이리로 앉으세요."

헤지아나가 리시가 앉아 있던 의자를 가리키자, 아셔는 그 자리에 앉았다.

"아셔, 아까 전의 일 말입니다만."

"예."

말투에서 약간 긴장감이 느껴진다. 그렇게 긴장할 일은 아니라고 생각했지만, 아셔에게는 긴장하지 말라 하는 것도 무리 아닐까? 헤지아나는 어떤 말을 해야 하나 생각하며 낮게 한숨을 내쉬었다.

"그대가 말했듯이 저와 황제의 상태가 그리 친밀해 보이지는 않았겠지요. 제가 희롱당하는 입장이었다는 사실도 부정하지 않겠습니다. 그대가 상대의 신분 고하에 상관없이 옳은 행동을 취했다는 점 역시 분명 높이 평가해야 마땅한 일이겠지요."

"감사합니다."

"그렇지만 아셔, 앞으로는 그런 일이 있더라도…. 제가 직접 도움을 요청하지 않는 한, 그런 일은 하지 않았으면 좋겠습니다."

아셔가 눈을 들어 헤지아나를 쳐다보았다. '어째서'라고 묻는 듯한 표정에 헤지아나는 조금 고민했다.

"아셔, 제가 아침에 그런 걸 요청한 이유는 나름의 이유가 있어서입니다. 저는 대표들과 친밀해져야 할 이유가 있습니다."

"성하의 일이 본디 그러한 것이니 이해는 됩니다. 허나 성하, 아무리 보아도 그건…."

"모든 이가 처음부터 친할 수는 없는 것 아니겠습니까, 아셔. 비루먹은 개라도 길들이기 위해 다가갈 때 물릴 각오 정도는 하는 법입니다."

한순간에 대국의 황제를 비루먹은 개로 만든 헤지아나는 일단 눈앞에 있는 개, 아니, 성기사와 시선을 맞췄다.

"대체 성하께서 모욕받아야 할 이유가 어디 있다는 겁니까."

"목적이 있습니다. 아직 그대에게 말할 순 없군요."

어떻게 '너를 포함해 하렘을 차려야 한다'고 말할 수 있겠는가. 헤지아나는 깊게 한숨을 내쉬며 따듯한 물에 잠긴 발가락을 움직였다. 그러고 보니, 아직 족욕 중인 상태였다.

"이런, 내 정신도. 이런 상태로 사람을 맞다니."

헤지아나는 급히 옷단을 걷어 올리고 발을 꺼냈다. 헤지아나는 물 떨어지는 발을 든 채 수건을 찾았지만 수건은 손닿는 자리에 없었고, 아셔는 자리에서 일어나 수건을 집어 헤지아나에게 다가갔다.

"미안하군요. 정신이 없어서."

"아니요, 어찌 제가 이 회담을 준비한 성하의 노고를 모르겠습니까. 준비에는 도움 드리지 못했습니다만 앞으로 필요하신 일에는 언제든지 불러 주셨으면 합니다."

"이미 그대에겐 많은 걸 부탁했습니다. 아, 잠깐. 아셔?"

헤지아나는 다가온 아셔에게서 수건을 받으려 했다. 하지만 그는 헤지아나의 앞에 무릎 꿇고 앉더니 수건을 펼쳐 젖은 발을 감쌌다.

"아셔, 이렇게 하지 않아도 됩니다. 어서 이리 주세요."

"어째서 사양하십니까."

"그대는 내 몸종이 아니니까요."

"저는 신의 종이지요. 그리고 그 주인에게 권한을 위임받은 대리인의 손이기도 합니다. 그 손이 수고한 발의 물기를 닦는 것뿐인데 무슨 말씀이십니까."

오른쪽 발가락 사이의 물기까지 닦은 아셔는 물에 잠긴 그녀의 왼쪽 발목을 붙잡고 들어 올렸다. 굵고 거친 손마디가 발목을 감아 쥐었고, 헤지아나는 어쩐지 몸이 움츠러드는 것 같은 기분에 마른 침을 삼켰다.

아셔는 한 손으로 수건을 쥐고 왼발 발바닥과 발등의 물기를 닦았다. 그리고 발목을 쥐고 있던 손으로 발뒤꿈치를 붙잡아 들어 올리고는 틈새의 물기를 닦기 시작했다. 마치 장인이 장비를 손보는 듯했다.

"성하, 다리가 부으신 듯합니다만…."

"아, 예. 오늘 오래 서 있었으니 그럴지도 모르겠군요."

"그렇군요. 그래서 족욕을 하고 계셨군요…."

그걸 이제야 깨달은 자신이 한심하다는 듯한 표정을 지은 아셔는, 물통을 옆으로 밀더니 헤지아나를 올려다보았다.

"성하, 제가 많은 이들을 지도한 덕분에 이런 경우 피로가 풀릴 법한 지압법에 대해 조금 압니다. 혹시 필요하신지요?"

"예? 아니, 그 정도까지는…."

"사실 움직이지도 않고 가만히 서 있는 건 다리는 물론이거니와 허리에도 심하게 무리를 줍니다. 갓 들어온 신입들이 보초를 서고 난 다음 자주 다리 부음과 근육통을 호소하지요."

아셔는 가볍게 웃음 지었다. 그래 봤자 그의 웃음은 병자의 미소라는 느낌이 들 뿐이지만….

"근육통은 며칠은 갑니다. 받아 두시는 편이 좋을 것 같습니다만."

"…그러면 부탁하겠습니다, 아셔."

헤지아나는 고개를 끄덕였다. 그러고는 주변을 두리번거렸다.

"저, 어떻게 있으면 될까요? 뭔가 받칠 것이라든가…."

"아니요, 가만히 계십시오."

아셔는 좀 더 가까이 다가와 헤지아나의 옷 밑단을 걷어 올렸다. 치마가 들춰지는 듯한 민망한 기분이 들어 헤지아나는 입술을 꾹 오므렸고, 아셔는 옷을 걷으며 헤지아나의 종아리를 마른 손가락으로 쓸어 올렸다.

옷자락 아래에 숨어 있던 종아리가 하얀 살결을 드러냈다. 늘 긴 옷을 입은 탓에 볕을 볼 일이 없었던 하얀 종아리에 아셔의 양손이 감겼고, 헤지아나는 아셔가 걷어 올린 옷자락을 쥐어 무릎 위로 올리며 입술을 깨물었다. 헤지아나의 종아리를 손으로 감아쥔 아셔는 조금 놀란 듯한 표정을 지었다.

"…가늘군요."

"예?"

"아, 아닙니다. 아무래도 남자들 상대로만 하다 보니…. 가늘다고 생각했습니다."

"그, 그런가요. 그다지 날씬한 편은 아닙니다만."

"그렇습니까…. 역시 여인들이란 가냘프군요…."

아셔는 중요한 사실을 알았다는 듯이 중얼거리며 헤지아나의 종아리를 양손으로 가볍게 쥐고 손가락으로 훑었다. 서로의 마른 살갗이 닿아 스치는 느낌이 어쩐지 소름끼쳐서, 헤지아나는 의자 손잡이를 힘주어 움켜쥐었다. 다행히 아셔는 헤지아나의 종아리를 오래 쓰다듬지 않았다. 곧 그는 손가락으로 헤지아나의 종아리를 주물거리기 시작했다.

"어…."

어쩐지 당황한 듯한 표정이다. 그는 무언가를 찾듯이 헤지아나의 종아리를 주물럭대며 당황한 표정을 지었고, 그 모습에 헤지아나는 의자 손잡이를 움켜쥐었던 손에서 힘을 뺐다.

"왜 그러십니까, 아셔."

"아, 아니. 음…. 저, 역시 여자와 남자의 몸은 다른 걸까요? 아니, 신입들도 초보라 하나 몸을 단련한 이들이니 그 차이가 있는 걸지도…."

아셔는 한숨을 내쉬며 손끝으로 헤지아나의 종아리 뒤쪽 한가운데를 눌렀다.

"보통 여기를 중심으로 세 개의 근육이 나누어집니다. 그걸 잡고 지압하면 피로도 풀리고 시원해지지요. 그런데 그게 영 잡히지 않아 조금 당황했습니다."

"그, 그렇군요."

"그럼 잠시, 성하. 아프면 참지 말고 말씀해 주시길 바랍니다."

아셔가 헤지아나의 무릎 아래부터 붙잡고 지압하기 시작했다. 조금 저릿한 느낌이 들었지만 곧 그 느낌은 결린 게 풀리는 듯한 개운함으로 변했다. 아셔는 반대편 다리도 붙잡고 지압했고, 헤지아나는 자신도 모르게 쌓였던 피로감이 해소됨을 느끼며 의자에 푹기댔다.

"가끔 업무를 수행하다 어깨가 결리면 로미나가 안마를 해 준

적이 있습니다만."

"예."

"분명 개운하긴 하지만 심하게 아프더군요. 목과 어깨 사이의 뭉친 부분을 누르면, 정말로 비명을 지르게…."

헤지아나는 말을 끊고 입을 다물었다. 혹시 로미나는 일부러 그런 게 아닐까? 요즘 들어 새디스트 근성을 확실하게 드러내는 로미나를 보자면 그 가능성은 충분히 높았다.

"그럼 성하, 다리를 잠시만. 발도 지압해 드려야 할 것 같습니다."

"아, 예."

아셔는 한쪽 무릎만 꿇고 앉은 자세로, 꿇지 않고 세운 무릎 위에 헤지아나의 발을 올렸다. 그리고 긴장해 꿈지럭대는 발바닥에 손가락을 올렸다.

"웃?!"

손가락이 닿은 순간, 헤지아나는 튀어나오는 신음을 삼키고 손잡이를 잡은 손에 힘을 주었다. 몸이 저절로 들썩였다.

"성하, 혹시… 간지러움을 많이 타십니까?"

"아, 아뇨. 그렇진 않습니다만…."

"견디기 힘들면 말씀하십시오."

아셔는 고개를 숙이고 헤지아나의 발을 손에 쥐었다. 굵은 손마디가 발바닥을 슥 스친 순간, 헤지아나는 다시 이를 악물어야 했다.

발 간지럼을 탄 적은 별로 없다. 하지만 아셔의 손이 조심스럽게 닿을 때마다….

"흡…."

헤지아나는 숨을 삼키며 손끝에 힘을 주었다. 간지러움을 이렇게 심하게 탈 줄이야.

입에서 나오는 외마디 소리를 참으려고 애쓸 때마다 그 간지러움이 온몸으로 퍼지는 것 같았다. 간지러움이 온몸에 차올라 몸이 달아오르고 얼굴이 빨갛게 익었다.

"윽, 흐읏."

아셔가 눈치채지 못하도록 움찔움찔 떨며 헤지아나는 이를 악물었다.

숨결은 벌써 거칠어져 가슴팍이 심하게 오르내리고 있었다. 피로 탓일까? 아니면 체질이 변한 걸까? 체질. 그래, 체질.

순간 헤지아나의 머릿속에 창조신의 말 한마디가 스쳐 지나갔다.

[성감대 부위 넓히고, 감도도 좋게 하고.]

어느 책에 쓰여 있기를, 발도 예민한 부분이기 때문에 성감대로 활용하여 상대를 흥분시킬 수 있다고 했다. 그 외 발에 대한 페티시나 발을 이용한 성애 방법에 대한 기술도 있었다.

덤으로, 헤지아나는 그 방법을 열심히 연습했다가 발을 이용하는 건 선호되는 방법이 아니라는 소리를 듣고 좌절했다. 그 방법은 로미나 같은 사람이나 선호할 기술이라는 말을 듣고 안 좌절할 사람이 있겠는가.

아니, 하여튼 중요한 건 지금 발을 만져져 느끼고 있다는 사실이다. 헤지아나는 도저히 말로 할 수 없는 민망함에 얼굴이 달아오름을 느끼며 안절부절못하고 주변을 돌아보았다. 아셔에게 자신의 상태를 들키고 싶지 않았다.

"아, 하앗."

기어들어가는 목소리로 신음하며 헤지아나는 몸을 움츠렸다. 아셔는 헤지아나의 발끝에 힘이 들어가거나 견딜 수 없다는 듯이 꿈틀댈 때마다 손에 힘을 빼고 건드렸지만 오히려 그 편이 더 간지러웠다.

신음하는 것도 부끄러워서 입술을 꽉 깨물고, 헤지아나는 민망한 기분에 공연히 주변을 흘깃거렸다. 방은 넓은데 단둘밖에 없다. 광구는 은은하게 주변을 비추고….

'잠깐, 둘?'

그렇다, 둘이었다.

이 밤, 이 방 안에 단둘. 갑작스레 깨달은 사실에 그녀는 자신도 모르게 침대를 쳐다보았다.

'데리고 가야 하는 걸까?'

순간 머릿속을 스친 그 생각이 헤지아나를 심각한 번뇌의 세계로 끌고 들어갔다.

아셔는 공략 대상이다. 그리고 오늘은 15일 일정의 첫째 날. 성과는 아무것도 없었다. 하지만 아셔는 눈앞에, 자신의 발밑에 무릎 꿇고 앉아 있는 상태였다.

하지만 헤지아나는 군이 아셔와 그런 관계를 맺고 싶지 않았다. 기본적으로 거북한 상대였던 탓도 있고, 창조신에게 말했듯이 그가 이미 자신의 충실한 손인 탓도 있었다. 하지만 창조신께서 무어라 말씀하셨는가.

[그놈들을 철저하게 조교해서 네 노예로 만들고 하렘을 차릴

것.]

그 성무를 떠올리고 헤지아나는 이를 악물었다.

그렇다, 창조신이 말하는 '자신의 말을 잘 듣는 개'는 아마 자신의 생각 같이 '잘 따르는 개' 상태가 아니라 로미나가 말하는 것 같은 '노예' 상태이리라.

그 상태에 아셔가 들어가 있느냐 하면 그건 아니다. 헤지아나는 결심해야 했다.

'연습. 연습이라고 생각하자.'

숨을 몰아쉬며 헤지아나는 아셔를 내려다보았다. 심장이 쿵쾅쿵쾅 뛰었다.

그를 철저하게 길들여 자신의 말을 따르게 만든다. 어떻게 해야 될지는 모르겠지만 창조신의 말대로 그건 동침하면 해결될 일 아닐까? 그러면 그는 자해하지 않을 것이고, 다른 이들에게 덤벼들지 않을 것이고, 그 외 기타 등등. 하여튼 나쁠 건 없다.

'앞으로를 위한 연습 상대라고 생각하면…'

…은 무슨, 어떻게 상대를 그렇게 본단 말인가! 그것도 아무리 거북했어도 어려서부터 꾸준히 봐 온 상대를!

자신을 순진한 양처럼 따르는 상대를 그렇게 이용한다는 건 양심이 아파 오는 일이다. 하지만 앞으로 해야 하는 일이 계속 그런 일인데 도피할 수 있을까?

"으읏…."

고뇌에 찬 신음이 입에서 새어나온다. 그 소리를 들었는지, 아셔는 손놀림을 멈추고 헤지아나를 올려다보았다.

"성하? 불편하십니까?"

"아, 아니요. 아닙니다. 계속하세요."

"편안하신 듯하여 기쁩니다."

아셔는 가늘게 미소 지으며 다시 열심히 발바닥을 지압하기 시작했다.

죄책감이 들었다. 지금 이게 무슨 짓인가. 이게 무슨 추잡한 생각인가. 아셔에게 용서를 빌어야 하는 사람은 자신이 아닐까?

—하지만 자신이 이런 생각을 하게 만든 원인이 무엇인가.

그 생각을 하자 헤지아나의 마음에서 죄책감이 사라졌다. 대신 분노가 자리 잡았다. 이게 전부, 자신도 믿거니와 그도 믿는 신이란 놈의 농간이 아닌가. 헤지아나는 포기했다. 어차피 신이 내린 명령, 종교의 율법과 도덕에 따라 죄책감을 가지고 자실 것도 없다. 어차피 신 놈이 알아서 하시리라.

"…아셔?"

"예, 성하."

긴장으로 목소리가 샌다. 헤지아나는 가볍게 헛기침을 하고 성실하게 자신의 몸을 주무르는 아셔를 내려다보았다.

"아침에 꾸었다는 꿈 말입니다만."

잠시 손이 멈칫했다. 하지만 그는 바로 손을 움직여 아무렇지도 않게 발을 주물렀다. 신경을 곤두세우고 있지 않았다면 그 간격도 느끼지 못했을 것이다.

"어떤 내용인지, 혹시 자세히 말씀해 주실 수 있는지요."

조금 성적인 화제로 전환하기 위해 징검다리로 던진 질문이었지만, 사실 얼마나 기억이 자세히 남았는지도 궁금했다. 어쩌면 다른 대표들도 그렇게 기억이 남았을지 모르니 말이다.

"그, 그게, 성하, 그건…. 저, 차마, 제 입으로는…."

"그렇다면 서면으로는 괜찮은가요?"

"서, 성하…."

아셔는 안절부절못하는 표정으로 헤지아나의 발을 잡았던 손에 힘을 빼더니 고개를 깊게 숙였다.

"그런 망측한 생각을 한 점에 대해서는 몇 번을 사죄드려도 부족할 겁니다. 마음이 풀리실 때까지 원하시는 대로 할 터이니 부디, 노여워하지 마시고…."

"아셔, 화내는 게 아닙니다."

소곤거리듯이 말하며 헤지아나는 자유로워진 발을 움직여 보았다. 엄지발가락에 힘을 주고 아셔의 허벅지를 눌러, 그 감촉을 확인한 그녀는 놀라 발가락에서 힘을 뺐다. 어떻게 사람의 몸이 이렇게 단단할 수 있을까? 허벅지는 마치 돌덩이처럼 단단해서, 이런 몸에 칼이 들어가 피를 흘릴 수는 있는지 궁금할 정도였다.

"전 그저 궁금한 겁니다. 어떤 꿈을 꾸었기에 그렇게 야단법석을 부린 건지…."

"그런 걸 말하는 것 자체가 부녀에 대한 희롱입니다. 성하께 말씀드리는 건 더욱 언어도단이지요."

"아셔, 제가 말해도 된다고 하지 않습니까. 몇 번을 더 말해야 합니까?"

아셔가 숨을 몰아쉬며 손끝에 힘을 주었다 풀기를 반복했다. 얼굴이 이미 새빨개져 있는 모습으로 보아 심하게 긴장하고 있음이 분명했다.

조금 불쌍할 정도로 말이다.

"저, 저도 별 대단한 장면은 기억나지 않습니다. 그저, 성하가 반쯤 벗은 몸으로…."

"벗은 몸으로?"

"그, 저도 반라로, 성하가 제 아래에… 서… 누워… 신음…. 그리고…. 그것이…."

"그리고, 그것이?"

끝으로 가면 갈수록 목소리가 기어들어간다. 더 기억나는지 추궁하는 은근하면서도 끈질긴 권유에 아셔의 얼굴은 이미 새빨개졌고, 그는 바닥에 내린 손을 꾹 움켜쥐더니 숨을 깊게 들이쉬었다.

"저, 그, 그리고, 성하의 몸 위에… 그…. 파정한, 기억, 밖에, 없, 습, 니다."

아셔의 음색이 뚜둑 뚜둑 끊어졌다.

"그, 것, 뿐으로, 그 외의, 그…. 아, 아니, 성하의…. 입술에, 입맞춤, 하거나, 가슴에, 입술을 올려, 유두를, 희롱, 하거나, 하는, 것도…."

"그, 그렇군요…."

호흡곤란이 오는 게 아닌가 의심스러울 정도였다. 그러나 그 말을 듣는 헤지아나의 얼굴도 그렇게 단정한 상태는 아니었다. 아셔는 그런 말을 하는 게 익숙하지 않았을 것이고, 헤지아나 역시 그런 말을 듣는 게 익숙하지 않았기 때문이다. 새빨갛게 변해 어쩔 줄 몰라 하며 헤지아나는 아셔를 향해 고개를 숙였다.

"그, 그럼. 아셔."

목소리가 기어들어가는 것 같다. 하지만 아셔는 흠칫거리며 그 목소리를 들었음을 충분히 반응해 주었다.

"저…. 저와, 그런 것을, 하고, 싶, 싶나요?"

"아니요!!"

아셔는 고개를 쳐들며 단호히 부정했다. 그 즉각적이고 격렬한 부정에 헤지아나는 약간 상처받았다.

"말씀드렸듯이 성하, 저는 성하께 단 한 번도 그런 속된 감정을 품은 적이 없습니다. 그건 지금 어떤 방법으로든 성하께 증명할 수 있는 것이며…!"

"자, 잠깐. 그만두세요."

아셔의 손이 허리춤에 찬 검 손잡이에 얹어진 순간 헤지아나는 허리를 앞으로 숙여 그의 어깨를 붙잡았다. 순간, 왠지 튼튼하다는 느낌이 들었다. 그 느낌이 조금 부끄러웠다.

"저, 저, 저기. 아셔. 음, 그럼, 그, 그런 거 말입니다. 네, 저, 저는 딱히 속되다고, 생각하지 않고, 네, 남녀가, 호감을 가지면, 그럴 수도…."

"성하, 저는 세상에서 유일한 분께 바쳐진 몸입니다. 그리하여 그 분의 대리인의 손으로 봉사하고 있지요."

벽이 너무 높다고 생각했다.

물론 교황부터 시작해 서품을 받은 사제들까지, 모두 신에게 바쳐진 이들인 건 맞다. 허나 실상은 각 수도원에서 수도원장들이 그 아랫사람을 건드려 징계위원회에 회부되는 일이 허다하고, 심지어 이 교황청 내에서도 열정을 참지 못하는 이들이 있다.

물론 그런 이들처럼 되라는 소리는 아니지만, 아니, 적어도 열정은 필요하다. 자신이 남 말 할 처지는 아니지만 그는 왜, 어째서, 이렇게 완벽하게 수도자의 길을 걸을 수 있는 것인가.

"그, 그렇지만…"

파고들 길을 잃어버린 헤지아나는 우물대다가 입을 다물어 버렸다. 더 파고들면 자신만 이상한 여자가 될 것 같다는 수치심이 입을 막았다.

하지만 여기서 물러서면 다음 길은 또 어떻게 찾을 것인가. 헤지아나는 수치심으로 달아오르는 얼굴빛을 숨기려 애쓰며 말을 꺼냈다. 머릿속이 뒤죽박죽이다.

"그… 아, 아셔는, 그런, 꼭 제가 아니더라도, 그런 걸, 뭐랄까, 음, 육욕에, 흔들린 적이 없다는 건가요?"

"맹세코 없습니다."

수를 잘못 놓았다.

밀어 넣으려던 바늘 끝이 똑 하고 부러짐을 느끼며 헤지아나는 입을 다물었다.

"그…, 성하. 외람되지만, 어째서 자꾸… 그런 질문을… 하시는 건지…"

"그, 그게…"

숨길 수도 없이 헤지아나의 얼굴이 달아올랐다. 아셔의 어깨에 올렸던 손을 치우며 헤지아나는 고개를 푹 숙였고, 아셔는 곤란한 표정을 짓고 있었지만 더 추궁하여 묻지는 않았다. 당황한 시간만 쌓여 갔다.

어떻게 해야 하는 걸까? 헤지아나는 달아오른 얼굴을 손으로 만져 보며 눈만 굴렸다.

하지만 '어떻게 해야 하는 것인가'에 대한 답은 이미 나와 있는 것 아닌가. 아셔에게서 나올 반응은 이제 더 없었다. 어차피 그는 그렇게 쉽게 움직일 남자도 아니었다. 그에게서 반응이 나오기를 기대할 게 아니라 이쪽이 적극적으로 행동해야 했다.

이미 각오한 일 아니었나. 헤지아나는 입술을 깨물고 의자에서 천천히 내려왔다.

"아셔."

"예, 성하."

"이리로."

숨결이 거칠어짐을 억제하며 헤지아나는 자신의 앞에 무릎 꿇은 아셔를 불렀다. 그러나 이미 그들의 거리는 충분히 가까웠기 때문에 아셔는 그 지시를 이해하지 못하고 그녀와의 간격을 조금 좁히기만 했다.

"좀 더 가까이…."

"하, 하지만 이미 충분히…."

아셔가 망설이자 헤지아나는 입술을 가볍게 깨물더니 천천히 아셔에게 다가갔다. 두 얼굴의 간격이 필요 이상으로 좁아지자 아셔는 자신도 모르게 뒤로 고개를 뺐지만 헤지아나는 계속 그와의 간격을 좁혔다. 결국 아셔가 뒤로 물러섰고 그의 자세가 무너졌다.

"서, 성하?"

헤지아나는 뒤로 바닥을 짚은 아셔의 허벅지 위에 올라탔다. 둘의 가슴이 맞닿을 정도로 가까웠고, 아셔는 회색 눈동자를 불안하게 굴리며 헤지아나를 살폈다.

"저, 왜, 어, 어째서. 아."

아셔는 말을 끊고 눈을 아래로 굴렸다가 보지 말아야 할 것을 보았다는 듯한 표정으로 고개를 이리저리 굴렸다. 헤지아나가 몸을 숙이자 그의 단단한 가슴 위로 그녀의 가슴이 부드럽게 뭉그러졌던 것이다. 그 감촉은 지극히 선정적인 것이어서 그는 순간 그대로 공황에 빠져 버렸다.

"성하, 자, 잠시, 잠시만!"

하지만 그 공황 속에서도 아셔는 지금 이 접촉이 어딘가 잘못되었다는 사실을 느꼈다.

아셔는 헤지아나의 어깨를 한 손으로 붙잡아 그녀를 밀어냈고, 밀려난 헤지아나와 밀어낸 아셔는 가빠진 숨을 내뱉으며 제정신을 차리려고 애썼다.

"그, 그게, 이게, 너무, 가까이 붙으시면, 곤란합니다."

"어, 아… 어, 어떤 게, 고, 곤란하죠?"

"아, 그건…."

헤지아나는 시선을 피하며 중얼거리는 아셔의 왼뺨에 가볍게 손을 얹었다. 그리고 반대편 뺨 위로 고개를 숙였다.

"아, 아셔. 아침에, 벌을, 받겠다고… 했을 겁니다."

"예, 성하."

"그렇다면, 가, 가만히 있도록 하세요."

아셔의 뺨을 쓰다듬는 손도 떨린다. 헤지아나는 조심스럽게 그의 뺨에 입 맞췄고, 아셔는 즉각적으로 온몸을 떨며 반응했다. 마른침을 삼키며 그녀는 귀에, 목에 가볍게 입 맞추며 양손을 아래로 내렸다.

옷 위로 가쁘게 오르내리는 가슴이 만져졌다. 그 안에서 거칠게 뛰는 심장의 박동도 느껴졌지만 어쩐지 사람의 살 같은 느낌이 들지 않아 어색하다. 떨리는 손을 더듬어 내려 만져 본 배도 보통 사람이 가질 만한 연약함이 잘 느껴지지 않는다.

아니, 못 느끼는 걸지도 모르겠다. 헤지아나는 지금 자신이 뭘 보고, 뭘 느끼고 있는 건지 확신하기 어려웠다. 호흡은 가빠진 지 오래고 머릿속은 혼탁해졌다. 대담하게 행동하려고 하지만 아무리 그래도 남자의 맨살을 손으로 이리 더듬는다는 건 부끄러웠다.

귓가에서 들려오는 아셔의 거친 숨소리에 헤지아나는 깊게 심호흡하며 그의 옷 속으로 손을 밀어 넣었다. 그가 숨을 들이쉬고 내쉴 때마다, 긴장으로 격하게 수축했다 팽창하는 몸이 느껴졌다. 헤지아나는 그의 살결에 닿은 손가락을 위로 움직였다. 이미 그의 등은 땀으로 젖어 축축했다.

"서, 성하…."

어쩐지 울 것 같은 목소리였다. 곁눈질해 보니 표정도 울 것처럼 일그러져 있어, 헤지아나는 눈을 꼭 감고 아셔의 옷을 걷어 올렸다.

"자, 잠깐, 성하, 어째서…!"

헤지아나가 용기를 내 아셔의 옷을 걷어 올린 그 순간, 아셔는 기겁하며 헤지아나의 손을 붙잡고 그대로 잡아 내렸다. 드러났던 허리가 다시 그대로 가려졌다.

"어, 어째서, 옷을 벗기시는 겁니까?"

"어, 아, 그, 그건…."

아셔의 반발에 헤지아나는 대답하지 못하고 눈만 굴렸다.

정신없이 허공을 질주하던 그녀의 시선이 혼란으로 부들부들 떨리는 아셔의 눈동자와 마주쳤고, 그 순간 헤지아나는 더는 아무 말도 하지 못하고 얼굴만 붉힌 채 입을 다물어 버렸다. 그건 아셔도 마찬가지였다. 어색한 침묵이 켜켜이 쌓였고, 곧 헤지아나는 고개를 푹 숙인 채 아셔의 가슴팍만 빤히 쳐다보게 되었다.

"그, 성하."

"예, 아셔."

"저, 자해… 하였는지 확인하고 싶으시다면…"

그는 그렇게 받아들인 듯하다. 다행이다.

아니, 안도할 때가 아니었다. 헤지아나는 그와 그 이상의 일을 하려고 하지 않았는가. 그렇게 받아들이면 곤란했다.

"저, 몸을 드러내라고 명령해 주십시오. 그렇게 몸을 만지는 건, 저의 입장도 생각해 주셨으면… 아, 아니. 아닙니다. 아무래도 피곤하신 것 같으니 이만 제가 자리를 비키겠습니다. 그러니 쉬시는 편이…"

"예? 예, 에, 아, 아니…"

아셔는 헤지아나의 다리 밑에 손을 넣더니 그대로 안아들고 자리에서 일어났다.

보통 사람이면 혼자서도 자리 짚지 않고 일어나는 게 힘든데 어떻게 이런 게 가능할까 싶어 헤지아나의 눈이 휘둥그레진 순간, 그는 헤지아나를 그녀가 앉아 있던 의자에 앉히고는 가볍게 고개를 숙였다. 얼결에 자리에 앉게 된 헤지아나에게 위기감이 스쳐 지나갔다.

이제 그는 방을 나갈 것이다. 그러면 자신은 그저 자신의 성기사를 성추행하려다가 실패한 교황이 될 뿐.

아셔도 방에 돌아가 가만히 생각해 보면 무언가 이상하다는 사실을 깨달으리라. 그 이후 그가 자신을 볼 시선이 두렵다. 다음에 이렇게 용기를 낼 자신도 없다. 헤지아나는 아셔의 손을 붙잡았다.

"아, 아뇨, 아셔, 잠깐!"

헤지아나는 아셔의 손목을 붙잡았다. 붙잡은 손목을 잡아당겨 다가온 그의 어깨를 붙잡고, 헤지아나는 절박하게 말했다.

"나와 같이 있어 줘요."

"서, 성하?"

지나치게 절박한 목소리와 표정이었다고, 그녀 스스로도 그리 생각했다.

과하지 않았나 싶었지만 다음에 한 행동을 생각하면 과하지도 않았던 것 같다. 헤지아나는 아셔의 어깨를 끌어당겨 자신과의 간격을 좁혔다. 아셔의 잔뜩 긴장한 얼굴이 끌려오는 모습을 보며 헤지아나는 눈을 감았다.

가볍게 입술이 맞닿았다.

"…!"

화들짝 놀라 도망가려고 하는 아셔의 몸을 붙들고, 헤지아나는 다시 한 번 가볍게 입술을 눌렀다.

'혀를 넣어야 하나?'

망설였지만 아직 그 방법은 행동으로 옮길 자신이 없었다.

가볍게 마른 입술 끝을 핥자 아셔의 몸은 흠칫거리며 경련했고, 헤지아나는 그의 입술 위로 다시 한 번 자신의 입술을 얹었다. 그의 입술과 자신의 입술이 맞닿으며 눌리는 느낌이 조금 기분 좋았다.

"아…"

아셔가 신음하듯이 입을 벌린 순간, 열린 입술 사이로 혀가 기어들어 갔다. 무심코 만난 두 사람의 혀끝이 부드럽게 스친 순간, 아셔는 불에 덴 듯이 고개를 획 들더니 헤지아나의 어깨를 세게 밀쳐 내며 뒤로 물러섰다.

"아, 어, 아…. 대, 대체…!!"

기분 좋은 감촉에 조금 고양되어 있던 헤지아나는 숨을 몰아쉬며 경악한 아셔를 올려다보았다. 아셔는 입을 막은 채 곧 넘어져도 이상하지 않을 것 같은 걸음걸이로 물러서고 있었고, 불신의 눈초리로 헤지아나를 쳐다보았다.

"다…, 당신은 누굽니까!!"

"예?"

"서, 성하가 이런 짓을, 하실 리가…. 자, 잠깐! 일어나지 마십시오. 누구신진 몰라도. 성하와 닮은 모습을 하고, 저를 유혹하는 건…. 대체, 어떤 이가 이런 짓을!!"

헤지아나가 자리에서 일어나려 하자 아셔는 헤지아나를 제지하며 숨을 몰아쉬었다. 아무래도 입맞춤의 충격이 큰 모양이다.

"자, 잠깐. 꿈인가? 아, 또 무슨, 이상한 생각을 하는 건가, 나는…. 이건…."

"아셔."

"일어나지 마십시오! 다가오면 안전을, 아니, 아니…."

다가가려고 하자 아셔는 뒤로 물러서며 소리 질렀다. 저 꼴을 보니 다가갈 수 있을 리가 없겠다 싶어, 헤지아나는 앉은 채 조용히 말했다.

"대체, 이건…."

"아셔, 진정해요. 나는 당신의 주인의 대리인이며, 당신의 머리이고,"

헤지아나가 말하며 손을 들자 아셔는 헤지아나를 쳐다보았다. 쳐다보는 눈빛이 심하게 흔들리고 있었다.

"당신이 따라야 하는 이입니다. 그리고 이건 꿈도 아니에요. 이리로 오세요."

"하지만…."

"아셔."

조금 초조해진 헤지아나의 목소리가 날카로워졌고, 그 예기에 아셔의 움직임이 순간 굳었다.

"정신 차리세요. 뭐든 하겠다고 말했지요. 그렇다면 저는 당신에게 요구할 것이 있습니다."

이런 말은 좋지 않은 것 같다. 이 뒤에 이어질 말은 잘해 봤자 '그러니 벗어'를 벗어날 수 없을 것 같은데 그건 상하관계를 이용해 부하를 희롱하는 상관 같지 않나. 하지만 다른 말은 또 뭐가 있을까?

"어, 어떤 걸…."

"제 앞으로 오세요."

아셔가 머뭇거리는 모습을 보고 헤지아나는 말했다.

"아셔, 저는 제 앞으로 오라고 말했습니다. 오세요, 이 앞으로."

그는 명령하면 따랐다. 강하게 말하자 그는 잠시 머뭇거릴 뿐 바로 그녀의 앞으로 다가와 한쪽 무릎을 꿇고 앉았다.

"서, 성하. 설명이 필요합니다. 어째서, 저에게, 이런…!"

"시, 싫은가요?"

노골적인 거부반응에 헤지아나가 움츠러들어 물었지만 아셔는 그 질문에 잠시 말을 멈췄다. 대신 조금 길게 신음했다.

"오, 옳지 않습니다. 성하께선, 그리고 저는 타의 모범을 보여야 하는 이들입니다. 이, 이런 문란한…."

아셔가 더듬거리며 말한 순간, 헤지아나는 조금 특이한 걸 발견했다. 한쪽 무릎을 꿇고 앉은 아셔의 앞섶에 무언가 불룩한 게 드러나 있었던 것이다. 그게 무엇인가 생각한 헤지아나는 곧 그 위치에서 그런 모습을 할 수 있는 게 하나밖에 없다는 사실을 깨닫고 불안하게 눈을 굴렸다. 그가 그리 당황한 이유가 이해되었다.

'하지만 혀도 얽지 않은 입맞춤으로….'

아니, 그 입맞춤으로 황홀해하던 자신이 할 말이 아니다.

그 역시 자신의 상태를 아는 듯 숨기려 애쓰는 모양이었지만 앉으며 팽팽하게 당겨진 옷 사이에서 남성의 상징은 더욱 선명하게 그 윤곽을 드러낼 뿐이었다. 헤지아나가 보기에도 그것의 존재감은 너무나 선명했다.

"그, 아셔. 저는, 서로 필요로 하는 사람들이 맺어지는 걸 문란하다고 생각하지 않습니다."

물론 이 상황이 흔히 말하는 '서로 필요로 하는' 경우인지는 모르겠지만 말이다. 물론 그녀도 그 필요를 애정과 동의어로 두었던 적이 있다. 물론 그때에도 자신이 그러한 행위를 할 입장은 아니라고 생각했지만 말이다.

현재는 창조신의 명령에 의해 자신의 그러한 생각을 싹 뜯어고친 상태긴 하다. 그렇지 않고서는 움직일 수 없으니까.

그러니까 조금 대담하게 움직여도 되겠지.

"그리고 아셔."

헤지아나는 깊게 심호흡하고 의자를 끌어 아셔의 앞에 가까이 앉았다. 헤지아나의 하얀 발이 아셔의 단단한 허벅지 위에 올라앉았다.

"당신도 저를 필요로 하고 있는 것 같습니다만…."

"아, 윽?"

통증을 호소하는 듯한 신음이 고개를 숙인 아셔에게서 흘러나왔다. 그는 급하게 헤지아나의 종아리를 붙잡았지만 그녀는 멈추지 않고 조심스럽게 발가락을 움직였다.

발가락 사이로 뜨거운 것이 닿았다. 열기의 근원은 그녀가 위아래로 문지를 때마다 단단함을 더해 가며 열기를 올렸고, 헤지아나는 그 감촉에 말할 수 없는 수치심을 느꼈다.

조금 특수한 플레이가 되어 버렸지만 손을 대고자 다가간다면 그가 거절할 게 뻔하므로 어쩔 수 없었다. 발을 쓰는 법을 익혀 두어 다행이라고 생각했다.

"서, 성하…. 무슨, 안 됩, 아, 하아, 으윽…."

"뜨겁, 네요…. 여기…. 가벼운 입맞춤에 이렇게 될 정도로…."

"성하, 제발…!"

아셔가 계속 움직여 대는 헤지아나의 발을 쥐고 가랑이 사이에서 떼어 냈다.

"아, 안 됩니다. 왜 이러시는 겁니까. 제발, 잘못된 정욕을 품게 됩니다. 성하, 저는 그렇게까지 고결하지 못합니다. 꿈에서 본 성하의 알몸에 얼마나 욕정했는지, 그것에 발정해 시달리며 얼마나 추하게 굴었는지 성하께서 보셨다면…."

"아셔."

헤지아나는 아셔의 말을 끊고 자신의 다리를 움켜쥔 그의 손을 떼어 냈다. 그리고 그 머리를 향해 고개를 숙이며 조용히 말했다.

"그렇다면 그대로 욕정하면 됩니다."

"성하, 그건…!"

"분명히 벌 받겠다고, 뭐든 하겠다고 말했을 겁니다. 아셔, 그렇지요?"

"버, 벌은 이런… 죄를 핑계로 죄를 짓는 일이 아닐 것입니다, 무엇보다 음란을 행한 죄로 음란을 행하는 벌을 받는다는 건, 어불성설… 성하는 대체 왜 이, 이런 짓을…!"

"제가 당신을 원하면 안 되는 이유라도 있습니까?"

고개를 들었지만 시선을 채 마주치지 못하고 눈을 굴리는 아셔의 이마에 헤지아나는 키스하며 속삭였다.

"당신이 저를 원한다는 사실을 알고, 제가 거기에 동하면 안 되는 걸까요?"

"그, 그건, 아닙니다. 원한 게 아니라, 저는…."

"아셔."

헤지아나는 조용히 그의 이름을 부르며 다시 발을 뻗었다. 아셔가 힘주어 다시 발목을 움켜쥐었지만, 그는 결국 '윽'하고 앓는 소리를 내며 몸을 숙였다.

"서, 성하… 웃, 아, 하아, 아, 제발…."

발끝이 다시 그의 흥분한 것을 괴롭혔다. 옷 위로 부드럽게 쓰다듬었다가 밀어올리고, 내리는 움직임에 그는 몸을 떨며 거친 숨을 내뱉었다.

그런 그의 모습이 매우 음탕하다고 생각했다. 한 번도 그런 식으로 얼굴을 일그러뜨려 본 적 없었을 남자가 어쩔 줄 몰라 하며 신

음하는 모습은 보는 것만으로도 몸이 달아오르는 듯했다. 눈을 둘 수가 없었다.

"아셔. 꿈에서 본 것처럼, 원하는 대로 하세요. 키스하고, 만지고, 그리고…"

헤지아나는 말을 끊고 곤란한 표정을 지었다.

이 이상 어떻게 해야 할지 모르겠다.

어떻게 해야 할지 모르겠으니까, 빨리 움직여 줬으면 좋겠다.

전희를 해서 남자가 어떤 상태가 되어야만 가능하다는 건 굳이 배우기 전에도 알고 있었다. 아셔는 이미 준비가 된 것 같고, 자신의 상태는 어떨까? 헤지아나는 이미 자신의 몸이 충분히 흥분한 상태라는 건 깨닫고 있었다.

'드…, 들어올 수 있는 정도일까?'

문득 생각하니 조금 얼굴이 뜨거웠다. 지금 발끝으로 문지르고 있는 것은 몸에 들어오면 대체 어떤 기분이 될까?

여섯 명과 함께 보냈던 밤은 확실히 무슨 기분인지 모르겠고 지쳤다는 감상만 남아 있을 뿐이지만 끔찍하게 나쁘다는 기분도 없었다. 특히 아셔와는…. 거부감이 없었던 건 아니지만 그렇게 나쁘지는 않았던 것 같다.

"앗, 흐읏…. 아, 하아, 아…. 성하, 제발, 그만…"

힘겹게 신음하던 아셔가 이를 악물고 숨을 들이켰다. 곧 놓듯이 숨을 내뱉고 거칠게 헐떡이는 아셔의 모습에 헤지아나의 숨결도 제법 거칠어진 상태였다. 얼굴을 일그러뜨리면서도 완고하게 참으려고 하는 그의 모습에 좀 더, 그러니까, 그 기분을 뭐라고 해야 할까?

좀 더 자극시켜서 쾌감에 신음하며 번민하는 그 모습을 좀 더 보고 싶은 기분이 들었다고 하면 너무 변태적인 생각일까?

쾌감에 신음하는 것보다도, 참으려고 하는 그 모습이 무언가 올바르지 못한 감정을 자극하는 것 같다. 그 감정에 이끌려 헤지아나는 자세를 낮추고, 다시 한 번 그에게 다가갔다.

"성하…. 아, 안 됩니다. 가까이 오시면…."

"왜 안 되는 거죠?"

"그렇게, 좋은 상태가 아닙니다…. 성하, 정말, 좋지 않은 일을…. 저지를 것 같습니다."

자신을 밀어내려는 손을 가볍게 걷어 낸 헤지아나는 몸을 빼려는 아셔에게 달라붙어 그를 밀어 넘어뜨렸다.

"아셔, 당신을 그렇게 만든 사람은 저예요."

"서, 성하. 이런 건…. 읏!"

헤지아나가 고개를 숙여 가볍게 아셔의 목에 키스하자 그는 얻어맞은 것처럼 몸을 움츠렸다. 몸을 어루만질 때마다 이미 열기 오른 몸은 비틀어지며 야릇한 신음을 흘렸고, 헤지아나는 얼굴을 붉히며 그의 옷을 걷어 올렸다.

"아, 안 됩니다, 성하…. 이, 이런 짓은…."

반쯤 상의를 걷어 올린 헤지아나의 손을 붙잡으며 아셔가 말했다. 이미 그의 표정은 수치심으로 새빨갰고 눈가에는 약간 눈물도 맺혀 있었다.

"괜찮아요, 아셔. 가만히…."

헤지아나는 아이를 달래듯 속삭이고 그의 옷을 밀어 올렸다.

광구의 빛 아래 섬세하게 다져진 남자의 몸이 드러났다. 보통 사람들이 쓰지 않는 근육까지 발달해 빈틈없이 꽉 짜인 몸은 그의 거친 숨을 따라 오르내리며 기묘한 생물처럼 움직였고 그 모습을 본 헤지아나는 자신도 모르게 얼굴을 붉혔다. 그 거친 율동이 어쩐지 음탕해 보여서 시선을 두기 힘들었다.

'당장 오늘 아침도 아무 생각 없이 벗겼는데!'

헤지아나는 깊게 심호흡하고 눈을 감았다. 더 보고 있을 수가 없었다.

그녀는 고개를 숙여 그의 뺨에 입 맞췄다. 입술에 입 맞춘 순간 아셔는 누군가 괴롭힌 것처럼 움츠러드는 목소리로 신음했다.

안 될 생각이지만, 조금 귀엽다는 느낌이 들었다. 주인의 손길에 겁먹고 움츠러든 하얀 강아지 같았다.

"성하, 저…. 이, 이상은, 안 됩… 니다…. 잘못된…."

두려움에 젖은 목소리로 아셔가 헤지아나를 제지했다. 하지만 헤지아나는 그의 몸 위에 뜨거운 한숨을 끼얹고 고개를 숙여 그의 입술에 다시 한 번 입 맞췄다. 아셔가 움츠러들며 불안한 눈빛으로 헤지아나를 쳐다보았고, 그녀는 혀끝으로 거친 살결을 희롱하며 아래로 얼굴을 옮겼다. 곧 그 혀끝에 긴장해 솟은 유두가 닿았다.

"으, 응…!"

잔뜩 억누른 신음과 함께 넓은 가슴이 요동쳤다. 헤지아나는 가느다란 손가락으로 그 경련을 진정시키듯 몸을 쓰다듬었지만 가벼운 떨림은 멎지 않았다. 계속 흔들림을 가느다란 손가락으로 진정시키듯이 매만지며 헤지아나는 붉은 입술로 작은 성감대를 애무했다. 부드러운 혀끝으로 가볍게 핥을 뿐인 애무였지만 아셔는 힘겨운 듯 신음하며 몸을 들썩거렸다.

"성하, 아…. 으읏, 하아…. 아, 앗…. 잠시, 그만, 그, 그런 건, 읏, 하시면 안 됩니다, 성하…!"

"으응, 아셔…."

아셔가 자신의 등허리를 더듬는 헤지아나의 손을 붙잡아 떼어 냈고, 같이 밀려난 헤지아나는 흥분에 취해 가늘게 신음하며 아셔를 올려다보았다. 조금 손끝으로 어루만지고 혀끝으로 애무한 것뿐인데도 그는 힘겨운 듯한 표정으로 눈물을 글썽거렸다.

"그, 여, 역시, 옳지 않습니다, 이런 건…!"

"아셔, 그건 제가 잘못된 짓을 하고 있다는 건가요?"

자신이 이렇게 농염한 목소리를 낼 수 있으리라고는 생각해 본 적 없었다.

헤지아나는 자리에서 일어나 앉아 자신을 밀어내는 아셔의 팔을 떼어 내고 손끝으로 그의 몸을 매만졌다. 섬세한 자극에 그의 몸이 흠칫거리며 떨렸다.

수줍음과 부끄러움은 처녀들의 장신구라는데 왜 장성한 청년인 그가 그런 걸 두르고 있을까?

수줍음과 수치심을 온몸에 두르고 움츠러드는 그의 모습에 헤지아나는 자신이 순박한 처녀를 추행하는 불한당이 된 듯한 기분을 느껴야 했다. 장신구가 흔들거리며 '앗, 아, 안 됩니다'같은 소리를 낼 때마다 자신 안의 무언가가 점점 허물어져 갔다.

그 장신구는 남자가 착용했을 때도 여자가 착용했을 때와 똑같은 효력을 부여하는 게 분명하다. 조금 위험한 기분을 맛보며 헤지아나는 아셔의 몸을 쓸어내렸다. 한 번 더 장신구가 흔들리는 소리가 났고, 헤지아나는 정말 위험하다고 생각했다. 불한당들은 이런 느낌 때문에 순진한 처녀를 희롱하는 걸까? 아, 아니. 이런 생각은 옳지 않다.

"그, 그만. 안 됩니다, 성하. 아무리 생각해도…"

"아셔. 그 말은 제가 틀렸다고 말하는 것과 같습니다. 알고 있는 건가요?"

"아, 어… 아…"

아셔는 갑자기 당황한 소리를 내며 손에서 힘을 뺐다. 아셔는 교황이, 헤지아나가 '틀렸다'고 생각할 수 없다. 헤지아나는 그러면 당연히 겪을 혼란을 파고들었다.

"말했지만, 신의 말씀 어디에도 육체관계가 잘못되었다는 말이 없습니다. 쾌락을 얻지 말라는 말도 없습니다."

어쩌면 예전엔 했을지도 모른다.

하지만 일단 그 작자가 이 6인을 다 '따 먹으라'는 성무를 하달한 이상 그 내용은 이미 역사 속에서 수정되었으리라.

"그건 나중에 사람들이 만든 겁니다. 아셔, 신께서는 우리에게 그런 걸 명하지 않으셨습니다. 교황이나 성기사라고 해서 다르지 않습니다."

"으, 아…"

나른하게 속삭이며 다가오는 헤지아나의 얼굴에 아셔는 위축된 표정으로 물러섰다. 헤지아나는 아셔의 몸을 매만지던 손을 아래로 내렸고, 그 손이 바지 윗단을 붙잡은 순간 아셔의 얼굴은 확실히 창백해졌다.

"아셔, 당신도 원하기 때문에 거절하지 않은 것 아닌가요? 그래서 이렇게…"

"응, 웃!"

헤지아나의 손가락 끝에 뻣뻣하게 고개를 치든 것이 닿았다. 그건 아까 전보다 더욱 약이 올라 바짝 솟아올라 있었고 크기도 훨씬 크게 부풀어 올라 있었다. 헤지아나의 손끝을 느끼자마자 그는 입술을 꾹 깨물며 신음을 삼켰지만, 아무리 진정하려고 해도 흐려지는 눈빛을 숨길 수는 없었다.

"그, 그건… 제가, 어떻게, 성하에게 거역, 을…. 웃, 하…."

"안 된다고 계속 말은 하지 않았나요? 원한다고 솔직히 말해도 괜찮아요, 아셔."

자신 쪽으로 기대 쓰러지는 아셔를 품에 안으며 헤지아나는 속삭였다. 그리고 그의 귓가에 가볍게 입 맞추고, 자신의 등 뒤로 팔을 뻗었다.

옷을 엮은 끈이 풀리자 가볍게 입었던 실내복이 앞으로 흘러내렸다. 하얀 가슴이 드러난 순간 아셔는 바로 눈앞에서 펼쳐지는 새로운 경계에 당황했고, 헤지아나는 반사적으로 흘러내리는 옷을 끌어올렸다.

사실 벗는 게 맞으리라. 하지만 알몸을 내보이는 건 아직 부끄러웠다. 헤지아나는 주춤주춤 팔을 내렸고, 눈앞에 드러난 하얀 가슴을 보고 아셔는 불안하게 눈을 굴리다가 아예 감아 버렸다.

"아, 아셔."

헤지아나는 아셔의 양손을 조심스럽게 붙잡았다. 굵고 투박한 손은 자신의 것보다 더 컸다. 헤지아나는 그 손을 들어 자신의 몸 위에 올렸다. 거친 손이 닿은 부분부터 덴 듯이 화끈거리는 것만 같았다.

"아, 이, 이건!!"

"가만히."

아셔가 손을 빼려고 하자 헤지아나는 허리에, 어깨에 닿은 그의 손을 힘주어 움켜쥐고 조금씩 옮겼다.

"어, 아, 서서성하, 저는, 이건…."

"아셔."

완만하게 부드러운 곡선을 그리며 아래로 떨어지는 가슴이 아셔의 손에 쥐어져 일그러졌다.

옅은 분홍빛 유두가 그의 손가락 사이에 닿자 아셔는 당황한 표정을 숨기지 못한 채 헤지아나와 바닥을 번갈아 쳐다보았고, 헤지아나는 얼굴을 붉히며 자신의 가슴을 쥔 그의 목에 팔을 감고 기댔다.

"그…. 원하는 대로, 해도, 돼요."

"아, 아…."

보통 남자라면 그 순간 이성의 빗장 따윈 가볍게 부숴 버리고 내면의 짐승을 채찍질해 폭주시키고도 남을 법한 대사였다.

"서, 성하, 저, 저는…."

아셔의 목소리가 떨렸다. 곧 끊어질 것 같은 긴장감이 팽팽하게 쌓였다.

어떻게 할까? 헤지아나는 숨이 멎을 듯이 뛰는 심장을 진정시키며, 달아오른 얼굴로 자신을 응시하는 아셔의 얼굴을 쳐다보았다. 헤지아나는 남자라면 누구나 있을 법한 본능으로 아셔가 자신을 이끌어 주리라 믿었다.

"어, 어떻게… 해야 할지 모르겠습니다…."

그렇지만 문제는 아셔에게 폭주시킬 본능이 없다는 것이다.

정확히는 본능을 풀어놓아 봤자 그 본능은 달릴 방법을 모른다. 그게 그 나이 먹도록 욕망과 담쌓으며 살아온 남자의 말로였다.

단순히 접촉하는 법뿐만이 아니라, 이런 상황에서 대체 어떻게 해야 할지를 전혀 몰랐다. 물론 그도 사람인 이상 싫어도 듣고, 알게 되는 게 있기는 하다. 그러나 그런 단편적이고 피상적인 정보마저 지금은 아무것도 기억나지 않았다.

"네, 에?"

"대, 대체 어떻게 해야…."

솔직하게, 공황 상태인 눈으로 불안하게 방 안을 쳐다보며 아셔가 말했다.

그렇지만 그건 헤지아나도 마찬가지였다. 그녀 역시 몰랐기 때문에 그에게 바통을 넘긴 것이었다. 헤지아나는 어색하게 아셔를 흘끔거렸다.

"그, 그…. 저, 원하는 대로, 만지고 싶으면, 만지고, 입 맞추고 싶으면…. 그러면…."

제대로 된 경험이 한 번도 없는, 사실상의 미경험 남녀 사이에 어색한 기류가 흘렀다.

아셔의 손이 몇 번 가볍게 꿈지럭거렸다. 곧 그는 그 불안정한 감촉을 확실히 확인하려는 듯이 손끝에 힘을 주었고, 부드러운 가슴은 그의 마디 굵은 손에 그대로 모양이 이지러졌다.

사람의 몸이라고는 믿을 수 없을 정도로 부드럽고 말랑말랑한 감촉이 신기했다.

"으, 웃…."

"아…."

손 안에서 부드럽게 뭉그러지는 감촉에 심취한 아셔가 헤지아나의 낮은 신음에 정신을 차린 듯 손에서 힘을 뺐다.

잠시 멍하니 헤지아나의 일그러진 얼굴을 보던 아셔는 그녀의 표정이 조금 편안해지자 홀린 듯이 고개를 숙였다. 하얗고 눈부신 피부는 핥으면 달콤한 맛이 날 것만 같았다. 그의 마른 입술이 헤지아나의 하얗고 결 좋은 피부 위에 얹어졌다.

"으응!"

벗고 있어 차갑게 식은 피부 위로 미온을 머금은 입술이 닿았다. 헤지아나는 입술을 꾹 깨물고 고개를 치켜들었다. 입술이 닿은 것뿐인데도 온몸이 저절로 떨리고 목소리가 튀어나왔다. 순간 머릿속이 하얗게 변하는 것 같았다.

"아, 하아, 아셔…. 앗, 아, 으, 응, 앗!"

입술이 조곤조곤하게 목선을 따라 미온의 선을 새겼다. 얇은 피부 위로 전해지는 열기가 귓가로 올라올 때마다 헤지아나는 목을 젖히며 깊게 신음했고, 그때마다 아셔는 흠칫거리며 숨을 깊게 들이쉬었다. 마지막으로 그의 입술이 뺨에 닿았다. 모든 게 부드럽고 달콤했다.

"아셔…."

뺨에 입 맞춘 아셔가 고개를 들어, 가늘게 눈뜬 헤지아나와 시선을 마주쳤다. 말없이 헤지아나를 흐린 눈으로 쳐다보던 아셔는 헤지아나의 부름에 그녀의 입술을 쳐다보았다. 헤지아나는 그를 향해 고개를 숙였다.

역시 혀를 섞지는 않았다. 하지만 입술이 가볍게 맞닿았다 떨어진 순간 아셔의 입에서 나오는 숨소리가 달라졌다.

"…하아."

이미 흐려진 눈빛, 무언가 놓아 버린 듯한 표정에 거칠어진 숨결이 더해졌다.

아셔의 모습에 헤지아나가 조금 겁먹고 움츠러든 순간, 아셔는 헤지아나의 가슴을 향해 고개를 숙였다. 곧 뜨거운 숨이 쏟아지는 입술이 그녀의 가슴을 물었다.

"아셔… 앗, 아파…"

흥분이 앞서는지 아셔는 젖을 빠는 아이처럼 부드러운 가슴을 입술로 물고 빨아들였다. 하얀 피부 위에 붉은 순흔(脣痕)을 남기고 조금 더 아래에 또 순흔을 남긴 후에야 아셔는 옅은 분홍색의 젖꼭지를 입에 물었다. 혀가 날름거리며 예민해진 젖꼭지를 핥아 꺾고, 그 가운데의 틈새를 찾아 핥았다.

"아, 핫, 아, 으응, 아셔, 으흣…"

아셔의 혀가 움직일 때마다 헤지아나는 가늘게 떨며 숨을 몰아쉬었다. 고작 가슴을 애무하는 것뿐인데 머릿속이 하얗게 되고 온몸이 떨려 온다. 몸에 흐르는 작은 쾌감이 소름끼칠 정도로 달콤해서, 더 나아가면 정말 이상해질 것만 같았다.

"아, 하웃…!"

아셔의 비어 있던 오른손이 헤지아나의 가슴을 쥐었다. 신기하고 부드러운 걸 쥔 듯 헤지아나의 가슴을 멋대로 주무르던 손은 곧 그녀의 젖꼭지를 쥐고 괴롭히기 시작했고, 그에 맞추어 헤지아나의 몸과 목소리가 반응하기 시작했다.

"아, 아셔, 그렇게, 앗, 하아, 세게 쥐지… 앗, 으응, 아파요…!

아…!"

한참동안 가슴을 애무하던 아셔의 얼굴이 가슴에서 떨어져 좀 더 아래로 이동하기 시작했다. 그가 아래로 고개를 옮길 때마다 몸을 뒤로 젖히던 헤지아나는 균형을 잃고 뒤로 넘어져 누운 자세가 되었고, 아셔는 헤지아나의 배에 가볍게 키스했다.

실내복은 이미 허리까지 흘러내려와 있었다. 계속 아래로 내려가며 키스하던 아셔는 옷을 밑으로 끌어내리며 헤지아나의 몸에 키스했고, 배꼽 아래까지 키스하고는 다리 사이에 얼굴을 파묻었다.

"아, 아셔, 잠깐."

허벅지에 백색 머리카락이 닿자, 헤지아나는 흠칫거리며 몸을 움츠렸다. 부드러운 머리카락과 입술의 열기가 허벅지에 전달되는 느낌은 달콤했지만, 그가 이미 축축하게 젖은 속옷에 코를 대었을 때에는 부끄러울 수밖에 없었다. 그가 한 번 숨을 깊이 들이쉬며 그 냄새를 맡았을 때는 더더욱.

"그, 그런 거 냄새 맡지…. 앗, 잠깐, 하지 말, 아, 앗, 하웃!"

헤지아나의 목소리가 꺾였다. 아셔의 손가락이 끈적끈적하게 젖은 속옷을 젖혀 드러낼 일 없는 비부를 드러냈고 그는 그 사이로 고개를 들이밀어 뜨거운 혀를 댔다.

여러 겹 겹쳐진 여린 살결 사이의 틈새를 혀가 미끈하게 파고들었고, 그 부드러운 감촉과는 달리 날카롭게 몸을 파고드는 쾌감에 헤지아나는 거의 울 것 같은 소리를 냈다.

"아셔, 그런 데, 하면, 아, 하앙!"

특히 혀가 난폭하게 움직이다가 어느 부분인가를 건드리면 입에서 저절로 자지러질 듯한 신음이 터져 나왔다.

너무 큰 소리라 혹시 밖으로 새어 나갈까 봐 입을 틀어막았지만, 다시 한 번 더 혀가 움직이자 저절로 소리가 터져 나왔다. 헤지아나의 몸이 격렬하게 들썩거리자 아셔는 그녀의 몸을 억누르며 혀로 예민한 곳을 자극했고, 정신을 뒤흔드는 거친 쾌감을 견디지 못한 헤지아나는 아셔의 머리를 밀어냈다.

"아, 아셔, 아, 하앗, 그만, 그만해, 요, 흣! 하, 으응!"

헤지아나가 밀어내자 그제야 아셔는 그 사이에서 고개를 돌려 왼쪽 허벅지에 키스했다. 그리고 다시 올라와 배와 가슴에 키스하고 자신을 밀어낸 헤지아나의 손도 붙잡아 키스했다. 그 순간,

"아."

아셔는 무언가 정신이 들었다는 듯한 표정으로 움직임을 멈췄다. 불안하게 눈을 굴린 그의 눈에 들어온 광경은 가쁘게 움직이는 헤지아나의 가슴이었고, 그 위에 있는 상기된 그녀의 얼굴이었다.

"아, 아…. 앗."

아셔는 핼쑥해진 표정으로 헤지아나와 자신 사이에 간격을 만들었다. 아마도 잠깐의 흥분 상태가 끝난 것이리라.

눈은 여전히 흐릿하고 그 빛은 흥분에 젖어 있는 모습이 완전히 충동의 여파에서 벗어난 것 같지는 않았다. 애써 정신을 차리고 있는 건 그가 가진 강건한 정신력의 증거겠지만, 지금의 헤지아나에게는 그의 강건한 정신력 따위는 필요 없었다.

계속 있었으면 일직선으로 다음 단계까지 갈 수 있었을 텐데, 왜 정신을 차려선.

"아, 이건, 저, 성하, 그, 아, 제가 무슨 짓을, 이, 이것에 대해선…"

"아셔."

'불충한 짓을 저질렀으니'로 시작할 각종 자해 예고는 들을 필요
가 없었다. 헤지아나는 아셔의 허리를 끌어안아 자신과 몸을 붙였
고, 맞붙은 맨살의 부드러운 감촉에 아셔는 허둥대더니 그대로 눈
을 꼭 감아 버렸다.

"서, 성하. 옷을 입으시는 게…."

"버, 벗겼으면서, 그러면…."

"성하께서 벗으신 것 아닙니까…."

"저, 저는 위만 내린 것뿐입니다. 아래까지 내리고, 그, 부끄럽
게…. 그런 데까지 핥았으면서…."

헤지아나가 기어들어가는 목소리로 말하자 아셔는 얼굴을 확 붉
히며 고개를 숙였다. 눈을 감은 데다가 고개까지 숙인 모양새가 죄
라도 지은 것 같았다.

"윳…. 그게, 좋은 향기가 나서, 아니, 아닙니다. 성하, 제가 잠시
흥분해서, 결코 범해선 안 될 실수를…. 아, 앗…."

고해하듯이 서두를 꺼내던 아셔의 입에 말 대신 신음이 가득 찼
다. 헤지아나가 손가락으로 등골을 훑었던 것이다. 아셔는 깜짝 놀
란 듯이 신음하며 거친 숨을 내쉬었고, 그대로 허리춤까지 손을 내
린 헤지아나는 아셔의 허리끈을 쥐어 매듭을 찾았다.

"성하, 아, 안 됩니다. 이 이상 돌이킬 수 없는 짓은…."

"아셔…. 착각하고 있네요."

거칠어진 숨을 뱉으며 헤지아나는 아셔의 입술에 가볍게 입 맞
췄다. 허리끈이 풀려 옆으로 떨어지고, 헤지아나의 손길에 아셔의
하의가 아래로 끌려 내려갔다.

"앗, 서, 성하…."

"이미 선은 넘었어요."

헤지아나는 가볍게 키스한 후 아래쪽으로 손을 옮겼다. 한참 달구어진 것이 손에 잡혔다.

…조금 생각보다 굵은 것 같지만….

"윽, 아… 하!"

"아셔, 이리로…."

붙잡은 것의 겉은 생각 외로 부드러웠다. 안은 심지가 있는 것처럼 단단해 안과 겉이 따로 움직이는 듯한 그것을 조심스럽게 위아래로 문지르자 아셔는 심하게 떨며 신음했다. 견딜 수 없는지 거친 숨을 뱉으며 아셔는 한 번 자세를 무너뜨렸고, 헤지아나는 아셔의 것을 쥐고 자신의 다리 사이에 댔다.

"성하, 잠시, 안 돼…."

"가만히…."

헤지아나는 마지막까지 저항하려고 하는 아셔의 뺨에 키스했다. 그리고 그의 허리에 팔을 감아 자세를 낮추게 했다.

이미 거의 힘이 빠져 있던 그는 순순히 자세를 낮췄고, 그의 남근 끝이 자신의 축축한 곳에 닿아 미끄러짐을 느낀 헤지아나는 말로 못 할 수치심에 곤란한 표정을 지었다.

"아, 하아, 성하…. 이건, 아… 흐윽…. 윽!!"

허벅지가 축축해질 정도로 젖은 입구 앞에서, 어디가 제대로 된 길인지 몰라 허둥대다 미끄러질 때마다 아셔는 숨이 넘어갈 것 같은 표정으로 이를 악물며 신음했다. 잇새에서 흘러나오는 신음이 힘겨웠다.

"웃, 하아, 아, 안 됩니다, 정말, 아, 이건 정말…! 성하, 전, 이런 짓은…!"

"아셔."

헤지아나는 물러서려는 아셔를 붙잡고 그 몸에 다시 한 번 키스했다. 입맞춤받은 아셔는 그대로 멈춰 섰고, 그는 열기 오른 헤지아나의 표정을 본 순간 급하게 시선을 돌리며 두근거리는 심장을 억눌렀다. 그 모습을 음탕하다 여기는 건 자신의 마음이 잘못된 게 아닐까 하는 쓸데없는 생각을 하며 말이다.

"당신은 제 말을 따릅니다. 그렇지요?"

"하, 하지만 이건 다릅…."

"따르지 않나요?"

"그, 그건…."

이 상황까지 와서도 어떻게 해야 할지 모르겠다는 표정으로 자신을, 아래도 아니고 위에서 쳐다보는 아셔의 이마에 입 맞추고 헤지아나는 좀 더 자세를 낮췄다. 아래쪽에 남자의 이물이 닿았다.

아직 이물을 받아들이는 데에 익숙하지 않은 몸은 단단하게 입을 다물고 먹이를 받아 물지 않았다. 조금 물었다 싶었지만 제대로 삼킨 건 아니었는지 조금 더 밀어 넣으려 하자 튕겨지듯이 엇갈려 버렸다.

"아, 흐윽…."

강한 자극에 아셔의 허리가 움찔하고 튀었다.

한 번 더, 헤지아나는 조금 더 엉덩이를 들고 아셔의 자세를 낮춘 다음 허리를 움직였다. 우직한 것이 아래에서부터 파고드는 게 느껴졌다. 뜨거워서 안쪽이 데워지는 것만 같았다.

"앗, 아…."

"아, 으응…."

헤지아나가 들어오는 걸 느끼고 묘한 기분에 들뜬 신음을 내자, 위에서 아셔가 나른하게 내려놓는 것 같은 소리를 냈다.

"아, 훗…. 성하, 아, 안 됩니다, 제가, 성하를…."

"아셔, 으응…. 조금 더, 안으로…."

아셔의 말을 가벼운 입맞춤으로 막고 헤지아나는 그의 몸을 끌어당겼다. 뻣뻣하게 저항하던 아셔의 허리가 가볍게 떨렸고, '학'하고 숨넘어가는 소리를 내며 아셔는 아래로 내려앉았다.

"아, 하아, 성하…."

더는 버틸 힘이 없었다. 성난 것의 끝을 감싸는 부드럽고 안온한 감촉이 예민하게 느껴졌고, 아셔는 그곳에 완전히 감싸여 달아오른 충동을 달램받고 싶었다. 그 충동을 따라 허리를 앞쪽으로 밀었다. 부드러운 속살이 달라붙는 게 느껴졌다.

"앗, 응!"

힘주어 밀어붙이자 품에 꼭 끌어안은 여체가 허리를 꺾으며 길게 신음했다. 그것이 헤지아나라고, 섬기는 교황이라고 알고는 있었지만…. 흐려진 머리로 생각하기론 일단 입 맞추고 싶었다. 그는 길게 신음하는 교황의 뺨에 입 맞추고 흐트러진 금발에도 입 맞췄다. 고통스럽다면, 잠깐 참아 달라는 의미였다. 아직 다 감싸여지지 않았다. 좀 더 원한다.

"아셔, 앗, 으응…!!"

다시 아래에서 힘차게 파고드는 이물감에 헤지아나가 긴 신음을 흘린 다음에야 아셔는 자신이 하는 짓을 깨닫고 움직임을 멈췄다.

하지만 이미 그의 숨소리는 이미 한겨울의 짐승만큼이나 거칠어져 있었고 심장은 뭍에 올려놓은 물고기처럼 열심히 퍼덕거리고 있었다. 몸도 당연히 뜨거워져 엷게 땀을 흘리고 있었다.

"웃, 하아…."

안에 들어온 것은 생각 이상으로 단단했다. 아니, 딱딱하다. 아릿하게 퍼지는 통감에 헤지아나는 얼굴을 일그러뜨리며 작게 신음했고, 그 모습에 아셔는 조금 당혹해했다.

어떻게 해야 좋을지 모르겠다는 듯한 표정에 그의 혼란을 알아챈 헤지아나는 끌어안은 그의 몸을 손바닥으로 조심스럽게 쓸어내려 진정시켰다. 그리고 자신의 안을 향해 끌어당겼다.

"웃…? 아, 앗, 아…."

"으응, 아셔… 아, 하앗…!"

조금씩 안이 따듯하게, 아니, 뜨겁게 채워지는 느낌이었다. 빈틈을 헤집어 벌리며 그 안에 묵직한 존재감을 채워 넣는 듯한 기분. 그것이 더는 자신의 안으로 들어올 수 없다는 사실을 깨달은 순간, 헤지아나는 나른하게 신음하며 아셔에게 기댔다.

"아, 하아, 아셔… 으응…."

"아… 아, 성하, 아…."

깊게 연결되는 동안 충분히 자극된 헤지아나는 이미 온몸이 흥분에 젖어 있었고, 아셔 역시 온몸이 열기에 젖어 있었지만 그의 눈빛은 여전히 번민하고 있었다.

헤지아나는 열 오른 숨을 거칠게 뱉어 내면서도 어찌해야 할지 몰라 하는 아셔의 뺨을 손바닥으로 부드럽게 쓰다듬고는 입술에 키스했다. 혀가 어색하게 서로의 끝만을 훑으며 만났다가 헤어졌고,

헤지아나는 흥분을 견디지 못해 자신의 위로 쓰러지는 아셔의 몸을 끌어안았다.

열기를 가득 머금은 몸이 그 손길에 반응해 들썩거렸고, 그의 몸이 경련하면서 함께 움직인 그것이 헤지아나의 깊은 안쪽을 찔렀다.

"으, 흐응!"

짧지만 진한 비음이 헤지아나의 입술 사이에서 흘렀고, 아셔는 그 목소리에 반응하듯 헤지아나의 뺨에 입 맞췄다. 옆으로 옮겨 간 입술이 귀와 목을 거칠게 훑어 먹었고, 그 혀 놀림에 헤지아나는 길게 신음했다.

"아셔, 앗, 아…"

헤지아나의 몸이 쾌감으로 비틀렸다. 그 움직임에 헤지아나의 다리 사이에 끼워진 것은 가볍게 비벼졌다가, 조여지고, 풀어지기를 반복했다. 약 올리는 듯한 작고 가벼운 자극이었지만 이미 참고 참아 욕망을 가득 억누르고 있던 것은 그 자극만으로도 폭발해 버렸다. 참던 걸 폭발시킨 그것은 몸의 주인에게 자신을 만족시키기를 요구했다.

괴로울 정도의 충동에 아셔의 허리가 저절로 들썩거리며 성난 것을 달래려고 했고, 다행히 그것은 자신을 달래 줄 만한 부드러운 것을 금방 찾을 수 있었다. 이미 거기에 감싸여져 있었던 것이다. 그는 곧 본능이 원하는 대로 거기에 자신을 비벼 대며 거친 욕구를 해소했다.

"아, 앗, 아? 아, 아셔, 아, 앗!"

"아, 하아, 하아, 아, 으응, 아…"

열병을 앓는 듯한 소리를 내며, 녹아내리는 듯한 표정을 지은 아셔가 헤지아나의 위에서 참을 수 없는 충동을 털어 내기 시작했다. 곧 그 움직임은 매우 규칙적으로 바뀌었고, 헤지아나는 그 움직임에 흔들리며 높게 신음했다.

"아셔, 아, 아, 앗, 아! 아, 하아, 아셔, 이상해요, 조금만, 부드럽게, 천천히, 아, 앗!"

아셔의 움직임은 거칠지도, 격렬하지도 않았지만 흔들릴 때마다 머릿속이 부드럽게 쾌감으로 훑어져 녹아 버릴 것 같은 기분이 들었다. 견딜 수가 없어서 조금 더 느긋하게 움직이기를 부탁했지만 열에 들뜬 청년에겐 여인의 소리가 들리지 않는 것 같다. 정신없이 여인의 살결을 입으로, 아래는 다른 것으로 빈틈없이 탐하며 아셔는 계속 몸을 움직였다.

"아, 하아, 아, 앗, 조금, 만… 으으응, 아, 앗!"

"성하…. 윽, 흐윽, 하아, 허억, 아…."

아셔의 입술 사이에서 이 가는 소리가 들렸다. 귓가에 퍼지는 뜨거운 숨소리는 무서울 정도로 들짐승의 숨소리와 닮았고 옥죄는 손아귀는 도저히 뿌리칠 수 없었다. 그렇게 붙잡아야 할 이유가 없는데도 말이다.

"아…. 으읏, 성, 하, 죄송합니다, 멈춰지지가…."

신음하며 아셔가 무어라고 말했지만, 잘 들리지 않았다. 그보다 아셔가 몸을 한 번 흔들 때마다 아래에서부터 들려오는 찌걱거리는 소리가 더 크게 들렸다. 그 소리가 자신의 젖은 곳을 아셔의 것이 거칠게 왕복할 때마다 나는 소리라는 사실을 자각하자, 견딜 수 없이 부끄러워져서 귀를 막고 싶을 정도였다. 하지만 아셔가 팔을 붙잡고 있어 귀를 막을 수도 없었다.

"앗, 아셔, 조금만, 조금만 천천히, 읏, 으응, 제발, 앗!"

속도를 늦춰 주었으면 해서 사정했지만 움직임은 오히려 더욱 빨라졌다. 너무 거친 움직임 탓인지 몇 번 그의 것이 빠졌지만, 아셔는 이미 들어갔던 곳을 능숙하게 찾아내 자리를 찾고 움직임을 재개했다. 허리가 유연하게 물결치듯 움직이며 헤지아나를 밀어붙였고, 자신을 밀어붙이는 쾌감에 헤지아나의 발끝이 갈 곳을 잃고 허공에서 허우적댔다.

"아, 아셔, 아, 으훗, 윽! 조, 조금만…!"

"성하, 아, 성하…. 으웃, 아…."

얼굴이 발갛게 달아오른 아셔가 어쩔 줄 몰라 하며 헤지아나의 입술을 핥았다. 도저히 견딜 수 없다는 표정이 역력하게 드러났다.

"죄송, 합니다, 도저히, 읏, 아, 몸이, 마음대로, 아, 하아, 움직여지지가…!"

"흐웃, 아셔, 으읍, 음, 읍…."

"으응, 읍…. 하아, 견딜, 수가, 없어서, 아, 성하, 용서를, 아, 하아, 으웃…."

혀가 입술 사이로 기어들어 오는 입맞춤이었지만 길지는 않았다. 정신없이 들뜬 소리를 내며 아셔는 착실히 움직임의 속도를 올렸고, 그때마다 그의 입에서 새어나오는 신음이 높아졌다. 이미 헤지아나는 버틸 수가 없었다. 그저 그의 품에 매달려, 입을 벌리고 거친 숨만 내쉴 뿐.

"아, 아, 아…. 아아, 성하, 아, 흐윽…!"

"읏!! 아! 앗! 아셔, 아, 너무, 세게, 찌르지 마요, 아! 그렇게 깊이 찌르면, 으흣!"

생소한 감각이 온몸을 덮쳤다. 고통스럽진 않았지만 약간 아릿하면서도 둔감해진 감각을 일깨우는 듯한 기분. 그 감각이 몸 안에 들어와 있는 남성의 존재를 예민하게 되새김질시켰다. 역시 뜨거웠다.

그 뜨거운 것이 안쪽을 거칠게 밀어 올리며 들어와 안을 가득 채우고, 그 열기를 채 전달하기도 전에 자신의 존재를 새기며 좁은 곳을 힘겹게 빠져나갈 때마다 헤지아나는 떨면서 신음했다.

그 감각에 겨우 익숙해졌다 싶자 자극의 빈도가 빨라지고 이제는 제일 깊은 안쪽까지 들어와 들쑤셔 댔다. 눈가에 눈물이 맺힘을 느끼며 헤지아나는 아셔의 팔을 움켜쥐었다. 쥔 팔의 근육이 그의 움직임을 따라 요동쳤다.

"아셔, 아, 뜨겁단, 말이에요, 불덩이 같아…. 그러니까, 그렇게 깊이 찌르면, 조금만, 아, 읏!"

말하고 나서야 자신이 부끄러운 말을 했다는 자각이 들었지만 부끄러워할 겨를도 없었다. 아셔가 헤지아나의 입술을 다시 물었고, 그의 손이 거칠게 헤지아나의 땀에 젖은 머리카락을 쓸어내렸다.

몸은 그의 억센 왼손 하나에 붙잡혀 조금도 움직일 수 없었다. 허락되는 건 그저 쾌감에 떨며 점점 격렬하고도 집요하게 속살을 훑어 대는 허리의 움직임을 받아들이는 것뿐. 그는 몸을 전부 붙인 채 허리만 움직이며 음탕하게 찌꺽거리는 소리를 만들어 내고 있었다. 그 외의 다른 것들은 전부 정적이었다.

몸이 튀어오를 것 같은 쾌감을 느껴도 그걸 소리로 내는 건 허락

되지 않았다. 그가 입술을 놓아주지 않았다. 달라붙은 입술 사이에서는 앓는 듯한 신음만 흘러나왔고 그 소리는 다리 사이에서 나는, 둘이 결합하며 나는 소리보다 작았다.

초보자인 헤지아나가 느끼기에도 아셔의 움직임은 명백하게 거칠고 재주라고는 찾아볼 수 없었다. 하지만 앞뒤로 움직인다는 단순한 피스톤 운동만으로도 아셔는 그녀를 빈틈없이 괴롭혔다.

의도하지는 않았으리라. 헤지아나는 아직 어디에 닿아 느끼고 있다는 사실을 잘 몰랐지만 몸은 자신을 기분 좋게 해 주는 걸 착실히 받아들이며 갖은 방법으로 유혹해 댔고, 아셔는 그 유혹에 재촉당해 자연스럽게 속도를 올렸다.

"으응, 읍, 으, 흐읏…!"

"쯔읍… 으음, 아…. 하아, 읏, 성하…."

아셔는 초점 없는 눈동자로 헤지아나를 한 번 쳐다본 후 다시 허리 놀림에 집중했다. 안에서 쉬지 않고 움직이는 그의 물건이, 계속 사내를 기분 좋게 만드는 달콤한 음액(淫液)을 퍼 올리듯이 긁어냈고, 그 액체는 둘의 결합부위 아래로 떨어져 바닥을 적셨다.

"아, 하아, 윽, 아…!! 앗, 아, 성하, 아…."

아셔가 정신없이 거친 신음을 내며 허리를 움직였다. 평소의 창백함을 떠올리기 힘들 정도로 붉어진 얼굴은 열기가 가득했고, 견디기 힘들다는 듯 일그러진 눈가에는 평소의 이기(異氣)조차도 흐려져 보이지 않았다. 그 행위가 한참 이어진 어느 순간, 그의 입술이 얇게 깨물리더니 전에 없이 난폭하게 허리가 헤지아나를 밀어 올렸다. 끝까지 닿을 듯한 움직임이었다.

"앗? 아셔, 아!!"

스트로크가 점점 커지며 부서질 것 같은 충격을 받아들이는 헤지아나가 옴짝달싹 못하게 붙잡은 팔에 힘줄이 돋았다. 하지만 모두 의식해서 한 일은 아니다. 그저 온몸을 타고 흐르는, 말로 못 할 감각에 그는 아무런 생각도 할 수가 없었다. 이미 머릿속은 하얗게 변했다.

"아, 하아, 아, 아, 아, 앗!"

아셔의 목소리가 점점 커졌다. 어느 순간 그는 온몸을 떨며 한 번 멈췄다가, 바로 움직였지만 또 무언가 충격을 받은 듯 잠시 멈추며 커다란 신음을 내뱉었다.

"아! 으윽, 아, 하, 웃…!"

안쪽으로 무언가 열기를 띤 것이 퍼진다. 헤지아나는 조금 놀라 몸을 일으켰다.

"앗, 아셔, 안에다… 아, 흑!"

"아, 하아, 흐윽, 아… 아앗, 아, 아, 아…!"

아셔는 잠깐 멈추는가 싶더니 다시 움직이기 시작했다. 그의 몸이 안에서 움직이며 조금씩 뜨거운 것을 뱉어 내는 게 느껴졌고, 아셔는 움직일 때마다 견딜 수 없다는 듯이 일그러진 얼굴로 신음하면서도 허리 움직임을 멈추지 않았다. 신음이 점점 더 커져 밖에 들릴까 걱정되었다. 아니, 아마 이미 아셔가 절정을 느끼기 전부터 소리는 새어나갔으리라.

"아셔, 조금만, 작게, 소리, 웃!"

"아, 하아, 성하, 아… 웃, 아…!"

울 듯한 표정으로, 아니, 이미 눈가에 그렁그렁하게 매달린 눈물 방울을 떨구며 아셔가 격하게 신음했다. 헤지아나에게 매달리는 그의 모습은 자신이 절정을 맞아 사정한 것도, 그리고 그 후 예민해진 자신의 몸 상태도 깨닫지 못한 채 힘겨워하는 듯한 모습이어서 헤지아나는 그의 몸을 끌어안고 달래듯이 젖은 회색 눈동자에 키스했다.

"아셔, 그만. 멈춰요. 그만해도 돼요."

"아, 하아, 아…."

"그만, 그만하세요."

채 멈추지 못하는 그를 끌어안고 조용히 다독거리자 아셔는 숨을 몰아쉬며 움직임을 멈췄다. 정욕이 해소된 후라 더 이상 억제할 수 없는 충동은 없었는지 그는 헤지아나의 말과 손길을 따라 몸에 힘을 빼고 아직 멍한 표정으로 거칠게 어깨를 들썩거렸다.

"아, 하아, 하아, 허억…."

"아셔, 조금 더 편안히 있어도 돼요."

아셔의 몸은 뜨거웠다. 헤지아나가 손끝으로 등을 훑자 땀이 물처럼 흘러내려 그녀의 열 오른 피부 위로 떨어졌다. 그녀는 역시 땀투성이인 이마를 손으로 닦아 주고, 아직 눈물이 고여 있는 양 눈을 손등으로 훔쳐 주었다.

자극이 너무 강했던 걸까?

"아…. 하아, 성하…."

"예…."

맞닿은 피부 너머로 아셔의 심장이 뛰는 게 느껴졌다. 두근거리는 정도가 아니라 마치, 두들겨 대는 것처럼 거칠게 뛰는 심장 박동이 그의 거친 숨소리와 섞였다.

한참 후, 헤지아나의 숨소리가 편안해지고 아셔의 숨소리도 완만함을 되찾았다. 맞닿은 피부 너머로 느껴지는 심장박동은 여전히 크고 힘찼지만 아까 전보다는 안정되어 있었다.

그제야 침묵이 부담스러워졌다.

"아…."

헤지아나는 뭔가 말하려고 했지만 무슨 말을 해야 좋을지 알 수 없었다. 뭐라고 해야 이 어색한 분위기를 깰 수 있을까? '좋았어요?'같은 말? 아니, 물론 궁금하긴 하지만 상대방도 좋았냐고 물어본다면 어떻게 대답해야 할까? 좋긴 했지만, 좋았는지 아닌지 잘 모르겠고, 그걸 말로 하기도 조금 부끄러웠다.

"저, 아셔…."

"성하…."

아셔의 나른해진 목소리가 다가오자 헤지아나는 눈 둘 곳을 찾지 못하고 조금 움츠러든 자세를 취했다. 긴장되는 건 어쩔 수가 없었다.

다가온 아셔는 헤지아나의 뺨에 살짝 입 맞췄고 그 옆의, 혈색이 완만해져 붉은 빛을 띠는 앵두 같은 입술에도 입 맞췄다. 한 번뿐만이 아니라 몇 번이고 입 맞추며 아셔는 헤지아나의 머리칼을 손가락으로 훑고 그녀를 끌어안았다. 입술 사이로 혀가 기어들어왔다.

"아셔, 웃…. 응?!"

입맞춤을 받아들이며 가만히 아셔의 창백한 머리칼을 쓰다듬던 헤지아나는 아래에서부터 밀고 올라오는 이물감에 순간 숨을 들이쉬었다. 실수로 가볍게 아셔의 혀를 깨물었지만 아셔는 그에 신경 쓰지도 않고 그녀의 몸 안에서 자리를 잡았다.

"아, 아셔, 잠깐…."

헤지아나는 자신의 허리를 붙잡고 목덜미 옆으로 고개를 숙인 아셔를 곁눈질하며 긴장된 목소리로 물었다.

"아, 아직 더 하는… 건가요?"

"성하…."

대답대신 나른한 신음이 흘러나왔다. 열기 섞인 한숨이 귓가에 뜨겁게 퍼졌고, 다시 천천히 그의 몸이 움직이기 시작했다.

"아, 아셔, 아…. 으읏, 아."

첫 날, 그가 몇 번 정도 자신에게 달려들었더라?

생각해 보면 예상하지 못할 일도 아닌데 전혀 생각하지 못했다. 그 사이 조금 흥분이 가라앉았는지 조금 따끔거리는 감촉이 있었지만 그가 몇 번 움직이자 안에 들어 있던 것이 흘러나오며 윤활액 역할을 해 주었다.

움직임은 처음처럼 거칠지 않았다. 하지만 귓가에 울리는 거친 숨소리를 들어 보면 아셔는 처음 못지않게 흥분한 상태인 것 같았다.

침대에 든 남자들은 전부 이런 걸까? 대체, 이 태도는 약에 취하게 하고 마법을 걸었을 때와 뭐가 다르단 말인가. 자신의 몸 안을 아직도 단단한 것이 천천히 왕복하며 자극함을 느끼며 헤지아나는 계속 작게 신음했다. 아까 전의 거친 움직임보다는 편하게, 확실히 몸 안에 아련하게 퍼지는 쾌감에 몸이 나른해졌지만…. 그것도 오래가지 않았다.

자세를 충분히 잡았다고 생각한 건지 아셔의 움직임이 갑자기 빨라졌고, 그건 아까 절정을 맞이하며 격해졌던 움직임만큼이나 거

칠었다. 아셔의 입에서는 신음 하나 없이 거친 숨소리만 새어나왔
고, 헤지아나는 아셔의 몸에 매달려 그가 찔러 올릴 때마다 높은
신음을 냈다.

"아, 앗? 아, 아, 흐읏, 아셔, 아, 조금만, 천천히…!"

헤지아나가 거친 움직임을 받아들이지 못하고 허리를 비틀자 아
셔는 자신의 몸으로 헤지아나를 눌러 움직이지 못하게 했다. 자신
의 움직임을 방해받고 싶지 않다는 듯한 태도였다. 아랫배가 맞닿
은 상황에서도 허리는 유연하게 움직이며 그녀를 몰아붙였고, 헤
지아나는 쾌감을 견디지 못하고 계속 몸을 비틀며 신음했다. 결국
아셔가 그녀의 몸을 다시 옥죄듯 끌어안고 거칠게 자신을 밀어 넣
었다.

"아, 웃, 아셔, 아, 하아, 제발."

열기로 달아올라 굵은 땀방울을 흘리는 피부 너머로 터질듯이
박동하는 심장 고동이 전달된다. 팔이 안을 수 있는 건 자신 위에
있는 남자의 몸밖에 없고, 조금 버둥대는 것 외에는 할 수 없는 몸
대신 발이 움직여 봤자 허공만 또 절 뿐.

헤지아나는 애타게 신음하며 거친 숨을 내쉬는 아셔의 귓가에
속삭였다.

"아셔, 제발."

부탁이니까, 이젠 침대 위에서 하면 안 될까?

계속 흔들리면서 머리나 등, 어깨, 엉덩이가 쓸려서 아팠다. 극
히 현실적인 이유 때문에 그녀는 그를 잠깐이라도 멈춰 세우고 싶
었다.

그는 새소리가 들리기도 전에 눈을 떴다.

눈을 떴을 때 느낀 건 의아함이었다. 사실 그는 수면을 취할 이유가 없었다. 그의 몸은 일반인과 같은 피로를 느끼지 않는다.

그래도 가끔 피로를 느껴 잠들기는 했다. 하지만 어디까지나 가끔이다. 어제 잠을 잤다면 오늘 피로를 느낄 일은 없다. 그리고 어제 그는 자신이 인식하지 못하는 사이에 잠이 들어 버렸다. 북측 최상단에서 라스할드까지 쉬지 않고 도보로 이동했으니 그럴 수도 있겠다 싶었지만, 그렇게 수면을 취했다면 다음 날 수면의 필요성은 없는 것이다.

그런데 오늘 그는 잠에서 깼다. 역시, 언제 잠들었는지도 모르는 상태로.

아셔는 의문을 끌어안고 눈을 떴다. 머릿속은 늘 그렇듯 명쾌했고 몸은 충분한 휴식에 활력을 얻은 상태였다. 잠에서 깨어 모든 사물의 인지가 명확해진 그는 손가락에 감기는 금발의 부드러운 감촉도 선명하게 느낄 수 있었다.

그렇지만 그게 뭘 의미하는지는 몰랐다. 물론 자신의 품 아래 잠들어 있는 여인의 모습이라든가, 그 몸이 나신이라든가, 그 위를 겹치듯 나신을 끌어안고 잠들어 있는 자신의 몸이라든가, 자신의 몸이 나신이라든가….

그런 것들이 뭘 의미하는 건지도 당연히 몰랐다. 일단 이해를 위해서는 사고 과정이 있어야 할 텐데, 하나의 정보가 습득된 그 순간 모든 게 멈춰 버렸던 것이다. 그 상태로 시각을 통해 쏟아져 들어온 정보는 그의 혼란만을 가중시켰다.

"아…. 어?"

"으응…."

아셔가 당혹해하며 몸을 일으킨 순간 아래 누워 있던 여인이 작게 신음했다. 아니, 여인이 아니다. 그가 맹종하는 교황이었다.

"서, 성하…?"

무심코 앞쪽으로 몸이 쏠린 순간 가슴에 무언가가 뭉글한 것이 닿아 밀렸다. 시선을 내려 보자 가슴과 가슴이 맞닿아 헤지아나의 가슴이 밀려 올라가고 있었다. 얼굴이 화끈거림을 느끼며 아셔는 몸을 들어 올렸다. 그리고 헤지아나가 벗은 몸이라는 사실을 자각하고 고개를 돌렸다.

대체 어째서 성하께서 자신과 함께 벗은 몸으로 침대에,

아.

자문이 끊기고 그는 깨달음을 얻었다.

그의 얼굴이 조용히 당혹으로 익어 갔고, 그는 경악도 하지 못한 채 입을 가리고 불안하게 회색 눈동자를 굴렸다. 물론 그 눈동자를 굴리는 와중에도 그 시야의 끝에 혹여나 헤지아나의 나신이 담기지 않도록 주의했다.

어젯밤의 일이 전부 생각났다.

육욕이 재촉하는 대로 몸을 움직이고 몸을 물들인 쾌락에 완전히 굴복해 이성을 놓아 버렸던 것부터, 그 후로 완전히 쾌락의 노예가 되어 쾌락을 주는 그녀가 도망칠까 봐 두려워하듯 꼭 붙들고 쉴

새 없이 욕구를 채운 것도, 그녀의 눈물 어린 사정에 겨우 침대 위로 그녀를 올리고 또 정신없이 정욕을 해소, 아니, 아니다. 그렇게 곱게 돌려 말할 것이 아니다. 그건 숫제 범하는 형국 아닌가.

순 일방적이기만 한 자신의 처사를 되새김질해 본 아셔는 큰 충격에 휩싸여 더는 움직이지 못했다. 결국 한 줄로 요약할 수 있는 일이다. 금욕의 맹세를 깼다. 욕망에 정신을 완전히 놓아 버렸다. 대체 이성이 있는 인간인지 의심스러운 모습으로 말이다.

헤지아나의 말대로 성직자라 하여 청빈하게 금욕해야 할 필요가 없다고 하더라도 그 말은 이러한 무절제한 탐욕도 괜찮다는 의미는 아니리라. 그건 분명 축복받고 혼인하는 부부들이나 서로에 대한 굳건한 신뢰로 감싸인 연인들과 같이 서로를 존중하는 다정한 관계를 말하는 것일 터.

그래서 어젯밤 자신이 행한 일이 그런 올바른 것인가 생각해 보면 아무리 좋게 봐 줘도 그런 모습은 아니었다.

자신이 그렇게까지 고결한 인간이라 생각한 적은 없지만 그래도 그렇게까지 자제력이 없고 이성을 찾아볼 수 없는 짐승이리라고는 추호도 생각해 본 적이 없었다. 아셔는 자신에게서 인간성이란 것이 무너지는 소리를 들었다.

추하게 혼자 정욕을 제어하지 못해 헤지아나를 안고 정신없이 씩씩댄 자신의 모습을 생각하자 혐오감이 솟아올라 견딜 수 없었다. 금욕하기로 한 맹세를 깼다는 자괴감을 먹고 혐오감이 무럭무럭 자랐다. 하지만 그보다, 두려움이 더욱 크게 자라나 모든 걸 덮었다.

헤지아나는, 그가 맹종하는 교황은 이 일을 어떻게 받아들일 것인가.

"웃…. 아셔…."

"서, 서, 성하?"

한참 예민해져 있던 아셔가 헤지아나의 목소리에 움찔거리며 몸을 돌렸다. 침대 위에 길게 금발을 늘어뜨린 헤지아나가 부스스한 모습으로 눈을 비비더니 그녀의 위에서 그대로 굳어 버린 아셔의 등에 손을 감았다.

"으응…."

"아, 엇…."

잠이 덜 깬 건지 헤지아나는 아셔를 끌어당겨 그대로 안으며 몸을 비볐다. 부드러운 살결이 몸에 닿아 어쩔 줄 몰라 하는 그의 턱에 헤지아나의 이마가 닿았고, 바로 밑의 머리카락에서는 체취에 섞여 옅은 꽃향기가 났다.

어떻게 해야 좋을지 몰랐다. 스물일곱의 성기사는 그대로 굳어 잠결에 체온을 구하며 자신에게 맨살을 맞대는 교황을 쳐다보았다.

그녀처럼 품에 안는다든가 하는 일은 생각할 수도 없었다. 특히 헤지아나가 뒤척일 때마다 부드럽게 스치는 피부결의 감촉에 간지럽고 부끄러워져, 어젯밤 감히 성하께 그런 짓을 한 인간 이하이므로 자신은 죽어 마땅하다든가 하는 생각도 하지 못했다.

"서, 성하…. 이건 좀…."

곤란하다고 말할 처지가 아니다. 그는 심하게 머뭇대며 헤지아나의 허리에 팔을 걸쳤고, 자신에게 안겨 오는 헤지아나의 머리를 끌어안고 뛰는 심장을 가라앉히려고 애썼다. 자고 일어난지라 직립한 것이 가라앉지 않고 헤지아나의 허벅지를 찌르는 건 어쩔 수 없었다.

하지만 헤지아나에게는 그게 아니었나 보다. 심상찮은 기운을 느낀 듯 얼굴을 찌푸린 헤지아나는 자신의 허벅지에 닿는 묘한 열기를 느끼고 그걸 허벅지로 문질렀다. 바로 아셔의 입에서 작은 신음이 흘러나왔다.

"웃…."

"아."

그 억누른 신음에 겨우 자신이 끌어안은 사람의 존재감을 깨달은 헤지아나는 얼굴을 붉히며 그의 가슴에 붙이고 있던 뺨을 떼어냈다. 허벅지를 찌른 것의 정체는 조금 민망했지만, 그녀는 아셔처럼 커다란 공황에 빠져 세상만사를 잊고 내면의 세계에 몰두하지는 않았다.

"아, 아셔. 잘 잤나요?"

"아, 예, 서, 성하…."

바싹 굳은 아셔가 고개를 끄덕이며 대답한 이후로, 새벽 동이 트기 시작한 방 안은 다시 정적에 휩싸였다.

어색했다.

둘 다 알몸으로 누워 잠에서 깼다는 건, 아무래도 어젯밤 나눈 정사를 되새김질하게 하는 일이어서 그런 경험이 적은 처녀 총각에게는 영 부끄러운 일이었던 것이다. 물론 한 명은 단순히 부끄러운 것 이상의 공황을 겪고 있긴 하지만 말이다.

"저, 아셔?"

"예, 예. 성하."

어색함을 억누르고 헤지아나는 조심스럽게 입을 열었다. 자신의 질문에 대답하는 순간 아셔의 몸에는 긴장이 넘쳐흘렀고, 그 긴장감은 자신을 안은 힘 가득 들어간 손마디에서도 느낄 수 있었다. 이 모습을 보니 역시 그의 상태는 자신의 예상대로인 듯싶어 헤지아나는 재빨리 못 박아 두기로 했다.

"자해하지 마세요."

"예, 에."

"번민하지도 마세요."

"예… 아, 아니 하지만 그건…."

헤지아나는 손을 들어 아셔의 입을 막았다.

"따르세요."

그에게 그 일이 나쁘지 않다고 설득하는 것보다는 일단 명령으로 못 박아 두는 편이 나았다. 무엇보다 지금, 밤새도록 아셔에게 시달린 몸은 자고 일어나도 풀리지 않는 피로에 지쳐 있어서 머리를 돌릴 만한 상황이 되지 못했다.

잠이 들었다고는 하나 사실 정사가 끝난 후 잠든 것도 아니다. 한참 그가 자신의 몸 위에서 열을 올리고, 몸에 퍼지는 쾌감에 신음하던 와중 어느 순간 몸에 힘을 잃고 의식의 끈을 툭 놓았다. 헤지아나는 아셔의 품에서 몸을 일으켰다.

"서, 성하."

헤지아나의 가슴을 보자마자 아셔는 얼굴을 붉히며 고개를 돌렸다. 끝까지 한 사이에 왜 그런가 싶으면서도, 헤지아나 역시 아셔의 벗은 상체를 보자마자 얼굴이 살짝 화끈거리는 걸 막을 수 없다. 말랐지만 지나칠 정도로 잘 다져진 몸이라는 감상과 시선을 함께 치우며 그녀는 얇은 이불보로 몸을 가렸다. 아셔 역시 그녀가 일어나자마자 시트로 몸을 가렸다.

등을 돌리고 선 헤지아나와 역시 등을 돌리고 침대 반대편에 앉은 아셔.

둘 사이에 다시 어색한 침묵이 가득 찼다.

"저…, 성하."

"아, 예. 무, 무슨 일이죠?"

헤지아나가 긴장하며 흠칫 떨었다. 대체 왜 자신이 긴장해야 한단 말인가 라고 생각한 건 조금 후의 일이었다.

"그것이, 성하께서도, 처음… 이셨을 텐데, 괜찮으셨는지…. 그, 여인의 처음은 그리 유쾌하지 못하다고…."

"아…. 그, 그건…."

솔직히 말하자면 처음은 아니지만.

그리고 그도 처음이 아니다. 하지만 이로써 자신이 그의 동정을 빼앗았다는 사실은 확실해졌다. '성하께서도'라니.

빼앗았다는 말이 참 어울린다고 헤지아나는 생각했다. 대체 이 관계에 '빼앗았다'는 표현만큼 적절한 게 어디 있단 말인가? 처음이 아니지만, 과한 정사로 꽤 욱신거리는 아랫배를 움켜쥐며 헤지아나는 약간의 죄책감을 느꼈다.

"저, 아셔."

아셔를 부르며 뒤돌아본 순간, 헤지아나는 자신의 내벽을 따라 무언가 끈적끈적한 점액질의 액체가 흘러내림을 느꼈다. 월경을 할 때의 느낌과 비슷했지만 그것보다 훨씬 많은 양의 무언가. 그것이 주욱 미끄러져 내려 일부는 허벅지를 타고 흐르고, 일부는 바닥으로 떨어졌다.

툭 하는 제법 큰 소리를 내면서 말이다.

"예, 성하."

"아, 아니, 아무것도 아닙니다!"

"예?"

"아, 아니, 아니에요. 잘못 말했어요."

헤지아나는 허둥대며 손을 저어 보였다. 얼굴이 화끈거렸다.

다리 사이에서 떨어진 것은 아마 어젯밤 정사의 흔적이리라. 바닥에 떨어진 투명한 점액질은 카펫에 스며들어 얼룩을 남겼고, 그 위로는 다리 사이로 이어진 끈적끈적한 점액이 긴 실을 남겼다. 여전히 흘러내리는 그것을 숨기려 애쓰며 헤지아나는 열심히 얇은 이불로 몸을 가렸다.

"그, 그게, 아서, 쫓아내는 것 같아서 미안하지만, 돌아가 주시면 안 되겠습니까? 아침이 되면 아무래도 보는 눈이 많아지니…."

"아, 아…. 아, 예."

헤지아나의 말을 이해한 아서는 허둥지둥 자리에서 일어나더니 어디에 벗어 두었는지 기억도 나지 않는 자신의 옷가지를 찾아 허둥지둥 꿰어 입었다.

사실 지금 나가도 늦기는 했다. 그들은 긴 밤을 보냈고 문밖에는 궁내원들이 있다. 그들은 어젯밤의 큰 소리도 분명 들었으리라.

귀빈들에게 그 소문이 퍼질 일은 없겠지만 곧, 자신과 아서가 동침했다는 소문은 파다하게 퍼질 것이다. 그때 대체 어떻게 얼굴을 들고 다녀야 할까? 어젯밤 아서를 보냈어야 했는데 거친 정사에 지쳐 잠들어 버려서 그렇게 하지 못했다.

"성하, 그러면 물러가도록 하겠습니다."

"그, 그래요."

헤지아나는 기어들어 가는 목소리로 고개 숙이는 아셔를 배웅했다. 그는 문을 열고 나갔고, 헤지아나는 동이 트기엔 조금 이른 창밖을 퀭한 시선으로 내다보았다.

괜찮은 걸까? 이걸로 정말 괜찮은 걸까?

신을 부르고 싶었지만 부른다고 해서 오는 신도 아니다. 대체 신 놈은 자신을 뻑 하면 원하는 대로 불러 대는 주제에 자신은 왜 신을 원할 때 부를 수 없는 걸까? 수정구 통신도 쌍방향 통신으로 개벽한 지가 400년인데, 왜 이쪽은 아직도 단방향 통신인가?

헤지아나가 통탄해 봤자 신이 원하지 않는 이상 그 시스템은 바뀔 일이 없다.

◆◈◈◈◆

"그래서, 경을 해치우신 겁니까?"

"리시 추기경, 언어 선택이 적절하지 못하네. 해치우다니."

리시의 감탄에 찬 목소리에 헤지아나는 불쾌감을 숨기지 못한 투로 말했다. 물론 리시는 그 불쾌감을 별로 신경 쓰지 않았다.

"성하, 익히 아시겠지만 이건 스코어 게임입니다. 점수를 따내야 하는 상황이고 그분들은 슬프게도 말에 불과하지요. 그런 마음으로 임하셔야 합니다."

"제발, 그대까지 로미나에게 물들어 가나?"

"냉정하게 보아서 그렇단 말입니다."

"제삼자들이란."

한숨을 내쉬며 헤지아나는 몸을 담근 온수를 떠 얼굴에 끼얹었다. 지금 그녀는 개인 욕실에서 묘하게 지친 몸과 마음을 회복 중이었다. 아침 식사는 이 이후에 할 예정이다.

"리시, 난 지금 매우 심란하네."

"아서 경께서 자해라도 하실까 봐 그러십니까?"

"하지 말라고 명해 두었으니 하지는 않겠지. 아니, 어쩌면 할지도 모르지만 어쨌든 안 할 거라고 믿고 싶어…."

한숨을 내쉬며 헤지아나는 물속으로 몸을 가라앉혔다. 물론 얼굴은 수면 위에 띄운 채였다.

"생각해 보게, 리시. 난 지금 소녀 시절부터 무섭다고 여겼고, 도저히 섞일 수 없다고 느꼈으며 거부감을 느끼고 멀리하다 못해 쫓아낸 상대를 유혹해서 밤새도록 그…. 정사를 하고 난 후의…."

"밤새도록요? 과연 아서 경이십니다. 예상은 했지만 그 정도일 줄이야."

"그 이야기가 아니지 않은가…."

따지고 들 기운도 없다. 눈을 감고 있던 헤지아나는 곧 긴 한숨과 함께 자리에서 일어나 줄줄 흐르는 머리의 물기를 짜내고 리시가 가져다 준 욕실 의복을 걸쳤다.

목욕을 끝낸 후의 몸은 활력이 넘치고 머리는 지나칠 정도로 상쾌했다. 갓 일어났을 때와는 세계가 달라 보일 지경이다.

"근데 유혹하신 겁니까? 어떻게 유혹하신 건가요."

"왜 그런 걸 궁금해하나?"

"아서 경께서 유혹에 쉽게 넘어가는 사람이 아니니까 그런 겁니다. 그분의 정절을 노리는 불한당들은 꽤 많았던 걸로 압니다."

"아셔의 정절을 노려?"

"장난으로 여염집 처녀를 능욕하고 수치를 주는 자들과 진배없는 자들입니다."

당연하게도 그들은 성공하지 못했으리라. 유혹에 따르지 않는다면 강제로 겁탈이라도 하겠다만, 아셔는 어떤 속박을 하더라도 그게 통하는 인물이 아니지 않은가.

"그게…. 나도 별건 하지 않았네, 그, 그냥…. 음, 열심히… 유혹하고, 어르고, 달래고, 애, 애무… 하고."

머리의 물기를 털며 헤지아나가 더듬더듬 말했다. 말하다 보니 왜 이런 걸 자신이 말해야 하나 그런 생각도 들었고 말이다.

"그, 그렇게 하다 보니… 좀 힘들긴 했네. 아셔가 보통 완고한 사람이 아닌 데다가…."

"…잠깐, 성하. 지금 생각해 보니 궁금해진 건데."

리시는 조심스럽게 헤지아나의 말을 자르고 물었다.

"아셔 경께 이 일에 대해서는 말씀하지 않으신 겁니까?"

"말할 수 있을 리가 있나?"

"하지만 성하, 아셔 경의 성격을 생각해 보면, 신의 명으로 인해 그대와 동침해야 한다고 말하는 편이 간단하고 안… 전…."

궁금하다는 듯이 묻던 리시의 말끝이 점점 흐려졌다. 곧 그녀는 입을 다물고 잠시 침묵을 지키더니 한숨을 깊게 내쉬었다.

"이건 사이비 교주가 신도들을 성적으로 착취할 때나 쓸 법한 말이군요."

"깨달아서 다행일세."

물론 그를 속박하는 데에 교황이라는 자신의 지위를 적극 활용하기는 했지만 말이다.

"무엇보다 그들을 꼬드겨 노예…, 타락…."

머뭇거리던 헤지아나는 적절한 어휘를 찾는 걸 포기했다.

"어쨌든 그렇게 만드는 게 목적인데 그렇게 순순히 노예가 되어 달라고 해서 그렇게 할 이가 있을지도 의문이고."

"전 아녀 경이라면 하시리라 믿어 의심치 않습니다. 어찌되었든 이젠 상관없는 바입니다만."

대충 빗질도 한 헤지아나는 욕실을 나서 방으로 걸음을 옮겼다.

휘장이 걷힌 창가에서는 아침의 밝은 햇살이 쏟아졌고 헤지아나가 할 아침 식사가 준비되어 있었다. 물론 리시와 함께 먹을 것이었다.

"앉게. 식사하면서 이야기하지. 그래서 누가 회의실 대여를 신청했다고?"

"가일란 님이십니다. 이스파시아의 젊은 왕과 할 이야기가 있는 모양입니다."

"재미있군. 둘 다 외교계의 떠오르는 샛별들 아닌가."

"리암 왕께서 샛별이라고 하기는 힘들죠."

자리에 앉으며 헤지아나가 손짓으로 리시에게 아침을 권하자 리시는 고개를 꾸벅 숙이고 했는지 안 했는지 모를 짧은 기도를 한 후 식사를 시작했다. 헤지아나도 마찬가지였다. 둘만 있는 사석에서 타의 모범이 되어야 할 이 두 고위 성직자들은 그렇게까지 엄격한 행동을 하지 않았다. 중요한 건 기도하는 시간이 아니라 식사에 대한 감사의 마음이다.

"그래서 성하, 정말로 궁금한 점이 있습니다만…."

"뭔가, 리시?"

아침으로 올라온 샐러드는 씁쓸한 맛이 사는 야채를 써서 입맛을 돋웠다. 마른 입 안에 군침이 도는 걸 느끼며 헤지아나는 삶은 완두콩을 스푼에 담았다.

"아셔 경 말입니다만."

헤지아나는 고개를 끄덕였다.

"잘하십니까?"

"푸."

재빨리 입을 가린 덕분에 씹고 있던 완두콩이 리시에게까지 튀는 불상사는 막을 수 있었다. 재빨리 냅킨으로 손을 닦으며 헤지아나는 입 안에 든 음식을 우물우물 씹어 훌떡 넘겼다.

"리시! 왜 그런 걸 묻는 건가!"

"성이란 건 인간 만고불변의 관심사입니다. 성하, 제 나이에, 제 재직 기간에, 그런 것에 대해 관심을 가지지 말라 하는 편이 너무한 처사 아닙니까? 성하, 어째서 수녀원들의 수녀들이 연애소설을 달필로 적어 내릴 수 있는지 아십니까? 서방 수녀원들은 그 인세로 생활비를 번다고 하더군요."

리시는 매우 열의와 호기심에 가득 찬 눈동자로 헤지아나를 쳐다보았다. 성에 대해 차단되어 환상만을 키워 온, 호기심 가득한 소녀의 눈빛이 거기 있었다. 물론 리시는 소녀가 아니지만 그 눈빛은 소녀의 눈빛 못지않았다는 것이다. 그 호기심에 이길 수 있는 이는 없을 것 같았다.

"리, 리시. 내 입장도 생각해 주게."

"성하께서는 제 입장도 생각해 주시길 바랍니다."

"자네에게 무슨 입장이 있나!!"

"그래서, 좋았습니까? 정말 천국이 보이던가요? 그, 그리고 역시 이런 질문은 부끄럽지만, 아셔 경, 크기는…."

"리시!!"

헤지아나가 새빨개진 얼굴로 정색했다. 하지만 리시는 테이블을 내리치며 항변했다.

"성하! 혼자만 좋은 일을 하면서 정보까지 독점하는 건 옳지 않다고 생각하지 않으십니까!!"

"그 신 놈은 너희들한테 금욕 같은 거 원한 적 없다고 했다고!"

맞서서 헤지아나도 탕 하고 테이블을 내리쳤다.

잠시의 침묵 후 헤지아나는 리시와 마주하고 있던 시선을 피하고 급하게 아침 식사를 들이켜기 시작했다.

대답을 거부하겠다는 듯한 모습에 대답을 재촉할 도리가 없었던 리시도 낮게 한숨을 내쉬며 식사를 재개했다. 오늘 준비된 우유는 시원한 데다가 벌꿀이 들어가 달콤한지라 잘 넘어갔다.

"그."

작은 소리를, 리시는 듣지 못했다.

"…했네."

"예?"

리시가 잔을 내려놓으며 소리가 들린 쪽을 쳐다보았다. 헤지아나가 얼굴을 붉히며 리시를 외면하고 있었다.

"시, 신기한 경험이었다고 말했네. 그런 건 처음이었어."

"…어땠습니까. 좋았나요?"

"조…."

헤지아나는 푹 익은 얼굴을 숙이더니 기어들어 가는 목소리로 말했다.

"…좋았네…."

"세상에. 세상에."

리시는 헤지아나의 옆자리에 쪼르르 다가가 앉았다. 헤지아나의 옆에 앉은 리시의 눈은 다시 소녀 시절로 돌아가 호기심과 궁금증으로 반짝였다.

"어떻던가요, 정말 천국의 문이 열리던가요? 황홀하던가요? 끝내주던가요? 피어나는 듯한 느낌인가요?"

"그, 그건 잘 모르겠지만…."

헤지아나는 꿀꺽 마른침을 삼키고 말했다.

"조, 좋았어. 정말. 너무 세게 밀어붙여서 쓸린 곳이 좀 아프긴 했지만…."

"꺄!!! 저기, 저기, 성하. 그거 저, 들어올 때 느낌이 어떤가요? 야한 이야기에서 나오는 것처럼 느껴지나요?"

"…리시, 자네 야한 이야기도 보나?"

"안 보는 여자들이 어디 있다고 그러십니까. 여자들은 끼리끼리 다들 돌려 봅니다."

처음 듣는 이야기에 헤지아나는 충격에 휩싸였다. 끼리끼리 돌려 본다니, 자신에겐 어렸을 때부터 지금까지 그런 걸 보여 주거나 언급한 이가 없었다. 아니, 물론 보수의 화신인 교황을 상대로 그런 소리를 하기도 쉽지 않았겠지만.

하여간 또래 그룹에서 배척당한 듯한 서러움과 여태까지 볼 수 있었던 걸 볼 수 없었다는 억울함에 헤지아나의 표정이 변했다.

"그런데 왜 나에겐 안 준 겐가?"

"말씀을 하셨어야죠. 아아, 알겠습니다, 앞으로 들어오면 보여 드릴 테니 이야기 좀 해 주세요. 그래서 정말 안에 들어오면 그게… 막, 선명하게 느껴지나요?"

"아, 그, 그게…. 으응, 뜨거운 게 느껴지긴 했는데…"

"꺄, 그리고요! 막, 그게 안에서도 느껴져요?"

"손으로 쥔 것 같이 예민하게 느껴지진 않지만…."

교국 라스할드, 그 중심인 교황청.

교황의 방에서는 아침부터 여자들의 이야기가 붉게 꽃을 피웠다.

❦

부끄러워하면서도 자신이 느꼈던 새로운 세계에 대한 놀라움을 마음껏 쏟아 낸 헤지아나는 조금 늦은 아침 기도를 시작했다. 보수적이고 수줍음 많이 타는 그녀지만 그래도, 그 격양을 표현할 상대 정도는 필요했던 것이다.

하지만 그 격양과는 별개로 처지가 힘겨운 것도 사실이어서 헤지아나는 아침 기도를 올리며 창조신에 대한 창의적인 욕을 여러 개 만들어 보려 노력했으나 여태껏 얌전하게 살아온 이가 창조적인 행동을 하기란 쉽지 않았다. 원래 사람이 안 하던 짓을 하면 안 된다. 한참 끙끙대며 앓던 헤지아나는 들으면 응답하라고 요구하는 것으로 그 일을 끝냈다.

한적한 회랑을 가로지르며 헤지아나는 아셔를 어떻게 할지 고민했다.

'한 번으로는 안 된다'. 창조신이 그리 말하였고 헤지아나 역시 동감했다. 어차피 회의는 삼 일에 한 번씩. 따로 회답하는 이들이 특별히 중재를 요청하지 않는 이상 할 일도 없는데, 어차피 몸을 튼 것 이대로 몰아붙여서 완전히 녹진녹진하게 만들어도 상관없으리라.

'좋기도… 했고 말이지.'

얼굴을 확 붉히며 헤지아나는 헛기침을 했다.

하지만 부정할 수 없는 사실이었다. 리시에게 말했듯이, 좋았다. 좋은 걸 좋았다고 말하는 게 뭐 틀린 건 아니지 않은가.

바로 어젯밤도 그렇게나 했는데 또 한다는 건 잘못된 것이나, 색광증이 아닌가 싶었지만 어차피 창조신께서는 바쁠 것이라고 말하셨다.

지금이야 아셔뿐이지만 나중에는 대체 하루에 몇 번을 해야 하는지 알 수 없는 것이다. 그중 한 명을 빨리 함락시킨다고 해서 나쁠 것도 없으니, 이대로 아셔에게 가서 다음을 또 진행함도 나쁘지 않으리라.

"성하."

"아."

부르는 소리에 헤지아나는 작게 신음하며 멈춰 섰다.

앞을 보니 거기엔 가일란이 서 있었다. 풍채 좋은 몸은 정복에 감싸여 빈틈이 없고, 남성적인 굴곡의 턱 선을 따라 다듬어진 수

염은 깔끔했다. 사람 좋게 웃고 있지만 빈틈이 없다는 느낌 또한 주는 그에게서 제일 느끼기 쉬운 건 성공한 청년 실업가의 이미지였다.

헤지아나는 잠시 왜 그가 여기에 있는지 의아해했다. 하지만 그의 뒤, 저 멀리 소회의실의 문 앞에서 수행원들과 무엇인가 이야기를 하다가 이동하는 리암을 발견한 헤지아나는 가일란이 회의실 사용을 신청했다는 사실을 떠올렸다.

헤지아나는 웃음 지으며 그에게 인사말을 먼저 건넸다.

"보다 낮은 곳에서 만물에 임하고 계신 분의 축복을."

"만물에 다정하게 넘쳐흐르는 주의 사랑에 오늘도 감사드리며. 좋은 아침입니다, 성하."

"아침이라고 하기엔 많이 늦었군요. 특히 가일란 대표는 이미 아침 업무를 끝내신 듯한데."

언제 회의실을 사용하는지 듣지 못했기 때문에, 여유 있는 오후에 이야기가 시작되리라 생각했던 헤지아나는 사실 회의실에서 나오는 그들을 보고 조금 당황했다. 오늘 아침 일찍부터 이야기를 시작했다면 그들이 이야기 약속을 잡고 회의실을 대여한 건 어제 저녁, 회의가 끝나자마자 결정한 사항일 가능성이 높았다.

즉, 예상한 것보다 빠른 움직임이 있었다는 소리다.

"하하, 업무랄 것도 없습니다, 간단한 이야기를 한 것일 뿐…. 성하께서야말로 아침부터 부지런하게 일하신 듯하군요."

"교황청은 일곱 시면 일과를 시작합니다만 본디 모든 수도원들은 동이 트기 전인 새벽 다섯 시부터 아침을 시작하지요. 특히나 오늘 저는 일과를 늦게 시작했습니다."

혜지아나가 같이 가겠냐는 의미로 앞으로 손을 뻗자 가일란은 고개를 끄덕였다. 곧 가일란의 수행원 둘과 혜지아나의 수행원 넷이 가볍게 목례를 하며 섞여 그들의 뒤를 따랐다.

"그런 저에 비해 가일란 대표는 훨씬 부지런하시군요."

"이런. 그런 칭찬은 쑥스럽군요. 한 일도 없는데 말입니다. 그저 조금 이야기를 해 볼 사항이 있어서 사람들 덜 볼 시기에 움직였던 겁니다."

"다른 걸 부지런하다 말하는 게 아니지요. 그런 걸 부지런하다 말하는 겁니다. 두 분께서 전화의 진정을 위해 어떤 이야기를 하셨는지 궁금하군요."

직설적으로 질문할 건가, 빙빙 돌려 질문할 건가. 고민하던 혜지아나는 유하게 묻는 것으로 말을 마무리했다. 그에 대해 가일란은 어떤 반응을 보일 것인가.

"음, 그렇군요. 성하, 실례지만 앞으로의 일정이 있으십니까?"

"아니요."

"그렇다면 차 한 잔을 청해도 될까요? 잠시 여쭙고 싶은 게 있습니다."

의외의 반응에 혜지아나의 눈꼬리가 살짝 치켜 올라갔다. 그렇지만 그 표정은 곧 웃음으로 바뀌었다.

"좋습니다. 대표분들과의 대화야말로 제가 원하는 것이지요."

"그래서 이렇게 여유 있는 일정을 잡으신 거군요. 솔직히 15일은 조금 길지 않나 했습니다."

진짜로 15일이 무작정 길다고 생각하진 않으리라. 아마 확인 차 떠보는 것일 터.

"대륙의 정세를 논하고 분쟁을 조절하는 장입니다. 그 깊은 이야기를 하는 데 15일이라 함은 사실 짧지요."

"하하하, 저희 남쪽이야 뭐 거의 풍비박산이기 때문에, 깊이 할 이야기도 없습니다. 힘이 있어야 깊이 이야기를 하지요."

"허나 올해 들어서 아직 충돌이 발생하지 않았다고 들었습니다."

"전면전만 없지요. 각자 점령한 지역에서의 수탈이나 타 부족에 대한 학대…. 그에 대한 문제는 끊임없이 보고되고 있고 말입니다. 그로 인한 실질적인 문제도 끊임이 없고…."

그 이야기에 대해서는 헤지아나도 들었다.

남부는 부족 계통의 소규모 씨족 집단이 발달해 있고, 현재 있는 국가들도 거의 그러한 씨족 집단이 대규모로 번성하거나 몇 번의 합병을 거쳐 만들어진 것이다. 과거 국가는 왕국의 형태를 띠었으나, 남측의 경우 외부 대륙의 영향을 직접적으로 받아 혈통과는 상관없이 대표자가 선출되는 '정부'라는 걸 가지는 경향이 늘었다.

헤지아나는 그 정부라는 것의 구조가 교황청과 조금 비슷하지 않은가 생각했다.

교황이란 세습되는 게 아닌 데다가 헤지아나와 같이 미리 점지된 경우가 아니라면 결국 교황도 보통의 경우에는 추기경들의 투표로 인해 선출되니 말이다. 세속과의 연도 교황 선출에는 별 의미가 없으니 신분도 영향을 끼치지 못한다.

먼 옛날에는 교황의 권위를 이용해 출신 가문과 국가에 유리하게 행동하고자 하는 이들도 있었다는데, 창조신이라는 자가 결국 농간을 피워 그런 이들은 자신의 곁에 다가오지도 못하게 하니 그런 일은 성공한 적이 없다.

각설하고, 그러한 정부를 수립한 이들이라 하여 또 제대로 돌아가는가 하면 그건 아니다. 쫓겨난 왕조와의 마찰로 정권이 일주일 사이 두세 번 바뀌는 일도 있으며, 정부보다는 왕조에 익숙한 이들은 정부 요직이 무소불위의 자리라도 되는 양 행동하며 정권을 유지하려 들기도 했다. 그러한 정부 대신 신정부가 타도를 외치며 들고 일어나기도 한다. 물론 정권만 문제가 아니다.

여기에는 아직 국가 단위로 정립되지 못한 각종 부족들도 자신의 이권을 위해 끼어들거나, 또는 사이에 끼여 피해를 입었고 그들역시 보복을 외치며 활동했다. 또 여기에 종교 문제까지 섞여 있는데, 이교를 믿는 그들은 교황청의 구휼 작업을 철저하게 훼방 놓았다.

이교여도 도움은 받자는 입장도 있는 모양이나, 강경파들은 그것이 결국 첨병이 되어 파고들 게 분명하므로 그를 거부해야 하며 도움을 받은 뱃가죽은 찢어 버려야 한다는 발언도 서슴지 않았다.

열강들의 침범을 두려워하는 이들도 이교와 손을 잡고 교황청의 도움을 받는 건 열강의 침범을 허락하는 것이라 선전하기도 했다. 물론 그 이교는 하나가 아니며 자신들끼리도 싸웠다.

이러한 수라장 속에서 제일 많은 피해를 입는 건 그저 보통 사람들이다. 헤지아나의 표정이 자연스럽게 찌푸려졌다.

"최근 마키라프가 아이 어른 가릴 것 없이 팔과 다리를 잘랐다고 들었습니다."

"이전에도 없었던 일은 아닙니다. 그리 대규모로 행해진 적이 없어 크게 알려지지 않았을 뿐."

"아⋯. 무도한 일입니다."

탄식하며 헤지아나가 품 안의 성물을 쥐었다. 그 모습을 곁눈질하며 가일란은 작게 헛기침했다.

"예, 끔찍한 일입니다. 그 일의 잔인함도 그렇지만 무엇보다 생산력이 떨어지는 점이 문제입니다. 인도에서 벗어난 일에 분노해도 모자랄 시간에 무슨 소리냐고 하실지 모르겠지만 식량 부족은 언제나 큰일이니 말입니다. 살아야 할 것 아닙니까. 그래서 작년 교황청의 원조는 정말로 큰 힘이 되었습니다."

"제 원조 요청에 응해 주신 분들께 감사드려야 할 일이겠지요. 현재 그나마 남측에서 상황이 나은 곳이 귀국 리스아시 아닙니까."

"그 때문에 사람들이 너무 모여서 문제입니다만…. 유입이 두 배정도 늘었습니다. 원체 많다 보니 이젠 버티기가 힘들군요."

"저도 엘리아스 정부의 노고를 압니다."

"정부가 좀 더 제 기능을 한다면 좋겠습니다만, 아시다시피 이쪽의 정치 체계는 멜라스의 다른 국가들이나 남 대륙처럼 잘 정돈되고 세련되지 않아서 말입니다. 무엇보다 그렇게 다듬을 시간도 없으니 말이죠. 외국에는 자주 제가 정치인이라 소개되고 있지만, 실제 그러한가 따지면 그저 우습기만 하지요."

"저도 물심양면으로 도움을 더 드리고 싶습니다만 그러기 위해서는 일단 이 소란을 어떻게든 종식시켜야겠지요."

"옳으신 말씀입니다."

가일란이 고개를 끄덕였고 헤지아나는 도착한 응접실의 문을 열었다. 손수 객을 안내한 교황은 수행원에게 일러 말린 레몬과 사과 조각이 들어간 홍차를 준비하도록 시켰다.

"풍경이 좋군요. 채광도 좋고."

"예, 주요한 손님들을 주로 모시며 담소하는 곳이지요. 앉으세요."

그는 헤지아나에게 부러 고개를 숙여 보이고 그녀가 권한 자리에 앉았다. 헤지아나 역시 그의 곁을 돌아 반대편 자리에 앉았다.

가일란의 말대로 이곳은 창문이 커 밖의 정원 풍경이 시원하게 보이고 채광이 좋은 응접실로, 주로 교황이 손님과 이야기할 때 쓰는 곳이었다.

"그러고 보니 성하, 어제 아침 매우 상태가 좋지 않아 보이셨습니다. 그래도 오후 회의 때는 괜찮아 보이긴 했지만 걱정되더군요. 오늘은 어떠신지요."

"아, 아하하, 걱정 감사합니다, 가일란. 지금은 괜찮습니다."

어제 숙취 덕분에 루시올에게 대놓고 헛구역질한 걸 생각해 낸 헤지아나가 어색하게 웃음 지었다.

"다행입니다. 그럼 성하, 혹시나 하여 묻는 건데 이곳에서 누군가가 엿들을 일은 없겠습니까?"

"그렇게나 비밀스러운 이야기입니까?"

"부끄러움이 많아서 말입니다."

선 굵은 사내는 시원하게 웃으며 의자를 당겨 앉았다.

"그리 긴 이야기는 아닙니다만, 아무래도 남의 귀에 들어가면 불안감만 가중되지 않을까 하여 굳이 자리를 청했습니다."

"어떤 근심이 있으시기에?"

가일란은 잠시 고개를 숙였다. 손을 맞잡고 엄지손가락에 번갈아 힘을 주던 그는 마른 입술을 떼며 헤지아나를 올려다보았다. 표정엔 웃음기가 없었다.

"리암 아우렐리트를 경계해야 합니다."

가일란이 전한 이야기는 다음과 같았다.

현재 북측이 무기와 인력을 움직이고 있다. 그 움직임은 서측으로 향하고 있으며, 서측은 나름대로의 연합을 꾸려 이비아네라 제국의 움직임에 대응함과 동시에 동측을 공격할 계획을 짜고 있는 것으로 보인다고 한다.

가일란은 그게 단순한 추정이 아니라고 말했다. 무기와 인력이 북과 서에서 각각 또 어느 방향으로 이동했는가에 대한 정보는 입수되었다고 하며, 가일란은 서측 대표에 대한 극렬한 불신감을 토해 냈다. 오늘 아침 그가 리암과 회의실에서 만난 것도 그 때문이라고 했다.

서측이 파헨타움과 동쪽의 전투에 끼어들면 전화(戰火)가 대륙 중심에 피어오르는 건 순식간이다. 때문에 지금 이 순간 필요한 건 서측에 가할 압박이며, 그러기 위해 교황의 도움이 필요하다고 가일란은 말했다. 헤지아나는 그에 대해 '생각해 보겠다'고 대답했다.

헤지아나는 그의 말을 곧이곧대로 믿지 않았다. 가일란을 불신해서가 아니다. 가일란이 복잡한 정국의 남측, 특히 그중에서도 공격받기 좋은 위치와 상황에 놓여 있는 자신의 나라를 걱정하는 건 쉽게 느낄 수 있었다. 그저 모든 정보는 잘못된 부분이 있을 수 있기 때문에 그녀는 유예를 둔 것뿐이었다.

하지만 정황상 납득되는 말이었다. 북측은 자신의 손인 아셔를 밀어냈다. 그 이유가 무기의 공급 때문이라 한다면 일단 일은 사리에 맞았다.

하지만 아셔가 북측에 심어 둔 이들에게는 별 연락이 없다.

"큰 전쟁이 일어나지 말아야 할 텐데…."

헤지아나는 중얼거리며 사다리를 타고 올라가 그 위에서 책을 꺼냈다.

지금 헤지아나가 있는 곳은 교황의 서고였다. 교황청 본 건물에서 나와 동쪽에 있는 별관으로, 사실 서고라기보다는 오래된 교황들의 업무 일지나 일기 등이 보관되어 있는 서류 창고였다. 헤지아나가 꺼낸 것도 책이라기보다는 종이 묶음에 가깝다.

그녀가 이 서고에 온 이유는 가일란이 말한 것 때문이었다.

15년 전, 대륙 정상회담이 열렸던 이유도 북쪽의 무기와 인력이 동과 서에 전달되며 전쟁 준비가 되었기 때문이다. 북이 대격벽에서 얻는 질 좋은 철과 무기, 혹한과 괴물들로 단련된 강인한 전사들은 유명하다.

이비아네라도 그 대격벽이라 불리는 산맥의 일부를 소유하고 있다. 게다가 남쪽으로는 대장벽이라 불리는 또 하나의 대산맥을 소유하고 있어 질 좋은 철을 많이 얻을 수 있었지만 그걸 제철하고 야금하여 벼리는 기술은 북측의 기술에 비해 떨어졌다.

대신 그들은 평지도 소유하고 있었으므로 곡창지대에서 살찌운 말들로 강병을 육성했다. 말은 본디 파헨타움이 더 유명하지만 기병의 기세는 이비아네라가 훨씬 유명했다. 말을 무장시킬 여력이 충분하니 당연한 일이었다.

15년 전 북측이 동과 서에 무기를 푼 건 전쟁을 위해서라기보다는 당시 파헨타움의 징발에 반발하기 위한 목적이 컸다. 당연히 파헨타움과 북쪽의 각도 예리하게 섰고, 지금과 같이 본격적이진 않아도 여러 가지 불화가 터졌던 모양이다. 그때 그 무기 문제를 어떻게 처리했는지가 갑자기 신경 쓰였다.

　"으."

　하지만 진짜 그게 관심 있어서 이 한가한 곳까지 온 건 아니다.

　헤지아나는 작게 신음하며 고개를 숙였다. 방으로 돌아가자마자 헤지아나는 아서가 무섭게 굳은 표정으로 자신을 찾았다는 이야기를 들었다. 듣자마자 도망쳐야 한다고 생각했다. 그 생각엔 근거도 이유도 없었다.

　'으, 오늘 아침만 해도 밀어붙이자고 생각했으면서 몇 시간 만에…!'

　애꿎은 양장을 투닥투닥 두드려 팬 헤지아나는 그대로 책 표지에 얼굴을 파묻었다.

　그렇지만 대체 무서운 걸 어쩌란 말인가. 그가 무서운 표정으로 다가오는 모습을 생각하기만 해도 심장에 부담이 온다. 소화가 다 되었을 아침이 얹히는 것 같다. 대체 그는 그 표정으로 무슨 폭탄선언을 할 것인가. 될 수 있으면 영원히 유예하고 싶은 일이었다. 불가능하겠지만.

　이러면서도 참으로 잘, 퍽이나 어젯밤 그와 그런 일을 했구나.

　"으으…"

　헤지아나는 신음하며 손을 꼭 움켜쥐었다.

　여기서 굴하면 안 된다. 일은 이제 시작되어 겨우 첫발을 떼었을 뿐이다. 거기서 벌써 움츠러들면 어쩌잔 말인가. 헤지아나는 이를 악물고 천천히 심호흡했다. 몇 분 동안 심호흡을 하자 불안하게 두근거리던 박동도 가라앉았다.

"좋아."

다짐하듯이 자신에게 몇 번이고 말하며 헤지아나는 책을 꼭 움켜쥐었다. 아셔가 대체 무슨 생각으로 그렇게 무서운 얼굴을 하고…. 아, 잠깐. 자신감이 없어졌다. 잠시 진정하고, 좋아, 왜 그러는지는 모르겠지만 만나서 이야기해 보아야 할 일이다.

설마하니 자신의 앞에서 자해하거나, 자결하거나, 기타 사지 절단을 하는 등의 유혈 사태를 벌이진 않으리라. 절대 그러지 않으리라.

헤지아나는 마음을 굳히고 앉아 있던 사다리에서 일어섰다. 그래, 만나서 일단 이야기를 해야 한다. 만나 보는 거다.

"성하."

"꺄, 와아아아앗!!"

비명을 채 지르기도 전에 헤지아나는 발치에 쌓아 둔 서류 뭉치에 걸려 뒤로 넘어졌고, 나무로 장정된 서류철에 뒤통수를 찧었으며, 높이 쌓여 있던 책 더미에 허리 중간이 걸려 큰 충격을 받았다. 마지막으로 넘어진 헤지아나의 배 위로 조용히 책 한 권이 떨어졌다. 물론 장정본이었고 모서리였다.

"크흡."

"성하!"

헤지아나가 숨도 쉬지 못하고 배를 감싸 쥐자, 말랐지만 튼튼한 팔이 재빨리 헤지아나를 부축해 일으켰다.

"성하, 괜찮으십니까?"

"꺄!!!"

걱정스러운 표정을 짓고 있는 얼굴을 본 순간 헤지아나는 반사적으로 그의 얼굴을 밀어 버렸다. 밀쳐 내진 이는 순간 충격을 받은 듯 밀어내진 상태 그대로 고개를 돌리고 가만히 있었다.

헤지아나도 후회했다. 하지만 놀랄 수밖에 없었다. 그도 그럴 게 너무 빠르지 않은가. 아셔를 만나 이야기하자 결심한 지 몇 초나 지났다고.

"아, 아셔? 괜찮나요? 미안해요, 너무 놀라서, 그게, 사람이 없어서!"

"예, 괜찮… 습니다. 하긴, 사람이 없는 게 당연한 곳이니 놀라셔도….'"

입은 괜찮다 하나 괜찮아 보이는 표정이 아니었다. 헤지아나는 아셔에게 다가가 그의 은색 머리카락을 쓸어 올리며 상처가 난 곳이 없는지 살폈고, 아셔의 머리는 헤지아나의 손길에 좌우로 흔들렸다.

"아셔, 혹시 다친 곳은…."

"아, 아닙니다. 성하께서야말로 괜찮으신지요. 넘어지고 부딪히셨잖습니까."

아셔는 손을 들었다. 하지만 그 손이 헤지아나의 몸에 닿지는 않았다. 그의 손은 허공에서 멈칫하더니 갈 곳을 잃고 허둥대다, 결국 그녀의 앞에 내밀어졌다.

"일어나십시오."

"고마워요."

아셔의 손을 잡고 일어난 헤지아나는 잠시 주변을 두리번거렸다. 아셔를 지나치고 나가기에는 너무나 아셔가 한가운데 길을 떡하니 막고 있어 부딪히는 게 껄끄러운 데다가, 나가서 또 어딜 갈 것인가 싶기도 했다.

어차피 이야기도 해야겠다. 헤지아나는 옆에 놓인 적당한 높이 의 사다리 위에 어색하게 앉았다. 그 고민의 시간이 결코 짧지 않 았음에도 불구하고 아셔는 고민하는 듯한 얼굴로 한마디도 하지 않았다. 원래 군말을 하지 않는 타입이지만 그 고민하는 듯한 표정 이 영 부담스럽다. 마침 말할 것도 있던 헤지아나는 먼저 입을 열기 로 했다.

"아셔, 혹시 북측에서 연락은 없었습니까?"

"예, 없었습니다. 소식을 원하시는 일이 있는지요?"

말하는 목소리는 편안하고 평소의 그다워서 헤지아나는 조금 안 심했다. 고개를 끄덕이며 그녀가 말했다.

"북측이 무기를 유통한다는 이야기가 들어왔습니다. 그것도 주 로 서쪽에 주고 있다더군요. 아직 확실한 바는 아닙니다."

"사실이라면 그 때문에 저를 밀어냈다고 볼 수 있겠군요. 확정할 바는 아니겠습니다만."

"저도 그렇게 생각합니다. 다만 서쪽이 연합하여 무기를 수입하 고 있다 하는데 그 정도의 물자가 눈에 안 띌 리가 없습니다. 이에 대한 수색이 필요할 것 같습니다만, 아셔, 그대는 북쪽 출신이고 오 래 돌아다녔으니 잘 알겠지요. 활발한 시장과 유통 경로를 중심으 로 수색을 명하십시오."

'예'라는 대답은 곧장 들려왔다. 아니, 들려와야만 했다. 하지만 그 소리는 의외로 한참 시간이 지난 후에도 들려오지 않았다.

헤지아나는 고개를 돌려 아셔를 쳐다보았다. 그의 표정은 어느새 초조함으로 굳어 있었다.

"아셔?"

"성하, 외람되지만 제가 그 명령을 수행할 수 없을 것 같습니다."

"어째서인가요?"

무슨 소리냐는 듯이 헤지아나가 눈을 동그랗게 뜨고 물어보자 아셔는 입술을 깨문 채 고개를 돌리더니 한참 후, 헤지아나의 앞에 한쪽 무릎을 꿇고 앉았다.

"파문을 청합니다."

"예?"

헤지아나의 목소리가 전에 없이 꺾였다.

그도 그럴 게 파문이라 함은 보통 받는 게 아니라 당하는 것이다. 보통 누구도 겪길 원하지 않는다.

실상 그건 단순히 교계에서의 방출만을 의미하지 않는다. 물론 기한부로 구제의 여지가 있는 징벌적 파문도 있지만 일반적으로 사람들이 아는 파문은 그러한 구제의 여지를 배제하였으며 모든 교인과의 접촉이 금지된다.

즉 교세가 지금보다 훨씬 강력하였을 때는 사회 그 자체에서 거부받았다는 뜻이다.

현재 교세가 그때보다는 약화되었다고 하나 여전히 대부분의 사람들은 낮은 곳에 임하는 세계의 창조주를 믿었고 그 교리를 따랐다. 또 파문은 사회와의 차단만을 의미하지 않는다. 파문은 박애를 실천하는 종교가 유일하게 공식적으로 증오와 분노를 토해 낼 수 있는 수단이었다.

파문은 사회—현세뿐만이 아니라 내세에까지도 창조신과의 접근을 거부한다. 영혼의 구원도 사후의 평안도 얻을 수 없다는 이야기로, 그건 파문당한 상대를 창조주의 사랑과는 단절된 존재로 만들겠다는 영원에 걸친 저주였다.

물론 교황들이야 사후의 천국에 대해서 대대로 회의적인 입장이긴 했다. 그러나 그 문제와는 별개로 파문이라는 수단 자체가 저러하기 때문에 교황들은 파문이라는 수단을 사용하기를 극히 꺼렸다. 헤지아나 역시 마찬가지였다.

파문은 영혼과 육체의 사형선고나 다름없는 일이었다. 하물며 파문이 성직자인 그에게 어떤 의미인지는 말로 할 필요도 없다.

"아, 아셔? 무슨 말을 하는 거죠? 지금, 대체!"

"그러기에 마땅한 짓을 저지르지 않았습니까."

고개를 숙인 채 아셔가 말했다. 헤지아나는 그가 무엇을 말하는지를 알아채고 자리에서 벌떡 일어나며 외쳤다.

"아셔! 제가 무어라 말했는지 벌써 잊었습니까?! 번민하지 마라 명하지 않았습니까!!"

"하지만 성하."

아셔는 고개를 더욱 수그리며 말했다. 일어선 헤지아나에게는 그의 뒤통수만 보였다.

"저는 만물의 주인께 맹세한 바가 있습니다. 저는 그 맹세를 지키지 못하였으며 더하여 만인들 중 가장 그분과 가까운 분, 그분의 대리인을 욕보인…"

"창조신께서는 당신의 순결을 원하지 않으십니다."

순간 너무 극단적으로 말했나 후회했다.

하지만 사실은 더 극단적이지 않은가. 창조신은 자신의 대리자와 그 종의 처녀와 동정을 원하지 않는다. 청빈을 원하지 않는다. 금욕도 원하지 않는다. 그 둘이 육욕에 빠지고 타락하길 적극적으로 허락하고 있다. 아니, 간절히 바라고 있다. 그런 의미에서 보자면 어젯밤 그의 행동은 신의 뜻에 따르는 훌륭한 종의 자세였다. 물론 세간의 인식은 다르겠지만 말이다.

헤지아나는 입을 가린 손을 내리며 낮게 헛기침했다.

"그, 그리고 욕보였다니요! 어젯밤 당신을 유혹한 사람은 저였습니다. 오, 오히려, 그렇게 따진다면 제가 당신을…."

"아닙니다, 성하. 성하께서 저를 시험에 들게 하였다면, 또는 성하께서 그런 충동에 이끌렸다면 제가 바른 태도를 취했어야 합니다. 그게 그 손으로서 옳은 태도입니다. 그런데 저는 그렇게 하지 못했습니다. 거기서 그치지 않았습니다, 그 이후로 제가, 한 태도는, 그러니까…. 그, 그게…."

대체 고개가 어디까지 파고 들어갈 셈인지 더욱 수그러진다. 헤지아나도 그 이후로 나올 말을 알아 추궁하지는 못한 채 우물거렸다.

"한심한 일입니다. 저는 제가 그 정도는 절제하며 극기할 수 있는 인간이라고 생각했습니다. 허나, 그 꼴은, 그게 발정 난 짐승과 무엇이 다르단 말입니까. 육체의 순결과 정신의 정결함을 추구하였지만 결국 짐승의 본성을 조금도 이겨 내지 못한 인간이었습니다. 욕망에 쉽게 굴복하는 그런 자였습니다. 저에겐 성하의 손으로 그 임무를 수행할 자격이 없습니다."

"아, 아셔? 그러니까…."

"성하의 다정한 말씀에는 늘 감사드리고 있지만 이번은 그럴 일이 아닙니다. 무엇보다 제가 그런 말을 들을 일이 아님을 잘 압니다. 제가 지은 죄는 대역죄입니다. 성하, 모든 건 당연한 절차입니다. 죄인이 벌 받는 게 무슨 문제입니까. 추하고 부끄러워 얼굴을 들 수가 없습니다. 너무나 한심하고 부끄러워 차마 용서의 말도 구하지 못하겠습니다."

말하는 투는 차분하고 논리는 완결되어 있다. 헤지아나는 두통이 몰려옴을 느끼며 가만히 이마를 짚었다. 이런 태도의 아셔는 헤지아나를 여러 번 골치 아프게 했다.

무언가가 일어나리라곤 예상했지만 파문이라니, 이건 너무 강수이지 않은가. 차라리 자해를 하는 편이 낫겠다는 생각이 들 정도였다. 헤지아나는 어떻게 아셔를 진정시킬지 열심히 고민했다.

"아―아셔."

잠깐 혀가 꼬였다. 헤지아나는 깊게 심호흡하며 자신을 진정시켰다.

"아셔, 하나만 묻겠습니다."

헤지아나는 의젓한 자세로 사다리에 다시 앉았다. 목소리는 차분해졌고 표정은 안온하다. 물론 그 안의 두뇌는 상당한 속도로 회전하고 있었다.

"당신은 저의 무엇입니까? 성기사란, 교황의 무엇입니까?"

"…손입니다."

"그렇습니다. 그리고 저는 그 손의 무엇입니까?"

"머리지요. 그리고 지고한 분의 대리인이십니다."

"예, 저는 이 세상 만물 주인의 대리인으로, 당신의 주인의 대리인이기도 합니다. 그렇기에 당신은 제 명령에 복종하지요. 맞습니까, 틀립니까."

온화한 성품이 느껴지는 목소리였다.

박애를 주창하는 교황은 누구에게나 부드러운 목소리로 말한다. 물론 그 유함엔 늘 권위가 함께한다. 그러나 지금 헤지아나는 권위 없이, 그저 상냥하게 모든 걸 받아 주는 어머니나 누이처럼 말하고 있었다.

창조신이, 그 대리자인 교황이 이 성기사에게 말하는 건 늘 절대적이다.

그 말은 그녀가 말할 때마다 그가 자신의 규칙을 뒤바꾸는 일이 많다는 걸 의미한다. 심지어 그녀가 이전에 한 말과 모순되더라도, 잠깐 저항은 할지라도 곧 수긍하고 받아들이리라. 그렇게 자신의 세계를 개벽시킨다.

교황 앞에서 그는 늘 백지로 무구한 어린아이이며 그런 아이에게 무언가를 가르칠 때는 늘 조심조심 엇나가지 않게 주의해야 한다. 헤지아나는 그 사실을 가슴속 깊이 새기며 하나하나 말을 짜냈다.

"아셔, 살인은 나쁜 것이지요. 하면 안 됩니다. 악인이라 하여 함부로 해하면 안 됩니다. 교리에 그리 적혀 있지요. 하지만 아셔, 제가 누군가를 처분하라 하면 그대는 어떻게 하시겠습니까?"

대답은 정해져 있다. 실제 교리야 그렇지만 성기사들은 그 이름에서부터 알 수 있듯이 전투를 행하는 자들이다. 이교와 종교전쟁의 역사를 가진 교황청은 유혈 사태에서 순결한 집단이 아니며, 또한 과거 교황청을 짓누르려던 자들을 제거한 적도 있다.

"따릅니다."

"왜죠?"

"그것이 이 세상 주인에게 순종하는 일이기 때문입니다."

"선인을 사사로이 해하는 일을 명하면 어쩌려고 그러시는 겁니까?"

"성하께서 그러실 일은 없습니다. 만약 그렇다고 하더라도 필요한 일이라고 성하께서 생각하신다면, 그렇게 하는 게 옳은 일입니다."

이런 건 좀 용서하지 않는다고 해 주길 바랐다. 헤지아나는 낮게 한숨을 내쉬며 아셔에게 다가가 그의 머리에 손을 얹었다. 한없이 꺼져 가던 그의 고개가 조금 들렸고, 손가에 얽힌 그의 은색 머리카락은 생각 이상으로 가늘고 부드러웠다.

"그렇다면 아셔, 제가 당신에게… 어, 음, 그, 그러니까…."

아무렇지도 않게 말할 생각이었다. 그러나 그 말을 입에 올리려고 한 순간 얼굴이 확 달아오른 헤지아나는 부끄러움을 견디지 못하고 눈을 꼭 감아 버렸다.

"도, 동침을 명하면 당신이 따르는 건 당연한 일 아닙니까?"

"예? 저, 저는…. 자, 잠시, 성하, 어째서 제가, 성하, 의, 그런, 노릇을…."

아셔가 의외의 소리에 고개를 퍼뜩 들더니 곧바로 고개를 숙이곤 회색 눈동자를 굴렸다. 헤지아나는 아셔의 시선이 닿은 순간 고개를 홱 돌려 버린 상태였다.

"살인은 이유가 필요 없고 하, 하룻밤 같이 보내는 데에는 이유가 필요한 겁니까? 아셔, 경중이 다르다고 생각하지 않나요?"

"그게, 어째서, 성하, 제, 제가 성하와 그런 걸 해야 한다는…!!"

"어제 아침 당신은 '뭐든지 하겠다', '벌을 달라'고 마, 말했습니다. 전 똑똑히 기억해요. 그, 그래서 저는 벌을, 그렇게 한 겁니다. 당신은 저의 명령을 따랐지요. 그건 옳은 태도입니다, 아셔."

"으, 음란의 죄에 벌을 핑계로 한 음란을 저지르는 건 말이 안 된다고 말씀드렸을 겁니다. 그건 그저…"

"아셔, 벌이란 건 말입니다."

헤지아나는 뜨거워진 얼굴을 한 번 만져 보고 마른침을 넘겼다.

"사람들이 좋아하지 않는 것이 대부분으로 이루어져 있습니다. 왜일까요?"

"그래야 사람들이 같은 잘못을 반복하지 않고, 경험으로 남아 교훈이 되기 때문 아닙니까?"

"그렇지요. 그래서 벌은 대부분 그리 사람들이 좋아하지 않는 것들이 대부분입니다. 아셔의 경우에는 그, 남녀의… 그것도 해당된다고 생각합니다."

"그, 그건…"

아셔의 눈동자가 심하게 흔들렸다. 그는 조심스럽게 자신의 뺨을 어루만지는 헤지아나의 손을 잡아 내리며 눈을 굴렸다.

"그건… 죄송하지만 벌이 아니었습니다. 저는 완전히 쾌락에 젖어서, 앞뒤 하나 분간 못하고 성하께, 그, 정욕을, 실컷… 예, 즐겼습니다. 그건… 정말로…"

"아셔, 꼭 괴롭게 하는 것만이 벌은 아닙니다. 공부하기를 싫어하는 아이에게 수업에서 빠진 벌로 공부를 하게 할 수도 있지요.

그래서 그 벌에서 아이가 배우는 즐거움을 얻는 걸 목적으로 할 수도 있다고 생각….”

“그, 그건 대체 무슨 말씀이십니까?”

말끝을 흐리던 헤지아나는 그대로 입을 다물어 버렸다.

사실 알 리가 없지 않은가. 되는 대로 말하고 있는데.

헤지아나는 어느 순간인가부터 이것이 순발력 게임으로 바뀐 걸 느꼈다.

따지고 드는 아셔에게 논리가 거덜 나는 건 순식간이고, 그 상태에서 말을 짜내는 건 순발력이 없으면 힘겨운 일이다. 헤지아나는 필사적으로 온화함을 지키며 머리를 굴렸다.

사실 헤지아나야 아셔와 동침해야 하기 때문에 덮치고 든 것이고, 그를 납득시킬 만한 이유는 아무것도 없다. 동침하며 그에게 벌을 들이댄 것도 그저 그를 순순히 만들기 위해서 했던 말일 뿐, 지금과 같이 심오한 이유로 말했던 건 아니다.

물론 그게 진짜 심오한지의 여부는 알 수 없다. 헤지아나는 지금 자신이 앞뒤가 맞는 말을 하고 있는지 자신이 없었다. 말을 만들어 내기 바빠 논리의 정합성에 대해 깊게 신경 쓸 수가 없었던 것이다.

상대는 파문을 신청한 이였다. 파문을 시킬 수도 없는 이 성기사를 제대로 세뇌, 아니, ‘하나하나 가르쳐 주지 않으면’ 그가 날뛸 확률은 100%에 가깝게 상승한다.

혹은 그걸로 끝나지 않을 수도 있다. ‘조심조심 엇나가지 않게 가르쳐 주지 않으면’, 어딘가가 엇나간 부분이 반드시 망치를 맞고, 그 파편이 지나가던 사람을 후려치리라. 이 경우는 아마 지나가던 다른 다섯 대표를 후려치고 중상을 입히는 결말로 귀결되겠지.

"제가 당신이 그, 그런 걸 배우길 바랐다는 겁니다."

"어째서…."

"아셔는 너무 완고하단 말입니다. 어제도 말했을 겁니다. 창조신께서는 저희가, 그러니까, 굳이 금욕에 얽매이지 않아도…."

"압니다. 하지만 방탕함을 원하지는 않으셨을 겁니다. 그분이 말씀하신 건 연인이나 부부가 서로를 존중하며 사랑을 나누는 관계겠지요! 절대 육욕에 허덕대고, 이성을 잃어 날뛰길 바라진 않으셨을 겁니다."

하지만 현실은 무도해 정확히 그 반대다. 그러나 헤지아나는 거기까지는 말할 수 없었다.

"성하, 성하께서 온갖 미숙한 것들을 동정하며 사랑으로 보살펴 주시는 분임은 익히 압니다. 허나 그렇게까지 저를 감싸려고 하실 필요는 없습니다. 제가 가장 잘 알고 있습니다!! 어젯밤의 제 태도에 대해 잘 알고 계시지 않습니까! 성하께서, 그럴 리는 없겠지만, 분명 그럴 리는 없으시겠지만…!"

"아셔, 목소리가…."

아셔의 목소리가 높아졌다. 헤지아나는 아셔를 진정시키려는 듯이 그를 향해 손을 뻗었다.

"저를 멀리 보낸 성하께서 그럴 리는 없으시겠지만 만약 제가 마음에 들어 그리하셨다고 해도…!!"

하지만 그 손은 더는 움직이지 못했다.

몸이 움츠러들었다. 심장이 차갑게 굳는 것 같았다. 뒷머리를 한 대 얻어맞은 것 같았다.

모르리라고 생각했다. 아니, 신경 쓰지 않을 거라고 생각했다. 그렇기 때문에 모르는 것으로 해 두고 모르는 척, 양심의 가책도 없는 듯, 그렇게 대했다.

하지만 그는 자신이 멀리 보내졌다는 사실을 알고 있었고 신경 쓰고 있었다. 표면상의 평화를 유지하기 위해 아닌 척하고 있던 헤지아나는 갑자기 그 새카만 속내가 까발려진 기분에 한없이 부끄러워졌다.

"그래서 맺어졌다 하더라도, 그래서는 안 되는 것 아닙니까! 충동에, 본능에, 육욕에 모든 걸 맡기고 그저 몸이 시키는 대로 움직이는 것밖에 할 수 없다면 대체 그게 정을 나누는 사람입니까, 아니면 짐승입니까? 색욕으로 사람을 홀리는 악마들도 그렇진 않을 겁니다."

"아셔, 그건."

"그건 맺어지는 게 아니라 그저 일방적으로 육욕을 채울 뿐인 방탕함이고, 상대에게 있어서는 겁탈이나 다름없는 모욕 아닙니까? 성하, 저는 무섭습니다. 춘몽을 꾸고 아무런 제지도 받지 않았고, 그런 짓을 저지르지 않았습니까? 성하께서는 자애롭고 관대하시니 저를 분명히 용서하시겠지요. 하지만 이번에는 제가 저를 용서할 수가 없습니다! 그에 대한 벌을 받지 않으면 또 얼마나 오만해져 그런 짓을 하고, 또 익숙해져 타락할지 무서운 겁니다!"

젠장, 대화가 통하지 않는다.

물론 그건 아셔뿐만이 아니라 헤지아나도 마찬가지였다. 서로 자기 말만 하고 있고 소통이 되질 않는다. 둘이 서로 방언을 하고 있는 듯한 기분을 느끼며 헤지아나는 아셔와 책꽂이, 바닥을 번갈아 쳐다보았다.

금욕의 맹세를 깼다는 충격도 있는 것 같고, 그 상대가 교황이라는 사실에 대한 충격도 제법 큰 것 같다. 어제 충분히 세뇌를 시킨 탓인지 걱정한 만큼 심각하지는 않은 것 같지만 그래도 자신이 거부했어야 한다는 생각을 하고 있는 것 같고….

제일 큰 문제는 자신이 충동에 휩쓸렸다는 사실을 용납하지 못하기 때문인 것 같다. 헤지아나는 목소리를 가다듬었다. 속내가 드러났다는 충격에 빠져 있을 시간은 없었다.

"아, 아셔. 그, 파헨타움 출신의 신심 두터운 기사가 이렇게 말한 적이 있습니다. 그 기사는 원래 평판이 좋지 못했으나 회개한 경우입니다. 그는 절제라는 건 쾌락과 방종을 모르는 이가 행하는 게 아니라, 아는 이가 행하는 것이라고 말했습니다. 순결한 자가 욕망을 억제한다는 건, 그저 무지를 무지인 채로 놓아 두는 것이라고…. 몰랐던 것이 어디가 적당한지도 모르는데 어떻게 절제할 수 있겠습니까. 아셔도, 그, 처음이지 않았습니까?"

"배부르게 먹어 보지 못한 빈궁한 아이라도 배부르다는 걸 처음 경험했다 하여 깨닫지 못할 리가 없으며 그걸 제어하지 못할 리도 없습니다. 처음이라 해서 그게 쾌락인지 모를 이가 어디 있겠습니까? 저는 지금도 두렵습니다. 무엇보다, 성하께서 대체 저를 얼마나 금수만도 못한 놈이라 여길까 두려워서 견딜 수가 없습니다."

"아, 아니, 그런 생각은 하지 않습니다. 그, 유혹은 제가 한 것이지 않습니까!"

물론 약을 썼을 때와 별반 다르지 않다고 생각은 했지만 그렇다고 해서 그를 짐승이라 여겼던 건 아니다. 헤지아나는 그의 턱을 쥐어 위로 들어 올렸다. 이미 울먹한 회색 눈동자가 그녀의 파란 눈동자를 피했다.

헤지아나는 깊게 심호흡하며 마음을 굳혔다.

"아셔, 한 가지만 확실히 하겠습니다. 어제 당신은 저의 말에 따라, 저와, 그, 동침을… 했지요. 제 말을 따른 걸 후회합니까?"

"아, 아니요. 그건 아닙니다. 성하의 명에 따른 걸 후회하지는 않으나…."

"그럼 한 가지 더 묻겠습니다. 지금 후회하는 건 자신이 충동에 휩싸였다는 사실에 대한 후회입니까?"

"그것도 중요한 문제이지만, 성하, 저는 맹세를 저버렸고 성하에게 그런…!"

"그건 중요하지 않다고 말했습니다. 그래서, 난생 처음 사탕을 먹어 본 아이가 허겁지겁 그걸 몇 개나 탐닉한 모습이 너무나 무절제하고 비이성적이어서 그러한 모습이 추하고 부끄럽다고 느끼는 겁니까?"

반박하려 하는 아셔의 입술에 손을 얹고 헤지아나가 물었다. 아셔가 할 수 있는 대답은 단 두 가지, 고개를 끄덕이거나 젓거나. 그것 외에는 허락되지 않았다.

아셔는 한참동안 움직이지 않았다. 그는 시선을 내리깔고 바닥만 한동안 쳐다보다가, 겨우 체념한 듯이 고개를 끄덕였다.

"아셔, 그렇다면 그건 조절하는 법을 배우면 될 일입니다. 본능은 원래 강렬한 것이고 처음 접하는 건 놀라워 빠져들기 십상입니다. 하지만 개들도 훈련을 통해 주인의 명에 따라 음식에 달려들지 않을 수 있지 않습니까."

"하지만 성하…."

"이견을 달지 마세요. 지금 제 결정에 따르지 않겠다는 겁니까?"

"그건 아닙니다. 하지만…"

헤지아나는 다시 손끝으로 그의 입술을 눌렀다.

생각하건대, 그에게 말을 하지 못하게 만드는 게 최고인 것 같다. 자괴감이 온몸을 휩쓴다. 교황이나 되어 하는 일이 권위로 사람을 누르고, 명령에 강제로 따르게 하고, 그런 것밖에 없다니. 이게 다 창조신 놈 때문이다.

"아셔, 당신은 파문된다 하더라도 세상의 주인과 그 대리인의 가르침을 따를 겁니다. 그리고 그 말에 거역하지 않을 것이지요? 저는 당신이 그러리라고 생각합니다."

"그럴… 것입니다."

"그렇다면 굳이 당신을 파문할 이유가 없습니다. 불충하지도 않고, 그저 조금 충동적이었다고 하여 자신에게 그런 극형을 내려야 할 이유가 어디 있지요?"

"성하, 저는!"

"아셔, 당신이 섬기는 교황이 지금 결정을 내렸습니다. 그에 순종하지 못하겠다는 겁니까?"

아셔의 눈동자가 복잡하게 흔들렸다. 그 흔들리는 눈동자를 자신을 쳐다보게 한 다음 헤지아나는 강하게 말했다.

"성기사로서 교황에게 순종한다는 미덕은 당연히 갖춰져야 하는 게 아닙니까. 어째서 따르지 않고 의심하며 그 결정에 불복합니까. 아셔, 저를 따르고 싶지 않은 겁니까?"

"아, 아닙니다."

"그렇다면 저의 말을 한 치의 의심도 없이 따르는 것이겠지요?"

"그, 그건…."

번뇌하는 것 같았지만 당연하게 그 번뇌는 짧았다.

그는 고개를 끄덕였고 기다렸다는 듯이 헤지아나는 말했다. 이미 몰아붙이기로 작정한 헤지아나의 표정에서 망설임은 찾아볼 수 없었다.

"그렇다면 왜 제 말에 따르지 않는 것이지요? 이건 불복이라고밖에 생각할 수 없습니다."

"불복은 아닙니다, 성하. 그저 저는…."

"저는 그에 대해 지금 모든 해결책을 제시하였습니다. 문제가 아니 되는 걸 분류하고 어떻게 해야 할지를 말했습니다. 허나 아셔, 그대는 자신의 방식을 고수하려고 하지요. 그건 불복입니다."

"아닙니다, 저는 성하의 말을 따릅니다."

"그렇다면 아셔, 그 말에 책임을 요구합니다. 순종의 의미로 예식에 따라 제 발에 무릎 꿇고 입 맞출 수 있나요?"

헤지아나가 기다린 건 '예'라는 대답 정도였지만 아셔가 취한 건 행동이었다.

아셔는 헤지아나의 스커트 끝단 속으로 바로 손을 밀어 넣었고, 치마 밑에 들어온 손길에 헤지아나는 놀라 뒤로 물러섰다. 그제야 아셔는 당황한 표정으로 손의 움직임을 멈췄다. 자신의 행동이 파렴치한과 별반 다를 바가 없다는 사실을 깨달은 탓이리라.

"하, 하려는 건가요?"

"예, 에…."

해야 하는 걸까?

잠시 고민하던 헤지아나는 지르기로 했다. 이렇게 된 거 확실히

해 버리는 거다. 헤지아나는 아셔를 향해 발을 뻗으며 치맛자락을 들어 올렸고, 아셔는 그 발을 모시듯 두 손으로 감싸 쥐어 받쳤다. 그는 거의 바닥에 엎드리듯 매우 낮게 부복한 자세로 헤지아나의 신발 위에 입 맞췄다.

아셔는 고개를 들지 않았다. 헤지아나 역시 아무 말도 하지 않았다.

잠시 침묵이 흘렀다.

"아셔."

"예."

아셔는 바로 대답했다.

"맨발에 입 맞출 수 있겠습니까?"

헤지아나는 그가 아직도 쥐고 있는 발을 빼, 실수로라도 걷어차지 않도록 천천히 자리에서 일어났다. 그녀는 아까 앉은 사다리 위에 다시 앉더니 긴 치맛자락을 끌어올렸다.

하기로 한 거, 좀 더 확실히 지르기로 한 것 그 두 번째였다.

"지금 아셔가 한 건 일반적인 것이지요. 지금이야 신발 위에 입 맞추는 행위가 일반적입니다만 고사에서는 다릅니다. 맨발에 입 맞추지요. 상대에게 무엇이 없더라도 보다 낮은 위치에서 따름을 약속하는 겁니다."

가죽신에 감싸인 발을 아셔에게 조심스럽게 내밀며 헤지아나는 말했다.

"지극히 복종적인 예식입니다."

그리고 아셔를 쳐다보았다. '할 수 있겠느냐'고 묻는 듯한 표정이었다.

하지만 아셔는 가타부타 말로 하지 않았다. 그는 다시 자세를 낮춰 앉아 왼손으로는 헤지아나의 발목을 쥐고 신발을 벗겼다. 꼭 맞는 가죽신이 발에서 떨어지며 하얗고 긴 목양말에 감싸인 발이 드러났다.

냄새는 안 날 거다. 신은 지 몇 시간 지나지 않았고, 땀도 나지 않았으니까. 그러기를 바랄 뿐이다. 어차피 아셔는 아무 말 하지 않겠지만 여자의 수치심은 그런 걸 용납하지 않는 법이다. 아니, 그러면 애초에 이런 걸 요구하지 말았어야 하는 게 아닐까?

호기에 돌이킬 수 없는 실수를 한 것 같다고 생각하며 헤지아나는 그가 목양말을 벗기기 쉽도록 조금 더 스커트를 걷어 올려 깔고 앉아 고정시켰다.

하얀 발이 드러나자 헤지아나는 긴장했다.

여심이란 섬세하다. 첫 키스를 할 때 입 냄새가 나지 않을까 걱정하며, 첫 잠자리에서 벗은 몸을 보고 살쪘다고 생각하지 않을까 신경 쓰며, 상대가 아래쪽을 입으로 애무라도 하면 소스라치게 겁내면서 거부하는 게 일반적이다. 물론 헤지아나는 그러지 못했지만 말이다. 그렇지만 여태껏 그러지 못했다고 해서 이 문제에까지 신경 쓰지 않을 수는 없었다.

아셔는 잠시 그 발을 쳐다보았고, 헤지아나는 입술을 꾹 깨문 채 아무 말 없이 발을 들이밀었다. 그 의미를 깨달은 아셔는 종아리에 양손을 얹어 천천히 양말을 끌어내렸다.

흘러내린 양말이 발목을 지나 발등에 걸쳐졌다. 아셔는 갓 드러난 발목 위로 고개를 숙여 입술을 얹었고, 헤지아나는 얼굴이 화끈거림을 느끼며 몸을 움츠렸다. 아무런 선정적일 게 없는 광경인데도 보기가 민망했다. 아셔는 왼손으로 발뒤꿈치를 붙잡고 오른손으로 양말을 끌어당겨 벗겼다.

창문 너머로 들어오는 정오의 햇살에 가림 없이 드러난 발끝은 부끄러운 듯이 움츠러들었지만 아셔는 오른손으로 발가락을 쥐고 발등에 키스했다. 헤지아나는 부끄러워서 더 견딜 수가 없었다.

"그, 그걸로 됐습니다. 그만해도, 읏."

헤지아나의 몸이 크게 떨리며 움츠러들었다. 반사적으로 다리를 끌어올렸지만 아셔는 헤지아나의 발을 놓지 않았다. 한 번 더 그의 입술이 발등 위에 내려앉고 곧 좀 더 아래, 발가락 사이에 닿았다. 놀란 헤지아나의 몸이 움직였고, 아셔는 움직인 헤지아나의 발을 고쳐 쥐었다. 그 사이 그의 마른 손가락이 여린 발바닥 가운데를 간지럽히듯 훑었다.

"힉…."

등골이 오싹했다. 발가락이 견디지 못하고 꼼지락거리자 그는 제멋대로 노는 발가락 위에 하나하나 입 맞추고 헤지아나의 발을 들었다. 헤지아나는 벌어지는 치맛자락을 손으로 가리며 숨을 들이켰다.

발바닥에 입술이 닿는다. 간지러운 기분에 헤지아나는 입술을 꾹 깨물고는 거친 숨을 들이 내쉬었다. 붉어진 얼굴마저 간지러워지는 것 같았다.

"아, 아셔. 이제 그만…."

그러지 않아도 발뒤꿈치까지 입 맞춘 아셔는 조용히 입을 뗐다. 그리고 헤지아나의 앉은 자리 밑에서 고개를 숙였다.

"왜, 왜 발바닥까지…."

"맨발에 입 맞추는 것이라고 하지 않으셨습니까?"

"보통 발등에만 한단 말입니다. 그렇게 구석구석 하는 게 아니라…!"

아무래도 발이 성감대인 건 확실한 것 같다. 간질간질해진 몸의 춘기를 가라앉히려고 애쓰며 헤지아나는 공연히 아셔에게 퉁명스럽게 굴었다. 그 모습에 아셔는 조금 당황한 듯이 불안하게 좌우를 살폈다.

"하지만 발에 입 맞춘다는 건, 성하께서 말씀하셨듯이 제일 낮은 자임을 증명하는 태도 아닙니까. 누구나 자세를 낮추어 그에 봉사해야 하며 저의 경우는 특히 성하께…."

"그렇다는 건 제 말에 이제 순종하겠다는 뜻인가요?"

"저는 언제나 그래 왔습니다, 성하."

언제나 그렇지는 않았다.

헤지아나는 어두운 표정으로 시선을 피했다. 그가 조금만 정상이었다면, 자신에 대해 분별이 있거나 아니면 정말로 모든 일에 완벽하게 자신의 뜻대로 따르는 이였다면 그를 멀리 보내지는 않았으리라.

어쩔 수 없었다. 그는 맹신이 지나쳐 조금씩 어긋났고 반드시 헤지아나가 견딜 수 없는 행동을 했다. 그가 조금만 더 일반적이었다면 이렇게 권위로 찍어 누르고 강압하는 태도를 취하지 않아도 될 텐데. 아니, 애초에 이런 대화조차 하지 않았으리라.

"아셔, 나는 그러니까…."

헤지아나는 시선을 피한 채 가볍게 입술을 깨물었다.

"당신이 제 말을 조금만 더 잘 따라 주었으면 합니다. 의심 없이,

반론 없이."

그에게 분별력을 기대하진 않는다. 그렇다면 최선의 방법은 그것이었다.

"마, 만약 그렇게 한다면 저, 이 회의가 끝난 후에, 당신을 굳이 북쪽으로 보낼 이유는… 없어요. 당신도 원래 그 직위라면 이곳에서 해야 할 일이 있으니까요."

"아…."

아셔는 고개를 들고 쭈뼛거리는 헤지아나를 올려다보았다. 마치 버림받았던 개가 돌아온 주인을 보고 반가워 매달리기 직전의 표정 같다. 그런 표정이 부담스러워서 견디기 힘들었다.

"성하, 저, 저는, 그, 그렇게 된다면… 기쁘겠습니다. 저는, 아니, 감히 바라도 될 것인지는 모르겠습니다만…."

"바라도 되는 것입니다. 원래 그대는 그래야 했어요."

"아, 아뇨. 그게 아니라, 그러니까, 그렇게 된다면 가끔 성하가 생각하시는 교리에 대해 배우고 싶다고…. 생각하고 있었습니다. 가, 가능할까요…."

소박한 소망을, 기어들어 갈 것 같은 목소리로 말하며 아셔는 고개를 숙였다.

'저를 멀리 보낸 성하께서 그럴 리는 없으시겠지만.'

아셔는 알았다. 자신이 그를 피하고 있으며, 도저히 같이 있을 수 없다고 생각해 사실상 쫓아냈음을.

그는 신을 광신하고 교황을 맹신했다. 그러나 그 광신은 아셔가 선택한 것도 아니고, 더더군다나 헤지아나가 그리 만든 것도 아니었다. 그러나 갓 알에서 깨어난 새끼 새가 절대적인 존재에게 접근을 거부받아, 홀로 북쪽을 떠도는 기분은 대체 어떠했을까?

물론 그는 그것 또한 교황의 명으로 섬겨 기쁘게 수행했으리라. 그렇게 생각해 왔고, 지금도 그러리라고 생각은 한다.

다만, 그가 사실을 알고 있음을 깨달아 버린 지금은 '정말 그렇기만 했을까'라는 생각을 저버릴 수가 없었다.

그게 존경인지 사랑인지 어떤 건지 아무것도 몰라도, 알에서 나와 따르게 된 어미 새같이 절대적인 이가 자신을 홀대하고 거부한다는 감각은 상상이 되질 않았다. 단순히 호감을 가진, 좋아하는 상대에게도 거부받으면 밤잠을 설칠 정도로 걱정스럽고 괴롭다.

동정심 많은 여인이 그 사실을 깨닫고도 상대를 계속 무시할 수 있을 리 없다. 애써 아니리라 무시해 왔던 얇은 벽은 그 말 한마디에 무너져 내려 더는 무시할 수 없게 되었다.

헤지아나는 가라앉은 목소리로 대답했다.

"가능합니다, 당신이 제게 따른다면요."

"저는 언제나…."

"그렇기 때문에 아셔, 저는 당신이 저에게 얼마나 순종할 각오가 되어 있는지 그 사실을 알아야겠습니다."

헤지아나는 치마를 걷어 하얀 허벅지를 드러냈다. 아셔는 얼굴을 붉히며 바로 고개를 숙였고, 헤지아나는 발을 뻗어 발끝으로 그의 턱을 들어 올렸다.

"아셔, 핥아요."

"성하?"

이해하지 못하고 중얼거리는 아셔의 입술을 헤지아나의 발가락이 눌렀다. 아셔의 창백한 입술을 쳐다보며 헤지아나는 떨리는 숨을 깊이 들이쉬었다.

가면을 쓸 작정은 되어 있지만 아직 그게 익숙하지는 않았기 때문이다.

"소중한 것을 보살피듯이, 사랑하는 것을 애무하듯이 그 입술과 혀로 적시도록 하세요."

어차피 2차를 할 생각이었다. 그렇다면 지금 이 자리에서 한다고 해도 문제는 없으리라.

아셔를 위해서도 그의 목에 자신을 위한 줄을 빨리 채우는 편이 좋다는 결론이 내려진 상태였다. 헤지아나는 몸의 떨림을 숨기며 발끝으로 아셔의 입술을 더듬었고, 아셔는 불안하게 헤지아나의 푸른 눈동자와 발끝을 번갈아 쳐다보았다.

오래 고민하지는 않았다. 아셔는 다시 두 손을 들어 자신의 입술 위에 올라온 헤지아나의 발을 두 손으로 받쳐 쥐었다.

망설이지 않고 발등에 입 맞춘 아셔는 얇은 입술 사이로 부드러운 혀를 꺼냈다. 혀가 발등에 새겨진 혈관을 따라 천천히 기어갔다.

"앗…."

가볍게 몸이 떨렸다. 헤지아나는 입술을 꼭 붙이며 아셔의 움직임을 쳐다보았다. 아셔는 그대로 입술을 미끄러뜨려 헤지아나의 새끼발가락 끝을 입에 물었고, 발가락을 입 안에 넣어 혀로 부드럽게 감쌌다.

"으응…!"

강렬한 감각이었다. 그곳이 성감대였다는 확신과 함께 헤지아나는 튀어나오는 신음을 억누르려고 했지만 그 억누른 소리마저도 야릇하고 컸다. 아셔는 그 소리에 당황해 발에서 입을 떼었다.

"서, 성하?"

"아, 그, 그게…"

"혹시 너무 간지러우시거나…."

"아, 아닙니다. 계, 계속… 하세요."

헤지아나가 얼굴을 붉히며 시선을 피하자, 아셔는 머뭇대더니 다시 고개를 숙여 발가락 사이로 혀를 밀어 넣었다.

저절로 허리가 튀고 머릿속이 하얗게 변했다. 혀가 부드럽게 살의 여린 부분과 겹쳐진 틈새를 파고들어 훑었고, 헤지아나는 그때마다 떨면서 신음을 꾹꾹 참아 눌렀다. 하지만 부드러운 혀가 결국 발의 바닥, 그 가운데를 핥은 순간 헤지아나는 반사적으로 온몸을 떨었다.

"꺄앗!!"

헤지아나가 앉은 사다리가 흔들렸다. 아셔도 깜짝 놀라 다시 헤지아나의 발에서 입을 떼어 그녀를 올려다보았다.

"괜찮으십니까?"

"괘, 괜찮아요. 괜찮아요."

붉게 물든 얼굴을 가리고 가쁜 숨을 정리하며 헤지아나는 헛기침했다.

아마 아셔는 발이 성감대라는 인식이 없으리라. 자신이야 책을 보아 어찌 알았다지만 그가 그런 책을 볼 리도 없으니, 마치 이건 아무것도 모르는 어린아이를 성적 쾌락을 위해 희롱하는 듯한….

"그, 성하. 간지러움을 많이 타는 것 아니십니까…."

"아, 아니요…. 간지러움이 아닙니다. 그, 그런데 아셔."

헤지아나는 슬쩍 아셔의 눈치를 살폈다.

"그…, 발입니다. 입으로, 제가 요구하기는 했습니다만, 더럽다고… 생각하지 않는 건가요."

"…아."

아셔는 그제야 깨달았다는 듯이 헤지아나의 발을 쳐다보았다. 보아하니, 아마 그런 건 생각도 하지 못했던 듯하다.

"더, 더럽다고 생각하지 않습니다. 성하의 발이고, 그리고, 제가 그 수고한 발을 보살피며 봉사하고 있다는 건 기쁜 일입니다. 무엇보다 그보다 낮은 곳에 있는 이가 어찌 그것이 더럽다 아니다 가타부타…."

헤지아나는 얼굴을 조금 붉혔다. 대체 왜 이런 남자에게 여자가 없었던 걸까? 물론 생각해 보면 그에게 우선 되는 건 신과 교황이었으니 보지 않아도 알 수 있는 일이다.

헤지아나는 다시 발등에 입 맞추는 그를 보며 몸을 움츠렸다. 다시 입술이 자국을 남기며 올라와 복숭아뼈 근처를 훑고 그 뒤를 물었다. 헤지아나는 작게 신음하며 아셔의 머리카락으로 손을 뻗었다.

"아셔, 좀 더 위로…."

"예, 성하."

애무를 요구하자 아셔는 아무런 의심도 거리낌도 없이 발목과 종아리에 입 맞췄다. 큰 쾌감은 없었지만 나긋한 감각이 몸에 퍼졌고, 헤지아나는 안도하며 작게 한숨을 토해 냈다.

"좀 더…."

길을 잡아주듯 가리키자 양순하게 따른다. 잘하고 있다고, 상을 주듯 은색 머리카락 깊숙이 손을 넣고 쓸어내리자 어루만지는 손길과 입맞춤이 조금 더 열성적으로 변했다.

순종의 희락에 찬 입술이 하얀 무릎 위에 열기를 전달하자 헤지아나는 머리를 쓰다듬던 손끝을 위로 끌어올려 올 것을 명했다.

아셔의 움직임이 잠깐 멈췄다. 하지만 헤지아나가 한 번 더 그의 머리를 가볍게 잡아당기자 그는 머뭇거리면서도 허벅지 위에 입 맞췄다. 몇 번, 그 주위를 빙 돌듯이 그는 입 맞췄다.

"아셔, 그곳보다 좀 더 위로…."

"하, 하지만 성하…."

아셔는 치맛자락에 가려진 다리 사이를 흘끔 보더니 시선을 피했다. 그의 얼굴이 약간 붉게 변해 있었다.

"좀 더 위로요."

"하지만, 좀 더 위로 올라가면, 그것이…."

"아셔, 제 말에 따르겠다고 하지 않았나요?"

"괘, 괜찮으신지 여쭤 본 것뿐입니다."

"괜찮아요."

헤지아나는 흥분으로 달뜬 숨을 내쉬며 아셔의 머리를 쓰다듬었다. 나긋한 손길이 깊숙이 파고들어 와 부드러운 머리카락의 감촉을 즐기고 빠져나간다.

주인의 칭찬 어린 손길에 기뻐하는 사냥개처럼 순해진 그는 기세를 죽이고 주인의 말을 따라 고개를 숙였다. 허벅지 안쪽에 뜨거운 입술이 닿고, 혀가 그 하얀 살을 맛보듯이 움직였다.

"흣…."

적막 가득한 실내에서 소리가 울려 퍼지지 않도록 헤지아나는 입술을 깨물었다.

깊은 허벅지 안쪽까지 아셔는 헤지아나의 말에 따라 입맞춤과 애무를 이어 갔고, 헤지아나는 아셔의 움직임에 방해가 되지 않도록 스커트를 끌어올렸다. 그 틈새로 국부를 가린 속옷이 보이자 아셔는 잠시 움직임을 멈췄다.

"계속하세요."

헤지아나가 말하자 아셔는 다시 고개를 숙여 그녀의 하얀 허벅지를 물었다. 피부에 닿는 머리카락이 부드러워서 순간 정신이 아찔했다.

"아셔, 이리…"

헤지아나는 숨을 몰아쉬며 자신의 몸을 붙잡고 있던 아셔의 손을 잡아 거의 걷어 올린 치마 속으로 밀어 넣었다. 아셔는 놀란 듯 움찔거렸지만 거부하지는 않았다. 허벅지를 지나, 골반쯤까지 그 손을 밀어 넣은 헤지아나는 그쯤에서 걸린 작은 끈을 그의 손에 쥐어 주었다.

아셔는 아무 생각 없이 그것을 잡아당겼고, 매듭지어져 있던 끈은 쉬이 풀리며 잡아당긴 아셔의 손에 끌려갔다. 그 끈에 붙어 있던 천 조각도 그 손길을 따라 앞으로 젖혀졌다.

"아!"

아셔는 얼굴을 확 붉히며 고개를 돌렸다.

그가 잡아당긴 건 속옷의 끝이었다. 이 속옷은 성무에 대해 알게 된 로미나가 들여놓은 작업용 속옷 중의 하나로, 양옆을 끈으로 묶는 형태라 그 끈만 풀면 벗겨지는 아주 편리한 속옷이었다.

"아셔."

고개를 돌린 아셔의 어깨에 양 다리를 얹고 교차시키자 도망가지 못하도록 옥죄는 듯한 모습이 되었다. 그 상태로 헤지아나는 어쩔 줄 몰라 하는 아셔의 뺨을 쓸어내렸다. 약간의 열기가 느껴졌다.

"계속하세요."

"그, 그게…. 성하, 이건…."

"따르지 않을 건가요?"

거절이라는 선택지는 없다는 사실을 굳이 각인시키자, 아셔는 잠깐 번뇌하는 표정을 짓더니 천천히 다리 사이를 향해 고개를 숙였다.

부끄럽지 않은 건 아니다. 지금은 낮, 허벅지 위로는 새하얗게 햇살이 빛나고 있고 다리 사이의 모습도 훤히 보이리라. 수치심을 꾹 참아 누르며 헤지아나는 먼저 허벅지 안쪽부터 더듬으며 파고드는 입술을 받아들였다.

"으응…!"

손끝으로 다음을 재촉하자 조금 머뭇대는 기색을 풍기며 아셔의 얼굴이 다리 사이로 파고들었다. 열기 섞인 숨결이 허벅지 사이에서 느껴졌다.

"앗, 응…."

가볍게 허리에 힘을 주며 헤지아나가 신음했다.

먼저 입술이 부드럽게 쪼듯이 그 사이사이를 집어 물어 본다. 갈라지는 틈새로부터 암술을 보일 듯 말 듯하게 숨긴 얇은 잎도 아무것도 모르고 물어 젖혀 놓고는 잠시 떨어져 조심스럽게 입을 열었다. 혀끝이 조심스럽게 쿡, 한 번 주변을 찔러 보고 주변을 간질였다.

"아, 하아…."

헤지아나의 허리가 가볍게 들썩였다. 그녀는 힘주어 사다리를 붙잡으며 숨을 몰아쉬었다. 겨우 혀가 스친 것뿐인데 긴장감을 버티기 힘들었다. 조금 더, 아셔는 고개를 숙여 아래로 입술을 옮겼다. 이미 애무에 잔뜩 흥분해 짙게 음밀(淫蜜)을 흘리는 입구까지 입술을 놀린 아셔는 그것이 흘러나오는 곳 앞에서 잠시 멈춰 섰다.

곧 그는 그 사이에 코를 대고 냄새를 맡았다.

"아, 아셔! 뭐하는 건가요, 왜 냄새를…!"

헤지아나가 당황해하며 허리를 뒤로 빼자 아셔는 바로 헤지아나의 허리를 붙잡았다. 그리고 그 틈새로 얼굴을 파묻었다.

"성하, 여기서… 좋은 냄새가 납니다. 취할 것 같은…."

"거짓, 으핫…!"

넓은 혀가 커다랗게 피어오른 잎사귀를 감싸듯이 핥고 그대로 위로 올라오자 헤지아나는 말을 끊고 움찔거렸다. 그의 혀가 축축하게 젖은 입구를 훑더니 맛을 보듯이 작게 쩝쩝거리는 소리를 냈을 때, 헤지아나는 얼굴뿐만이 아니라 몸까지 확 달아오르는 느낌에 움츠러들었다.

"거짓은 고하지 않습니다, 성하. 여기서 단 꿀 같은 냄새가…."

"아, 아셔…. 그렇게 냄새 맡지 마세요, 맛보듯이…. 부끄럽습니다…. 으, 흐응, 읏!"

밑에서 파고들어 오는 부드러운 느낌에 헤지아나는 허리에 힘을 주었다. 아셔의 혀가 음순을 젖히고 그 안의 입구로 파고들어 온 것이다. 깊이 들어온 건 아니지만, 부드러운 혀가 몸 안의 벽을 매만지는 듯한 느낌에 헤지아나는 가쁘게 신음하며 엉덩이를 들썩였다.

"꺄앗, 아셔, 혀로, 하지 마요, 아, 흐응!!"

"읍, 음…. 하아, 성하…."

그만하라고 하자 아셔는 바로 거기에서 혀를 뺐다. 아까 전과는 달리 조금 취한 듯한 눈빛, 그리고 확연하게 거칠어진 숨결을 내뱉으며 아셔는 혜지아나의 허벅지를 쓰다듬었다.

"어제도, 이런 냄새를…. 신기합니다, 성하. 여자들은 원래 이런 냄새가 나는 건가요?"

"앗, 아니, 그런 건…."

말하기 부끄러운 냄새만 날 뿐이다. 여자의 음액에서 톡 쏘는 레몬향이 난다는 것도 제법 있는 이야기지만 혜지아나는 솔직히 그런 향을 느껴 본 적이 없었다. 둘 중 하나다. 아셔가 자신을 너무 신성화하거나, 뭔가 착각하거나.

"여자가 꽃이라 하는 말이 그저 비유가 아니었군요…."

"으, 응…."

나른한 목소리로 중얼거리며 아셔는 뜨거운 혀로 작은 화원을 탐색하기 시작했다. 그곳을 입 안에 가득 물고 혀끝으로 샅샅이 훑을 때마다 혜지아나는 들썩거리며 작게 신음했고, 한참 꿀을 들이켜며 이곳저곳에 옮겨 바르던 그는 이제 흥분해 완전히 모습을 드러낸 것을 입술 끝으로 느꼈다. 작지만 뜨겁고, 다른 얇고 여린 것들과는 다르게 매끄러운 질감을 가진 것이었다. 그는 그걸 혀끝으로 쿡쿡 찔렀다.

"으응, 읏!"

두들기자 바로 반응이 왔다. 아셔는 그 반응에 숨을 들이켜며 혀로 가볍게 그곳을 문질렀다.

"으으읏…."

움켜쥔 허벅지에 힘이 들어감이 느껴졌다. 이번에 아셔는 그곳을 혀로 따듯하게 덮어 힘주어 핥아 올렸다.

"아앗!"

높은 신음이 흘러나왔다. 아셔는 다시 혀를 움직였다. 이번엔 입술도 같이 움직였다.

"꺄, 앗, 아!"

헤지아나의 허리가 똑바로 펴졌다. 허벅지에 힘이 바짝 들어가고 다리 사이 간격이 좁아졌다. 기뻐하는, 열정적인 반응에 아셔는 그 부분을 혀로 계속 농락했다.

"꺄아, 아, 앗 아셔, 앗, 아셔엇, 앗, 너무, 아!!"

참으려고 했지만 자극이 너무 강했다. 아셔의 어깨를 가볍게 밀어내며 헤지아나는 울 것 같은 소리를 냈지만 아셔는 그녀의 손길을 느끼지 못한 듯 달아오른 작은 성감대를 물고 이로 가볍게 눌러 혀끝으로 간질였다.

"앗, 꺄, 앗, 아, 앙!! 강해, 조금만, 부드럽게 해 줘요…. 아, 하아, 응…!"

허리가 가만히 있질 못한다. 아셔의 혀 놀림에 따라 허리는 정신없이 들썩거렸고 목소리가 튀어나와 방 안을 채웠다. 준비는 이미 충분히 되었다는 듯이 입구 부근의 살덩이들이 축축하게 젖어 다음 단계를 요구했다.

하지만 아셔는 아직 그럴 생각이 없는 것 같았다. 아셔는 거친 숨을 몰아쉬며 계속 떠는 헤지아나의 몸을 움켜쥐었다.

"아셔, 으응, 앗, 그, 그만, 그만 이제, 입을, 아!!"

말을 제대로 하지 못했지만, 아셔는 알아듣고 헤지아나의 다리 사이에서 얼굴을 떼었다. 떨어지면서도 한 번 더 혀끝으로 그곳을 핥은 그의 눈빛에서는 농염하게 아쉬운 기색이 남아 있었다.

"아셔, 하, 으읏, 아…."

심장이 거칠게 뛰었다. 헤지아나는 숨을 몰아쉬며 아셔의 머리카락과 뺨을 쓸어내렸고, 아셔는 그 손길에 '아아'하고 작게 한숨을 내쉬며 헤지아나의 손바닥에 입 맞췄다. 그의 숨도 헤지아나 못지않게 거칠었다.

곧 아셔는 흥분을 이기지 못하겠다는 듯한 표정으로 자리에서 급히 일어났고, 그는 놀라 움츠린 헤지아나의 품에 파고들어 가슴을 움켜쥐었다.

"성하…."

"아셔."

가슴을 움켜쥔 아셔가 목덜미에 얼굴을 파묻으려 하자 헤지아나는 차분한 목소리로 그의 이름을 불렀다. 그녀의 손은 아셔의 가슴을 밀어내고 있었다.

"제 가슴에 손을 대도 좋다고 한 적은 없어요."

"읏, 아…."

아셔는 신음하며 헤지아나의 가슴에서 손을 뗐다. 아셔는 주인에게 안기고 싶어 하는 강아지 같은 표정으로 헤지아나를 쳐다보았고, 헤지아나는 아셔의 몸을 가볍게 끌어안더니 입술에 입 맞췄다.

"여기."

헤지아나는 아셔의 손을 이끌어 옷 단추를 짚게 했다. 아셔는 바로 단추를 풀었으나, 헤지아나는 그 손을 가볍게 걷어 냈다.

"아직 풀라고 말하지 않았을 텐데요."

"성하…."

아셔가 의도를 이해하지 못하겠다는 듯한, 충동과 의혹이 섞인 눈빛으로 헤지아나를 쳐다보았다. 그 의문에 대해 헤지아나는 대답해 주었다.

"순종하겠다고 말했지요?"

아셔는 거친 숨을 내쉬며 고개를 숙였다. 납득한 듯한 태도에 헤지아나는 다시 그의 손을 붙잡고 목덜미의 첫 번째 단추를 짚게 했다.

"풀어요. 벗기면 만지는 걸 허락할게요."

허락이 떨어지자 아셔는 열 개 가량 주르륵 붙어 있는 단추를 떨리는 손으로 풀기 시작했다. 그동안 목덜미에 닿는 가쁜 숨과 세찬 심장박동만으로도 몸의 열기가 더하는 것 같았다. 곧 그는 헤지아나의 단추를 다 풀고 옷을 옆으로 걷었다. 속옷에 감싸인 하얀 가슴이 드러났고, 아셔는 속옷을 벗기기보다 먼저 가슴을 쥐고 고개를 숙였다. 하지만 순간, 그는 무언가 생각난 듯이 잠시 행동을 멈췄다.

"성하, 가슴에… 입 맞춰도 되겠습니까?"

그가 미처 생각하지 못한 부분을 물어 왔다. 성실한 학생의 머리를 쓰다듬어 허락의 의미와 함께 상을 주자, 그는 기뻐하며 가슴 사이에 얼굴을 파묻었다. 가슴에 파고드는 모습은 아이처럼 순진했고, 부드러움을 탐하는 손과 혀 놀림은 순수하게 음탕했다.

"웃, 아…."

손끝으로 유두를 문지르고 입으로 가슴을 빨아들이며 순흔을 남기는 아셔를 내려다보며 헤지아나는 입술을 깨물었다. 너무 빠른

것 같아 조금 더 참고 시간을 끌려 했지만 더는 안 될 것 같다.

"아셔."

어깨를 가볍게 밀어 아셔를 밀어낸 헤지아나는 그의 옷 안으로 손을 밀어 넣었다. 단단하게 굴곡이 잡힌 배 위로 손을 올려 심장 박동이 울리는 가슴까지 천천히 매만지자 아셔는 일그러진 얼굴로 낮게 신음했고, 헤지아나는 그 몸을 더듬으며 아셔의 피부가 평소 품고 있지 않을 것 같은 열기에 감탄하며 아래로 손을 내렸다.

"읏!"

바지 위로 단단하게 변한 것을 붙잡자 아셔는 바로 입술을 깨물 며 낮은 신음을 뱉었다. 헤지아나는 가볍게 아셔의 입술에 입 맞추 고, 그를 뒤로 밀어 반대편 책장에 기대게 했다.

"성하, 무엇을, 하시려고…."

"그, 그걸 지금 물으면…."

실컷 신음을 내지르도록 애무했으면서 이제 와서 그런 질문을 하면 어쩌란 말인가.

물론 둘이 무엇을 할 것인지가 아니라 자신에게 무엇을 할 것인 지에 대한 질문인지도 모르지만, 앞서 그런 짓을 했으니 또 뻔한 일 이다. 헤지아나는 얼굴을 붉히며 자신에게 몰아세워진 아셔의 바지 앞섶을 풀어 벗겼다. 고개를 빳빳하게 든 남근이 옷 사이에서 모습 을 드러냈고, 그걸 자신의 눈으로 본 순간 아셔는 수치심으로 죽어 버릴 듯한 표정을 지었다.

"서, 성하. 이, 이건…."

"아셔, 가만히."

헤지아나가 짧게 말하자 아셔는 몸을 움츠리려던 자세 그대로 입술을 깨물었다. 부끄러워서 안절부절못하는 그의 입술에 가볍게 키스해 주고, 헤지아나는 아셔의 것을 양손으로 쥐고 자세를 낮췄다.

"아…."

헤지아나의 시선이 자신의 양물에 똑바로 닿자 아셔는 결국 견디지 못하겠다는 듯이 자신의 붉어진 얼굴을 가렸다. 쥐어 본 그것은 어제 느낀 대로 제법 굵었고, 생각보다 조금 길었다. 서적에 기재된 남자의 평균 크기를 기억해 낸 헤지아나는, 양손으로 잡고도 조금 남는 아셔의 것을 보고는 큰 축에 속하리라고 생각했다. 굳이 이런 데까지 건장할 필요는 없을 텐데 보는 쪽이 부끄러울 정도로 건장하다.

살짝 위로 휜 모양이었다. 핏줄이 굵은 것부터 얇은 것까지 비쳐 툭툭 튀어 올라와 모양이 조금 징그럽다는 느낌이 들었지만 헤지아나는 그것을 향해 입을 벌렸다. 분홍빛 혀가 입술 사이에서 나타나, 핏줄을 드러낸 남자의 기다란 기둥 위를 기었다.

"으, 하앗, 성하?! 지, 지금 무엇을, 아…!"

헤지아나의 혀가 닿을 때마다 아셔의 몸이 부들부들 떨리고 경직했다.

아셔는 겨우 자신의 골반께에 얹어진 헤지아나의 손을 치우려는 듯 그것을 움켜쥐었지만 다음 순간 헤지아나의 혀가 훑고 지나가자 자신의 손을 얹은 채 높고 거친 신음을 냈고, 헤지아나는 혀끝으로 돋아 오른 핏줄을 핥았다.

"아, 하아, 아! 읏…!! 서, 성하, 그만, 안 됩니다…!"

숨을 몰아쉬며 아셔가 헤지아나의 머리를 자신의 것에서 떼어

냈다. 이미 씩씩대는 모습이 자극이 상당한 것 같았다.

"성하, 그, 그런 것에 괜히 입을 대실 필요까지는…."

"아, 아셔도 해 줬잖아요? 해 주고 싶은 것뿐입니다. 가, 같이 좋으면…."

"아뇨, 안 됩니다. 그, 이런 건 하지 않으셔도…. 저는 성하께서 즐거우시면 그걸로 괜찮습니다. 저에게 이런 건 필요 없습니다."

아셔는 헤지아나를 밀어내려고 했다. 하지만 헤지아나는 자신을 밀어내는 손을 걷어 내고 그의 것을 머리 부분부터 물었다.

"읏!! 아, 서, 성하? 아, 읏, 잠깐, 안 됩, 아…!"

머리부터 물고 천천히 고개를 숙이자 아셔의 입에서 넘어갈 듯한 비명이 연이어 터졌다. 무리가 가지 않게 입 안에 넣고, 혀로 문지르며 뺐을 때는 입에서 더는 소리조차 나오지 않는 것 같았다. 그저 익숙하지 못한 자세로 위아래로 움직이는 것뿐인데도 그랬다. 아셔의 입은 벌어진 채 정신없이 거친 숨과 신음만을 내뱉었다.

"아, 하, 아, 읏, 아, 하아, 성하, 성하…. 그건…."

"읍, 음…."

입 안 끝까지 삼켜 보려고도 했으나 도저히 그렇게 할 재간이 없었다. 헤지아나는 열심히 입으로 머리 주변을 애무하며 그 끝의 갈라진 틈새로 혀를 넣었다. 아셔가 거칠게 신음하며 목을 울릴 때마다 그 틈새에서 무언가 끈적한 액이 흘러나왔다. 헤지아나는 거부감이 들었지만, 아셔는 자신의 음액도 핥아 맛을 보았다. 역겨운 티를 낼 수 없어 그 액을 삼킨 순간, 헤지아나는 자신의 어깨를 확 미는 손길에 눈을 동그랗게 떴다.

"앗?"

귓가에 얕은 신음과 허덕대는 거친 숨소리가 들렸다. 갑자기 헤지아나의 어깨를 붙잡은 아셔의 손은 헤지아나를 눕힐 듯 강하게 그녀를 밀어붙였지만 공간이 좁아 결국 그녀는 어설프게 반대편 책장에 기대는 자세가 되었다. 아셔는 그녀에게 달려들어 키스했고, 갑자기 입 안을 파고드는 혀의 제멋대로인 움직임에 헤지아나는 신음하며 자신을 붙잡은 아셔의 팔을 잡았다.

아셔는 헤지아나에게 달라붙고 싶어 하는 것 같았다. 하지만 자세가 여의치 않자 그는 그대로 헤지아나를 끌어올려 책장에 밀어붙이곤 한쪽 다리를 들어 올린 후 배를 붙였다. 모두 순식간에 일어난 일이었다.

"읍?!"

오른쪽 손으로 헤지아나의 왼쪽 다리를 들어 올린 아셔는 왼손으로 자신의 것을 붙잡더니 헤지아나의 아래쪽을 향해 들이댔다. 아셔의 뭉툭한 것 끝이 자신을 찌름을 느끼며 헤지아나는 아셔와 혀를 떼려고 했다. 하지만 아셔는 끝까지 달라붙어 헤지아나의 혀를 구속하려 들었다. 혀 놀림은 다분히 거칠고 초보적이었지만 그 구속만큼은 확실했다.

"읍, 아, 하아, 아셔, 으응, 그 위치가 아니라, 읏."

거기까지 말했을 때 다시 혀가 붙잡혔다. 헤지아나는 빈손으로 그의 것을 붙잡았고, 곧 그것은 입구를 찾아 안으로 파고들어 왔다.

"읏, 음…!"

꽉 하고 아랫배가 눌리는 듯한 느낌이다. 깊이 파고들어 온 단단한 느낌은 한 번 더 자신이 파고들어 갈 영역이 있는지 확인하듯 헤지아나의 안까지 힘껏 자신을 밀어붙였고, 그 순간 헤지아나는 터져 나오지 못하는 비명을 지르며 아셔에게 매달렸다.

"으흡!! 읍?"

아래에서 파고든 것이 위아래로 거칠게 움직이기 시작했다. 부드러우면서도 선명한 이물감은 그녀의 안을 가득 채우며 쉴 새 없이 자극을 주는 것으로 자신의 존재감을 각인시켰고, 그 선명한 이물감에 헤지아나의 허리는 저절로 비틀어졌다.

"읍, 아, 아셔, 앗!!"

이번에도 찌걱거리는 음란한 소리가 들렸다. 쾌감과 수치심으로 동시에 녹아 버린 헤지아나는 아셔의 목에 팔을 두르고 안겨 신음했고, 아셔는 신음조차 내지르지 않고 거친 숨소리만 내며 헤지아나를 붙잡은 채 허리를 흔들었다. 그 움직임이 벌써부터 곧 사정할 듯이 격렬했다.

"아, 앗, 아셔, 빠, 빨라요, 아, 이, 이렇게 하지 않기로, 했, 아, 앗."

아셔보다 자신이 먼저 어떻게든 될 것 같다. 서서 받아들이는 건 누워서 받아들이는 것보다 훨씬 깊게 파고드는 데다가 그 감촉이 훨씬 선명하다.

굵고 뜨거운 것이 몸 안의 부드러운 부분을 거침없이 벌리며 파고들고, 문지르며 괴롭히는 게 확실히 느껴져 쾌감으로 머릿속이 녹아내릴 것 같다. 거기다가 파고드는 그것이 얼마나 뜨거운지, 그 겉의 감촉이 어떤지 확실히 느껴져서 도저히 정신을 차릴 수 없었다. 오늘 아침 리시에게 한 말은 취소해야 하는 거 아닐까?

"아, 아셔, 아, 앗…. 천천히, 아셔, 아, 멈춰, 멈춰요…!"

하지만 돌아오는 건 더욱 격렬해진 허리 놀림과 짐승이 내뱉는 것 같은 숨소리, 그리고 자신을 움켜쥐는 그의 손가락이었다. 헤지아나는 신음하며 눈앞에 있는 그의 어깨에 입을 올렸다. 그 사이에도 몇 번인가 머릿속이 쾌감으로 하얗게 페이드아웃 되기를 몇 번 반복했다.

결국 헤지아나는 아셔의 어깨를 깨물었다. 가볍게가 아니라 아주 세게, 피가 나올 정도로.

"앗!"

짧은 신음과 함께 아셔의 움직임이 멈췄다. 곧 그는 통증이 느껴진 왼쪽 어깨를 향해 시선을 옮겼고, 헤지아나의 이가 깊게 파고들어 핏방울이 솟아오른 자신의 어깨를 보았다.

"아셔."

헤지아나는 숨을 몰아쉬며 움직임을 멈춘 아셔의 뺨 위로 손을 올렸다. 아직 아셔는 쾌감에 젖은 시선으로 헤지아나를 쳐다보고 있었다.

"성하…."

아셔는 거친 숨을 뱉으며 헤지아나와 얼굴의 간격을 좁혔다. 하지만 다가오는 헤지아나는 아셔의 입술에 손가락을 얹어 입맞춤을 거부했다.

"아셔, 말 잘…, 듣기로 했었죠? 해도 된다고 한 적도 없는데, 키스하고 밀어붙여서…."

"하지만 성하, 참을 수가…."

헤지아나는 괴로운 듯 얼굴을 일그러뜨린 아셔의 입술을 손끝으로 문질렀다. 입술은 움직임을 멈추고 그대로 내뱉던 말도 멈췄다.

"아셔, 순종하기로 했을 텐데요."

"아…."

그 말의 의미를 깨달은 아셔의 표정이 금세 불안에 물들었다. 헤지아나는 분명 그에게 '곁에 둘 테니 순종하라'고 말했었다.

"이번은 처음이니까 용서해 줄게요."

"성하…."

헤지아나는 금세 기가 죽은 아셔의 입술에 키스하고 그의 몸을 손으로 매만지며 숨을 돌렸다. 안에 든 그의 물건이 움찔거리며 묵직하게 박동함이 느껴졌다. 부끄러웠다. 아셔의 허리에 손을 감고, 헤지아나는 가만히 그의 뺨에 입 맞췄다. 그의 어깨에 남겼던 상처는 어느새 사라져 있었다.

"아셔…, 충동에 휘둘린 자신이 싫다고 했지요? 또 이게 끝나면 그렇게 자괴하면서 나를 힘들게 할 건가요?"

"아, 아닙니다…."

헤지아나는 아셔의 허리에 감긴 손에 힘을 주었다. 아셔의 몸이 가까이 붙어 있는 게 기분 좋았다.

"아셔, 제가 하지 말라고 하는 건 하지 마세요."

"예, 성하."

"또, 하라고 한 것 외의 건 하지 마세요."

"예…."

"그럼, 조금씩 움직여요. 천천히."

아셔는 잠시 망설이더니 곧 천천히 허리를 움직이기 시작했고, 나른한 한숨 소리를 내며 헤지아나를 안은 왼팔에 힘을 주었다. 헤지아나 역시 작게 신음하며 아셔의 품에 편안히 안겼다. 즐기기 좋은 정도의 자극이 퍼지면서 몸이 나긋해졌다.

"앗, 아, 아셔, 속도, 올리지 마요, 응, 앗, 아앗."

"아, 웃, 하아, 성하…."

무심코 속도를 올리던 아셔가 힘들다는 듯이 신음하며 헤지아나의 입술에 키스했다. 격렬한 것도 좋지만 아셔를 너무 폭주하게 놔두면 오늘 오후엔 아무것도 하지 못할지도 모른다. 아셔에게 이런 것도 익숙하게 만들어야 했다. 헤지아나 역시 호응하듯이 그의 입술에 키스했다.

"성하…."

아셔는 무언가 요구하는 듯한 시선으로 헤지아나를 쳐다보았다. 하지만 아셔는 채 말하지 못하고 입술을 깨문 채 고개를 숙이더니 무언가 앓는 듯한 표정과 신음을 내며 헤지아나의 목에 입술을 올렸다.

"아셔."

헤지아나는 야릇한 신음을 흘리며 아셔의 이름을 불렀다.

"그렇게 하라고 한 적 없어요."

"웃…."

아셔는 머뭇대며 헤지아나의 하얀 목덜미에서 입술을 뗐다. 헤지아나는 잘했다는 의미로 그의 머리를 끌어당겨 이마에 키스했고, 아셔는 목마른 듯한 표정을 지으며 헤지아나와 몸을 붙였다. 필사적으로 견디는 듯한 표정이었다. 몸도 괴로운 듯이 떨리고 있다.

"아셔, 으응, 다시 빨라지고, 있어요, 천천히…."

"성하, 조금만…. 아, 하아…."

"응, 안 돼요…."

얌전하다가도 어느 순간 갑자기 자신을 밀어붙이는 아셔의 움직임을 계속 컨트롤하며 헤지아나가 신음했다.

아셔는 견디지 못하겠다는 듯한 표정으로 헤지아나를 쳐다보았지만 절대 그녀의 말을 거스르지는 않았다. 헤지아나는 괴로운 듯이 신음하며 자신을 쳐다보는 아셔가 주인에게 먹이를 조르며 앓는 강아지 같다고 생각했다. 헤지아나는 마음이 약한 주인인 탓에 여태껏 아셔가 그런 반응을 보이면 어쩔 줄 몰라 하며 금방 먹이를 주었다. 하지만 그녀는 지금 먹이를 주면 안 된다는 사실을 안다.

"아, 앗, 아셔…."

"으읏, 응…."

힘겹다는 듯한 신음이 귓전에 내려앉는다. 하지만 헤지아나는 그와 반대로 쾌락에 가빠진 숨소리를 내뱉으며 아셔에게 속삭였다.

"아셔, 앗…. 기분, 좋아요…."

계속 몸을 간지럽히는 쾌락에 조금 붕 뜬 듯한 기분이었다. 그 상태로 헤지아나는 반복해 말했다.

"아셔, 아, 으응, 앗, 좋아, 앗…. 아, 기분 좋아요…. 그렇게 안으로, 아, 훗, 간지러워, 아…."

"성하…."

"아, 하아, 안 돼요. 빠르게 하지 마요, 이렇게…."

쾌감에 겨운 허리가 아셔의 움직임에 맞추어 흔들렸다. 그 움직임에 아셔는 입술을 꾹 깨물더니 앓는 듯한 소리를 내며 헤지아나의 뺨에 키스했다. 여전히 힘겨운 듯한 표정과 신음이었지만 그는 더는 헤지아나를 조르듯 쳐다보지는 않았다.

마치 자신을 위해 참는 것 같아서, 안 될 생각이지만 귀엽다고 느껴 버렸다. 헤지아나가 키스하며 아셔의 머리카락을 쓰다듬자, 곧 아셔의 입에서 괴로운 듯한 신음이 줄어들었다.

가쁜 숨소리와 신음, 적막한 움직임이 한없이 서고 안에 쌓였다.

한참 후, 아셔가 갑자기 움직임을 멈추고 양손으로 헤지아나를 끌어안았다. 그가 왜 그러는지 모르는 헤지아나는 잠시 후 자신의 안에서 불끈거리며 뜨겁게 반응하는 그의 분신을 느끼고 작게 신음했다. 곧 그것에서 분출되는 뜨거운 것까지 전부 느끼고, 헤지아나는 그를 끌어안은 채 숨을 돌렸다.

조금, 이상적으로 꿈꿨던 것과 비슷한 분위기의 관계를 가진 것 같다고 생각했다.

"아."

방사를 끝내고 헤지아나의 이마에 키스하던 아셔는 우물쭈물거리며 헤지아나의 눈치를 살폈다. 곧 그가 왜 그러는지 알아차린 헤지아나는 대답 대신 조용히 그의 등을 쓰다듬어 주었고, 아셔는 불안함을 지우며 다시 조심스럽게 헤지아나를 끌어안은 채 눈을 감았다. 편안해서 이대로 잠들어 버려도 괜찮을 것만 같았다.

"성하."

숨을 다 돌린 듯 차분해진 아셔의 목소리가 자장가 같았다.

"혹시 손수건을 가지고 계십니까?"

"예, 여기."

헤지아나가 안주머니에서 손수건을 꺼내 건네자 아셔는 그 손수건을 펼쳐 아래로 손을 뻗었다. 서로의 체액으로 흥건하게 젖은 부분을 조심스럽게 닦고, 허벅지까지 흘러내린 것도 닦은 다음 그는 떨어진 속옷을 주워 다시 묶었다.

"자, 잠깐요. 제가 할게요."

뒤처리를 해 주는 건 기분 좋았다. 무언가 소중히 다루는 듯한 손길이어서 조금 행복했다. 하지만 야한 속옷까지 정리해 주는 건 조금 신경 쓰인다. 그녀가 스커트를 끌어올려 속옷을 정리하는 사이 그도 자신의 몸을 닦고 옷을 정리했고, 헤지아나는 마지막으로 풀어헤친 웃옷의 단추를 여미고 머리카락을 정돈했다.

차림새 정리가 끝난 그들 사이에는 침묵만 흘렀다.

"저, 저기. 아셔."

"예, 성하."

헤지아나는 어색한 침묵을 겨우 깨며 앞에 단정하게 선 아셔를 흘끔거렸다.

"하, 한 번만으로… 괜찮습니까?"

헤지아나가 얼굴을 붉히며 묻자 아셔 역시 얼굴을 붉게 물들이고 고개를 숙였다.

그는 첫날에도 그랬고 어제도 그랬고 한 번만 하지 않았다. 오히려 사정을 하면 그때부터 시작이라는 듯이 달려들었다. 그런데도 정리하고 물러선 건, 이번엔 한 번으로 만족했다는 뜻인가.

"그…, 짐승이 흘레붙듯 굴 수는 없지 않겠습니까. 너무 탐닉해서는 안 될 겁니다. 어제도 그만큼 몸을 풀었는데 오늘도 또 정욕에 흔들렸다는 건 역시 무절제한 것 같습니다."

"그, 그것도 그렇군요…."

아마 참고 있다는 뜻이리라. 과하게 탐욕하지 않기 위해, 불충족하지만 절제하고 참아 억누른다. 사실 그렇게 해야 될 이유는 없는데 말이다.

"성하, 잠시… 한 가지 부탁이 있습니다. 끌어안아도 되겠습니까?"

"예? 예…."

허락하자 아셔는 헤지아나의 허리에 팔을 감더니 그녀를 끌어안았다. 힘주어 세게 끌어안는 건 아니었다. 다정한 이들이 서로 반가워하며 포옹하듯이 가볍게, 그저 품 안의 온기가 겹칠 정도의 포옹이었다.

"성하."

아셔의 부름에 헤지아나가 답했다.

"예, 아셔."

"여쭙고 싶은 게 있습니다."

"어떤…."

헤지아나는 자신을 안은 아셔의 팔을 짚었다. 그의 팔에 순간 힘이 들어감이 느껴졌다.

"어째서, 저와 이런… 관계를."

"아…."

헤지아나는 고개를 숙였다. 어떻게 대답해야 좋을까? 적당히 얼버무리면 될 테고, 얼버무리는 데에 최고로 효과가 좋은 건 좋아한다는 느낌을 풍기는 것이겠지만 아직 헤지아나는 거짓 사랑을 고할 수 있을 정도로 뻔뻔하지 못했다. 헤지아나는 번민하며 눈동자를 굴렸다.

"성하, 대답하시지 못하겠다면 제가 다시 한 번 여쭙겠습니다. 혹시… 아이가 필요하십니까?"

"예?"

헤지아나의 목소리가 튀었다. 당황스럽다 못해 황당한 결론이었다. 어째서 이야기가 그렇게 된단 말인가. 무슨 소리냐는 듯이 올려다보자 아셔는 평소의 차분한 어조로 헤지아나를 향해 말했다.

"성하께서는 마음에도 없는 이를 품에 안을 분이 아니십니다. 만약 저에게, 물론 그럴 리가 없지만 호감이 있었다면…. 그리 말하고 자신을 받아들여 달라고 말했겠지요. 성하께선 성급해 보였고, 그리고 조금… 거칠었습니다."

"그, 그렇군요…."

말 한마디 한마디가 여러모로 부끄러웠다. 헤지아나는 마음이 들쑤셔지는 듯한 기분을 받으며 들었던 고개를 다시 숙였다.

특히 자신의 비호감을 확신하는 그의 말이 부끄럽고 아팠다. 꺼린 건 사실이지만 티내지 않으려 애썼는데 그렇게나 자신이 그를 박대했었단 말인가. 반성하고 후회했다.

"그리고 이건…. 저도 금방 깨달은 것이지만, 성하. 먼저 사죄드립니다. 이런 쪽의 경험이 전혀 없어서, 어떻게 해야 파정하는지도 잘 알지를 못했습니다. 기분이 이상해진다는 건 느껴도, 그게, 이렇게 되는 걸 몰라서…. 귀한 몸에 멋대로 불순한 것을…."

"아, 아뇨. 아닙니다. 신경 쓰지 않아도 됩니다."

헤지아나가 고개를 젓자 아셔는 잠시 망설이는 표정을 짓더니 고개를 숙이며 말을 이었다.

"…해서 성하, 저야 무심하고 무식한 사내라 이제야 깨달았지만 보통은 이렇게 되면 회임의 여부를 신경 쓰지 않을까요? 성직자라 하여 금욕할 필요는 없다고 하셨으나 교황의 직위에 앉아 계신 분께서 임신의 가부가 신경 쓰이지 않을 일은 아니겠지요. 하지만 전혀 그런 반응이 없으셨고, 하다못해 오늘 피임을 신경 쓰려는 태도도 없으셨습니다."

그거야 창조신이라는 작자가 일시적 불임 상태를 만들어 둔 덕분이기는 하다. 그런 모습을 보고 아셔는 자신이 임신을 원한다 생각했던 걸까?

"성하, 사람이 나이를 먹으면 피붙이를 가지고 싶어진다고 합니다. 특히 성직에 종사하고 계시는 분들이 대부분 그러하긴 합니다만 성하께서도 어려서 가족을 잃으셨으니까요. 현재 전운이 가득한 정세를 보면 가족을 잃었던 때가 생각나 더욱 외로움을 느끼실 수도 있겠다 싶었습니다. 그리고 내년이면 성하께서 안식년에 들어가시니 부푼 몸을 숨기기도 적당하실 것이고요."

"아…."

"만약 지금 아이를 품으신다면 눈에 띄게 배가 불러올 때 즈음엔 안식년을 맞아 휴식을 취하고, 해산하여 젖을 그럭저럭 먹일 수도 있을 겁니다. 그렇기 때문에 성급하셨던 건 아닌지…."

그러고 보니 내년이 안식년이다. 성직에 종사하는 이는 그 지위 고저에 상관없이 최초 서품을 받은 해로부터 일곱 해를 계산하여 일 년을 쉬었다. 그녀가 특수한 이유로 서품을 받은 게 17세이니 7년째 되는 내년, 처음 안식년을 얻게 된다.

미처 생각하지도 못했던 사실을 그는 기억하고 있었다. 예상치도 못한 상황이 타당했다.

"하지만 성하, 정말로 죄송하게도…. 어째서 이런 비루한 저를 선택하셨는지는 모르겠으나, 성하."

아셔가 쉰 듯한 목소리로 말하며 헤지아나의 머리를 향해 고개를 숙였다.

"저는 여인을 수태시킬 능력이 없습니다."

"예?"

놀라 고개를 들려 했지만 그의 얼굴이 바로 위라 고개를 들 수가 없었다. 그리고 보이지도 않았다.

"어디선가 제가 확인해 보았다는 건 아닙니다. 저는 육체의 순결을 지켜 오려고 노력했고 맹세코 성하 외의 다른 분과 그런 비슷한 일을 해 본 적도 없습니다."

"그럼, 어떻게 그런 사실을…"

"역사에 저와 같거나 비슷한 능력을 가진 이들이 있습니다. 많진 않고 그 기록도 민담이나 전승으로 취급되지만 공통되는 점이 있는데, 그건 자식을 남기지 못하는 것이라고 합니다. 그건 노새가 새끼를 낳지 못하는 것과 같은 이치이며, 흰 사슴이 쉬이 죽어 버리는 것과 같은 이유라고 하더군요. 잡종이고 돌연변이라 이도저도 아닌 탓에 자손을 남기지 못한다고 합니다."

"어…"

"저와 같은 이들이 그런 능력을 가진 것도 노새가 힘이 좋은 것과 마찬가지이고 말입니다."

아셔는 자조적으로 웃으며 말을 끝냈다.

침묵은 길었다.

막막했다. 대체 이 이야기를 듣고 무슨 말을 해야 한단 말인가. 아셔가 추리한 것이야 둘째 치고 갑작스레 비밀스러운 이야기를 듣게 된 점이 제일 당혹스러웠다.

아무리 성직자로서 결혼과 임신은 꿈꿀 일이 아니라고 해도 사내구실을 못 한다는 사실을 밝히는 게 개인으로서 마음 편한 일일 리가 없다. 어떻게 반응해야 좋을지 알 수 없어서, 헤지아나는 그냥 숨만 들이켜며 눈을 굴렸다.

"성하…, 기대에 부응해 드리지 못하여 죄송합니다. 저는 어찌 사내로도 쓸모가 없어서…."

"아, 아뇨…."

아이를 원하는 게 아니다. 그보다는 지금 머리 위에 떨어지는 짙은 자괴감이 견디기 힘들었다. 헤지아나는 고개를 저으며 목소리를 높였다. 아셔의 고개가 들리며 평소 표정이 보였다.

아픈 듯이 웃음 짓는 그 표정 말이다.

"아뇨, 아이를 원한 게 아닙니다. 아이 같은 건 생각도 하지 않았어요!"

숨이 막혔다. 그런 표정을 보고 싶었던 게 아니다. 그런 표정을 짓게 만들려던 것도 아니다. 이건 그런 일이 아닌데. 당신이 생각하는 것 같은 일이 아닌데. 아파해야 할 일이 아닌데.

"아이를 원했다면 처음부터 말했겠지요! 아, 아셔. 당신의 말대로, 그러니까, 허락을 구해서, 전, 그러니까…!"

"예."

그러니까, 그 다음엔? 말문이 막혔다. 헤지아나는 머리를 굴리며 아셔의 소맷자락을 찢어질 듯 움켜쥐었다.

어떻게 말해야 될지 모르겠다. 그냥 확 사실대로 말해 버릴까? 그렇지만 그게 그의 기분에 얼마나 도움이 될지 모르겠다. 또 그를 그런 식으로 취급했다는 사실을 입에 올리는 것도 너무나 큰 용기가 필요하다. 어떻게 말해야 좋을까?

"그, 그러니까 저도 성숙한 여자이며, 그, 나, 남자를 원할 때가 있단 말입니다. 그, 발이 성감대인 것 같습니다. 느껴서, 흥분해서, 그만…"

"그렇다고 해서 굳이 저를…. 그렇게 하셔야 할 이유는 없었을 겁니다. 어째서 저를 동침의 상대로 택하셨는지요."

직설적인 질문에 결국 말문이 막혀 버렸다. 거짓말이라도 하는 게 좋을까? 좋아하니까 그랬다고 하는 게 아무래도 사리에 맞지 않을까?

"그건, 그, 저, 저는…. "

우물쭈물대던 헤지아나는 결국 아셔의 시선을 피했다.

"이, 이유가 중요한 것이 아닐 텐데요. 아셔, 당신은 제 말을 모두 따르겠다고 말했고 전 그걸 시험해 본 것뿐입니다. 저도 정욕이 있는 인간이라 그러한 것이 필요하기 때문에 말한 것뿐입니다. 벗어 실오라기 하나 걸치지 않고 태어난 모습 그대로의 모습으로 따르게 하고, 상대의 즐거움을 위해 봉사하게 하는 것만큼, 그토록 거부하는 걸 따르게 하는 것만큼 순종을 확신할 수 있는 방법이 어디에 있습니까? 확인받고 싶었습니다. 당신이 애초에 제 말을 올바르게 따르고 자꾸 문제를 일으키지 않았다면 저도 당신을 북쪽으로 보내지는 않았을 테니…!!"

앗차.

뱃속까지 차가워짐을 느끼며 헤지아나는 입을 꾹 다물었다.

정신없이 내뱉었다. 그래도 할 말이 있고 안 할 말이 있지, 이게 무슨 소리인가. 입을 꾹 다물어도 이미 늦었다. 말했다. 말해 버렸다. 결국 말해 버렸다. 거짓말을 하지 못해 억지소리를 가득 내뱉으며 우긴 끝에 결국 자신이 그를 쫓아낸 것이라고. 그의 예상은 그저 상상이 아니라 확실히 사실이라고 확언시켜 주었다.

헤지아나는 불안하게 아셔를 쳐다보았다. 그의 표정은 아까와 변함이 없어서 얼굴만 보고 그의 기분을 짐작하긴 쉽지 않았다.

"아, 아셔."

"의심을 품고 따지려 드는 게 잘못된 것이겠지요."

그가 무어라 말할까? 긴장하고 있던 헤지아나는 아셔의 조용한 목소리에 흠칫거렸다.

"저는 성하의 손이고 그 종이지요. 성하께서 하시는 말씀이 옳습니다. 한낱 종인 제가 그 의중을 다 파악할 수 없음이 당연하며 또 섣부르게 알려 들어서는 안 됨도 당연하겠지요. 그저 따르며 순종하는 게 옳은 겁니다."

아셔가 헤지아나를 놓더니 반 발자국 뒤로 물러서 가볍게 고개를 숙였다.

헤지아나는 더 할 말이 없었다. 이렇게 될 수밖에 없는 걸까?

침묵이 길게 이어졌다.

"…아셔."

"예, 성하."

깍듯한 자세로 아셔가 대답했다. 헤지아나는 바닥을 향해 고개를 숙인 채 물었다.

"사가(私家)라면, 보통 제 나이나 당신의 나이라면 이미 혼인하여 가족을 꾸리고 자녀 한둘 정도는 낳아 기르는 게 보통이지요."

"예."

"아셔는 아이들을 좋아하나요?"

신경 쓰인다.

그의 추리야 타당하다고 생각한다. 신경 쓰지 않는 모습을 보고 그리 생각한 건 이상하지 않겠지만, 수태 능력이 없는 그가 '사람이 나이를 먹으면 피붙이가 가지고 싶어진다'고 한 말이 도저히 신경 쓰여서 견딜 수가 없었다.

그의 나이 스물일곱. 사가라면 '아빠'라고 부르며 엉겨 붙는 장난꾸러기 자식들이 있을 법한 나이 아닌가. 자신이 아이를 낳아 기를 생각이 없고, 오히려 불임인 처지인 편이 낫겠다 생각하더라도 모두가 자신과 같은 생각을 가진 건 아니다. 헤지아나는 그 점이 신경 쓰여 견딜 수 없었다.

"…저희의 일이 검을 휘두르는 것이기는 하나, 아무래도 구제와 구휼이 주된 일이지요. 도와줄 이들은 약한 이인데, 약한 이는 아이들이라 아이들과 마주할 일이 많습니다. 또한 저의 경우는 우습게도 무용담 같은 것이 있어 이름을 밝히면 눈을 빛내며 달려드는 사내아이들이 참 많습니다. 아이들의 눈빛은 맑지요. 순수하고 사랑스럽다고 생각합니다."

"낳아서 기르고 싶다고 생각합니까?"

길지도 짧지도 않은 침묵이 있었다.

그 잠깐의 침묵을 사이에 두고 아셔는 입을 열었다.

"제가 이 일을 안 것이 열넷, 혹은 열여섯 즈음일 겁니다. 성하께서 교황청에 갓 들어오셨을 때겠군요. 전대 교황 성하께서 저를 위해 과거의 기록들을 뒤져 보다 그 사실을 알게 되셨다고 하셨습니다. 그건 가족을 만들 수 없다는 의미라고 하셨지만 그때의 저에게 큰 감흥은 없었습니다."

하긴, 어린 나이에 가족을 만들 수 있다 없다 들어 보았자 별생각이 있을 리가 없다. 아이일 나이에 아이를 낳고 싶다 생각하는 아이들은 별로 없으니까.

아닌 이들도 있겠지만 적어도 헤지아나는 그랬다. 지금도 그렇고 말이다.

"그렇지만 연세가 있으신 전대 성하께서 보기에 그 사실은 무척 가슴 아픈 일이었겠지요. 제가 이미 그때 서품을 받긴 하였지만 그래도 신경이 쓰이셨던 모양입니다. 성하께서는 이 교황청이 저의 가족이니 다른 생각은 하지 말라 하셨습니다. 저에겐 섬길 주인이 계시고 이 교황청의 수많은 사람들이 있으니 외롭지 않을 거라고 말입니다."

"아."

헤지아나는 작게 신음하더니 바로 입을 다물었다. 순간 가슴에서 무언가 울컥하고 치밀어 올랐던 탓이다.

그는 이 2년 동안 교황청에 있지 못했다.

"이 교황청에는 저의 형제가 많지요. 어린아이들도 많고."

손끝이 까딱거렸다. 뭐라도 말해야 한다고 생각했다. 고개를 숙인 채, 헤지아나는 입술만을 계속 달싹거렸지만 도저히 소리가 나오지 않았다.

"다행입니다. 성하를 실망시킬지 모른다고 생각하니 사실 무서웠습니다. 아이를 원하신 건 아니라니 다행입니다만…. 그렇다면, 성하. 어째서 그런…."

"새, 생기지 않으니까요. 지금은 괜찮습니다."

"달거리가 끝나신 겁니까?"

"예, 에…."

"그렇다면, 저를 선택하신 이유는 제가 가까이 있어서였습니까?"

헤지아나의 입술이 붙었다.

그렇다고 아마 아까 말했을 것이다. 그냥 욕구였을 뿐이라고. 그렇지만 이렇게 물어오는데 그렇다고 대답할 뻔뻔함은 아직 그녀에게 없었다. 그녀는 아셔를 돌아보았다.

"아셔."

복잡한 표정을 숨길 수가 없었다. 괴롭기도 했고 아프기도 했고 슬프기도 했다. 무엇보다 미안했다. 헤지아나는 그에게 가까이 다가가 하얀 머리카락의 곡선을 손끝으로 쓸어내렸다.

"내 옆에 있어 주세요."

"예."

말하고 나서야 고백 같은 대사라고 생각했다. 아셔도 순간 당황했는지 회색 눈동자가 가볍게 떨렸으나 그 목소리에서 흔들림의 흔적을 찾을 수는 없었다.

"반론은 하지 않고, 의문도, 저항도 없이. 어떤 옳지 않은 일이더라도 따라야 합니다."

"예."

"그럼."

헤지아나는 바로 아셔에게 성큼 다가가 그 뺨을 끌어당겨 입술에 입 맞췄다. 벌려진 입술 사이로 혀가 어색하게 파고들어 갔고, 아셔는 놀라 흠칫거리면서도 차마 헤지아나를 떼어 내지 못하고 허둥거렸다.

"읍, 하아…. 성하, 갑자기 왜…."

"의문 없이, 라고 말했어요. 키스하는 데 이유가 필요한가요?"

아셔의 손을 붙잡고 뒤로 밀며 헤지아나는 조용히 말했다. 그녀
가 다가가자 아셔는 머뭇거리며 뒤로 물러섰고, 헤지아나는 한 번
더 다가가 그의 옷 속으로 손을 넣었다.

"서, 성하?"

"오늘 하루 동안은 '안 됩니다', '그만', '하지 마십시오'같은 말 금
지입니다."

헤지아나는 아셔의 어깨를 눌러 바닥에 앉히며 말했고, 의문을
포함해 거절의 말까지 순식간에 몰수당한 아셔는 당황한 표정으로
자신을 바닥에 눕히는 헤지아나를 쳐다보았다.

"그, 그렇지만… 방금 관계를 가졌는데 이건 무절제한…."

"만족하지 못했죠?"

머리카락을 쓰다듬으며 헤지아나는 그의 옷을 벗겼다. 그는 머
뭇거리면서도 헤지아나의 움직임에 따라 옷을 벗었다. 아까 전엔 제
대로 보지 못했던 꼼꼼하게 짜인 상체가 드러났다.

"저, 성하. 너무 탐닉하는 것 아닌가 걱정이…."

"아셔."

헤지아나는 아셔의 말을 막고 그 위에서 완전히 옷을 벗어 알몸
을 드러냈다. 어차피 아무도 올 일 없는 곳이다. 눈부시게 드러나는
전라에 아셔는 당황한 표정으로 얼굴을 돌렸고, 헤지아나는 고개
를 돌린 그의 뺨을 붙잡아 자신을 쳐다보게 만들었다.

"고개 돌리지 마세요. 아셔, 저에게서 눈 돌리지 마세요. 움직이
지도 마세요. 도망치지 말고 얌전히. 그리고 어, 어디를 어떻게, 하

는 게 좋은지, 그런 말 외에는 전부 금지입니다."

"성하."

"말을 듣지 않으면, 버, 벌을 줄 거니까요."

헤지아나는 긴장한 표정으로 자신을 쳐다보는 아셔를 향해 고개 숙여 입 맞췄다. 긴장한 신음이 흘러나오고 시선이 자신에게 꽂히는 게 느껴졌다.

"말 잘 들어야 해요."

위로할 수 있을까? 위안할 수 있을까? 어서 빨리 자신의 사람으로 만들 수 있을까?

"그리고 이번에는 참지 않아도 돼요."

"읏…."

전부 통제당해 할 말이라고는 신음밖에 없어진 아셔가 긴장한 표정으로 천천히 고개를 숙이는 헤지아나를 내려다보았다. 움직일 수는 없었다. 헤지아나가 아셔에게 움직이지 말라고 명하지 않았는가.

❦

몇 시쯤 되었을까?

해의 기울기로 보아 오후 두 시쯤은 되었을 거라고 헤지아나는 생각했다. 점심 식사 시간을 훨씬 넘겼고 자신이 여기에 있는 건 다들 알고 있을 테니 식사하라고 사람을 보낼 법도 한데 왜 아무도 오지 않는 걸까?

그런 생각을 하고 있자니 옷을 주워 입어야 할 것 같은데 그러고 싶지가 않았다. 정사에 지친 몸은 나른하고 정신은 잠과의 경계선에서 가만히 왔다갔다 거린다.

　헤지아나는 끌어안은 아셔의 품에 몸을 붙이며 가늘게 신음했다. 아셔 역시 헤지아나를 끌어안고 이마에 입 맞췄고, 오후의 햇살이 두 사람을 느긋하게 비췄다. 주변의 흩어진 책과 옷가지들 사이에서 둘은 계속 끌어안은 채 가만히 부비적거렸다.

　평화로웠다.

　[야.]

　"읏."

　헤지아나는 신음하며 눈을 떴다. 익숙한 목소리였다.

　[왜 불러… 어, 뭐냐, 성공했네? 그것도 쟤냐? 와. 그래서, 맛은 어떠냐? 좋았냐?]

　'윽, 좋알좋알 동네 아줌마처럼…!'

　헤지아나는 머리를 감싸 쥐며 자리에서 일어났다. 거의 잠에 빠져들던 상태에서 정신없이 쏘아붙여지는 말들은 정신 사나워서 견디기가 힘들었다.

　[이야, 기대도 안 했는데 손도 빠르네. 그래, 가까운 것부터 정리하는 게 정석이지. 오호라, 저 녀석 자네. 하긴 쭉 싸고 나면 피곤….]

　'아 그만 좀 좋알거려요! 머리 아프다고!'

　헤지아나가 칵 하고 노기를 뿜어내자 그제야 신난 듯이 떠들어대던 목소리가 줄어들었다. 헤지아나는 한숨 돌린 후 아셔를 내려다보았다. 창조신의 말대로 편안하게 잠든 그의 모습이 보였다.

원하면 일주일 동안 잠을 안 잘 수 있는 그인데 어제도 오늘도 어째서 자신과 정사 후에 잠드는 걸까? 그 일은 그렇게 체력을 소모하는 일도 아닐 텐데 말이다.

[편안하니까 그래, 편안하니까.]

헤지아나의 의문에 대답해 준 이는 창조신이었다.

[편안하고 나른해지면 피곤하지 않아도 잠이 오는 거지. 네 품 안이 편안하다고 느끼는 거야.]

'무슨 아이도 아니고…'

[누구나 사랑받는 사람 품 안에선 그런 걸 느끼는 거야. 연인에게서 느끼는 건 성욕이 아니라 동반 수면의 욕구라는 말도 있다. 뭐 어쨌든 둘 다 제일 취약한 상태의 자신을 보여 준다는 공통점이 있지.]

'아, 참. 묻고 싶은 게 있는데요.'

헤지아나가 창조신의 말은 가볍게 치우며 질문을 던졌다.

[뭐.]

잠든 아셔의 표정은 본 적 없이 평화로웠다. 어쩐지 사랑스러운 기분에 손을 들어 머리카락을 곱게 빗어 주며, 헤지아나는 작게 한숨을 내쉬었다.

'아셔가 말하기를 자기 같은 사람들이 역사에 있었는데 잡종이고 돌연변이라 아이를 못 낳는다고 했어요. 정말로 그런가요?'

[응.]

'어째서요?'

불합리하다고 따질 기세로 헤지아나가 반문했다. 그에 대해 창조신은 혀를 찰 뿐이었다.

[아 낸들, 그런 데까지 일일이 짜 두진 않았어. 걔 말대로 걔 같은 애들이 돌연변이고 잡종이라서 염기 서열이라든가… 됐고 어쨌든 새끼 못 쳐.]

말을 해도. 헤지아나는 눈살을 찌푸리며 물었다.

'전혀 방법 없나요?'

[뭐, 원하면 고칠 수야 있지. 그런데 그래서 어쩌려고. 너도 그렇고 재도 그렇고 뭐 결혼해서 애 낳을 입장은 아니잖아. 왜, 너 재애 낳아 주고 싶어졌냐? 우와, 너 재 좋아했냐? 그럼 내가 좀 도와줄까? 응? 남자애가 좋아, 여자애가 좋아? 누구 닮았으면 좋겠냐? 응?]

'아, 이 푼수데기가! 그만 좀 설레발치라고! 누가 애 낳고 싶대!!'

찻잔이라도 던지고 싶다. 헤지아나가 다시 한 번 이맛살을 찌푸리며 허공 어딘가를 쏘아보자 창조신은 혀를 찼다.

'뭐, 그냥 물어봤어요. 말하는데 분위기가 안 좋기에, 자기가 애 가질 수 있는지 아닌지 확인 해 봤을 리도 없으니까 혹시나 해서.'

[그거 마카라빈도 물어봤어.]

전대 교황의 이름에 헤지아나는 작게 한숨을 내쉬며 아셔의 머리카락을 쓰다듬었다. 손길에 아셔가 작게 뒤척였다.

[그래, 그거 물어보려고 나 불렀었냐?]

'부른 적 없는데요.'

[안 부르긴 뭘 안 불러, 잔뜩 뭔 애새끼 같은 욕만 해 두고 말야.]

'아.'

아침의 기도를 떠올린 헤지아나는 머리카락을 쓸어 올리며 고개를 들었다. 물론 그 영역에 창조신이 보일 일은 없다.

'저기, 혹시 제가 먼저 부를 수 있는 방법 없어요? 맨날 필요할 땐 못 부르니까 불편한데.'

[기도해. 닿으면 오마.]

'닿아도 안 오잖아!'

[네 신심이 부족해서 그런 거다.]

'신심이 생기게 굴든가!!'

무려 교황이 신심을 논하고 있으니 세상의 신심은 어디로 간 건지 알 수가 없다. 하긴, 교황은 신심으로 정해지는 게 아니기는 했다.

"으응…. 성하…?"

옆에서 들리는 신음에 헤지아나는 옆을 돌아보았다. 눈을 부스스하게 뜬 아셔가 잔뜩 인상을 찌푸린 헤지아나를 쳐다보고 있었다.

"아, 아셔. 깼군요."

"네, 성하…. 으음."

아셔는 머리가 무거운지 인상을 찌푸리며 헤지아나에게 다가왔다. 그러더니 그녀와 시선을 맞춘 채, 잠시 헤지아나를 쳐다보았다.

"아셔?"

"음…."

눈을 감은 아셔는 쓰러질 듯한 자세로 고개를 숙였다. 쓰러지는가 싶어, 헤지아나는 놀라 그를 받쳤지만 그는 쓰러지지 않고 헤지아나의 입술을 향해 달려들었다. 입술이 맞닿고 혀가 부드럽게 섞여 들었다.

"음, 으응….”

[헐.]

그러고 보니 이 상황에는 참관자가 있었다. 어이없는 목소리에 그 존재를 깨달은 헤지아나는 아셔를 떼어 냈다.

"아…. 죄송합니다, 성하. 허락도 없이.”

"아, 아니에요.”

[헐? 뭐, 뭐, 뭐냐, 야, 뭐야, 쟤!!]

얼굴을 붉히며 고개를 숙이는 아셔를 향해 창조신의 경악이 쏟아졌다.

"잠에서 깨고 아무 생각 없이 그만….”

[뭐뭐뭐뭐뭐야, 쟤 저런 애였냐?! 왜 갑자기 선수질이야! 저거! 완전 선수잖아! 우와!! 뭐, 뭐냐! 응? 뭐냐고!!]

'시끄러워요.'

짧게 얼굴을 찌푸리고, 헤지아나는 수줍어하는 아셔에게 가볍게 키스했다.

"그 정도는 괜찮습니다.”

[잠까아아안!!! 왜 쟤 저기서 얼굴을 붉히는 건데!!! 뭐야, 이거, 네가 따먹은 게 아니라 따먹힌 거 아니냐? 야, 잠깐, 이거 위험해!]

'아 진짜!!! 시끄러워요!! 꺼져!!!'

헤지아나가 참지 못하고 이맛살을 확 찌푸리며 속으로 외쳤다.

"서, 성하?”

"아, 미안해요. 잠깐 머리가 아파서.”

[흐흐흑, 자식새끼 키워 봤자 소용없다더니. 아이고, 제 짝 만났다고 아주 그냥 괄시를 해 괄시를.]

'그 짝 꼬시라고 열화를 다 부린 게 누군데!! 정신 사나우니까 얼른 꺼져요!!'

[크흑흑, 자기가 불러 놓고 아주 그냥 필요 없어지니까 매몰차지는 것 좀 봐. 아이고, 내가….]

'장난 그만 치고!! 아, 맞다. 가기 전에 손수건 같은 거 하나만 주세요. 뒤처리할 게 없어서.'

[그래, 내 신세가 그렇지 뭐. 불장난한 거 뒤처리나 도와주고. 어이구, 처량해라. 내 신세….]

'시끄럽다고!!!'

곡소리가 점점 멀어져 간다. 그 소리가 멀어지는 동안 가만히 이맛살을 찌푸리던 헤지아나는, 그 소리가 완전히 사라지자 낮게 한숨을 쉬며 위장용으로 이마를 짚고 있던 손을 뗐다. 마침 시선이 닿는 곳에 하얀색 손수건이 보였다.

"성하, 많이 불편하십니까?"

"아뇨, 잠깐 어지러웠던 거예요. 괜찮아졌습니다."

헤지아나는 웃음 지으며 아셔의 뺨을 매만졌다.

"잘 자더군요."

"…예, 신기하게도…. 그제 잤기 때문에 더는 잠들지 않아도 될 텐데 어제도 오늘도 조금씩이지만 어느새 잠들어 버려서…."

"저도 그랬습니다."

"왜 그럴까요?"

헤지아나는 아셔의 뺨에 붙은 머리카락을 떼어 내고 감촉 좋은 머리카락을 쓸어내렸다. 아셔의 표정이 조금 편안해지는 모습을 보며 헤지아나는 그에게 다가가 앉았다.

천하의 성기사도 이렇게 무뎌지고 나긋해져 아이처럼 잠들게 만드는 것.

"편안하기 때문 아닐까요?"

헤지아나는 주변에 흩어진 옷가지를 들어 그에게 입혀 주고, 손수건을 집어 뒤처리도 했다.

"그러고 보니 아셔."

"예."

"그, 제가 아이를 원한다고 생각했던 것 말입니다만…."

"예."

옷 입기를 도와주는 아셔를 곁눈질하며 헤지아나가 조심스럽게 물었다.

"그렇게 생각할 수도 있다고 생각은 합니다만, 너무 구체적이고 상세해서…. 순간적으로 그렇게 생각한 겁니까?"

"피임에 신경 쓰지 않는 게 이상하다고 생각했을 때, 성하의 안식년을 생각해 보았습니다. 그랬더니 내년이길래…."

헤지아나의 상의 소매의 구김을 펴주며 아셔가 말했다.

"분에 넘치게도, 저에게도 사랑을 말한 여인이 있었습니다. 저는 그녀의 사랑을 감사하게 여기긴 했지만 받아들일 수는 없었지요. 제 신분도 신분이거니와…. 몇 달을 그러던 어느 날 그녀가 청하길 맺어질 수 없다면 안식년이 되기 전에 하룻밤만 보내 달라고, 제 아이를 갖고 싶다고 말했습니다. 물론 거절했지요. 그런 일이 있었기 때문에 생각했습니다."

"언제 적 일입니까?"

"…부끄럽게도 스무 살이 되기 전의 일입니다. 한때의 열정이지요. 그분도 지금은 잘 지내고 계십니다."

"예? 교황청 사람입니까?"

북쪽을 돌아다니며 만난 여인이라고 생각했던 헤지아나는 경악하며 아셔를 돌아보았다. 스무 살 되기 전의 그가 돌아다닐 수 있는 곳이라고 해 봐야 사실 교황청이 전부였다.

물론 그는 십대 중후반부터 외부에 명성을 떨치기 시작했지만 대부분 주어진 임무만 수행하고 바로 돌아왔기 때문에 몇 달 동안이나 어딘가에 머무른 적이 없었다. 헤지아나는 눈이 휘둥그레져 물었고, 그 모습을 본 아셔는 잠시 망설이더니 고개를 끄덕거렸다.

"세상에, 그게 대체 누굽니까?"

"…말… 해야 하는 겁니까?"

곤란해하는 그의 표정을 보고 헤지아나는 잠시 입을 다물었다. 그는 아마 상대 여인의 명예를 실추시키고 싶지 않을 테고, 그 고결한 의지는 존중하고 따라 주어야 옳은 것이다. 하지만 헤지아나는 지금 그 열정적인 여인이 누군지 심각하게 궁금했다.

"말해 주세요, 아셔."

"그게, 지금 성하 주변에 계신 분이기에…."

그렇기 때문에 곤란하다, 재고해 달라는 의미로 보통은 말하지만 듣는 사람 입장에선 그것만큼 호기심을 부추기는 말도 없다.

"정말인가요? 대, 대체…."

"아…."

"아셔, 대체 누군가요."

"마, 말하지 않겠다고…."

"제가 그런 걸 말할 일이 대체 어디에 있습니까?"

헤지아나가 바싹 자리를 붙여 앉자 아셔는 곤란한 듯이 몇 번 우물쭈물하더니 입을 열었다.

"그분은…."

"예, 아셔."

잠시 아셔는 말을 끊더니 대답했다.

"서기 로미나 님이십니다."

"안 돼!!"

헤지아나의 얼굴이 새파랗게 질렸고, 아셔는 영문을 모른 채 당황해하며 헤지아나를 진정시켰다.

세기말의 재앙은 그리 먼 곳에 있지 않았다. 그것이 이미 지나간 일임을 깨닫는 데에, 헤지아나는 조금 많은 시간을 투자해야 했다.

[외전] 소녀가 유일해질 때까지

빛이 눈부셨다.

눈부신 빛이 순백의 아름다운 건물 위로 쏟아졌다. 건물은 그것 하나만으로 진주처럼 부드럽고 아름다워 보였고, 여자아이는 꾀죄 죄했다.

금발의 머리카락은 분명 잘 씻은 듯 더러운 때는 빠졌지만 채 지 워지지 않은 얼룩이 엉켜 있었고, 깨끗한 옷 아래의 몸은 붉고 파 란 데다 부패한 녹색과 자색으로 얼룩져 있었다. 작고 말라비틀어 진 몸을 가득 채운 색은 마치 이중 삼중으로 분리된 빛깔의 파도 같았다.

"저기요…. 네. 으응. 저기 아니라?"

아이는 마치 누군가와 대화하듯이 중얼거리며 이곳저곳을 갸웃 거렸다. 힘이 없는지 아이는 곧 쓰러질 듯이 비척거렸고, 뒤따르던 어른들은 놀라서 아이를 부축해 주었다. 하지만 아이는 도움이 필 요 없다는 듯이 뿌리치며 걸어갔다. 분명 이곳에는 처음 왔을 텐데 아이는 자신이 어느 곳으로 향해야 하는지 아는 것 같았다.

아이의 걸음이 점점 빨라졌다. 빨라지다 못해 달리기 시작했다. 뒤따라오던 어른들은 아이를 따라 달렸지만 가벼운 아이의 몸을 따라잡을 수 없었다.

안내도 받지 않은 아이가 선 건 어느 문 앞이었다. 문지기들은 이런 곳에 있을 리 없는 여자아이를 보고 당황했지만, 다행히 곧 아이를 따라 달려온 이들을 보고 당황에서 벗어나 자신의 업무를 행했다. 손님의 도착을 알리고 문을 연 것이다.

겨우 문이 한 뼘 열렸을 때 아이는 문틈에 자신의 앙상한 몸을 밀어 넣었다. 이제 막 빛이 비치는 문 안에 무엇이 있는지 두렵지도 않은 걸까? 무언가 확신하며 웃음 지은 소녀는 순간,

"큿."

하고 무언가 냄새를 맡더니 갑자기 움직임을 멈췄다.

익숙한 냄새였다. 방 안에서 왈칵 흘러나온, 훅 하고 끼쳐 오는 그것. 비강을 억지로 파고드는 듯한 불유쾌한 냄새.

"히이…!"

여자아이는 재빨리 입을 막았다. 소리 내면 안 된다.

금세 두려움에 젖은 아이의 눈이 사방을 불안한 듯 돌아보았다. 하지만 이미 늦었다. 방 안에 있는 두 명의 시선이 이미 자신을 향하고 있었다.

얼굴이 보이지 않는, 목장을 짚은 노인. 그리고 무릎 꿇고 앉은 소년. 그중 소년에게 시선이 닿은 순간 아이의 눈은 공포감으로 벌어졌다. 탁하고 차가운 백색의 소년의 몸은 정상이 아니었다. 찢어진 옷, 배어 나온 핏방울, 붉게 벌어진 상처, 떨어져 있는 채찍.

그 광경은 소녀에게 익숙한 것이었다. 그러리라고 생각한다.

두려움을 안겨 주는 소년의 기기묘묘한 하얀 안광이 알지는 못하지만 아는 풍경을, 기묘한 기억을 불안정하게 되살렸다. 그 기묘함이 한껏 어우러진 순간 여자아이는 평정을 잃었다.

"꺄아아아악! 꺄아아아아아아악!!"

비명을 지르며 아이가 발광하기 시작했다. 순식간에 혼란이 자리 잡았다.

"무, 무슨 일이야? 저 아이는?"

"아, 그, 그게…, 오늘 데리고 오기로 한…"

"성하, 피 냄새에 반응한 것 같습니다. 환기를…!"

뒤늦게 들어온 갈색 머리카락의 수행원이 발작하는 아이를 허둥지둥 방 밖으로 빼내며 말했다. 그제야 방 안, 인장이 새겨진 반지를 끼고 영대를 늘어뜨리고 있던 노년의 남자는 옆에 무릎 꿇고 앉은 소년의 처참함을 재인식하고 이마를 짚었다.

"아셔, 나가라."

"저는 아직 스스로 징벌하지 못하였습니다. 저는 감히 그것을 번거롭다고 여겼으며 자신의 죗값을 다 치르지 못하였는데 어떻게 해야…"

"하지 말라고 하지 않았느냐! 지금 이 방에서 나가, 네 방으로 가서 내가 다시 부를 때까지 침대 위에 앉아 꼼짝하지 말거라! 자, 나가! 자네들은 창문 열게!"

아셔라 불린 소년은 이런 상황에서도 꿈쩍 않고 담담히 말했다. 아마 노인의 명령이 없었으면 움직이지도 않았으리라. 하지만 그는 노인의 명을 따라 방문을 나섰고, 노인은 소년이 나가는 모습을 돌아보지도 않고 손수 창문을 열었다. 바람에 나부낀 커튼이 얼굴에 붙었다.

"에라이, 신 놈은 좀 기척을 주든지…. 이보게, 피 냄새 많이 났나?"

"아니요, 문을 열었을 때 조금…. 저 아이가 민감한 것이겠지요."

노인 곁에 다가온 갈색 머리의 수행원은 고개를 젓더니 밖에서 헐떡거리는 아이를 턱짓했다.

"어쨌든 피비린내 나는 곳에서 살아남은 아이 아닙니까. 물어보면 기억을 전혀 못 하는 것 같지만…. 무슨 일을 겪었을지는 그저 신께서만 아시겠지요."

수행원이 성호를 긋자 노인도 성호를 그었다. 저 아이는 아직 무슨 일이 있었는지 정확히 규명되지 않은 학살에서 살아남은 아이였다. 살아남은 아이들 중 그 기억을 감당하지 못하고 미쳐 자살해버린 아이도 있으니 기억을 잃어버린 데서 그친 건 다행일지도 모른다. 그렇게 생각하니 노인의 마음속 깊은 곳이 무거워졌다.

노인은 깊게 한숨을 내쉬며 방 밖으로 나갔다. 여자아이는 복도 한쪽 구석 벽에 기대 헐떡거리고 있었고, 그 작고 가느다란 몸이 정신없이 맥동하는 모습을 보며 노인은 입술을 가볍게 깨물었다. 노인은 아이가 놀라지 않게 조심스럽게 다가가, 천천히 꿇어앉으며 아이와 눈높이를 맞췄다. 일단 어떻게 인사하는 게 좋을까?

"음…. 보는 건 처음이구나, 헤지아나야."

여자아이가 움찔거렸다. 이름을 불린 데 놀란 듯 휘둥그레진 눈으로 쳐다본 아이의 눈은 쪽빛처럼 새파랬고, 그 눈은 곧 무언가를 이해한 듯이 안정의 빛을 띠었다. 노인은 그 안도의 빛에 마주 웃음 지었다가, 뺨에 길게 새겨진 붉은 상처를 보고 자신도 모르게 혀를 찼다. 손이 저절로 상처를 향해 올라갔다.

"몸은 어떠니, 많이 아프니?"

"…괜찮… 아요."

노인의 굽은 손끝에 엉킨 머리카락은 힘이 없고 거칠었다. 노인은 깊은 한숨을 내쉬며 여자아이의 뺨을 쓰다듬었다. 옅은 노란 빛과 함께 아이의 몸으로 열기가 스며들어 갔고, 아이는 옅게 숨을 내쉬며 신음했다. 눈에 띄게 뺨의 상처와 몸의 얼룩들이 사라지기 시작했다.

동시에 아이의 어깨 뒤쪽이 빛났다.

"아."

아이가 급하게 빛이 난 어깨를 붙잡았다. 아이는 이 빛을 숨겨야 한다는 사실을 알고 있었다. 본능적으로도 그랬고 경험적으로도 그랬다. 노인도 그 사실을 이해했다.

"알고 있어."

그래서 안심시켜 주었지만 여자아이는 여전히 긴장한 표정이었다.

"사람들이… 화냈어요."

"걱정하지 말거라. 난 그러지 않을 거야."

잠시 여자아이의 표정이 굳었다. 하지만 오래가지 않았다. 그 표정은 터진 둑처럼 허물어졌다. 억울함과 분노가 허락받은 곳을 찾아 와르르 쏟아진 걸까? 솟아오르는 감정을 억누르듯이 빛나는 어깨를 움켜쥐며 여자아이가 물었다.

"이게…, 이게 대체 뭐죠?"

"네 부모님의 증거란다. 가족 대대로 내려오는 유산이지. 이 땅에서 모르는 이가 없는 아주 위대한 가문이야."

위대한 가문의 후예인 여자아이는 기억을 잃었다. 하지만 아이의 몸에 남아 있는 것이 무엇보다 확실하게 아이의 신분을 증명하고 있었다.

이 전쟁을 확대한 폭풍의 핵, 일곱 별의 아이들. 그들의 후예.

"3월성의 문양입니다. 장손은 아닌 듯하고요."

옆에 서 있던 수행원이 말하자 아이가 눈치를 살폈다. 금세 불안해하는 아이의 모습을 보고 노인은 안심하라는 듯이 아이의 빈손을 양손으로 감싸 쥐었다. 하지만 곧 새어나오는 깊은 한숨을 막을 수는 없었다.

이해할 수 없었다. 아이는 신의 목소리를 들었고 예언을 행했다. 그 사실은 보고서로 받기 전부터 알고 있었다. 신이 그에게 직접 알려 주었으니까.

신의 목소리를 듣고 예언을 행한다. 그건 신의 대리자만이 할 수 있는 일이었다. 또한 신의 대리자라 함은 교황을 말한다. 즉, 이 아이는 자신의 뒤를 이을 아이로 선택되었다는 뜻이다.

노인은 신이 차기 교황을 선택했다는 사실에는 불만이 없었다. 물론 불만이 전혀 없다는 건 아니다. 굉장히 많았다. 하지만 다 양보하고 양보하더라도 하나만은 도저히 이해할 수가 없었다. 대체 왜. 무엇 때문에 하필이면 많고 많은 사람들 중 '일곱 별의 아이들'의 후예 중 한 명을 차기 교황으로 만들었단 말인가?

"나는 도저히 그분의 뜻을 알 수가 없구나."

그렇지만 노인은 깊게 고민하지 않았다.

"하지만 언제는 알고 따랐더냐."

알 수 없는 깊은 뜻이 있을 터이니 그저 믿고 따르는 게 그 대리인이 할 일 아니겠는가.

그들의 신과 같이, 유쾌하게 웃으며 노인은 여자아이를 일으켜

세웠다.

"저, 저기."

머리를 감싼 베일 아래에서 녹아내리는 듯한 금색 빛깔이 물결
쳤다. 파란 눈동자는 청금석 같이 깊은 색으로 빛났고, 깊게 결심
한 듯 꼭 앙다문 입술은 붉었다. 헤지아나였다.

"나, 나, 나도 같이 가요!"

헤지아나는 여자아이들을 향해 소리치고서는 후회했다. '저도
같이 가요'라고 했었어야 했던 거 아닐까? 아니면 '저도 같이 갈래
요'라든가. 하여간 교육 일과가 끝나고 식당으로 향하는 여자아이
들을 향해 용감하게 말을 건 헤지아나의 얼굴은 금세 빨갛게 익
었다.

"헤, 헤지아나 님… 아니, 자매… 음…."

반대로 요청을 받은 여자아이들의 얼굴은 곤란함으로 익어 가고
있었다. 여자아이들은 서로 머뭇거리며 시선을 주고받았고, 헤지아
나는 기대감 반 두려움 반으로 시선을 주고받는 여자아이들의 눈치
를 살폈다. 무리에 섞여 들기에 실패한지 여러 번, 결국 직구를 던
진 헤지아나에게 아이들은 꽤나 당황한 눈치였다.

"어, 저, 그게, 괜찮… 으면…."

"헤지아나 자매, 좋은 저녁입니다."

뒤에서 툭 건드리는 손길에 헤지아나는 흠칫 놀라며 뒤를 돌아

보았다. 그 자리에는 머리가 희끗하지만 건장한 노인이 한 명 서 있었다. 성성법무처의 가라드 추기경이었다.

"아, 추기경님! 아, 안녕하세요. 보다 낮은 곳에 계시는 분의 축복을…"

"보다 낮은 곳에서 만물에 임하고 계신 분의 축복을."

"아, 또 실수를…. 아, 잠깐, 이게 아니라…"

헤지아나는 허둥대다가 뒤를 돌아보았다. 여자아이들이 허둥지둥 도망가고 있는 모습이 보였다.

"아, 이럴 수가."

"왜 그러십니까?"

"추기경님 때문이에요."

울적한 표정으로 헤지아나가 한숨을 푹 내쉬었다.

"겨우 다 잡아 놨는데 추기경님께 정신이 팔린 사이에 도망쳐 버렸잖아요. 음, 그러니까 친구들 말이에요. 다들 몰려다니면서 저는 끼워 주지 않아요. 이상해요. 다들 제가 싫은가 봐요."

"음…. 그렇진 않을 거라고 생각하지만 말이죠."

"추기경님은 그 아이들이 아니잖아요. 어떻게 싫어하지 않을 거라고 생각할 수 있어요?"

가라드 추기경은 작게 소리 내어 웃었다. 데리고 왔을 때는 비 맞은 쥐처럼 꾀죄죄해서는 겁먹었던 아이가 이렇게 활달해졌으니 웃음이 나올 만도 하다. 이제 열여섯 된 아이는 잘 먹고 곱게 씻기니 금세 키가 자라고 가슴이 봉긋해졌다. 그래도 여전히 또래보다는 작지만, 성격은 모난 부분 없이 해맑으니 무엇을 더 바랄까.

"그럼 헤지아나 자매께서는 어째서 저 자매들이 자신을 싫어한다고 생각하시는지요?"

"음, 그게 저는 오래 같이 있었잖아요. 저를 놀이 상대에 끼워 주지 않는 걸 보면…."

"헤지아나 자매를 단지 어려워하는 걸 수도 있지요."

"제가 왜요!"

주먹을 꼭 움켜쥐는 헤지아나의 모습에 가라드 추기경은 허허 하고 소리 내어 웃었다. 아이들은 언제나 사랑스럽고 귀여웠다. 저 치기 어린 태도마저도 미숙해서 그런 것이려니 하면 모든 게 용서된다. 감히 상상해 보건대 이 세상의 창조주께서 피조물을 보는 마음이 이와 같지 않을까?

피딱지 앉았던 몸을 완전히 걷어 내고 우화하듯 피어난 어린 생명을 보니 그 성장이 마치 자신의 일인 양 뿌듯했다. 고작 일 년 만에 이렇게 자라다니 아이들의 성장이란 빠르기 그지없다.

"그런데 추기경님, 교황 성하께선 언제 오세요?"

"으응?"

감회에 젖어 있는 가라드를 향해 헤지아나가 파란 눈을 깜빡이며 물었다.

"추기경님이 오셨다는 건 성하께서 오신다는 뜻 아닌가요?"

"이런, 완전히 한 쌍 취급이군요."

"늘 같이 계시니까요. 아니면 제가 가야 하나요?"

헤지아나가 가라드 추기경에게 한 걸음 다가섰다. 눈을 깜빡이며 자신을 쳐다보는 모습이 자신이 발걸음을 옮기는 대로 따라올 노란 병아리 같았다. 그는 주름진 손을 뻗어 가느다란 금발을 조심스럽게 쓰다듬었다.

"곧 오실 겁니다. 아, 마침 저기 오시는군요."

마침 지팡이를 짚고 걸어오는 교황, 마카라빈을 발견한 가라드가 그쪽을 쳐다보자 헤지아나도 그쪽을 쳐다보았다. 곧 저 멀리서 천천히 다가오고 있는 친숙한 노인을 발견한 소녀가 반색하며 발걸음을 옮겼다.

"교황 성하!"

소녀를 발견한 노인도 웃음 지었다. 하지만 웃음 지으며 손을 흔드는 노인의 옆에 수도사가 다가와 무슨 말인가를 전달한 순간 노인의 얼굴에서 웃음이 사라졌다. 무슨 일이 있는 걸까? 헤지아나가 잠깐 걸음을 느리게 한 순간 헤지아나를 보는 노인의 얼굴이 잠시 굳었다. 헤지아나는 순간 겁먹었다. 자신이 무언가 잘못한 걸까?

그때였다.

덜컥 하고 두꺼운 굽 내려앉는 소리가 들렸다.

징을 박은 건틀릿의 잘그락대는 금속 소리가 들리고 냉기가 소녀를 스쳐 지나갔다. 이어지는 금속 소리들은 계속 묵직하고 차가웠다. 차가운 백색의 소리를 향해 소녀는 고개를 돌렸다. 소리의 주인은 소리만큼이나 하얀 이였다.

소녀는 그를 알았다. 아니, 사실 교황청에서 그를 모르는 이는 없으리라.

아셔 아라스트란. 신의 축복을 받아 '빛의 날개'를 펼칠 수 있는 성기사.

갓 스물 되었을 뿐이지만 그는 먹지 않아도 되고 잠들지 않아도 되며 어떤 상처도 치유하는 몸으로 이미 믿을 수 없는 업적들을 쌓고 있었다. 모두가 칭송하는 빛의 전사, 신의 검지손가락.

하지만 헤지아나는 그가 싫었다.

"성하."

헤지아나를 무시하고 아셔가 교황의 앞에 섰다. 아니, 무시는 잘
못된 말이다. 아마 보이지도 않았을 테니까. 아셔는 쓰러지듯 무릎
을 꿇었다. 교황은 침음하며 손을 뻗었고, 아셔는 교황의 반지에 입
맞춤했다.

"대장벽 괴물의 토벌에 성공하였음을 알리기 위해 빠르게 돌아
왔습니다."

"그래, 수고했구나. 아셔. 이미 보고는 받아 알고 있다."

인자한 미소를 지으며 교황이 아셔의 어깨를 두들겼다. 노고를
치하하는 듯한 손짓이었다.

"집 몇 채 크기는 되는 놈이라고 들었는데 다치지 않을까 걱정했
다. 다행히도 크게 상한 곳은 없는 듯해 정말로 안심이구나."

"아…."

머리카락을 쓰다듬어 주는 손길에 아셔의 고개가 떨어졌다. 붉
어지는 듯한 얼굴에 헤지아나는 희한한 광경을 본다는 표정을 지었
다. 헤지아나가 기억하는 저 사람의 표정은 늘 뻣뻣했기 때문이다.

다가가서 말을 걸면 생각보다는 친절하다고 하고, 웃는 모습을
못 본 것도 아니지만 하여간 묘하게 무서운 인상 때문에 헤지아나
는 그에게 굳이 다가가고 싶지 않았다. 하지만 지금 그의 앞에 교황
성하가 계셨다. 그래서 헤지아나는 주춤주춤, 본의 아니게 아셔를
향해 다가갈 수밖에 없었다.

"교, 교, 교황 성하."

"오, 그래. 헤지아나야. 오랜만에 보는구나. 그 사이 많이 큰 것

같구나."

헤지아나가 기척을 내자 교황은 인자하게 웃음 지으며 헤지아나를 향해 손을 옮겼다. 낡은 가죽 같은 손이지만 그만큼 편안하고 따스한 것도 없었다.

"키 안 컸어요. 볼 때마다 그런 말씀 하시고."

"너야 모르겠지만 내가 보기엔 그렇단다. 정말 어린아이들은 빨리 자라."

머리카락을 쓰다듬어 주는 손길에 헤지아나는 기뻐 뛰노는 강아지처럼 웃음 지었다. 하지만 그때 묘한 냉기가 느껴졌다. 표정이 순간 굳었다.

헤지아나는 냉기를 따라 오른쪽으로 눈동자를 굴렸다. 알고는 있지만 조심스럽게 확인해 보았다. 그리고 결국, 무릎 꿇은 채 자신을 흡뜬 눈으로 쳐다보는 아셔의 모습을 발견했다. 그 회색 눈동자에 튀는 이채가 유독 날카롭게 보이는 건 기분 탓일까? 겁먹은 헤지아나가 자연스럽게 한 발짝 뒤로 물러섰다. 그 모습을 본 교황도 아셔의 시선이 헤지아나를 향하고 있음을 알아차렸다.

"아…, 그래. 아셔, 먼 길 오느라 지쳤을 텐데 돌아가서 쉬는 게 어떻겠니. 필요한 게 있는 게냐?"

일어나라는 듯이 교황이 손짓한 순간이었다. 아셔는 교황의 손을 붙잡았다.

"고할 것이 있습니다."

"아셔."

"이미 제가 도착했을 때 너무나 많은 피해가 있었습니다."

"그건 네 잘못이 아니다."

마치 그럴 줄 알았다는 듯한 표정이었다. 당연한 게 왔다는 듯 깊은 피로감이 묻어나는 표정으로 교황은 몸을 숙여 아셔의 어깨를 쓸어내려 주었지만, 아셔에게 그건 위안이 되지 않는 듯했다. 아셔는 떨면서 숨을 내뱉기 시작했다.

"제가 조금 더 빨리 성하의 부름에 따라, 지체 없이 준비하였더라면…"

"전부 필요한 것이었다. 너는 네가 할 수 있는 최선을 다 했어."

"성하의 가르침에 그리할 수 있는 자가 그리하지 않음 또한 죄라 하였습니다. 제가 먹지 않고 잠들지 않고 갈 수 있음에도 불구하고…"

"아셔, 네가 먹지 않고 자지 않으며 활동은 할 수 있으나 그게 어디까지 버틸 수 있을지는 아무도 모른다. 너 역시 사람이니 내가 당연히 그렇게 해야 한다고 하지 않았느냐? 아셔야, 신께서는 네가 스스로를 몰아세우기를 바라지 않으신다."

"하지만 성하, 가르침에…"

역시 싫다.

헤지아나는 아셔에게서 한 발자국 더 물러섰다. 교황은 아셔를 달래며 헤지아나를 향해 눈짓했다. 미안하다는 듯한 표정을 지은 순간 뒤에서 가라드 추기경이 다가와 헤지아나의 어깨를 짚었고, 교황은 아셔의 손을 붙잡고 일으켰다.

"이러지 말고 들어가서 이야기하는 게 좋겠구나. 그럼 가라드 추기경, 부탁하네."

"예, 성하."

헤지아나는 아셔를 데리고 들어가는 교황의 뒷모습을 잠시 쳐다보았다. 아셔가 무어라고 말하고, 걱정스러운 모습으로 대답하는 교황의 모습을 보며 헤지아나는 괜히 이맛살을 찌푸렸다.

"헤지아나 자매. 저와 잠시 이야기라도 할까요?"

"네에."

헤지아나의 부루퉁해진 표정을 보고 추기경은 소녀의 기분을 알아차렸다.

"제 집무실에 같이 가죠. 얼마 전 선물로 받은 맛있는 과자가 있으니 같이 차와 먹도록 하지요."

"과자요? 초콜릿?"

"초콜릿도 있고요."

아무래도 장소가 장소이다 보니 화려하고 자극적인 간식은 접하기가 어려워, 그런 간식을 꺼내기만 해도 아이들의 얼굴은 바로 변하기 마련이다. 가라드 추기경은 아예 앞장서는 헤지아나의 뒤를 따르며 웃음 지었다. 말을 꺼내기가 조심스러웠다.

"음. 헤지아나 자매, 생활에 불편한 점은 없나요?"

"네? 네. 음…. 딱히 불편한 건 없는데요."

"으음…. 헤지아나 자매는 이곳에 오고 싶어서 온 게 아니잖아요? 그러니까… 헤지아나 자매는 여기 말고 밖에서 하고 싶었던 게 없나요?"

"음…."

앞장서 힘차게 걷던 소녀의 발걸음이 느려졌다. 그 뒤를 느긋하게 걷던 가라드가 따라잡고도 속도를 늦춰야 할 정도로 느린 걸음이었다.

"딱히 없는데요…."

"가고 싶은 곳이라든가, 그런 건?"

"요정들을 보고 싶긴 하지만…."

갸웃대는 헤지아나를 보며 가라드는 조금 씁쓸하게 웃었다. 교황의 바람은 이런 게 아니었지만, 어린 소녀가 바라는 게 없다고 하니 어찌해야 할지.

"동쪽 여행인가요? 한번 성하께 말씀드려 보도록 하겠습니다."

"와!"

어린 나이에 교황으로 점지된 소녀의 운명을 내심 안타까워하는 사람은 교황만이 아니었다. 애초에 헤지아나는 원해서 교계에 들어온 이도 아니지 않은가. 소녀가 언제 교황이 될지 알 수 없지만 그리 먼 날이 아니라는 사실을 마카라빈도 가라드도 알고 있었다. 마카라빈의 나이가 너무 많다.

"그러면 차는 어떤 걸로 할까요? 향기로운 꽃차로 할까요, 잎차를 우려낸 우유로 할까요?"

"으음, 으음, 으음."

고민하는 소녀를 이끌며 가라드는 웃음 지었다. 곧 소녀는 꽃차가 좋겠다고 말했다.

◆◆◆❀◆◆◆

"으…. 제대로 돌아온 거 맞나…."

헤지아나는 주변을 두리번거리며 기죽은 소리를 냈다. 이럴 줄 알았으면 가라드 추기경이 배웅할 사람을 붙여 주겠다고 했을 때

거절하지 말 걸 그랬다.

교황청에 일 년 동안 있었다지만 헤지아나는 성직자들의 숙소가 있는 동쪽 위주, 그것도 늘 인솔자와 함께 정해진 곳만 돌아다녔다. 거기다가 밤의 교황청은 그녀가 알던 교황청이 아니었다. 마법으로 빛나는 광구가 드문드문 놓여 어둑한 교황청은 소녀가 알던 곳과 다르게 낯설고 차가워서 자신감 있게 발을 내딛을 수가 없었다.

"으~음."

헤지아나는 멈춰 서서 입술을 깨물었다. 불안하게 주변을 둘러보던 소녀는 조심스럽게 손을 뻗었고, 곧 그녀의 손끝에서 포슬포슬한 민들레 포자 같은 빛이 피어나 주변을 밝혔다.

따스한 온기와 익숙함에 두려움이 사라졌다. 헤지아나는 먼저 숨을 깊이 들이쉬고 발을 뻗었다. 불빛들은 헤지아나를 따라 움직였다.

"으음, 음…. 잠깐, 교육실? 교육실 맞지?"

두리번거리며 나아가던 헤지아나는 낯익은 문을 발견했다. 슬쩍 열어 본 문은 소리 없이 열렸고, 문 안으로 보이는 소강당의 풍경은 낯이 익었다. 저 멀리 단상 위 달빛에 비치는 창조신의 상징 역시 늘 본 것이어서 헤지아나는 겨우 안도의 한숨을 내쉴 수 있었다.

"휴. 이제 쭉 가기만 하면 되는구나."

다음에는 헤매지 않고 돌아올 수 있으리라. 헤지아나는 그렇게 생각하며 문을 닫았다.

그때,

—짝.

젖은 바닥을 손바닥으로 치는 것 같은 질퍽한 소리였다.

동시에 느껴지는 날카로운 냄새. 그 냄새에 헤지아나가 굳은 사이 또 한 번 소리가 들렸다. 짝. 절대 환청은 아니었다.

대체 이 시간에 누가 여기서 무엇을 하고 있는 걸까? 아니, 누가 있긴 한 걸까? 긴장감에 문을 움켜쥐면서도 헤지아나는 문을 닫지 못했다. 호기심이 소녀를 끌어당겼다. 하지만 차마 들어가지는 못한 채, 헤지아나는 문가에 서서 소강당의 어둠을 훑었다.

유령이라도 있는 걸까?

하지만 들려오는 소리는 지독히 규칙적이고 권태로웠다. 또한 전혀 비밀스럽지 않았다. 그 척척한 소리를 따라 눈을 굴리던 헤지아나는 소리가 들리는 쪽에서 사람 그림자를 발견했다.

"히…."

희끄무레한 백색. 희미한 인기척. 희번득한 안광.

유령이다. 직감한 헤지아나가 입을 틀어막았다. 그때 유령도 헤지아나를 발견했다. 유령이 자리에서 일어났다.

"꺄…?!"

도망치려고 한 순간이었다. 헤지아나는 갑자기 자신의 몸이 들어 올려짐을 느꼈다. 동시에 뜨거운 피 냄새가 다가왔다.

"윽…!"

정신이 혼미해질 정도로 짙은 피 냄새에 코를 틀어막은 순간, 헤지아나는 희끄무레한 존재가 바로 눈앞에 있다는 사실을 깨달았다. 심장이 멎었다. 비명조차 지르지 못한 채 숨을 들이쉬며 뒷걸음질 친 순간, 급하게 헤지아나를 따라온 빛의 무리가 유령의 얼굴을 비쳤다.

유령의 모습은 낮이 익었다.

"아, 아셔 경…?"

"이건 대체…."

창백한 빛에 비쳐진 아셔가 헤지아나의 주변을 두둥실 떠다니는 빛을 눈살을 찌푸리며 쳐다보았다.

"왜 이런 잡귀들이 교황청에 있는지…."

공기를 갈라내는 듯한 소리가 몇 번 들렸다. 빛이 몇 개 꺼진 순간, 헤지아나는 주먹 쥔 아셔의 손아귀에서 사라지는 빛을 보고 눈을 둥그렇게 떴다. 잡을 수 있을 리가 없는데.

"어떻게 된 겁니까? 어디서 나타난 것들이죠?"

"네? 저, 그게…."

날카로운 표정에 헤지아나는 잔뜩 겁을 먹어 뒷걸음질 쳤다. 불러냈다고 말하면, 마녀라면서 옆에 있는 채찍을 휘두를 것 같았다. 가시가 박힌 채찍에서는 피 냄새가 났다.

"윽."

헛구역질이 올라왔다. 헤지아나는 입을 막으며 뒤로 물러섰고, 아셔는 그 반응에 뒤늦게 자신의 상태를 살폈다. 헤지아나도 그제야 깨달았는데, 아셔는 위에 아무것도 입고 있지 않았다.

하지만 그 모습에 얼굴을 붉히기엔 드러난 몰골이 처참했다. 가슴도, 팔도, 아마 등어깨도 온전한 피부는 거의 보이지 않았다. 붉은 생살이 드러난 피부에서 주룩주룩 흐르는 피가 몸을 따라 흘러 바지까지 적셨다. 헤지아나의 눈이 둥그레졌다.

"뭐… 하고 계셨던…."

"…반성하고 있었습니다."

순간 그의 등 뒤에서 빛나는 무언가가 튀어나왔다. 헤지아나의 머리카락을 날린 그것들은 빛을 격파해 버렸고 어둠이 내려앉은 교육실에서 헤지아나는 가만히 서 있었다. 아셔의 등 뒤로 사라지는 그 빛의 선이, 아마 '빛의 날개'라고 불리는 그의 무기이리라. 저것이 쉽게 자신의 목숨을 빼앗으리라는 긴장감에 헤지아나는 움직이지 못했다.

"무엇을….."

"하나로 말할 수 없는 여러 가지가 있습니다."

아직 핏방울이 떨어지는 손끝으로 옷가지를 주워 걸치며 아셔가 대답했다. 주변을 정리한 아셔가 헤지아나에게 다가왔고, 그는 움찔거리는 헤지아나의 모습을 보더니 슬쩍 인상을 찌푸렸다.

"오늘 성하의 곁에 계셨던 분이시군요."

"아, 네…, 네."

아셔의 눈빛이 차분해졌다. 가라앉은 눈빛에서 아셔의 서늘한 눈빛을 기억해 낸 헤지아나가 뒤로 한 발자국 더 물러섰다. 피 냄새가 숨 막혔다.

"늦은 시간인데 어째서 이런 곳에 계십니까?"

"그게, 추기경님과 헤어져서 돌아오다가… 헤매서…."

아셔가 말없이 헤지아나를 쳐다보았다. 묘하게 인상을 찌푸리는 그의 모습에 겁먹은 헤지아나가 움츠리자, 그는 한숨을 내쉬며 눈을 가리더니 중얼거렸다.

"이 또한 죄다."

"네?"

"…아닙니다. 따라오시지요. 길이 어두우니 안내해 드리겠습니다."

여기서부터의 길은 알지만 거절할 수 있는 분위기가 아니었다. 헤지아나는 어쩔 수 없이 그 뒤를 조심스럽게 따랐다. 앞장서는 아셔의 등에는 붉은 핏자국이 스며들고 있었고, 점점 붉어지는 옷을 보며 헤지아나는 입술을 깨물었다. 아까 본 장면이 영 좋지 않았다.

"아까 본 잡귀들 말입니다만."

"네? 네…."

"자주 보이는 것들입니까?"

"아…. 어…."

그야, 밤에 심심하면 몰래 가지고 놀긴 했지만 그랬다고 했다가는 큰일이 날 것 같았다. 헤지아나가 머뭇거리자 아셔는 흘끔 곁눈질하더니 이어 말했다.

"앞으로 자주 살피겠습니다. 무슨 일이 있다면 이야기해 주십시오."

"아, 네. 네."

앞으로 절대 이 남자 앞에서는 마법을 쓰면 안 되겠다.

현실적인 생명의 위기를 느끼며 헤지아나는 아셔의 눈치를 살폈다. 원래 좋아하지 않았던 사람이지만 더 좋아할 수 없게 되었다. 아니, 무서웠다.

❈❈❈

그 이후부터 간혹, 아셔는 헤지아나의 주변을 맴돌았다. 특히 저녁에는 숙소 주변의 정원을 순찰하고 가니, 헤지아나는 더는 남몰래 불빛을 가지고 놀 수가 없었다.

다행히 밤마다 자신을 빼놓고 떠들어대던 소녀들이 아셔의 관심이 헤지아나에게 있음을 알고 헤지아나에게 접근했고, 덕분에 헤지아나는 아이들에게 섞여 들어갈 수 있었다.

곧 불빛들이 없어도 심심하지 않은 밤을 보낼 수 있었다. 아셔가 생각 외로 이상한 짓을 많이 하고, 교황 성하를 곤란하게 만들며, 교황 성하께선 그런 아셔를 보살피는 데에 생각 외로 많은 시간을 쓴다는 사실도 알았다. 아셔를 돌보느라 피곤해서 이곳저곳에서 졸기 일쑤였다. 그러다가 깨면 또 아셔를 보살피느라 바빴다. 질투했지만, 그런 날도 오래가지 못했다.

어느 날, 마카라빈은 아침에 침대에서 일어나지 못했다.

"헤지아나 자매."

"추기경님."

아이들이 식사하며 교황의 용태에 대해 불안하게 두런거리던 중이었다. 그 와중 등장한 가라드의 모습은 어떤 소녀라도 이목을 집중할 만했다. 평소라면 헤지아나는 그 이목을 신경 썼으리라. 하지만 헤지아나는 불안한 마음을 도저히 억누를 수가 없었다.

"저, 교황 성하께서 나흘째 혼수상태시라고…"

"예…. 자세한 이야기는 다른 곳에서 하지요. 헤지아나 자매, 따라오세요."

"네? 저 이제 아침 기도를 드리러…"

"자매께서는 자신의 할 일이 무엇인지 이미 알고 계실 겁니다."

헤지아나는 눈을 들어 가라드를 쳐다보았다. 침통함이 머문 가라드의 표정에서 헤지아나는 그가 말하는 바가 무엇인지를 깨달았다.

"빠른 시일 내에 자매께 서품식을 행하기로 결정되었습니다."

무언가 일어나리라는 건 알았다. 그래서 머지않은 미래에 어느 위치에 오르리라는 건 알았지만, 그 단계가 어떤 식으로 이루어질지는 알지 못했다.

아는 게 없으니까.

그렇구나. 서품식부터 행해야 하는구나. 하긴 생각해 보면 그렇다. 기본적으로 교황은 교직에 있는 사람만 될 수 있는 거니까. 원래 서품은 5년의 수련 기간을 거쳐야 가능한 걸로 아는데 고작 2년 교육받은 자신이 서품받는다는 소리는….

'지금 상황이 결코 좋지 못하구나.'

깨달음에 헤지아나의 표정이 어두워졌다.

"역시…."

"그 소문 진짜였구나."

"그럼 저 자매께서 정말로…."

주변의 수군거림 속에서 헤지아나는 잠시 생각했다. 다행인 점은 가라드가 결코 억지로 이끌지 않았다는 것이다. 내민 손에 헤지아나의 작은 손이 얹어지기를 기다린 그는, 헤지아나가 발걸음을 옮긴 후에야 그에 맞추어 발걸음을 옮겼다.

끝없는 교육이 이어졌다. 공용어를 포함해 교양으로 익혀야 하는 언어는 총 다섯 개. 각국의 역사와 정치—특히 두 제국을 중심으로 한 각국의 상태. 철학, 문화적 차이와 예의범절. 신학은 당연히 포함되어 있었다. 교황의 후계자는 빠듯한 일정을 채워 가며 새로운 신의 대리인이 될 준비를 해 가고 있었다.

하지만 물 위로 드러난 후계자에게 아무 말도 하지 않을 리가
없다.

고작 열일곱 여자애다. 어떻게 저런 아이에게 교세를 맡길 수 있
겠느냐.

신의 선택을 받은 이다. 어떻게 그 사실을 부정할 수 있겠느냐.

어린아이가 맡기엔 너무나 무거운 일이다. 성장한 후에 위임
하자.

신께서는 그녀가 후계자가 되길 원하는 것 외의 다른 뜻을 비치
시지 않았다.

하나 저 아이는 3월성의 후예이지 않은가?

헤지아나는 한숨을 내쉬며 얼굴을 감싸 쥐었다.

"교황 성하께서 정신이 드셨다고 들었어요."

"예, 헤지아나 님."

분수대 옆에 있는 자리에 앉아 헤지아나가 말했다. 아셔에게 앉
으라고 권했지만 아셔는 굳이 앉지 않고 서서 그녀를 '님'이라고 부
르며 극진하게 대접했다. 부담스러웠다. 자신이 차기 교황이며 신의
목소리를 듣는 자인 사실이 밝혀진 날, 그는 무릎을 꿇더니 무려
두 손으로 손을 받쳐 들고 입 맞추며 말했다.

'헤지아나 님은 다른 분들과 다르다고 생각했습니다.'

대체 언제부터?

자신의 이름도 제대로 기억하지 못하던 그였다. 대체 뭐가 달라

졌다고 다른 사람 취급이란 말인가.

환하게 웃는 사람의 낯이 그렇게 기껍지 않은 적도 처음이었다. 묘한 거북함은 그때 이후로 더욱 심해졌고 사실 헤지아나는 그를 보고 싶지 않았다. 하지만 이번에는 방법이 없었다. 한숨을 내쉬며 헤지아나는 고개를 돌렸다.

"왜 가라드 추기경께서는 제가 성하를 뵙는 걸 막으신단 말입니까."

"가라드 추기경께서도 나름의 생각이 있으실 겁니다."

"저 역시 그분이 저를 아낀다는 점은 의심하지 않습니다."

교황이 처음 쓰러진 이후로 일 년이 지났다. 잠시 괜찮아졌나 싶었던 마카라빈은 최근 들어 다시 쓰러졌고 이전보다 더 오래 의식을 잃고 짧게 의식을 회복했다. 날이 얼마 남지 않았다. 사람들이 입을 모아 그렇게 말하니 헤지아나는 불안해질 수밖에 없었다.

많은 시간이 남지 않았다면 한 번이라도 더 뵙고 싶은데 왜인지 가라드 추기경을 비롯해 많은 사람들이 둘의 만남을 바라지 않았다. 자신이 교황이 되는 걸 반대하는 이들이라면 모를까, 찬성하는 이들이 대체 왜 그런단 말인가.

"저는 잘 모르나…, 지금이 헤지아나 님께 중요한 때가 아닌지요? 너무 신경 쓰지 않기를 바라시는 것 아닐까요?"

"…간혹 하는 상상이 있습니다."

헤지아나는 아셔를 쳐다보고 있지 않았다. 시선을 반대편으로 돌린 채 한숨을 내쉬며 헤지아나가 말을 이었다.

"가족들이 살아 있지 않을까 하는 상상입니다. 간혹이긴 하나 그 망상에 빠져 넋을 잃고 말아요. 왜 그런 말도 안 되는 상상을 할까 스스로에게 되물어 보기도 했습니다."

왜 말도 안 되는 상상이냐면, 차기 교황이 3월성의 후예라는 건 제법 흥미로운 소문으로 널리 퍼져 나갔기 때문이다. 찾아올 사람이 있다면 진작 찾아왔으리라.

"답이 있는 질문이었습니까?"

"…네. 제가 가족들의 죽음을 기억하지 못하기 때문이라고 생각합니다. 아마 제가 제 가족의 죽음을 납득하지 못한다는 것이겠지요."

헤지아나는 고개를 돌려 아셔를 쳐다보았다. 한밤중에도 아셔의 눈동자는 기이하게 빛났지만 헤지아나는 그 빛깔에 익숙해져 있었다.

"성하께서는 저를 손녀 같이 여겨 주셨지요. 저 역시 성하를 가족 같이 생각합니다."

"가족…."

아셔가 중얼거렸다.

"가족이라고요…."

무언가 생각난 듯 바닥을 향해 물끄러미 떨어진 눈동자는 잠시 후에야 대화하고 있는 상대를 깨닫고 빛을 되찾았다. 그 사이 헤지아나는 심호흡을 끝냈다.

"저는 제 가족의 죽음을 받아들일 기회를 또 빼앗기고 싶지 않습니다. 받아들이지 못했기 때문에 헛된 희망에 마음 한편을 내주는 건 너무나 괴로운 일입니다."

이 말을 위해 아셔를 불렀다. 헤지아나는 목을 가다듬으며 아셔를 똑바로 쳐다보았다.

"또한 저는 구조되었던 때의 어린 헤지아나가 아닙니다. 물론 여러분들의 눈에 제가 얼마나 어려 보일지는 압니다. 하지만 저를 운명의 농간에 휩쓸린 어리고 불쌍한 이로 여겨 친절히 눈을 가리고 귀를 막아 주지 않으셔도 됩니다. 어떻게 비보를 전해야 할지 몰라 망설이실 필요도 없습니다."

"죄송하지만, 헤지아나 님. 무슨 말씀을 하시는지 모르겠습니다."

"모르시겠다면 제 말을 가라드 추기경께 전달해 주셨으면 합니다."

헤지아나는 자리에서 일어섰다.

"저는 이미 신의 뜻을 충분히 듣고, 그 목소리를 믿고 따르는 종이며 그분의 대리인입니다. 제 삶은 이미 신께 바쳐졌으며 제가 그에 순종함이 저의 의지임을 전달해 주시기 바랍니다. 저를 피한다고 해서 그 의지를 꺾으실 수는 없을 겁니다."

잠시 아셔는 말이 없었다. 움직임이 없는 그를 보고 어떤 반박이 돌아올까 조금 굳어 있던 헤지아나는 곧 아셔의 고개가 숙여지는 모습을 보고 한껏 움츠러들었다.

"그렇게 전달해 드리면 됩니까?"

"예… 에, 예. 부탁드립니다."

헤지아나가 고개를 숙이자 아셔는 자리에서 물러났다. 남은 헤지아나는 혼자 깊은 한숨을 내쉬었다.

"힘들어…"

기력이 떨어진 헤지아나가 털썩 의자에 주저앉았다. 바람은 산들거렸고 날은 쾌청했다.

시간은 빠르게 지나갔다.

교황의 영면. 19세, 새로운 교황 헤지아나의 즉위. 그들의 신은 그녀에게 새로운 이름을 주지 않았다. 그 뜻을 알 이는 이제 세상에 한 명밖에 없었지만 그 한 명은 신에게 명쾌한 해답을 들은 적이 없었다.

가라드는 그녀를 도와 불만을 가진 자들의 권한을 축소시키고 새롭게 교황 주변의 인단(人團)을 개편했다. 정리가 끝날 때 즈음 그는 한직을 청했고 헤지아나는 전대 교황부터 수고한 그의 노고를 기려 그 청을 수락했다. 세상은 위험한 낌새를 띠고 있지만 그래도 아주 큰 문제없이 돌아가는 것 같았다.

아셔 아라스트란을 제외하면.

"그자가 성하께 무례하였습니다."

"그건 저도 압니다. 하지만 그는 일국의 왕이며 저는 협조를 위해 그를 설득해야 했습니다. 그런데 어째서 거기에서 칼을 들이민 겁니까!"

결국 참지 못한 헤지아나가 목소리를 높였다. 그녀가 교황의 반지를 낀 이후 헤지아나는 막연히 알고만 있던 아셔의 문제를 사무치게 느껴야만 했다. 자신이 교황의 자리에 오른 후 태도가 변한 이들이야 한두 명이 아니지만 이토록 극적으로 변한 이는 없었다. 또한 이토록 골치 아프게 하는 이도 없었다. 자신을 따르지 않는 이들이 자신을 골치 아프게 하는 건 이해한다. 하지만 왜 자신을 따르는 이가 그들보다 더 자신을 곤란하게 한단 말인가?

아셔 아라스트란은 교황에게 조금이라도 무례한 자를 허락하지 않았다. 바로 물어뜯을 듯 달려드는 그의 모습에 헤지아나도 처음엔 놀랐다. 마치 맹견처럼 사나워진 그의 모습은 평소 알던 공명정대하고 자애로운 성기사의 모습이 아니었다.

"이 세상 만물의 창조자이신 분의 지상 대리인을 함부로 대하는 건 그 창조자에게 반역하는 것과 같으며 그 죄의 대가는 엄해야 가당하지 않겠습니까?"

"아셔 경, 신께서는 가장 낮은 곳에서 모두를 사랑하시는 분이며 어리석은 이들의 실수를 감싸 안아 주시는 분입니다! 어째서 그렇게 완고한 겁니까! 일을 망쳤어요!"

참지 못하고 헤지아나도 소리 질렀다.

―아마 그럴 줄 알았다면 그렇게 하지 않았으리라.

"…제가 성하의 계획에 차질을 빚었다는 뜻입니까?"

확연하게 기세가 꺾인 목소리였다. 꼬리 만 강아지의 신음 같은 목소리에 헤지아나는 역시 움츠러들었다. 자책하고 있는 걸까? 헤지아나는 목소리가 너무 높았다고 반성하며 아셔의 눈치를 살폈다.

"…한 번 실수는 병가지상사라 했습니다. 차후 이런 일이 없었으면 좋겠습니다."

"아아…"

신음하듯이 아셔가 작게 소리를 내뱉었다. 책망하는 소리가 이어질 건 이미 알고 있었다.

"제가…, 제가 감히 신의 대리인이신 분께서 계획한 일에 훼방을 놓았군요. 미숙하였습니다. 아니, 어리석었습니다. 못난 것이지요. 어찌하면 좋단 말입니까, 성하의 손으로서나 겨우 쓰기 마땅한 질그릇이 그 용도도 다 하지 못하니 이것이 세상에 존재할 이유가 있겠습니까?"

"아뇨, 자책하지 마세요. 늘 말하지 않습니까. 그저 앞으로 이런 일이 없도록…."

"이런 그릇은 깨져야 마땅합니다."

"신께서는 어떻게 만들어진 그릇이라도…."

여느 때와 다름없이 헤지아나가 아셔를 달랬다. 이번에는 얼마나 걸릴까? 달래기 위해 손을 뻗은 순간, 헤지아나는 스릉 하고 맑게 울리는 쇳소리를 들었다. 빛나는 날이 보였다. 검을 잡은 손을 보기 전에 날 끝이 아셔의 몸에 박히는 모습을 보았다.

"아…."

"큽, 흐윽…!"

몸을 움츠리며 아셔가 검을 옆으로 휘둘렀다. 핏자국이 아셔를 중심으로 원을 그리며 흩날렸고, 몸과 함께 잘려진 옷은 벌써 피에 흠뻑 젖어 단면을 구별할 수 없었다.

"아…. 아아…."

"이미 성하께서 그 친절로… 여러 번 다정하게 계몽하셨음에도 불구하고…, 제가 미진하여 성하의 가르침을 따르지 못하니…."

체온이 주욱 내려갔다. 온몸이 싸늘했다. 머리는 하얗게 비어서 헤지아나는 입술을 달싹일 수조차 없었다. 스스로에게 채찍질하는 모습이야 많이 보았고 또한 많이 말렸다. 하지만 스스로를 칼로, 아니, 옆구리를 베어 내다니.

"아, 아셔!"

헤지아나는 기겁하며 검을 다시 치켜든 아셔의 손을 붙잡았다.

"목을 쳐야 마땅하겠지만 능력이 부족하여…"

"무슨 소리를 하는 겁니까, 자살이라도 할 생각인가요? 제가 그러라고 했나요? 지금, 이게, 무슨, 아…!"

헤지아나는 당황해서 자신이 검날을 붙잡은 줄도 몰랐다. 자신의 손에서 피가 흐르는 모습을 본 다음에야 느껴지는 차가운 통증에 헤지아나는 제풀에 놀라 검을 놓았다.

"아, 이건, 이런…."

"성하, 피가…! 아, 어째서 저는 치죄하신 것조차 제대로 받들지 못해 감히 성하의 손에 피가 흐르게 하는지…."

"아셔!"

대체 누가 치죄했단 말인가. 언제 자신이 이런 걸 바랐단 말인가. 자신의 힘으로 이런 상처를 아물게 하는 건 그렇게 어려운 일이 아니다. 하지만 앞에서 자신의 몸통을 반 토막 낼 기세로 스스로를 해하는 사람은 어떻게 해야 한단 말인가. 헤지아나는 힘주어 아셔의 손을 붙잡았다.

"그만두세요! 지금, 이게, 뭐하는 짓이, 짓, 지…!"

혀가 꼬여 말이 나오지 않았다. 벙어리처럼 입만 벙긋거리는 사이, 충격이 가슴속 깊은 곳에서부터 끓어올라 왔다. 그것이 목구멍을 지나 눈까지 끓어오른 순간 세상이 하얗게 뒤집혔고, 머리에서 넘친 순간 세상이 검게 변했다.

그 후에는 떨어지는 느낌만 있었다.

눈을 떴을 때는 침대 위였다. 상처는 치료되어 있었고 아셔는 방문 앞에 무릎 꿇은 자세로 대기하고 있다고 했다. 그 사이 난동을 부리지 않은 건 리시의 재치 덕분으로, 그녀는 아셔에게 '성하께서 벌하실 때까지 기다리'고 했다고 한다.

헤지아나는 한숨을 내쉬었다. 대체 그에게 교황의 존재는 무엇이란 말인가? 벌을 내려 주기 위해 존재하는 건가?

아이처럼 투정이라도 부리고 싶은 기분이었다. 울고불고 소리 지르면서 그만두라고 하고 싶다. 하지만 그렇게 해결될 문제였다면 이미 예전에 해결되었으리라. 대체 언제까지 이 길고 지루한 대치를 계속해야 하는 걸까? 저 깨지기 쉬운 유리 조각을 얼마나 더 어르고 달래야 한단 말인가. 손끝으로 힘이 줄줄 빠져나가 더는 노력하고 싶지도 않아졌다.

지쳤다.

"아셔 경과 만나고 싶지 않습니다."

리시 역시 그 기분을 알았으리라.

"마침 지금 대격벽에선 겨울을 맞아 마을 근처의 괴물 퇴치에 힘쓰고 있다고 하시더군요. 아셔 경께서 도와주신다면 많은 분들이 안심하지 않을까요?"

그렇게 한다면 자신 또한 아셔를 보지 않을 수 있다.

헤지아나는 크게 고민하지 않았다. 그녀는 소동을 일으킨 벌을 핑계로 그를 대격벽의 퇴치단에 합류시켰고, 그는 계절이 끝나기 전에 라스할드로 귀환했다. 그가 돌아오는 게 버겁지 않은 건 아니었으나 그래도 웃으면서 맞이할 수는 있었다.

하지만 곧 아셔의 입에서 쏟아지는 자책의 말에 헤지아나의 웃음은 사라졌다.

"먹지 않고 잠들지 않았다면 조금 더 빠르게 도착하였을 것이며 그러면…."

"아니요, 아니요. 하루에 한 끼라도 좋으니 먹고 한 시간이라도 좋으니 잠들라고 하지 않았습니까!"

"허나 이는 사람의 목숨이 달려 있는 일이 아니었습니까? 성하께서는 평소 제가 그리하기를 원하셨을…."

"아뇨! 어느 때라도, 어쩔 수 없는 때가 아니라면 반드시 그렇게 해야 합니다."

"예, 하지만 사람들이 구원을 원하는 이때가 바로 '어쩔 수 없는 때'였을 겁니다."

귀환한 아셔를 데리고 들어가던 마카라빈의 피곤한 표정이 생각났다. 아마 지금 자신의 표정은 그보다 더 피곤해 보이겠지. 헤지아나는 한숨을 내쉬며 아셔를 어떻게 구슬릴지 생각했다.

"그대는 시간을 초월할 수도 땅을 접을 수도 없습니다. 그건 신의 권능이며 신께서 그대에게 그런 권능을 주시지 않았는데 어찌하여 그런 일을 바라시겠습니까?"

"그러나 제가 한시라도 빨리 도착하기를 그분은 바라셨을 겁니다. 그런 주제에 저는 또한 구조받아 기뻐하는 이들의 모습에 내심 자신이 무엇이라도 된 듯 뿌듯하고 기뻐서…."

"아셔!!"

뿌듯함을 느꼈다면 그대로 좋은 일 아닌가. 그 정도는 수고한 자신에게 상으로 주어도 될 감정 아닌가. 그런데 왜 그런 것까지 탓하고 있단 말인가?

쥐고 있는 채찍을 빼앗고 다시는 쥐지 못하게 명했다. 하지만 세상에 자해를 할 수 있는 도구는 얼마든지 있지 않은가? 심지어 그의 손도 그에게 고통을 줄 수 있다.

몇 번이고 어르고 달래고 명했을까, 그 아둔함에 질려서 꼴도 보기 싫어 아무 곳에나 보내 버리고, 결국 돌아오면 또 조그만 실수로 자신을 탓하고 다시 지루한 갑론을박을 시작하며, 다른 방법을 시도하여 칭찬해 보기도 하고 혼내 보기도 하며 갖은 수단을 써서 기어이 함부로 자학하지 못하게 하는 데에는 성공했지만.

"지쳤네."

쫓아내듯이 보냈던 아셔가 돌아온다는 소식을 들은 헤지아나가 말했다.

들고 있던 펜이 도르르 굴러 서류 위에 검은 자국을 남겼다. 사인을 해야 하는 서류에 얼룩이 생겼는데도 헤지아나는 신경 쓰지 않았다. 눈에는 이미 빛이 없었다. 그것이 업무의 피로감 때문이 아니라는 사실을, 리시도 로미나도 알았다.

"아셔가 돌아오는 게 무서워. 이젠 또 무슨 말을 할지, 어떤 지긋지긋한 짓을 해야 할지."

"아셔 경께서 오시면 쉬고 계시다고 말씀드릴까요?"

리시가 물었지만 헤지아나는 대답하지 않았다.

그 고해성사는 어떻게든 견딘다고 치자. 그 이후에 이자가 자신의 옆에 붙어 저지를 일들이 무엇일지 헤지아나는 도저히 상상이 가지 않았다. 또 무슨 금욕주의를 주창하며 행복과 즐거움이 자신에게는 있어선 안 될 것이라고 하며 자신에게 다가오는 자들에게 날을 세울까? 또 자신의 말 한마디에 무슨 평지풍파가 일어나고 또 그걸 수정하느라 얼마나 고생해야 할까?

조금씩 나아지고 있기는 하나 그 옆에서 시종일관 초조해야 하는 자신은 무슨 죄란 말인가. 생각만 해도 신경이 깎여 나가는 것만 같았다. 갑작스레 답답해지는 느낌에 헤지아나는 가슴에 손을 얹었다. 숨이 막혔다.

"성하? 괜찮으십니까?"

"…괜찮네. 그보다."

헤지아나는 쿵쾅거리는 심장을 진정시키며 이를 악물었다. 순간 스쳐 지나간 생각이 있었다. 하지만 그 생각은 과연 옳은 건가? 이래도 좋은 걸까? 신의 대리인으로서 누구보다 나서서 그를 보듬어야 하는 게 아닌가? 그는 누구보다 신의 보살핌이 필요한 이인데 이건 의무의 방기 아닌가?

하지만 펜은 이미 종이 위를 거칠게 긁고 있었고 그 달림에는 주저함이 없었다. 헤지아나는 종이를 접어 편지 봉투에 넣고 로미나에게 건넸다.

"내일 아셔 경이 도착하면 바로 그걸 건네주게."

"뭡니까?"

헤지아나는 아무 말 하지 않았다. 그저 눈을 감은 채 로미나가 받든 편지 봉투를 잡은 손에서 힘을 뺐을 뿐이었다.

"보다 낮은 곳에서 만물에 임하고 계신 분의 축복을."

"보다 낮은 곳에서 만물에 임하고 계신 분의 축복을. 이번에도 큰 피해 없이 일을 끝내셨다는 소식을 들었습니다. 역시 신의 손, 제일되는 엄지손가락이시군요."

아셔쯤 되는 성기사면 맞이하는 인물들이 있기 마련이다. 그들 중 아셔를 선망하는 어린 소년들이 먼저 북적북적하게 떠들자, 아셔는 웃음 지으며 아이들의 어깨를 토닥였다.

"그렇지 않습니다. 이번 일에도 부족함이 많았습니다. 신의 손이 라고는 하나 부족함이 많아서 부끄럽기만 할 뿐입니다. 이번 일에 도…"

그렇게 말하는 아셔의 모습은 매우 보통 사람 같았다. 하지만 교황의 앞에서라면 저 뒤에 수없이 많은 자책을 쏟아 놓고 징벌을 요구하겠지. 그 사실을 아는 리시는 조용히 아셔에게 다가갔다. 그가 도착한다고 알림이 왔을 때부터 기다리고 있었다.

"리시 추기경님."

"보다 낮은 곳에서 만물에 임하고 계신 분의 축복을. 수고하셨습니다, 아셔 경. 이번에 아셔 경이 무너지는 담을 지탱하고 계셨던 덕분에 다른 성기사들이 목숨을 구했다고 들었습니다. 정말로 큰일을 하셨습니다."

"아닙니다. 그 또한 신의 종으로서 해야 할 일을 한 것이며 제가 먼저 진동에 그 벽이 무너질 것임을 말했다면…. 성하께선 계신지요? 귀환을 보고하고 싶습니다."

잠시 리시는 입을 다물었다. 약간의 마음의 준비를 한 다음, 리시는 두 손으로 들고 있던 편지를 아셔에게 건넸다.

"성하께서 보내신 겁니다."

바로 털퍽, 요란한 소리를 내며 무릎을 꿇은 아셔가 그 편지를 받들었다. 신의 대리인께서는 이것 역시 싫어하셨다. 애처로움을 느끼며 리시는 아셔가 편지를 조심스럽게 뜯어 읽는 모습을 쳐다보았다.

신의 제일되는 손, 열 손가락 중에서도 으뜸인 자이며 영예로운 빛의 자리에 설 수 있는 자, 천인(天人)의 재래. 여러 명예로운 이름을 가진 남자는 한없이 편지를 쳐다보았다.

빛이 눈부셨다.
눈부신 빛이 순백의 아름다운 건물 위로 쏟아졌다. 건물은 그것 하나만으로도 백색으로 차갑게 얼어붙은 것처럼 보였고, 그 얼음 햇살은 백색으로 얼어붙은 곳에서 태어난 남자의 몸 위로 떨어져 그가 가야 할 방향을 알려 주었다. 그 빛은 신의 이정표였다.
남자는 발걸음을 옮겼다. 아직 이정표가 떠 있을 때였다.

할센라비온   헤지아나   아셔

등장 인물 러프

온은하게.

라앤앙 따라서 깅벅지수려

카람찬트   리암   가일란   루시올

세계 평화를 위한 유일한 방법 1

초판 1쇄 발행   2015년 1월 30일

저자 김휘빈
그림 가지구이

발행인 원종우
발행처 이미지프레임

주소 (427—060) 경기도 과천시 용마2로 3, 1층
영업부 02—3667—2653   **편집부** 02—3667—2654   **팩스** 02—3667—2655
메일 alicenovel@naver.com   **웹** alicenovel.com

ISBN 978-89-6052-419-4 02810